Silke Schütze

Schwimmende Väter

Roman

Knaur Taschenbuch Verlag

Besuchen Sie uns im Internet:
www.knaur.de

Vollständige Taschenbuch-Neuausgabe
April 2010

Ein Unternehmen der Droemerschen Verlagsanstalt
Th. Knaur Nachf. GmbH & Co. KG, München
Dieser Titel erschien bereits unter der Bandnummer 62981.

Umschlaggestaltung: boooxs.com, artists@boooxs.com
Umschlagabbildung: © boooxs.com unter Verwendung mehrerer
Motive von Shutterstock.com
Druck und Bindung: GGP Media GmbH, Pößneck
Printed in Germany
ISBN 978-3-426-50625-7

2 4 5 3 1

Für meine Tochter

1. Kapitel

Every other day, every other day,
every other day of the week is fine, yeah.
But whenever Monday comes,
but whenever Monday comes
You can find me crying all of the time.
The Mamas & the Papas

Das neue Jahr ist erst zwei Tag alt, und ich bin schon völlig am Ende. Aber was kann man schon von einer Woche erwarten, die mit einem Montag beginnt?

Ich hasse Montage. Ich war fünf, als meine beste Freundin aus dem Kindergarten nach Stuttgart umzog – an einem Montag. Mein Vater packte an einem Montag seine Sachen, und meine Eltern ließen sich an einem Montag scheiden. Ich lernte Jonathan an einem Montag kennen, und an einem Montag verließ er mich auch wieder. Es hat sich bestimmt noch keiner die Mühe gemacht, es zu untersuchen, aber ich halte es für sehr wahrscheinlich, dass die meisten traurigen Geschichten an einem Montag geschehen. Auf meine Liste *Sachen, die ich irgendwann einmal unbedingt tun möchte* werde ich auf jeden Fall setzen: *Die Verbindung zwischen Wochentagen und Katastrophen untersuchen.*

Ich mache mir ständig solche Notizen. Das beruhigt mich. Meine Freundin Christy zieht mich immer damit auf. »Jella, du und deine Listen!« Aber wenn sie mich besucht, blättert sie immer als Erstes in meinem dicken Notizbuch, das ich in der Küchentischschublade aufbewahre, und macht selbst Einträge. Besonders gern bei den Listen *Gute Gründe, keinen Sushi-Kochkurs zu machen* (1. Toter Fisch – 2. Klebrige Finger –

3. Passt nicht zu Muffins) oder *Warum wir Männer immer noch lieben* (1.Wen sonst? – 2. Vergessen niemals Witze – 3. Haben selten Kopfschmerzen). Christy kann ruhig weiter lästern, aber meine Listen sind später sicher nützlich für die Nachwelt. Wenn zweifelsfrei feststünde, dass Montag ein Unglückstag wäre, könnte das die Menschheit einen entscheidenden Schritt nach vorne bringen. Wahrscheinlich würden weniger Kriege geführt, weniger Flugzeuge abstürzen, weniger schlechte Zensuren in den Schulen geschrieben. Und weniger Mundgeruch am Morgen in der U-Bahn gäbe es auch.

Meine Lieblingsliste hat die Überschrift *Warum es wunderbar ist, Mutter zu sein.* Die hole ich immer hervor, wenn ich mal wieder richtig auf dem Zahnfleisch gehe. Weil Tim nicht durchgeschlafen hat zum Beispiel. Oder wenn er mich nicht in Ruhe telefonieren lässt. Wenn er zum x-ten Mal vom Kindergarten eine Erkältung nach Hause bringt. Dann hole ich mein Notizbuch und lese:

1. Weil ich viele, herrlich bunte Bilder bekomme, die nur für mich gemalt worden sind.
2. Weil sich jemand (fast immer) freut, wenn ihn küsse.
3. Weil ich mit jemanden zusammenlebe, der am Tag hundertmal lacht.

Tim ist fünf. Und ich bin alleinerziehend. Ich finde, dass das eine passende Umschreibung ist: Sie hat etwas Zupackendes und Aktives und Wertfreies. *Single* klingt nach Torschlusspanik, *Getrennt* nach Versagen. Früher waren Frauen *allein* oder *unverheiratet,* ganz schlimm *sitzen gelassen* oder *übrig geblieben.* Heute sind wir *alleinerziehend.* Das hört sich doch wesentlich besser an, oder? Es ist natürlich nicht immer besser. Aber es kann ganz okay sein. Wenn es nicht gerade Weihnachten ist. Oder Montag.

Weihnachten ist für Alleinerziehende die Hölle. Überall wird einem das Modell »Heilige Familie« unter die Nase gerieben: Vater, Mutter, Kind. Maria, Josef, Jesus. Apfel, Nuss und Mandelkern. Es ist zum Heulen.

Im Gegensatz zu Männern lassen wir Frauen uns durch so etwas leicht unter Druck setzen. Oder hat schon jemand einen alleinerziehenden Vater erlebt, der über den Weihnachtsblues klagt? Im Gegenteil: Der fährt seelenruhig mit seinem Kind zu seiner Mama und lässt sich und den Nachwuchs verwöhnen. Als ob er selbst erst sieben Jahre alt wäre. Wenn Sie einen Mann kennen, der da anders tickt, schicken Sie mir eine Mail (Jella007@web.de).

Eigentlich empfinde ich mich nicht als typische Frau. Die gibt's doch gar nicht – das wird nur in der Werbung oder im Fernsehen behauptet. Wir sind gar nicht so. Wir quasseln nicht ständig über Handtaschen, machen sinnlose Diäten und futtern heimlich Schokolade. Auch tauschen wir Männer nicht kaltherzig aus, weil ein anderer mit Geld, Eigenheim oder Karriere auftaucht. Im Gegenteil: Wir lieben die unmöglichsten, unzuverlässigsten, kompliziertesten Kerle. Weil sie irgendeine geheime Qualität haben, an die nur wir glauben. Die nur wir erkennen. Eine unverwechselbare Art, uns anzusehen. Einen heimlichen Traum von einem Haus am See, den sie nur uns anvertrauen. Oder eine einzigartige Weise, zu allem Ketchup zu essen. Das würde uns bei anderen Männern rasend machen – bei ihm nicht. So ist eben die Liebe. Und so sind die Frauen.

Auf meiner Liste *Was uns die Werbung einreden will* steht ganz oben *Gespräche über Cellulite*. Ich habe noch nie mit meinen Freundinnen über dieses Thema gesprochen. Ich weiß noch nicht einmal, wer welche hat und wer nicht. Christy jobbt als Bademeisterin und rennt ständig in kurzen Hosen im Hallenbad herum. Bademeisterin ist eigentlich falsch, das ist umgangssprachlich, sagt Christy. Sie sei Schwimmmeisterin. Denn Bademeister sind eigentlich Masseure, während Schwimmmeister laut Christy die Aufgabe haben, »den Badebetrieb in einem Schwimmbad zu überwachen«. Auf jeden Fall macht sie das in kurzen Hosen.

Maschas Mann ist so viel unterwegs, dass er sich wahrscheinlich kaum daran erinnert, dass sie überhaupt Oberschenkel hat. Den dürfte Cellulite also auch nicht stören – soweit überhaupt vorhanden. Ich habe noch nie die Haut von Christys oder Maschas Oberschenkel zusammengeschoben, wie sie einem das in Zeitschriften empfehlen, um den ultimativen Test zu machen. Klar, bei mir selbst habe ich das spaßeshalber schon ausprobiert. Aber ich habe keine Ahnung, ob das, was ich gesehen habe, mit dem bösen C-Wort diagnostiziert werden muss oder einfach nur normal ist.

Übrigens ist keiner meiner Liebhaber je auf die Idee gekommen, meine Oberschenkelhaut zusammenzuschieben und mich danach aus dem Bett zu schubsen. Manchmal möchte ich mit einem Banner durch die Drogeriemärkte und Parfümerien des Landes ziehen. Darauf stünde: *Schwestern! Cellulite ist eine Frauenbeschäftigungsmaßnahme der Industrie, um uns unser sauer verdientes Geld aus der Tasche zu ziehen!*

Bingo: Man kommt nur auf Blödsinn, wenn man länger über Cellulite nachdenkt! Und ich habe viel zu viele richtige Probleme, um mir über solchen Pipifax Gedanken zu machen. Weihnachten beispielsweise ist jedes Jahr ein echtes Problem. Nicht, dass ich nicht gerne bei meiner Mutter bin. Aber es ist wahnsinnig anstrengend. Mama besteht darauf, dass Tim und ich sie Ingrid nennen. Ich habe Tim einmal vom Kinderhort abholen müssen, weil er dachte, er wäre der Einzige, der keine Oma hat und nicht mehr aufhören konnte zu heulen. Aber selbst diese Geschichte hat Mama nicht umgestimmt. Sie hat ihre manikürten Hände mit den rot lackierten Fingernägeln in die Hüfte gestützt, ihre 38er Figur um die eigene Achse gedreht und ihre goldenen Armreifen als Begleitmusik klimpern lassen, als sie mich fragte: »Sieht *so* eine Oma aus?« Als ich schwieg, drehte sie sich noch einmal und rief über ihre Schulter: »Hase, was sagst du? Sehe ich aus wie eine Oma?«

Meine Mutter nennt alle Männer in ihrem Leben Hase. Mein Vater war sozusagen der Proto-Hase. Natürlich ist Mama keine nymphomanische Seniorin, ich glaube nicht, dass sie mit allen ihren »Hasen« Liebesverhältnisse hat – und ich will es auch nicht wissen, bitte. In ihrem Bungalow in Niendorf hoppelt jedoch ständig einer herum: der Hase aus dem Schachclub, der Hase von der Aquagymnastik, der Hase aus dem Kirchenchor, das war schon immer so. Kein Wunder, dass Papa-Hase damals Haken geschlagen hat: Er ließ sich eine Glatze schneiden und lebt seit Jahren in einem buddhistischen Kloster in Hessen.

Zu Weihnachten verfällt meine Mutter jedes Mal in einen Farb-Lametta-Glitzer-Rausch ohnegleichen und schmückt das Haus innen und außen so üppig, dass man es von weitem mit einem Balkan-Grill oder einem Gebrauchtwagenhändler verwechseln könnte. Dazu gibt's jede Menge Sprühschnee-Deko, Jingle-Bells-Beschallung und Familientreffen zum Bratäpfelbrutzeln vor dem Kamin. Zur Familie gehören Mama – pardon, Ingrid! –, ein aktueller Hase (meist in Hausschuhen mit Schottenmuster), Tim und ich. Am 24. macht Mama stets lieb gemeinte, aber grausige Geschenke. Dieses Jahr hat sie mir Visitenkarten geschenkt. Wem ich die pastellblauen Dinger wohl überreichen soll? Als Telefonistin am Empfangstresen eines Hamburger Verlages komme ich beruflich vor allem mit verschwitzten Fahrradkurieren in Kontakt. Für Tim hatte Mama eine Krawatte ausgesucht. Sie übergab sie ihm mit den Worten: »Ein Junge kann nicht früh genug anfangen, Stil zu entwickeln.« Tim band sich die Krawatte um den Bauch, und im Gegensatz zu Mama fand ich sein Stilempfinden bereits sehr entwickelt für sein Alter.

Das Schrecklichste an Weihnachten sind aber nicht die Geschenke oder die Stollenstücke und Zimsterne, die Mama in Tim hineinstopft, sondern die Vorschläge und Ideen, die sie unterm Mistelzweig für mich bereithält. Mama glaubt zwar nicht an den Märchenprinzen, aber sie glaubt an Männer als Lebenshilfen. »Hase hat mir schnell die Getränkekisten geholt.« Oder: »Hase war Reisekaufmann, der bucht mir das preisgünstig.« Oder: »Den Wein bringt Hase mit.« Am liebsten hätte sie wohl eine Hasenfarm, auf der sie diese nützlichen Zeitgenossen für unseren Gebrauch züchten könnte. »Gabriele«, begann sie auch an Weihnachten, beim Kaffee vor der Bescherung, das Gespräch. »Ich will mich nicht einmischen …« Dabei merkt sie gar nicht, dass sie es mit diesen Worten gerade tut. »… aber du brauchst einen Plan. Was willst du mit deinem Leben anfangen? Mit deinen Freundinnen Kaffee trinken und zugucken, wie Tim größer wird? Das ist doch todlangweilig! Kind, du bist noch jung. Lebe wild und gefährlich.« Mama weiß, wovon sie spricht. Im letzten Sommer war sie zum Ponytrekking in Wales, und im Herbst will sie auf dem Jakobsweg von Burgos nach Santiago de Compostela wandern. Zwischen den Reisen verbringt sie ihre Zeit mit Power-Yoga, Nordic Walking und Erlebnis-Kochkursen. Bei ihr stimmt die Rente noch. Bis ich in ihrem Alter bin, gibt's kaum noch Geld vom Staat, und wenn ich später zum Ponytrekking aufbreche, dann wahrscheinlich nur als Pony. Wild und gefährlich? Mir ist es wild genug, mein Fahrrad inklusive Tim und Kindersitz durch den Großstadtverkehr mit halb blinden Autofahrern und militanten Fußgängern zu manövrieren. Und was wirklich gefährlich ist, weiß ich auch, seitdem wir innerhalb eines Jahres Windpocken (Tim und ich),

Röteln (Tim) und Läuse (Tim … und, ja, zugegeben: ich) überlebt haben. Doch Ingrid hatte kurz vor Weihnachten eine große Reportage im Fernsehen über Landkommunen in Neuseeland gesehen. Seitdem war sie besessen von der Idee, dass Tim und ich aus unserer Zweieinhalb-Zimmer-Wohnung am Neuen Pferdemarkt ausziehen sollten. »Nun stell dir das doch mal vor – du in Neuseeland! Ich würde dich auch besuchen kommen, versprochen. Und für Tim wäre das eine wertvolle Erfahrung!«

Weihnachten schlauchte wie jedes Jahr – und ich war froh, als ich nach drei Tagen endlich meine Tasche packen konnte. In meinem Kopf ergänzte ich die Liste zum Thema *Warum alleinerziehende Frauen die Festtage nicht bei ihrer Mutter verbringen sollten* schon einmal durch den Zusatz *Dramatisch erhöhte Selbstmordgefahr.* Wann ich Tim wohl einmal ein schönes Fest bescheren werde? Er kennt Weihnachten nur als glitzernd funkelnde Zuckerparty bei Ingrid mit wechselnden, mutmaßlich farbenblinden Hasen. Ruhe, Einkehr, gemeinsames Singen oder Spielen – das hat Ingrid abgeschafft, als Papa ausgezogen ist. Auch diesmal kochte sie nicht, sondern bestellte chinesisches Essen. In der Küche habe ich sie dann erwischt, wie sie heimlich die mitgelieferten Glückskekse knackte und die Zettel las. Aus einer Plastiktüte neben ihr nahm sie Keksröllchen und stopfte die gelesenen Zettel in sie hinein. Die so präparierten Kekse verteilt sie als »Glücksröllchen« und sorgte dafür, dass jeder den Spruch bekam, den sie für passend hielt. Das muss man sich einmal vorstellen: Die eigene Mutter manipuliert das Schicksal! Aber Mama zuckte nur mit den Achseln und sagte: »Herzchen, Glück ist kein Zufall.« Erwähnte ich schon, dass Weihnachten schrecklich ist?

Auf dem Zettel in meinem »Glücksröllchen« stand übrigens: *Wenn der Wind des Frühlings nicht weht, kommt selten der Regen des Herbstes.* Mama lächelte verräterisch. Sie träumt sicher schon davon, wie uns der Wind des Frühlings nach Neuseeland in die nächste Landkommune weht.

Trotzdem log ich sie an, als sie uns zur Bushaltestelle begleitete und fragte: »War das nicht ein schönes Weihnachten, Gabriele?«

Meine Mutter mag den Kosenamen nicht, den mein Vater für mich erfunden hat: Jella. Und schon die Art, wie Mama »Gabriele« ausspricht, macht mich aggressiv. Überlicherweise schließt sich eine Standpauke daran an, in der sie betont, dass ich zu dünn für meine Größe bin. Oder dass ich zu lässig gekleidet bin für eine Mutter. Und zu ledig für mein Alter. Nach der Bescherung am Heiligen Abend, als wir das zerknüllte Geschenkpapier zur Mülltonne am Gartentor brachten, meinte sie doch tatsächlich zu mir: »Wenn du wenigstens geschieden wärst. Dann hätten wir eine Hochzeit gehabt und du jetzt vielleicht eine große Wohnung und Alimente. Aber so einfach alleinerziehend … das ist doch nichts, Gabriele!« Dann fügte sie noch hinzu: »Und das mit 34.« Ganz so, als ob ich am nächsten Tag eine Gehhilfe vom Sozialamt gestellt bekäme. Ich wäre fast in die Mülltonne gefallen – gerade war ich doch noch jung und sollte wild und gefährlich leben.

Wenigstens schien es Mama ausnahmsweise einmal nichts auszumachen, dass ich schwarze, strubbelige Locken habe. Sie fände es natürlich viel schicker, wenn ich mehr nach ihr käme und mit hochgestecktem, glattem Blondhaar und Trench die Vorzeigehanseatin wäre. Doch Mama stand am Ende der Feiertage der Sinn wohl doch noch nach ein bisschen Harmonie, und so hielt sie sich beim Abschiedskuss an der Bushaltestelle zurück. Stattdessen wurde sie sentimental. Ihre Unterlippe zitterte, und sie drückte mich so eng an sich, dass ich den Zipfel ihres Seidentuches einatmete.

Weihnachten bei Mama – schön?

»Ja, Mama … äh, Ingrid. Es war wunderbar!«, hustete ich das Tuch aus. »Bis bald, ich melde mich!«

Weihnachten war einfach nur danebengegangen, aber Silvester entpuppte sich als Desaster! Am liebsten wäre ich zu Hause geblieben, mit einem Thriller und einer Packung Nougatkugeln. Leider kam es nicht zu diesem schönen Abend. Tim quengelte so lange, bis ich mit ihm zur Silvesterparty von Anne und Matthias Schlüter ging. Mit dem Sohn der Schlüters, Janis, geht Tim in denselben Hort. Die Party fand in einer Neubausiedlung in einem Reihenendhaus in Lemsahl statt. In diesen Vorort waren Schlüters drei Wochen zuvor gezogen. Mit den öffentlichen Verkehrsmitteln brauchten wir knapp anderthalb Stunden: zwei Busfahrten mit Umsteigen, dann mit der S-Bahn bis zur Endstation und dann noch zehn Minuten zu Fuß bis zur Lemsahler Dorfstraße. Das alles mit einem Blech Butterkuchen, Tim und bei strömendem Regen. Und nach diesen Anstrengungen waren wir endlich – in einer Reihenhaussiedlung mit matschigen Wegen. Was Menschen alles so auf sich nehmen, um »im Grünen« zu leben! Nur damit die Kinder gute Luft atmen, worauf die lieben Kleinen spätestens mit 13 pfeifen. Dann hocken die Eltern nachts sorgenzerfurcht in ihren Reihenendhäusern, während die Nestflüchter auf Mofas oder mit dem Zug in die Stadt düsen. Was für eine Vorstellung! Überall in den Vorstädten sitzen, wenn die Nacht anbricht, einsame Eltern und sehnen sich in die gemütliche Stadtwohnung mit U-Bahn-Anbindung und verlässlicher Straßenbeleuchtung zurück. Na, nicht mit mir! Wenn's ums Landleben geht, freue ich mich immer zweimal. Das erste Mal, wenn ich hinfahre. Das zweite Mal, wenn ich wieder in die Stadt zurück darf.

Der Besuch war ein Reinfall. Das war mir schon klar, bevor ich den Klingelknopf gedrückt hatte, denn das selbst getöpferte

Namensschild wies schreiend bunt und aufdringlich darauf hin, dass hinter dieser Tür *Die glückliche Familie Schlüter* wohnte. Tatsächlich erwiesen sich die Schlüters als unerträglich glücklich. Und sie waren umringt von anderen ebenso unerträglich glücklichen Reihenhausnachbarn. Alles Paare natürlich. In Reihenhäusern leben keine Singles. Und Alleinerziehende schon gar nicht. Alle versammelten Paare waren unglaublich glücklich. Sie waren sich auch über Fragen der Kindererziehung, Ernährung, politischer Weltlage unglaublich glücklich einig: »Wir finden, die Multikulti-Gesellschaft hat noch nicht ausgedient, nicht wahr, Schatz?« – »Schatz, da sind wir einer Meinung.« – »Wie fandet ihr eigentlich diese neue Kinokomödie? Wir waren enttäuscht. Nicht wahr, Schatz?«

Während die Kinder in der oberen Etage dem Geräuschpegel nach zu urteilen die Wände einrissen, betrank ich mich haltlos mit Glühwein. Als um Mitternacht jeder seinen Schatz küsste, übergab ich mich ins Waschbecken der Gästetoilette.

»Alles in Ordnung?«, fragte der Gastgeber, als ich bleich zurückgetaumelt kam.

»Ja, danke! Schon besser«, murmelte ich. »Ich muss nur immer kotzen, wenn alle Leute auf einer Party mit Vornamen Schatz heißen.« Erst dann sah ich, dass noch mindestens fünf andere Leute zwischen Garderobenständer und Spiegel herumstanden. Alle bedachten mich mit vorwurfsvollen Blicken. Irgendjemand sagte endlich: »Wir wollten gerade los, sollen wir dich und deinen Sohn in die Stadt mitnehmen?«

Ich konnte zwar die Augen kaum aufhalten, aber ich riss mich zusammen und antwortete freundlich unbestimmt in die Gruppe: »Vielen Dank … äh … Schatz!«

Der 1. Januar war ein Sonntag. Am liebsten hätte ich ihn mit meinem Brummschädel auf der Couch verbracht. Stattdessen ging ich nach dem Frühstück mit Tim zum Spielplatz. Wir spielten ein bisschen Fußball (ich bin gar nicht so schlecht) und später tuschten wir ein neues Bild für den Wechselrahmen auf dem Flur. Ein Fußballbild. Ich malte den Ball und Tim den Rest. Am Nachmittag ließ ich Tim *Susi und Strolch* auf Video ansehen. Ich setzte mich dazu und versuchte, ein wenig Ordnung in meine längst fälligen Steuerunterlagen zu bekommen. Ich blätterte durch die Rechnungen, Kontoausdrucke und Daueraufträge und wurde immer deprimierter. Krankenversicherung, Miete, Telefon, Kinderhort, Heizung – warum ist eigentlich das Leben so teuer? Tim wünscht sich schon wieder neue Fußballschuhe, aber darauf muss er noch ein bisschen warten. Mein Gehalt reicht mal eben so – aber für mehr auch nicht. Tim ist Stürmer in der Mini-Mannschaft des Kinderhorts und träumt schon jetzt davon, einmal in der Nationalmannschaft zu spielen. Während ich auf meinen miesen Kontostand starrte und an Tims Traum dachte, schossen mir plötzlich Tränen in die Augen. Das lag wohl am Kater. An Weihnachten. Oder am Neujahr. Vielleicht aber auch an dem Umstand, dass schon wieder ein Montag vor mir lag – und ein weiteres Jahr, in dem ich ganz allein Tims und mein Schiff steuern musste. Vielleicht lag es aber auch daran, dass Susi und Strolch gerade Spaghetti aßen und der italienische Kellner Liebeslieder sang, während sich ihre süßen schwarzen Näschen berührten. Was auch immer es war, ich fing plötzlich an zu heulen.

Dieser Dreckspapierkram! Dieses verdammte Geld! Mamas Worte fielen mir wieder ein. *Wenn du wenigstens geschieden wärst. Dann hätten wir eine Hochzeit gehabt und du jetzt vielleicht eine große Wohnung und Alimente. Aber so einfach alleinerziehend. Das ist doch nichts.*

Ich heulte noch mehr. Tim rappelte sich auf und fragte besorgt: »Mami, was ist denn?« Schnell wischte ich mir die Tränen ab und flunkerte, dass ich mich am Arm gestoßen hätte.

Er inspizierte die Stelle, auf die ich zeigte, mit medizinischem Ernst. »Ich kann nichts sehen«, befand er misstrauisch. »Hast du dich wirklich gestoßen?«

Ich nickte. »Ist aber schon wieder gut.«

»Ich puste aber besser noch mal.« Er blies mir seinen warmen Atem auf den Ellenbogen. »Besser?«

»Viel besser.« Ich schluckte meine Tränen hinunter und knuddelte ihn, bis er sich wehrte: »Mami, ich will den Film gucken!« Aber als er sich wieder in den Sessel kuschelte, guckte er immer wieder zu mir herüber. Ich hatte das Gefühl, dass er mir kein Wort glaubte.

Leider war Tim am Abend überhaupt nicht müde und verwendete seine Energie darauf, immer wieder vor meinem Bett aufzutauchen. »Mama, kann ich bei dir schlafen?« Nachdem ich ihn zum dritten Mal kreischend über den Flur zurück in sein Zimmer geschleppt hatte, gab ich um vier Uhr morgens auf. Verheult und erschöpft schlief Tim in meinem Bett ein, während ich mich die ganze Restnacht schlaflos hin und her wälzte. Nicht nur, weil Tim mir abwechselnd ein Knie in den Rücken rammte oder mit ausgebreiteten Armen auf dem Rücken lag. Sondern auch, weil mir die letzten Tage durch den Kopf gingen. Hatte ich mich genug um Tim gekümmert? Ist es in Ordnung, dass er nachts immer bei mir schlafen will? Darf eine Mutter einen Kater haben? Erst im Morgengrauen döste ich ein, überhörte prompt den Wecker, stand zu spät auf und hatte die größte Mühe, Tim aus seinem Tiefschlaf zu reißen.

Es ist also Montag. Ein schrecklicher Montag.

Wir landen völlig übernächtigt erst kurz vor halb neun im Kindergarten. In der Garderobe vor den Räumen von Tims Gruppe herrscht aufgeregtes Gewusel, Eltern zerren nasse Anoraks von Kindern, die schon halb im Spielzimmer stehen, kleinere Geschwister plärren. Von Schlüters ist glücklicherweise weit und breit nichts zu sehen.

»Frau Kanzler!« Paula, die Kindergärtnerin, wedelt mit einem Blatt Papier vor meinem Gesicht. »Das hat Tim vor Weihnachten vergessen mitzunehmen. Es ist der Jahresplan. Sie wissen schon, Ferientermine, wann wir welche Feste feiern, Bastelnachmittage, Elternabende und so.«

»Danke.« Ich stopfe das Blatt in meine Jackentasche. Die Luft in dem engen Flur vor den Garderobenhaken ist warm und stickig, und in meinem Nacken sammelt sich Schweiß. Schnell gebe ich Tim einen Kuss und sprinte in Richtung Ausgang, um an die frische Luft zu gelangen. Ich reiße die Tür auf – und stoße mit einem großen Mann zusammen, der ein rothaariges Mädchen an der Hand hält. Als ich mich mit einer gemurmelten Entschuldigung vorbeidrücken will, sagt der Mann: »Wohin so schnell?« Und fügt dann rätselhaft hinzu: »Schatz!«

Ich stoppte erstaunt. »Schatz?«

Das Mädchen kichert, winkt seinem Vater zu und rennt die Treppe hinauf.

»Geht's wieder besser? Kein Kater?«, fragt der Fremde und fügte wieder das freche »Schatz« hinzu. Ich zeigte ihm einen Vogel und habe die Außentür schon aufgestoßen, da fällt mir siedend heiß der Silvesterabend ein. Ich spüre, wie meine Beine wackelig werden. Matt lasse ich mich auf die Stufen der Treppe zum ersten Stock sinken. »Oje. Sie waren auch auf der Party bei Anne und Matthias?«

Der Mann nickt. Er hebt seine Hand: »Björn, Björn Walkenhorst. Sie können aber auch weiter Schatz sagen.«

»Ach, lassen Sie das doch jetzt.«

»Vorletzte Nacht haben wir uns noch geduzt.«

»Haben wir das?«

»Ja, als wir dich und Tom …«

»Tim.«

»Als wir dich und Tim nach Hause gebracht haben.«

Ich forsche in meiner Erinnerung und stelle fest: Ich habe keine. Jedenfalls nicht an die Heimfahrt, und auch nicht an diesen Björn. Auf meiner Liste *Warum ich nicht auf Partys trinken sollte* fehlt noch *Gefahr von Erinnerungslücken.* Offenbar ist die Tochter dieses Björn in einer anderen Gruppe, oder die Kleine kommt nur halbtags. Beide habe ich jedenfalls noch nie im Hort gesehen. Eigentlich schade, wie ich nach einer schnellen Musterung feststelle. Er macht einen durchaus sympathischen Eindruck. Ein großes freundliches Gesicht mit einer langen Nase und Augen, um die herum jede Menge Lachfältchen aufspringen. Schwarze Jeans, Lederjacke mit Fellkragen. Die Cowboystiefel finde ich bedenklich, aber schließlich ist es Montag und der Mann nicht auf einer Modenschau. Dass allerdings sein dichtes rötlichblondes Haar als Pferdeschwanz im Nacken klebt, gefällt mir nicht. Fehlt nur noch, dass er eine Harley fährt und im Sommer eine Lederweste auf bloßem Oberkörper trägt! Doch sein Lächeln ist richtig pfiffig, genauso wie der etwas schiefe Vorderzahn. Sogar in meinem momentanen Zustand zwischen Wachkoma und Übernächtigung finde ich ihn anziehend. Ohne diesen Pferdeschwanz sähe er wirklich gut aus. Hmm … dieser Mann hat was!

Jawohl, bremse ich leicht verzögert meine Phantasie, *was er hat, ist vor allem eine Tochter, wahrscheinlich mit dazugehöriger Mutter.* Aber schiefer Vorderzahn hin, unausgeschlafene Phantasie her: Ich muss zur Arbeit. Ich stehe auf und reiche ihm meine Hand. »Du, ich muss los. Falls ich es in der Neujahrsnacht nicht gesagt habe: Vielen Dank für das Heimbringen.« Seine Hand ist riesig, warm, und er hat einen festen Griff. Und dieses Lächeln …

»Kein Problem. Bis bald.« Bevor die Tür hinter mir ins Schloss fällt, höre ich noch ein amüsiertes »Schatz!«.

Ich steige aufs Fahrrad und fahre nach Pöseldorf. Eigentlich ist die Strecke ganz schön: durch Straßen mit alten Häusern und vielen Bäumen, unterhalb des Schanzenparks entlang und links am Fernsehturm vorbei, dann hinunter ins Univiertel, quer über den Campus und entlang der Rothenbaumchaussee. Eine Querstraße vor der Alster liegt der Verlag. Leider fahre ich den Weg wie immer mit hängender Zunge und auf den letzten Drücker und komme außer Atem an. Jetzt erst einmal ein Kaffee! Die Stunde von acht bis neun ist immer die schönste. Gut, ich bin selten pünktlich um acht Uhr hier, aber so viel passiert vorher auch nicht und die Kollegen aus den Redaktionen drücken immer ein Auge zu. Die meisten trudeln sowieso erst ab halb zehn ein. Ich teile mir den Empfang mit meiner Kollegin Petra. Wenn ich nachmittags gehe, übernimmt sie bis um acht Uhr.

Als ich das Foyer betrete, ist mir sofort klar, dass der Montag so unangenehm weitergeht, wie er begonnen hat. Denn das Foyer liegt nicht leer und ruhig vor mir – zu meiner Überraschung ist Petra da, und neben ihr steht ein Anzugträger, von dem ich nur weiß, dass er in der Personalabteilung arbeitet. Der Anzug guckt erst auf seine teure Armbanduhr und tritt dann auf mich zu. Er streckt mir seine Hand entgegen, die ich reflexartig drücke.

»Jella, schön, dass du da bist. Da können wir ja gleich beginnen.«

In unserem Verlag wird geduzt. Das ist jung und dynamisch, führt aber mitunter zu Komplikationen. Wie, bitte schön, verbindet man einen Anrufer mit einem Herrn Schmidt, wenn man nur Kalles, Jojos und Michis kennt? Der Anzug heißt Rüdiger und lässt sich gern Rüdi nennen. Muss ich noch mehr sagen?

»Mädels, habt keine Angst, ihr werdet nicht gefeuert«, scherzt Rüdi. Zu den Besonderheiten unseres jungen, dynamischen Verlags gehört auch, dass weibliche Wesen grundsätzlich *Mädels* und Männer *Jungs* sind, egal ob sie 24 oder 54 sind. Ich seufze innerlich. Hoffentlich zieht sich das hier nicht. Ich habe noch nicht einmal meine Jacke ausgezogen, und mein Körper schreit nach dem ersten Kaffee des Tages. Ich schaue Petra fragend an. Was ist hier los? Aber Petra zuckt mit den Achseln.

Rüdiger fährt fort: »Freut euch, denn ab nächste Woche bekommt ihr Zuwachs. Lola, die Praktikantin aus dem Vertrieb, wird euer Team verstärken.« Petra und ich starren ihn verständnislos an. Wie soll das funktionieren? Das erklärt uns Rüdiger sofort. »Wir ihr wisst, erscheint bei uns demnächst das neue Mädchenmagazin *Träumerin*.«

Ich weiß. Wahrscheinlich so ein quietschbuntes Heft, in dem behauptet wird, dass Mädchen (die echten, die zwischen 13 und 17) ausschließlich von Delfin-Patenschaften und Anti-Pickel-Seife träumen. Ich bin mir sicher: Die Dunkelziffer von Mädchen, die Alpträume kriegen, wenn man ihnen vormacht, weibliche Seligkeit bestünde aus wasserfestem Lipgloss, überteuerten Duftkerzen und einer Liebeskummertherapie im Kreuzworträtselformat, ist ziemlich hoch.

»Das bedeutet mehr Leute im Haus, mehr Anfragen von außen, mehr Arbeit für euch. Und vor allem längere Arbeitszeiten.«

Ich bekomme Kopfschmerzen. Verschlafen, kein Kaffee und jetzt das. Ich kann keine längeren Arbeitszeiten einrichten! Wie soll ich das mit dem Kinderhort koordinieren? Das fragile Glück von uns alleinerziehenden Müttern hängt schließlich von einem minutiös ausgeklügelten Zeitplan ab.

»Deswegen haben wir uns für ein neues Modell entschieden. Der Verlag investiert da richtig was.« Rüdiger ist sichtlich stolz, während ich mich frage, ob Praktikantin Lola wirklich Geld bekommt oder »Erfahrungen sammelt«, die sie dann später unter dem Stichwort *Büroorganisation* in ihrer Bewerbungsmappe verwurstet. »Der Empfang ist nicht wie bisher von acht bis 20 Uhr, sondern von sieben bis 22 Uhr besetzt, und es gibt statt zwei Schichten drei, in denen alternierend gearbeitet wird. Das ist für euch natürlich toll, weil ihr in Zukunft eure Freizeit viel flexibler planen könnt. Die Dienstpläne bekommt ihr heute Nachmittag. Also, Mädels, schönen Tag noch!« Rüdiger geht mit einem freundlichen Nicken und hat keine Ahnung, dass er soeben eine Atombombe auf meine Existenz geworfen hat.

Am Nachmittag fahre ich mit schwerem Kopf durch kalten Nieselregen nach Hause. Wie soll ich die neuen Arbeitszeiten in mein Leben integrieren? Tim geht von acht Uhr bis nachmittags um fünf in den Hort. Wie soll das gehen, wenn ich Frühschicht habe? Oder gar die Schicht bis um 22 Uhr? Plötzlich erscheint mir Mamas Idee von der neuseeländischen Landkommune gar nicht mehr so abwegig. Ich sehe mich schon in Latzhose über die Kiwifelder schreiten. Versonnen halte ich an einer Ampel, und erst als mir der stärker werdende Regen ins Gesicht klatscht, fällt mir ein, dass ich das Landleben verabscheue. Außerdem habe ich keine Ahnung, ob man Kiwis auf Feldern anbaut und nicht vielleicht in diesen komischen Beeten mit Deckel. Oder wachsen sie auf Bäumen?

Ich stelle mein Fahrrad vor dem Haus ab und habe noch keine Ahnung, dass der furchtbarste Teil des Montags unmittelbar vor mir liegt.

Kaum habe ich die Wohnungstür aufgeschlossen, stehe ich schon knöcheltief im Wasser. Die Waschmaschine, in die ich heute Morgen noch schnell Tims verdreckten Anorak und ein paar Winterpullover gestopft habe, ist ausgelaufen! Das darf ich Mascha auf keinen Fall erzählen. Die predigt immer, dass ich die Maschine nicht alleine laufen lassen soll. Ich muss das

Wasser abstellen, bevor ich das ganze Haus überflute! Auf der Suche nach dem Haupthahn schlittere ich über den Flur. Dabei stolpere ich über eine mit leeren Flaschen gefüllte Getränkekiste, die ich eigentlich schon längst zum Supermarkt bringen wollte, und stoße mir den Knöchel. Im Hinfallen nehme ich das kleine Regal mit, das mit lautem Gepolter umfällt. Nippes, Vasen und Bilderrahmen fliegen durch die Luft. Um mich herum gluckert, rauscht und squatscht es. Hastig rappele ich mich wieder auf und hechte zum Haupthahn, der sich in einer Flurschräge verbirgt. Geschafft! Unmittelbar nach dem Drehen des Hahnes hört das bedrohliche Blubbern auf. Schwer atmend stehe ich im Flur und spüre, wie meine Schuhe langsam durchweichen. Ich ziehe sie von den Füßen und pfeffere sie ins Schlafzimmer. Meine Socken sind total nass, aber das ist egal, das kühlt den Knöchel. Ich will jetzt erst einmal die schwere regenklamme Jacke loswerden. Auf den Socken gerate ich fast ins Rutschen. In der Jacke knistert es komisch, und als ich nachgucke, gerät mir der der Zettel aus dem Kindergarten in die Finger. Die Jacke halb an und halb ausgezogen, beginne ich zu lesen. Mein Blick bleibt auf einer fett gedruckten Zeile in der Mitte des Zettels hängen. Unter der Rubrik JULI steht da: *Am 25. Juli findet das große Vater-&-Sohn-Fußballspiel statt.*

Das ist zu viel für mich. Ich gehe kraftlos in die Hocke. Dabei rutsche ich zum zweiten Mal aus und lande platschend mit dem Hintern in einer großen Lache. So bleibe ich einfach sitzen und fange an, haltlos zu heulen. Weil mir erstens der Knöchel wehtut. Und zweitens das Herz.

Ein Vater-&-Sohn-Fußballspiel! Tims Vater ist Jonathan, ein Student aus Amerika. Und der hat mich vor Tims Geburt mit unbekanntem Ziel verlassen. Manchmal schreibt er eine E-Mail oder eine Postkarte. Vor sechs Monaten kam sein letztes Lebenszeichen: ein Brief aus Rumänien. Jonathan ist immer unterwegs – und zu weit weg, um mir bei einer ausgelaufenen Waschmaschine zu helfen. Oder um an einem für seinen Sohn wichtigen Fußballspiel teilzunehmen. In diesem Moment weiß ich, wie es sich anfühlt, wenn das Leben wie eine dunkle Welle über einem zusammenschlägt. So kommt es, dass ich an diesem schrecklichen Montag mit nassem Hintern in meinem Korridor sitze und nur zwei Tage, nachdem das neue Jahr begonnen hat, schon völlig fertig bin.

Ich lehne meinen Kopf gegen die Wand und sehe den Tatsachen ins Auge: Mein Leben ist eine einzige Katastrophe. Eine Ansammlung von nicht erfüllten Erwartungen, von angefangenen Projekten, von nicht verfolgten Fäden. Was habe ich vorzuweisen? Eine abgeschlossene Ausbildung zur Erzieherin – aber ich jobbe als Telefonistin. *Gabriele!*, klingt Mamas Stimme in meinen Gedanken. *Gabriele, du hast so viele Möglichkeiten. Deine Sprachbegabung! Dein offenes Wesen! Dein Charme! Du musst einfach nur einen roten Faden erwischen und ihn festhalten.* Vor Rührung läuft mir die Nase. Mama fällt mir zwar mächtig auf die Nerven, aber sie ist auch die einzige Person, die es immer für möglich hält, dass ich irgendetwas in meinem Leben noch in Ordnung bringen könnte. Die Statistik ist gegen mich: Meine Jobs sind selten von langer Dauer und ich verliebe mich mit annähernd hundertprozentiger Treffsicherheit in absolut unzuverlässige Windhunde. Wenigstens war das vor Tims Geburt so. Seitdem könnte ich allerdings zum Thema »Sexuelle Erlebnisse« höchstens noch etwas zu einem Gesprächskreis in einem Kloster beitragen.

Plötzlich wird mir ein stechender Schmerz unter dem Steißbein bewusst. Mit Sicherheit habe ich mir etwas geprellt. Oder sogar gebrochen. Vielleicht bleibe ich mein Leben lang gelähmt. Für einen Moment sehe ich mich in einem Rollstuhl, ein melancholischer Pfleger im weißen Kittel schiebt mich durch eine herbstliche Parklandschaft. Es tut mir fast Leid, mich von diesem Bild zu verabschieden, als mir klar wird, dass ich bei meinem Ausrutscher lediglich auf irgendetwas Pieksigem gelandet bin. Das bohrt sich nachdrücklich in meinen Hintern. Mit einiger Anstrengung ziehe ich es unter der linken Gesäßbacke hervor.

Es ist …

Ungläubig starre ich die kleine Figur an. Das ist doch – Tessa Martin! Tessa Martin … Meine Gedanken fliegen zurück in meine Kindheit. Damals muss ich elf Jahre alt gewesen sein. Mein Vater hatte noch alle Haare und zum Buddhismus keinen Zugang. Stattdessen spielte er jede Woche Fußball. Dabei brach er sich den Unterschenkel und musste zwei Wochen zu Hause bleiben. Schon bald hatte er keine Lust mehr, nur zu lesen, und damals gab es noch nicht über 20 TV-Sender und Internet. Irgendwann habe ich dann mein Fimo angeschleppt und wir haben zusammen alle möglichen Figuren und Tiere geknetet. Trolle, Schlangen, Mäuse, Zwerge — und Tessa Martin, die kleinste Geheimagentin der Welt. Eine winzige Frau mit einem pfiffigen Mäusegesicht, einer großen Brille, einem frech nach oben strebenden gelben Pferdeschwanz und einer rasanten Eieruhrfigur in einem eng gegürteten roten Mantel. In diesem einmaligen Sommer konnte ich es kaum erwarten, nach der Schule nach Hause zu kommen und mir mit Papa Geschichten über Tessa Martin auszudenken. Tessa war Rächerin und Vertraute, nahm sich die zickige Mädchenclique aus meiner Klasse (die schon Busen bekamen) genauso vor wie die doofen Jungs. Tessa schoss sie alle zum Mond. Sie wusste auf alles eine Antwort und für alles eine Lösung! Ach, Tessa. In meiner Schulzeit und während der Ausbildung war die kleine Figur mein Glücksbringer. Irgendwann muss sie dann aber wohl in der hintersten Ecke des Flurregals gelandet und eingestaubt sein.

Ich drehe die Figur nachdenklich zwischen den Fingern und

denke darüber nach, dass Tim gar nicht weiß, wie es sich anfühlt, einen Vater zu haben. Und so, wie es aussieht, wird er das auch nicht. Wenn seine Freunde mit ihren Vätern beim Spiel auflaufen, wird mein Kleiner ganz allein am Spielfeldrand stehen. Schon wieder spüre ich, wie sich in meiner Kehle ein dicker Kloß ballt. Ich schlucke.

Tessa grinst mir zu.

Du hast gut grinsen, denke ich unter Tränen. Ich sitze hier im Waschmaschinenwasser. Was soll ich tun? Auf Single-Treffen gehen, um einen Mann zu finden, der bei der Erwähnung von Tim nicht an Flucht, sondern an Nestbau denkt? Mich auf einer Väter-Website umsehen, ob jemand noch Kapazitäten als Teilzeitpapi für Tim hat? Ich schaue Tessa an. Was würde sie wohl tun? Ich schließe die Augen.

Und dann bin ich plötzlich weit weg.

Tessa Martin rettet die Welt

Das Haus lag im Dunkel. Aber Tessa Martin wusste, dass bereits ein einziger falscher Schritt Gebäude und Garten in gleißendes Licht tauchen würde. Ihrem geübten Auge waren die Bewegungsmelder nicht entgangen. Außerdem gab es vor der Haustür eine Lichtschranke. Die beiden Bluthunde, die hechelnd über das Gelände gestreift waren, hatte sie bereits außer Kraft gesetzt. Richtig niedlich sahen die zwei jetzt aus, hingen drei Meter über dem Boden sicher verstaut in einem Löwenfangnetz im Baum wie zwei pelzige Riesenbirnen. Vor Schreck hatten sie sogar aufgehört zu bellen.

Von einem höheren Ast schleuderte Tessa mit der Treffsicherheit einer Zirkusartistin ein Wurfmesser durch die Luft, das zitternd im Balken über der Haustür stecken blieb. Im Griff der Messers befand sich ein Drahtseil, dessen anderes Ende sie sicher im Baum vertäute. Dann klinkte sie einen Haken an das Seil und ließ sich blitzschnell hinabsausen. Am Seil hängend überwand sie die Lichtschranke und verschaffte sich dank der gekonnten Handhabung eines Dietrichs lautlos Eintritt. Sie eilte gebückt durch die dunkle Halle. Das Haus war still. Gefährlich still. Nur aus einem oberen Zimmer drang das Geräusch eines eingeschalteten Fernsehers. Tessa sah auf ihren Handcomputer, der ihr über eine Webcam ein verlässliches Bild lieferte. Lord Hugh, den man meist nur ehrfürchtig Wer-weiß-nicht-wer nannte, vergnügte sich bei seiner Lieblings-TV-Serie. Der schwerreiche Medienzar galt als Wirtschaftskrimineller von der übelsten Sorte, war tief in internationale mafiöse Strukturen verstrickt und von einer legendären, diabolischen Boshaftigkeit. Er war in seiner Jugend im Olympiateam der Sportschützen gewesen, bevor er mit Tierversuchen für die globale Schönheitsindustrie ein Vermögen verdient hatte. Ein Schurke durch und durch! Tessa sah auf ihre Uhr. Die Sendung lief noch 13 Minuten. Zeit, die gerade ausreichen würde, den Safe zu knacken und die Formel zu stehlen. Die Formel, von der alle Frauen träumten.

Vor dem Haus bewegten sich Lichter in der Dunkelheit. Tessa blickte aus dem Fenster. Da waren sie wieder, die Blutsaugerinnen von Birgitta, Claudette, Marie-Elaine und wie die Frauenzeitschriften alle hießen. In ihren schicken Cabriolets und funkelnden Limousinen standen sie vor dem Stacheldrahtzaun und belagerten Lord Hughs Anwesen. Wie schon seit Tagen. Tessa beobachtete, wie eine Blondine mit kurzem, engem Rock auf Schwindel erregend hohen Stöckelschuhen auf das Empfangshäuschen zutippelte. Der schwarze Portier schüttelte den Kopf. Die Blondine versuchte es erneut, warf ihr Haar wie ein verführerisches Netz aus, gewährte tiefe Einblicke in ihre Bluse, ließ die Zunge über ihre Lippen gleiten und klimperte mit den Lidern. Tessa grinste. Mit derart altbackenen Rezepten kam frau im Hightech-Zeitalter nicht weit.

Eine Bewegung im Garten ließ sie erneut innehalten. »Respekt, meine Damen!« Tessa sah, wie zwei Gestalten im Tarnanzug über den Rasen robbten. Die Reporterinnen von Erna, dem feministischen Magazin, waren wirklich up to date. Natürlich waren auch sie an der Formel interessiert, mit der jede Frau den Mann ihrer Träume finden würde – schließlich mussten sie die Leserinnen ihrer Gazette vor diesem GAU bewahren. Fände jede Frau ihren Traummann, könnte das zum wachsenden Verständnis zwischen den Geschlechtern führen. Die Folgen (besonders für die Leserinnen von Frauenzeitschriften) waren nicht abzusehen.

»Sorry, Ladys!« Tessa betätigte einen Knopf auf ihrem Palm-Computer. Draußen öffnete sich das Netz im Birnbaum und ließ zwei sehr wütende Hunde auf zwei sehr überraschte Reporterinnen treffen. Tessa eilte weiter. In der Bibliothek schob sie ein Bücherregal zur Seite. Da, die Tür zum Tresorraum. Daneben in der Wand ein einfaches Display. »Enter Password!« Schnell rekapitulierte sie, was sie über Lord Hugh wusste. Seine Mutter hieß Martha, seine erste Frau Mildred und seine (natürlich bei der Mutter lebende) Tochter Mimi. Bei Mimi sprang die Tresortür auf. Tessa seufzte. Männer waren so übersichtlich angelegt, selbst ein Superschuft wie Wer-weiß-nicht-wer.

Sie durchwühlte die Fächer. Aus dem Tresor drang eisige Kälte. Zwischen Wertpapieren und Geldbündeln fand Tessa endlich das kleine, mit blauem Samt ausgeschlagene Kästchen. Ehrfürchtig nahm sie es in die Hand. Angeblich sollte es der französischen Literatin George Sand gehört haben. Die Formel konnte sie allerdings damals selbst noch nicht gekannt haben, sonst hätte sie sich mit dem polnischen Pianistenseelchen Chopin nicht ausgerechnet Mallorca im Winter für ihren Liebesurlaub ausgesucht.

Ein Geräusch ließ Tessa zusammenzucken. Schritte näherten sich! Sie ließ das Kästchen in ihre Tasche gleiten und verschloss den Tresor schnell wieder. Die Tür der Bibliothek öffnete sich. Lord Hugh, begleitet von seinem bulligen Bodyguard und einem japanischen Samurai, betrat den Raum. Zielstrebig ging der massige Mann zum Tresor. Er zeigte aus dem Fenster und kicherte hässlich: »Die sind alle scharf auf die Formel! Diese Dummbratzen! Wenn die wüssten, dass ihre dämlichen Magazine alle mir gehören, würde sie das in den Wahnsinn treiben.«

Der Bodyguard grinste: »Ach, haben Sie jetzt auch Birgitta gekauft, Chef?«

»Letzte Woche.« Lord Hugh lachte dröhnend. »Jetzt liegt die gesamte Frauenpresse in meiner Hand! Und solange keine die Formel bekommt, werden sie immer weiter ihre Psychotests und Wie-angle-ich-mir-einen-Kerl-Tipps entwickeln. Die anderen Weiber lieben das Zeug und kaufen. Und solange sie kaufen, geht's uns gut!« Er tippte schnell das Password ein und der Tresor öffnete sich. Lord Hugh zuckte zusammen.

»Is' was, Meister?« Der Samurai trat neben ihn.

Lord Hugh wühlte hastig im Tresor. »Wo ist denn …?«

Tessa hielt den Atem an.

Papiere raschelten.

»Hier müsste doch …« Dann hob Lord Hugh triumphierend drei Bierdosen hoch. »Hier sind ja unsere drei Blonden! Meine neue Flamme ist so eine Öko-Braut, die erlaubt mir keine Bierdosen!« Wieder lachte er dröhnend.

»Aber wozu hat man einen Tresor?« Die Tür schloss sich schnarrend. Lord Hugh warf seinen Männern je eine Dose zu.

Als ihre Schritte auf der Treppe verklangen, atmete Tessa erleichtert aus. Sie ließ sich von der Decke hinunter, an der sie mit ihren Spezialhandschuhen und -stiefeln wie eine Fliege geklebt hatte. Das war gerade noch einmal gut gegangen.

So schnell, wie sie gekommen war, verließ sie das Haus wieder. Die beiden Hunde waren im hinteren Gartenteil immer noch mit den Erna-*Reporterinnen beschäftigt, die sich auf das Dach des Gewächshauses gerettet hatten. Elegant flankte Tessa über die Mauer und sprang in ihren dort versteckten Roadster. Sie ließ den Motor an, stellte die Freisprechanlange ein und wählte die Nummer ihrer Auftraggeberin. Dann sagte sie nur zwei Worte: »Auftrag ausgeführt.« Mit leisem Aufheulen verschwand der Wagen in der Nacht.*

Irgendwann stehe ich vom Boden auf und rufe den Waschmaschinennotdienst an. Mit dem Aufwischen bin ich grade fertig, als ein dicker, streng riechender Mann in blauer Latzhose und mit großem Werkzeugkasten klingelt. Er macht sich an der Maschine zu schaffen und präsentierte mir nur 30 Minuten später eine Rechnung, bei der mir schwindelig wird. Ich muss keinen Blick auf meinen Kontostand werfen, um zu wissen, dass mir nur Mama aus der Patsche helfen kann. Am besten fahre ich gleich zu ihr. Schnell wische ich mir die verschmierte Wimperntusche unter den Augen weg. Frische Luft tut mir jetzt bestimmt gut.

Ich habe Glück: Mama ist allein und weit und breit kein Hase in Sicht. Aber kaum sitzen wir am Küchentisch, da klingelt das Telefon. Mama hat in jedem Raum einen Anschluss. In der

Küche hat sie ein schnurloses Gerät auf einer Ladestation, das immer dort steht. Ich würde die Hälfte meines Tages damit verbringen, das Telefon zu suchen. Bei Mama steht es, wo es hingehört. Sie nimmt ab und gießt mir gleichzeitig eine Tasse Ginsengtee ein. Sie schwört darauf.

»Hallo, Barbara! Nein, du störst nicht. Aber ich kann nicht lange reden. Gabriele ist gerade da. Sie hatte einen Unfall mit ihrer Waschmaschine.« Barbara ist Mamas beste Freundin und bezeichnet mein Leben immer als »unordentlich«. Dabei ist von ihren Kindern auch noch keines verheiratet, obwohl sie bereits jede Menge gepatchworkte Enkelkinder hat. Unordnung ist heute ein anderes Wort für Alltag. Jetzt gibt Barbara einen offensichtlich mitfühlenden Kommentar ab. Mama legt ein generöses Timbre in die Stimme, das mich hoffnungsvoll stimmt. »Natürlich helfe ich ihr in einem solchen Fall. Die Handwerker nehmen heutzutage derart überteuerte Preise.« Wenigstens darüber sind sich wohl alle einig. Trotzdem scheint Barbara nun die Meinung zu vertreten, ich sollte solche Probleme allein lösen können. Mama kontert jedenfalls: »Nein, nein, sie hat sehr viel um die Ohren. Wie bitte? Nun, das Kind und der Job, du weißt ja.« Bravo, Mama! Doch offensichtlich findet Barbara das nur lächerlich. Ihr Gelächter dringt bis zu mir. Ungerührt verteidigt Mama mich weiter. »Ja, ich weiß, du hast sechs groß gemacht, ich hatte mit einem Kind, dem großen Garten und Günthers kranker Mutter auch genug um die Ohren … Ja, ja, die Männer, die haben damals im Haushalt nicht viel getan. Günther hat einmal gesagt, dass wir keine Spülmaschine brauchen. Er habe ja seine Frau.« Sie lacht gekünstelt.

Auf dem Rückweg trete ich noch wütender in die Pedale. Mama hat mir einen Geldschein zugesteckt, aber statt erleichtert zu sein, fühle ich mich noch mehr als Versagerin. Kein

Karriere, keine Kohle, kein Kerl. Über Letzteres bin ich zurzeit nicht allzu unglücklich. Im Alltag sind Männer oft eine Belastung. Wirklich fehlen tun sie mir nur beim Sex und wenn's um das Schleppen sperriger Einkaufsgüter geht. Außerdem sind Männer meist total mit ihrem eigenen Leben beschäftigt. Sie trotten zur Arbeit, wo sie während der Arbeitszeit ihren Fußballkumpels alberne E-Mails schicken und konzentriert auf die Einhaltung ihrer Mittagspause achten. Aber wenn sie abends nach Hause kommen, benehmen sie sich, als hätten sie gerade Gallien erobert. Darauf kann ich gut verzichten.

Ich biege in die Fruchtallee ein und fahre Richtung Christuskirche. Während ich mich gegen den eiskalten Ostwind stemme, lasse ich die Männer meines Lebens vor meinem inneren Augen vorbeiziehen. Übereinstimmendes Merkmal: Keiner wollte Verantwortung tragen. Als durchschnittliche Frau von 34 Jahren blicke ich auf eine Liebhaberzahl von sieben zurück – und jede Menge fruchtloser Diskussionen im Spannungsfeld von Liebe, Verantwortung und persönlicher Freiheit. Freiheit heißt für achtzig Prozent aller Männer vor allem eins: Fußball. Fußball gucken, Fußball spielen, über Fußball reden. Im Gegensatz zu Christy habe ich noch nicht mal etwas dagegen. Während Männer Fußball gucken, sitzen sie warm und trocken und machen keine Dummheiten. Christy hält jede Minute, die ihr jeweiliger Freund vor der Glotze beim Fußball verbringt, für Zeit, die ihr zusteht. Wir haben uns darüber schon oft gestritten. Natürlich fände ich es auch nicht prickelnd, am Wochenende die Essenszeiten nach den Bundesligaspielen auszurichten. Aber wenn man vorhat, viel Lebenszeit miteinander zu verbringen, kann man doch auch an einem Mittwoch gemeinsam ins Kino gehen (natürlich nicht, wenn Champions League im Fernsehen übertragen wird) und am Samstag mit der Freundin in die Sauna, wenn die Männer vor der Bundesliga-Konferenz kleben. Wenn bei einem Paar

Fußball ein echtes Problem wird, würde ich für die Beziehung keinen Pfifferling mehr geben.

Ich muss an einer Kreuzung anhalten und sehe einem Vater zu, der einen Kinderwagen über die Straße schiebt. Dieses sehnsüchtige Gefühl, als ich mit nassem Hintern in der Waschlauge gesessen habe, das war diesmal anders. Das war nicht die Sehnsucht nach einem Mann, nach Sex und Liebesschwüren, nach Fußmassagen und Händchenhalten. Sondern die Sehnsucht nach einem Vater. Nicht für mich, sondern für Tim.

»Ich kann dich doch so nicht alleine lassen«, hat mein Sohn letzte Nacht gesagt, als er sich an mich kuschelte. Mist, ich will nicht, dass ein Fünfjähriger sich als mein Partner fühlt! Ich will nicht Mamas Liebling erziehen. So einer wird nämlich genau zu der Sorte Mann, vor der ich selbst Reißaus nehme. Aber was soll ich tun? Wieder fallen mir Mamas Worte ein. *Du hast keinen Plan.* Da hat sie Recht.

Ich brauche einen Kaffee. Oder einen Ramazzotti. Oder am besten beides. Kurz entschlossen biege ich in die Weidenallee ein und fahre zu meinem Lieblingsitaliener *Da Leo.*

»Come sempre?«, begrüßt mich Leo, der graulockige Wirt. Mein Stammplatz am Fenster ist frei, und nur wenige Minuten später stellt Leo einen Latte Macchiato vor mich. Ich schlürfe das heiße Getränk, und als ob ich mit der Flüssigkeit neuen Lebensmut tanke, wird mir plötzlich klar, dass ich eine ganz neue Männer-Wunschliste schreiben muss. Auf meiner alten Liste steht:

- Lebensverändernder Sex
- Intelligenter, witziger Typ mit erotischer Ausstrahlung
- Ein Kerl, mit dem frau ins Bett und ins klassische Konzert gehen kann
- 1,80, breite Schultern und schmale Hüften

Das Letzte hat Christy geschrieben. So weit, so gut. Aber jetzt suche ich keinen Liebhaber, sondern einen Vater. Guter Sex ist das eine, immer alleine zu Elternabenden zu gehen das andere. Guter Sex hilft nicht dabei, Tim ins Bett zu bringen. Oder bei der Entscheidung, welche Impfung wann vorzunehmen ist. Guter Sex ist kein Ratgeber beim Krach, ob man Inlineskates mit fünf Jahren wirklich braucht oder einen Gameboy.

Natürlich bin ich nicht die einzige alleinerziehende Mutter in Tims Gruppe, aber die meisten allein lebenden Mütter haben den Vater ihres Kindes in der Nähe oder einen Freund, der in Notfällen einspringt. Dann gibt es noch die »Witwen«. Jedenfalls nenne ich sie so. Das sind die Frauen, die im Dauerclinch mit den Erzeugern ihrer Kinder liegen. Sie sprechen nur mit zusammengebissenen Zähnen von »dem Schwein«, das sie verlassen/betrogen/hängen gelassen hat und verfolgen den so Titulierten mit Hass und Hilfe des Jugendamts.

Das wollte ich Tim nicht antun, obwohl mich Jonathan ganz klassisch verlassen hat, kurz bevor Tim geboren wurde. Bis heute hat er noch nie einen einzigen Euro für seinen Sohn gezahlt. Ich hab's einfach nicht übers Herz gebracht, ihn als Vater beim Jugendamt anzugeben. Ein Luxus, den ich mir leisten kann, weil mich Mama-Ingrid und Papa-Hase in Notfällen unterstützen. Aber Tim soll nie das Gefühl bekommen, der Sohn eines Schweins zu sein. Er soll sich geliebt und gewünscht fühlen, und so habe ich Jonathan die Identität eines in geheimer Mission tätigen Globetrotters verliehen. Für Tim ist er der ferne Vater, der immer mal wieder überraschend zu Besuch kommt. Jedes Jahr schreibe ich in Jonathans Namen Geburtstagskarten für Tim, schicke Pakete an ihn, die ich mit amerikanischen oder asiatischen Süßigkeiten fülle. Kann man heute zum Glück alles über das Internet bestellen.

Ich blicke auf die Uhr. Es ist an der Zeit, Tim aus dem Kindergarten zu holen. Leo kommt zum Kassieren und bringt einen Ramazzotti auf Zitrone mit. »Nachträglich zu Weihnachten!« Als ich ihm danke und mein Portemonnaie zücke, fragt er: »Na, wie war natale?«

»Super!«, lüge ich forsch und ziehe meine Mütze über die Locken.

»Ach ja?« Leo schürzt skeptisch die Lippen. »Du siehst gar nicht so aus.«

Im Hort überfällt mich Tim mit zwei Fragen: »Können wir Nudeln essen?« Und: »Kommt Papa zum Vater-&-Sohn-Fußballspiel im Sommer?«

Ich wuchte ihn in den Kindersitz und antworte: »Ja.« Und: »Das ist doch noch so lange hin. Das weiß ich nicht.«

Nach einem langen Kindergartentag und der Fahrt durch den Schneeregen ist Tim ausnahmsweise müde. Er geht nach einem riesigen Teller Nudeln mit Tomatensoße ohne großes Theater ins Bett. Allerdings nicht ohne mir das Versprechen abzuringen, dass er nachts zu mir kommen darf. »Dann kann ich dich auch viel besser trösten, wenn du wieder traurig bist.« Logisch.

Während sich der trübe Januartag in lakritzschwarze Nacht verwandelt, sitze ich mit einem Glas Rotwein in meiner Küche und denke nach. Ich habe die goldene Weihnachtskerze angezündet und starre in die Flamme. Nach dem zweiten Glas Rotwein steht fest: Ich muss mein Leben wieder in den Griff kriegen. Nicht nur, weil ich beim Verlag nicht in das neue Zeitmodell passe. Sondern vor allem, um in Tims Leben einen Mann zu zaubern, der ihn davor rettet, das aktualisierte Modell vom alten Ödipus zu werden. Nicht einmal eine Liste brauche ich dazu anzulegen. Denn es geht nur um zwei Ziele:

1. Ein neuer Job
2. Ein Vater für Tims Vater-&-Sohn-Fußballspiel

Puh! Zwei kleine Vorsätze nur – aber ich fühle mich schon ein ganzes Stück besser als heute Nachmittag. Mir kommt die kleine Tessa-Martin-Figur, die ich wieder im Regal platziert habe, in den Sinn. Ich stelle sie neben mein Glas auf den Tisch. Im Kerzenschein leuchtet ihr roter Mantel. Wie war das gestern noch in der kleinen Geschichte, die ich mir ausgedacht habe? Eine Formel … Ja, die müsste es geben. Aber woher nehmen? Ich kann schlecht bei einem Medienbaron einbrechen. Ich wüsste gar nicht, bei welchem.

Eine Formel. Hm. Die hat auf jeden Fall Variable. Und die kann ich auch ohne Agentenfähigkeiten herausfinden! Ich hole das Listenbuch aus der Küchentischschublade. Hinten sind noch Seiten frei. Auf eine schreibe ich: *Das Vater-Fußballprojekt* und darunter: *Eigenschaften, die ein Vater haben sollte*. Als Erstes notiere ich *Fußballer* und dann *kinderlieb*. Ich kaue an meinem Stift. Was noch? Unwillkürlich denke ich an Björn Walkenhorst und seinen schiefen Vorderzahn. Er muss am Silvesterabend mit seiner Frau da gewesen sein. Die waren da doch alle verheiratet. Schatz & Schatz. Ich war als Einzige ohne Partner auf der Party.

Oder?

Wer hat alles in dieser Nacht in dem Kombi gesessen? Hmm …

Nein, es hilft nichts. So viel ich auch nachdenke, ich habe nur eine undeutliche Erinnerung an viele Kinder. Björn muss am Steuer gewesen sein. Aber nicht einmal das könnte ich beschwören. Wie von allein wandern meine Gedanken zu seinen großen Händen und seinem Mund. Dann, ich weiß nicht, wieso, fällt mir ein, wie gut sein Hintern in der schwarzen Jeans aussieht … Wenn er nur nicht diesen altmodischen

Pferdeschwanz hätte. *Und nicht verheiratet wäre,* ergänzt Mamas Stimme in meinem Kopf. Trotzig nehme ich den Stift aus dem Mund. Und schreibe als letzten Punkt auf die Liste: *Casanovafaktor.* Den Ausdruck hat Christy mal geprägt, als wir uns von den Männern in unserem Leben erzählt haben. »Und?«, fragte Christy. »Wie hoch war sein Casanovafaktor?« Ihrer Theorie nach trägt jeder Mann, egal wie langweilig oder stumpf er sich gibt, wie dröge er auf den ersten Blick wirkt oder wie machomäßig sein Verhalten ist, einen gewissen Casanova-Anteil in sich. Das kann Begabung zur Verführung, erotische Abenteuerlust, gute Liebhaberqualitäten oder sexuelle Ausdauer und Phantasie bedeuten. Ich nicke Tessa zu. Ja! Ein guter Vater muss auch ein echter Kerl sein. Kein weich gespülter Frauenversteher oder triebfreier Theoretiker. Schließlich soll Tim als gutes Beispiel einen richtigen Mann erleben. Der Casanovafaktor umschreibt alles, was männliche Erotik und Sexappeal angeht, aber auch eine gewisse Lebenseinstellung und Ausstrahlung. Der höchste Casanovafaktor liegt bei drei. Der niedrigste bei null. Bis jetzt haben Christy und ich noch keinen Mann mit voller Punktzahl erlebt. Mascha behauptet, ihr Mann Michael verdiene drei Punkte. Aber Michael ist dauernd unterwegs. Er ist so etwas wie ein Vertreter für Bromchemie. Keine Ahnung, was das wirklich heißt. Mascha hat auch keine Ahnung: »Irgendwie handelt er mit Chemiefirmen Lieferungen aus. Wahrscheinlich ist es so öde, dass er sich selbst zu Tode langweilen würde, wenn er davon erzählte.« Mascha ist oft unglücklich, denke ich. Dann spricht sie über Michael mit demselben Tonfall wie die »Witwen« von den Erzeugern ihrer Kinder. Manchmal glaube ich, dass sie sich allein gelassen fühlt. Und einmal hat sie mir sogar anvertraut, dass sie befürchtet, dass Michael ihr auf seinen vielen Fahrten untreu werden könnte. Und trotzdem gibt sie ihm den höchsten Casanovafaktor. Vielleicht ist es reine Projektion.

Ich überfliege die Liste noch einmal. Das sind also die Variablen. Ich mache um die Anfangsbuchstaben der von mir aufgeschriebenen Worte einen Kringel.

Ⓕußball
Ⓚinderlieb
Ⓒasanovafaktor

Nachdenklich betrachte ich die Buchstaben. Tessa Martin wirft einen Schatten auf die Liste. Eine Formel – genau das Richtige für ihr hellwaches Agentinnenhirn. Und dann wird mir heiß und kalt gleichzeitig. Genau! Das ist es! Wenn ich auf einer Skala von eins bis drei pro Buchstaben Punkte vergebe, kann ich mit der Summe den zur Lösung meines Problems maßgeschneiderten Mann ermitteln – den, der neun Punkte hat und echte Vaterqualitäten. Fußballverständnis *plus* Kinderliebe *plus* Casanovafaktor. Mathematisch liest sich das so:

F + K + C = VQ (Vaterqualität)

Eine Summe unter drei disqualifiziert jeden Bewerber. Ab sieben wird es richtig interessant. Begeistert wende ich die VQ-Formel auf Björn an. Bei der ersten Kategorie muss ich zwar noch passen, aber mit Kategorie K (drei Punkte) und C (zwei Punkte) liegt er gar nicht schlecht im Rennen. Okay, wer noch … Rüdiger? Ganz sicher nicht! Lieber Leo. Ich gebe ihm großmütig einen halben Punkt beim Casanovafaktor (seine Frau Maria sieht das bestimmt anders), für Kinderliebe drei und bei Fußball anderthalb Punkte. Schließlich stellt er bei wichtigen Länderspielen immer einen Fernseher ins Restaurant. Damit zieht er im Gesamtresultat immerhin mit Björn gleichauf. Jonathan dagegen glänzt zwar mit zweieinhalb Punkten beim Casanovafaktor, kann aber bei Fußball nicht punkten – und bei Kinderliebe bin ich sicher nicht neutral. Ich notiere einen halben Punkt. Ein dürftiges VQ-Ergebnis.

Meine Wangen brennen, und ich fühle mich wie Marie Curie bei der Entdeckung von Radium. Oder doch mehr wie die kleine Hexe? Egal, mit meiner Formel werde ich dafür sorgen, dass Tim nicht allein zum Fußballspiel geht. Ich atme tief aus und gieße mir den letzten Schluck Wein ein. Jetzt muss ich nur noch einen neuen Job finden.

Am liebsten würde ich sofort Mama Ingrid anrufen und in ihr Ohr trompeten: »Ich habe einen Plan! Vergiss Neuseeland.« Oder zu Christy fahren und mit ihr auf alle Männer in unserem Bekanntenkreis die VQ-Formel anlegen. Aber Christy hat heute Abend Tauchkurs, und ganz tief in mir warnt mich eine Stimme, dass meine Wünsche nur in Erfüllung gehen, wenn ich nicht darüber rede. Also rühre ich das Telefon nicht an.

Draußen ist es ganz still. Der Vollmond über den Dächern sieht aus, als hätte ihn Tim aus hellgelbem Transparentpapier ausgeschnitten. Ich proste Tessa zu. Obwohl das Fenster geschlossen ist, höre ich von irgendeinem Kirchturm die Uhr zwölf Mal schlagen. Der Dienstag ist da.

2. Kapitel

»Und nun, meine Herren«, rief D'Artagnan,
»unser Wahlspruch gilt: Alle für einen, einer für alle!«
»Aber«, wollte Porthos einwenden.
»Hebe die Hand auf und schwöre!«, riefen ihm Athos und Aramis zu wie aus einem Mund.

Alexandre Dumas
Die drei Musketiere

Natürlich war es besser, ein Mann zu sein als eine Frau. Gerade, weil sich Patrick König keine Illusionen über sein Leben machte, wusste er das ganz genau. Zugegeben, er war ein des Öfteren übernächtigter Barpianist mit einem löcherigen Konto. Aber er war ein Mann. Und zwar gerne. Als Mann wurde man nicht gefragt, warum man mit siebenunddreißig Jahren noch nicht verheiratet war. Man konnte Bierflaschen ohne Öffner aufmachen, schleppte keine Handtaschen mit unnötigem Zeug mit sich herum und konnte erfreuliche One-Night-Stands mit Personen verleben, die man noch nicht einmal besonders mochte. Alles wunderbare Gründe, gerne ein Mann zu sein. Allerdings schien ihm keiner eine geeignete Antwort auf die Frage seiner sechsjährigen Tochter Leonie zu sein.

Während Patrick auf dem überfüllten Parkplatz des Schwimmbads eine Lücke suchte, quakte sie schon wieder vom Rücksitz. »Papa! Hast du nicht gehört? Papa, was ist besser? Eine Frau zu sein oder ein Mann?«

Patrick trat auf die Bremse, denn ein Smart hatte sich an ihm vorbeigemogelt und auf den Platz gestellt, den er im Auge gehabt hatte. Resigniert wollte er wieder einen Gang einlegen.

Da geschah es. Beim routinemäßigen Blick in den Rückspiegel fiel ihm plötzlich sein Haaransatz ins Auge. Ihm wurde heiß. Bildete er sich das nur ein oder war dieser wirklich ein wenig höher angesetzt als sonst? Seine Stirn wirkte … irgendwie … länglicher, fand er mit aufkeimender Panik. Zwischen den Haaren schien die Andeutung einer Geheimratsecke aufzuschimmern!

Wahrscheinlich eine optische Täuschung, beruhigte er sich hastig. Auch wenn Rapper und HipHopper sich heutzutage den Schädel rasierten, zum Smoking am Flügel und dem perlenden Tastenspiel von *Tea for Two* passte kein Pianist, dessen Schädel glänzte wie eine polierte Billardkugel. Vielleicht sollte er sich nachher eins dieser aufbauenden Pflegeshampoos kaufen, von denen er gehört hatte. Vorbeugen konnte nie schaden, oder? Unschlüssig bog er in die zweite Parkstraße ein. Immer das gleiche Spiel! Wieso kamen eigentlich die anderen Hamburger Väter auch jedes Wochenende auf die Idee, mit ihren Gören zum Schwimmen zu gehen?

»*Papa!*«, riss ihn die nun ungehalten klingende Stimme seiner Tochter erneut aus seinem Gedankengang. »Ich hab dich etwas gefragt!«

Patrick trat auf die Bremse. Da hatte sich doch im letzten Moment ein roter Ford Galaxy vor ihm in die Parklücke geschoben! Missmutig beobachtete er, wie ein Mann in seinem Alter in Trainingsjacke, Jeans und Turnschuhen auf der Fahrerseite aus dem Wagen sprang. Schrecklich fand er so einen Aufzug. Er hatte mit Mitte 20 Anzüge entdeckt und trug sie seitdem jeden Tag. In seinem Schrank fanden sich keine Jeans, Cord- oder Jogginghosen. Immer, wenn er etwas besser bei Kasse war, schaffte er sich elegante Anzüge an. Patrick beobachtete, wie ein vielleicht siebenjähriger Junge aus der hinteren Schiebetür plumpste. Der Kleine trug nicht nur Jeans, Trainingsjacke und Turnschuhe wie sein Vater, sondern sah ihm so verblüffend ähnlich, dass Patrick unwillkürlich an eine russische Matrjoschka-Puppe denken musste. Der Junge zerrte eine große, überquellende Sporttasche hinter sich aus dem Auto, deren Inhalt sich auf den Boden ergoss. Der Vater, der optisch so unspektakulär war wie sein Aufzug stillos, eilte ihm fluchend zur Hilfe.

»Paaapaaaa!« Leonies Stimme nahm einen leiernden Unterton an. Aber Patrick war viel zu fasziniert von dem Schauspiel vor seiner Kühlerhaube, um sich seiner Tochter zu widmen. Er grinste zufrieden. Jetzt musste er zwar noch einmal über den ganzen Platz fahren, doch der Anblick des zeternden Vaters, der mit dem Jungen Frotteehandtücher aus Regenpfützen zog, entschädigte ihn für den Parkplatzraub.

»Papa, sag doch mal! Ist es besser, ein Mann zu sein oder eine Frau?« Leonie ließ einfach nicht locker.

Patrick fuhr in eine frei gewordene Parklücke. Natürlich war es besser, ein Mann zu sein, dachte er wieder. Selbst wenn man alles andere außer Acht ließ: Ein Mann konnte immer seinen Namen in den Schnee pinkeln. Er griff nach der Schwimmtasche, ließ Leonie aussteigen und nahm sie an die Hand. Dann sagte er: »Es ist weder besser noch schlechter. Es ist anders, und es ist schön, dass es sowohl Männer als auch Frauen gibt.«

Leonie ließ sich von seiner politisch korrekten Wischiwaschi-Antwort nicht beeindrucken. Sie hopste auf einem Bein und sagte: »Ich finde es aber besser, eine Frau zu sein.«

»Ach, und warum?«

»Weil Frauen keine Glatzen bekommen!« Sie riss sich los und rannte die Stufen zum Schwimmbad hoch. Patrick zuckte zusammen. Seine Hand fuhr zu seinem Haaransatz.

»Warte mal!« Er schulterte die Schwimmtasche und lief hinter Leonie her. »Wie kommst du denn darauf?«

Aber sie war schon in der Eingangshalle verschwunden.

In der Umkleide war es voll, warm und eng. Patrick wählte stets die Sammelumkleide, weil er es furchtbar fand, sich in der Enge einer Einzelkabine aus den Winterklamotten zu schälen. Allerdings teilte Leonie seine Vorliebe in keiner Weise. Sie fand sich mittlerweile zu groß, um wie ein Baby nackt der Welt präsentiert zu werden, und den Anblick von fremden unbekleideten Menschen »total peinlich«. So verzog sie sich auch an diesem Morgen mit ihrem Rucksack schnell in eine Einzelkabine, während Patrick seine Badetasche in der Umkleide für Herren auf die Mittelbank wuchtete. Natürlich war nur noch ein Schrank in der Mitte frei, genau dort, wo ein Vater gerade versuchte, die Übersicht über drei klatschnasse Jungen zu behalten, die kreischend herumtobten. Schlecht gelaunt begann sich Patrick umzuziehen. Was machte er hier bloß? Welcher gute Stern hatte ihn verlassen, als er damals Veronikas beruhigendem »Es kann nichts passieren« getraut hatte? Waren das nicht genau die Worte gewesen, vor denen ihn seine Mutter immer gewarnt hatte?

Er inspizierte seinen Haaransatz im Kabinenspiegel. In dem schonungslos harten Licht wirkte er zwar blasser als gewöhnlich, dafür schien sein Ansatz wieder dahin gerückt zu sein, wo er ihm am besten stand. Wahrscheinlich waren es im Auto nur die Nerven gewesen. Entschlossen wühlte er in der Tasche nach seiner Badehose. Wie so oft, wenn er mit seinem Leben haderte, ging ihm Leonies Mutter nicht aus dem Kopf. Er hatte Veronika verlassen, als sie schwanger war. Natürlich war er das Schwein gewesen – das fanden die Frauen. Die Männer, deren Schicksal es besser mit ihnen gemeint hatten, griffen sich an den Kopf: Wie blöde konnte Mann eigentlich sein? Sich in den heutigen Zeiten ein Kind andrehen zu lassen! Wozu gab es Kondome? Am Ende war er nicht nur ein fieser Macho, sondern auch noch bescheuert. Einer, den eine Frau mit dem ältesten Trick der Welt hereingelegt hatte. Dessen bestes Stück sein schlechtester Ratgeber gewesen war.

Selbst seine eigenen Eltern hatten ihn misstrauisch beäugt, als er ihnen eröffnet hatte, dass sie zwar ein Enkelkind, aber keine Schwiegertochter bekämen. Und erst Veronikas Eltern! Nach dem ersten unerfreulichen Treffen im Krankenhaus, als Leonie geboren worden war, wusste Patrick plötzlich, wie sich der Glöckner von Nôtre Dame gefühlt haben musste. Als unwilliger Vater war er ein Monster, eine Ekel erregende Kreatur. Veronika selbst hatte mit einem nachsichtigen »Warte, bis das Baby erst mal da ist« bis zuletzt seine klar formulierte Stellungnahme ignoriert. »Wenn du das Kind bekommen willst, werde ich dich, soweit es mir möglich ist, dabei unterstützen«, hatte er gesagt. »Aber ich werde dich weder heiraten, noch werde ich mit dir zusammenziehen.« Schließlich waren sie, streng genommen, schon getrennt gewesen, als Leonie gezeugt wurde. Ein letzter weinseliger Abend, ein letzter melancholischer Abschiedskuss, eine letzte nostalgische Nacht … und jetzt war er Vater und musste am Wochenende in vollen Hallenschwimmbädern herumpaddeln. Dass er Leonie aufrichtig liebte, stand auf einem anderen Blatt.

In der linken Ecke der Umkleidekabine erkannte er den Parkplatz raubenden Ford-Galaxy-Fahrer. Zu Patricks heimlicher Freude schien er Probleme mit seinem Sohn zu haben. Beide waren bereits fertig umgezogen, doch Junior weigerte sich, die Duschgelflasche, die ihm sein Vater hinhielt, zu nehmen. Das Ganze schien schon eine Weile so zu gehen, denn die Gespräche in der Kabine verstummten langsam, und die Aufmerksamkeit wandte sich dem Kampf zwischen Vater und Sohn zu. Der Vater versuchte es gerade mit Argumenten. »Komm schon, Lasse, alle müssen duschen, bevor sie ins Schwimmbad dürfen.«

Einige Väter schüttelten bedauernd den Kopf und widmeten

sich betont unauffällig ihrer eigenen Brut. Patrick spürte die Stimmung: Die anderen hatten erkannt, dass Lasses Vater diesen Punkt nie holen würde. Tatsächlich verwandelte der Junge die Vorlage bravourös: »Wenn ich sage: Alle haben eine Playstation, dann sagst du: Das heißt noch lange nicht, dass du auch eine bekommst.«

Lasses Vater lief sich warm. »Du machst gefälligst, was ich sage, und gehst duschen, verstanden«, sagte er drohend.

Patrick fühlte sich wie im Stadion in der Nordkurve, wenn die Fans einen sinnlosen Spielzug ihrer Mannschaft schmähen. Die umstehenden Väter ließen die Schultern sinken, hier und da wurde ein Seufzer laut. Sohnemann parierte lässig. Er schob einfach die von seinem Vater erneut in seine Richtung gehaltene Duschgelflasche weg und setzte sich mit gekreuzten Armen trotzig auf die Bank. Vor unterdrückter Wut zitternd stand sein Vater hilflos vor ihm.

Da teilte sich auf einmal die Menge der gaffenden Väter und Kinder und eine Gestalt in einem weißen Bademantel trat auf das Kind zu. Die rötlichblonden Haare, die er zu einem Pferdeschwanz zusammengebunden trug, eine beeindruckende Größe von fast zwei Metern und die Füße in weißen Badelatschen ließen ihn wie eine Mischung aus skandinavischem Piraten und TV-Oberarzt erscheinen. Die Umkleidekabine hielt den Atem an. Der weiße Riese hob mit einem Zeigefinger sanft das Kinn des Kindes an.

»Du willst also nicht duschen, hm«, sagte er. Er war mehr eine Feststellung als eine Frage.

Lasse schüttelte den Kopf.

»Na, das ist ein freies Land.«

Lasse legte den Kopf schief.

Der Bademantelmann zog seinen Gürtel enger. »Dann pack mal deine Sachen zusammen. Du kannst draußen auf deinen Vater warten.« Er machte Anstalten, sich umzudrehen.

Lasse stand erschrocken auf. »Was?«

Der Weiße drehte sich noch einmal um. »Na, das ist doch wohl klar. Die Regel lautet: Wer nicht duscht, geht nicht schwimmen. Du willst nicht duschen, oder? Also ziehst du dich jetzt an, nimmst deine Klamotten und wartest draußen auf deinen Vater.« Mit einem erneuten Nicken wandte er sich zum Gehen. Die Menge machte ihm ehrerbietig Platz.

Lasse war so verblüfft, dass er keinen Ton herausbrachte. Sein Vater wog das Duschgel nachdenklich in der Hand. Er blickte dem Mann im Bademantel nach. Der packte ein paar Bankmeter weiter links Handtücher aus. Er fing den Blick auf und deutete mit einer kaum sichtbaren Bewegung seines Kopfes in Richtung der Duschen. Lasses Vater nickte, stellte die Flasche auf die Bank und machte sich langsam auf den Weg. Nach einem Schreckmoment griff Lasse nach dem Duschgel und stürzte hinter seinem Vater her. »Warte, Papa! Ich komm mit!«

Patrick hätte es nicht gewundert, wenn Applaus in der Kabine aufgebrandet wäre. Bewundernd blickte er zu dem Mann im weißen Bademantel hinüber, der gerade seinen Schrank zuschloss. Wie der mit der Situation umgegangen war! Beneidenswert. Wenn er da an seine Kämpfe mit Leonie dachte ... Vor seinem inneren Auge sah er sich seiner nörgelnden Tochter siegreich entgegenschmettern: »Die Regel ist: Fernsehen am Vormittag heißt kein Eisessen am Nachmittag!« Nein, so einfach war das nicht. Das war Erpressung. Ärgerlich zielte er in das linke Beinloch seiner Badehose.

»Papa?«

Patrick verharrte mit einem Bein in der Badehose, während das andere wie bei einem Frösche suchenden Storch hochgereckt blieb.

»Paaapa!«

Das war Leonie, und ihre Stimme klang, als sei sie in höchster Not.

»Was ist denn, Schätzchen?« Er wurde sich seiner lächerlichen Haltung bewusst und schlüpfte auch in das andere Hosenbein.

»Paaapa!« Leonies Heulen drang durch den ganzen Umkleidebereich.

»Wo bist du, Leonie?«

»Hier hinten bei den Mädchenkabinen! Ich kann meinen Badeanzug nicht finden!«

Patrick fluchte innerlich. Das war doch wieder Veronikas Werk! Er hatte Leonie heute Morgen abgeholt und noch einmal extra nachgefragt, ob seine Ex alles eingepackt hatte. Wie immer hatte ihn Veronika mit einer Mischung aus Feindseligkeit und Geringschätzung gemustert. Ganz flau war ihm dabei geworden. Darum hatte er natürlich darauf verzichtet, die Sachen zu kontrollieren. Und jetzt saß er in der Tinte. Typisch!

»Moment, Süße! Ich komme.« Er zog die Badehose hoch und schimpfte: »Wie kann man seinen Badeanzug vergessen, wenn man schwimmen gehen will?«

»Papa!« Leonie stand am Ende des Ganges, mit verheultem Gesicht und ungeschickt in ihr rosa Badetuch gewickelt. Sie sah sehr klein und sehr verletzlich aus, und Patricks schlechte Laune wich einem Gefühl der zärtlichen Rührung, das nur seine Tochter in ihm auslöste. »Ich bin schon da, meine Kleine!«

Gerade als er aus der Tür wollte, um seine Tochter zu retten, hielt ihn ein Arm in weißem Frottee fest. Der Riese grinste auf ihn herunter und drückte ihm etwas in die Hand. »Vielleicht finden Sie ja den Badeanzug. Aber falls er wirklich nicht eingepackt wurde, nehmen Sie den hier. Wir haben immer einen in Reserve mit.« Freundlich nickend verschwand er in Richtung Schwimmbad. »Wir sehen uns gleich drinnen.«

Patrick war zu verdutzt, um zu antworten, starrte erst sprachlos auf den bunten Badeanzug in seiner Hand und dann auf den weißen Rücken, der soeben in den Duschbereich einbog. Heiliger Vater! Wahrscheinlich konnte der auch auf dem Wasser wandeln!

Funbad Nauquatica
Wassertemperatur: 29° – Lufttemperatur: 30°
Bademeisterin: alarmiert
Anzahl scharfer Mütter: 1,5

Wenig später lag Patrick träge auf einer Liege unter einer künstlichen Palme und beobachtete, wie Leonie im hinteren Bereich des Nichtschwimmerbeckens herumplanschte.

»Der Badeanzug passt also«, ertönte eine Stimme. Der Mann mit dem Pferdeschwanz und dem weißen Bademantel ließ sich auf die Liege neben ihm fallen. Er streckte seine Hand aus. »Björn Walkenhorst. Die beiden da drüben sind meine Töchter Jule und Nele.« Er zeigte auf zwei rothaarige Mädchen, die am Beckenrand rangelten. »Jule ist sieben, Nele fünf.«

Patrick ergriff die angebotene Hand. »Patrick König. Meine Tochter Leonie ist sechs Jahre.« Sie schüttelten einander die Hände. Patrick lächelte Björn an. »Sie haben mir da drinnen das Leben gerettet. Danke!«

Björn grinste. »Gern geschehen. Und nun lassen wir mal das alberne Siezen. Okay?« Er rekelte sich behaglich und ließ den Blick interessiert über die Umgebung schweifen. »Schwimmen gehen ist immer eine grandiose Sache. Die Kinder toben sich ordentlich aus und sind hinterher müde, hungrig und – sauber.« Er lachte und zeigte auf einen Vater mit Ziegenbart, der mit angestrengtem Gesicht seine kleine Tochter auf einem Schwimmbrett durch das Nichtschwimmerbecken zog. »Richtig gemütlich wird es natürlich erst, wenn sie schwimmen können«, schränkte er ein. »Dann sind auch die Mütter entspannter.«

Patrick folgte seinem Blick und sah eine mollige Blondine in einem roten Badeanzug am Beckenrand herumflattern. Besorgt verfolgte sie jede Bewegung von Tochter, Vater und Schwimmbrett. In regelmäßigen Abständen zeterte sie auf ihre Familie herunter. »Vorsichtig, sie schluckt Wasser. Schätzchen, mach die Augen auf. Nicht so wild!«

»Was meinst du, was die beiden für einen Spaß hätten, wenn Mutti nicht dabei wäre«, sagte Björn und schüttelte den Kopf.

Patrick wurde sein neuer Bekannter immer sympathischer. »Ich weiß, was du meinst. Veronika, die Mutter meine Tochter, hat mir allen Ernstes eine psychologische Beratung vorgeschlagen, als ich Leonie mit drei Jahren vom Ein-Meter-Brett habe springen lassen. Sie konnte noch nicht sicher schwimmen, hatte aber einen Heidenspaß dabei. Und natürlich hätte gar nichts passieren können, ich stand am Beckenrand und war sofort mit einem Kopfsprung bei ihr und habe sie wieder rausgefischt.«

»Aber die Mutter ist ausgeflippt?«

»Sie hat mir Leichtsinn und Fahrlässigkeit vorgeworfen. Dabei war Leonie stolz wie ein Käsekuchen!« Patrick schüttelte sich bei der Erinnerung daran.

»Frauen trauen Kindern viel zu wenig zu. Das sagt selbst Verena, meine Frau.«

»Ich habe letztens irgendwo gelesen, dass Kinder von alleinerziehenden Vätern am weitesten sind, was Unabhängigkeit und Selbstständigkeit angeht.«

Björn stützte sich auf einen Ellenbogen. »Du bist alleinerziehend?«

»Im Gegenteil. Leonie lebt bei Veronika. Sie hat das Sorgerecht, ich die Zahlungsverpflichtung.« Aus irgendeinem Grund schien das Björn zu enttäuschen. Er ließ sich wieder auf die Liege sinken. Schnell sagte Patrick: »Aber ich bin ein begeisterter Teilzeitvater.«

Ein lautes Platschen unterbrach ihr Gespräch. Die mopsige Mutti hatte sich mit der Eleganz eines Pottwals in die Fluten geworfen und zog ein nach Luft schnappendes, heulendes Etwas aus dem Wasser. Dazu gellte ihre Stimme durch die Halle: »Lars, wo bist du? Da dreht man sich einmal um!« Der ziegenbärtige Vater eilte aus dem Toilettenbereich heran. Er nahm seiner Frau das Kind ab und ließ mit gesenktem Kopf ihre Schimpftirade über sich ergehen. Seine Frau schrie ihn an: »Ich erwarte eine Antwort! Was hast du dir gedacht?« Patrick und Björn saßen nahe genug, um seine matte Antwort zu verstehen. Ziegenbart flüsterte: »Ich dachte, sie hält sich fest.«

Björn winkte seinen Töchtern, die ein paar Schritte von Leonie entfernt auf den Stufen saßen, die ins Becken führten, und das Familiendrama mit größtem Interesse verfolgten. »Ihr zwei, hört auf zu glotzen. Nehmt Leonie mit, das ist das Mädchen, dem ich Neles Badeanzug geliehen habe, und probiert mal die Wasserrutsche dahinten aus.« Leonie sah, dass Patrick ihr zunickte und schloss sich den beiden anderen an. Als die hochfrequenzige Mutterstimme wieder erklang, stand Björn auf. »Das wird mir zu laut hier.«

Patrick nickte und erhob sich ebenfalls. Gemeinsam schlenderten sie hinter den Kindern her.

Bei der Wasserrutsche setzen sie sich auf eine der warmen Steinbänke und sahen ihren Töchtern zu, die ein ums andere Mal kreischend die Rutsche hinunterdüsten. Ein Schatten fiel auf sie.

»Ist hier noch frei?«

Patrick erkannte den Parkplatzräuber mit Durchsetzungsschwierigkeiten. Neben ihm stand sein duschfeindlicher Sohn, von den Bermuda-Badeshorts bis zu den weißblauen Badelatschen ein getreues Abbild seines Vaters.

Björn nickte den beiden zu. »Auch wieder da?« Es war diese Sorte von Fragen, auf die keiner eine Antwort erwartete. Vater und Sohn setzten sich, wobei das Kind einen Platz möglichst weit weg von Björn wählte, dem er respektvolle Blicke zu warf, bevor er seinen Vater wieder in die Klammer nahm. »Kommst du mit zum Rutschen, Papa?« Der Kleine schien sogar die Sommersprossen auf der Nase in derselben Anordnung wie sein Vater zu haben, bemerkte Patrick. »Alleine traue ich mich nicht.«

»Lasse, was ist denn schon dabei?«

»Komm doch mit.«

»Das ist eine Rutsche für Kinder.«

»Komm doch mit, Papa!«

»Ich möchte aber lieber hier sitzen bleiben.«

»Papa!« Der Junge begann zu quengeln. Björn und Patrick wechselten einen Blick. Björn steckte zwei Finger in den Mund und stieß einen hohen Pfiff aus, der durch das Schwimmbad gellte. Jule und Nele hoben die Köpfe. Die Ältere sagte etwas zu den anderen Mädchen und kam nach einer kurzen Diskussion herübergerannt. Sie kam außer Atem bei ihnen an. Gleichzeitig mit der Bademeisterin.

Die Bademeisterin hatte einen blonden Lockenkopf, der an Kissenschlachten, aprilfrische Wäsche und Frühstück im Bett denken ließ. Strahlend blaue Augen leuchteten aus einem runden Gesichtchen mit Wangengrübchen. Mädchenhafte Brüste zeichneten sich appetitlich unter einem hellrosa T-Shirt ab. Sie war mittelgroß, ihre Beine zwar kräftig, aber angenehm gebräunt und glatt. Am Knöchel ihres rechten Fußes schimmerte ein dünnes Goldkettchen. Eine Erscheinung, die sogar Frauen gänzlich ohne Neid als richtig nettes Mädchen bezeichnen könnten. Wie eine Schwester beugte sie sich zu Jule hinunter und fragte zuckersüß: »Du wolltest ganz schnell zu deinem Papa, stimmt's?«

Jule lächelte sie zutraulich an. »Ja.«

Wieder beugte sich der Lockenkopf zu dem Kind. Plötzlich aber verengten sich die gletscherfarbenen Augen wie die eines Huskys im Blutrausch, und sie bewegte den rechten Zeigefinger in einer seit Jahrhunderten bekannten Pädagogenbewegung vor der Nase des Kindes von links nach rechts. »Dann merk dir ein für alle Mal, dass im Schwimmbad nicht gerannt wird! Auch wenn Papa«, sie machte eine Kunstpause und bedachte Björn mit einem verächtlichen Lächeln, bevor sie ihren Satz beendete, »pfeift.« Der Stimme haftete nichts Schmeichelndes mehr an, sie knallte wie eine Fehlzündung beim Auto, und Jule zuckte erschrocken zurück. »Verstanden?«, schnarrte die Blondine.

Jule wurde blass, nickte aber schnell. »Ja.«

Als sie mit dem Mädchen fertig war, hob die Bademeisterin den Blick und strafte Björn erneut mit einem eisigen Blitzen. Kurz flogen die Gletscheraugen zu Patrick hinüber. Bildete er sich das ein, oder fixierte sie seinen Haaransatz über Gebühr lang? Mit einer möglichst lässig anmutenden Bewegung, als ob er den Feuchtigkeitsgrad seiner Haare prüfen wollte, zupfte er an den Strähnen über seiner Stirn herum. Die Bademeisterin wandte ihre Aufmerksamkeit wieder Björn zu und beschied ihm streng: »Im Schwimmbad wird nicht gelaufen. Und vor allem nicht gepfiffen!« Dann warf sie den Kopf zurück und stolzierte davon. Einen Moment herrschte Schweigen. Alle blickten der Bademeisterin nach.

»Gute Figur«, sagte Patrick.

»Hübsches Gesicht«, ergänzte Björn und kratzte sich am Kopf.

»Total schlechte Laune!«, ließ sich zu aller Überraschung Lasse vernehmen. Die Männer grinsten.

»Papa!« Jules Stimme riss sie aus ihren Betrachtungen. »Was wolltest du denn?« Björn sah seine Tochter einen Moment verwirrt an. Ja, was hatte er eigentlich gewollt? Patrick stieß ihn an und machte mit seinem Kinn erst eine Bewegung zur Rutsche und dann in die Richtung von Vater und Sohn, die mit synchron gebeugten Schultern dem rosa T-Shirt nachstarrten. Björns Züge hellten sich auf. »Jule, das ist der Lasse.« Er zeigte auf den Jungen, der ihn erschrocken ansah, als er seinen Namen hörte. Jule trat von einem Fuß auf den anderen. Ihr schwante Böses.

»Lasse möchte rutschen, traut sich aber nicht so recht. Du nimmst ihn jetzt mit.«

Der Junge sah ihn und Jule wütend an. Noch wütender starrte allerdings Jule zurück. Beide Kinder hoben gleichzeitig an.

»Oh, Papa, wir spielen grade so schön. Muss ich …«

»Ich traue mich doch allein …«

Mit einer einzigen Bewegung seiner großen Hand brachte Björn beide zum Schweigen. »Wenn du keine Angst hast, dann kannst du ja allein gehen«, informierte er Lasse. »Viel Spaß beim Rutschen«, wünschte er seiner Tochter und gab ihr einen aufmunternden Klaps. »Und rennt auf keinen Fall!«, rief er, als die Kinder sich – wenn auch etwas bockig – in Bewegung setzten.

Die Väter sahen ihnen nach. Jule und Lasse kamen bei den anderen an der Wasserrutsche an. Wie auf ein geheimes Zeichen hin kletterten die drei Mädchen in Windeseile die Leiter hinauf. Lasse blieb unten stehen und sah skeptisch hinter ihnen her. Jule und Leonie schnitten ihm von oben Grimassen. Erst als sie sich auf die Rutsche setzten und kreischend in der Tiefe verschwanden, machte er sich zögerlich an den Aufstieg.

Lasses Vater stand auf.

»Wo willst du denn hin?«, fragte Björn.

»Ich wollte nur mal nach Lasse gucken und …«

»Den siehst du auch von hier aus«, riet Björn. Zögernd setzte sich Lasses Vater wieder, ließ seinen Sohn aber nicht aus den Augen. Der verschwand in diesem Moment im Röhrendunkel, das ihn wenig später mit großem Schwung in das Becken spuckte. Lasse tauchte wieder auf, prustete, riss einen Arm in Siegerpose hoch und blickte triumphierend zu seinem Vater. Dann beeilte er sich, aus dem Becken zu kommen und kletterte noch vor den Mädchen, die am Fuß der Leiter standen und ihm überrascht nachblickten, in die Höhe.

Lasses Vater lächelte breit. »Wie machst du das, dass deine Töchter tun, was du möchtest?«

Björn lachte. »Du diskutierst zu viel mit deinem Sohn.«

»Weil ich ihn ernst nehme. So autoritäre Befehle, das liegt mir nicht.«

»Man kann's auch übertreiben.« Björn war anzumerken, dass er sich den Vormittag nicht mit Erziehungsgesprächen vermiesen lassen wollte. Lasses Vater lenkte ein: »Du bist am Wochenende oft hier, oder? Ich habe dich schon ein paar Mal gesehen.« Er stellte sich vor: »Ich heiße Robin Spätling.«

»Björn.«

»Patrick.«

Als sich Robin und Patricks Blicke trafen, flackerte ein verlegenes Grinsen über Robins Züge. »Tut mir Leid, dass ich dir den Parkplatz weggeschnappt habe. Aber ich kurvte da schon mindestens eine Viertelstunde rum. Als ich dann auch noch deinen Citroën wie einen Geier auf denselben Parkplatz warten sah – da habe ich einfach die Nerven verloren.«

Patrick winkte ab. »Schon gut.« Er macht eine Kunstpause, fletschte seine Zähne und setzte mit gespieltem Ernst hinzu: »Mach's einfach nie wieder. Nie wieder.«

Die drei Männer lachten.

Eine Gruppe von fünf schwatzenden Frauen lief, gefolgt von einem Pulk kreischender Kindergartenkinder, vorüber. Routiniert musterte Patrick die Frauen. Die mit den kurzen schwarzen Haaren hatte gute Beine, aber keine nennenswerten Brüste. Die Knochige neben ihr erinnerte ihn an eine Stabheuschrecke. Dahinter folgten zwei üppige blonde Muttertiere in bunten Stretchanzügen. Sie unterhielten sich lautstark mit einer Braunhaarigen. Die hätte Patrick normalerweise interessiert, doch leider schob sie ihren runden Po und den glatten Rücken in einem ausgeleierten Bikini aus pinkfarbener Baumwolle daher. Das schlabbrige Oberteil hatte sie hochgeschoben, um wie selbstverständlich ein Baby an der rechten Brust nuckeln zu lassen, deren Form in jeder anderen Situation für aufständisches Verhalten in Patricks Badehose gesorgt hätte. Ein Blick auf Robin zeigte ihm, dass dieser seine Instinkte lange nicht so gut im Griff hatte wie er, sondern mit offener Neugier die Frauen beobachtete. Er puffte ihn in die Seite. »Mann, hör auf zu glotzen!«

Björn assistierte ihm sofort. »Das sind *Mütter!*« Er sprach das Wort aus, als handele es sich um eine bedrohte Tierart.

Robin wurde rot. »Ich weiß. Ich … ich gebe mir ja Mühe. Aber es ist schwer.« Patrick klopfte ihm mitfühlend auf die Schulter und Björn sagte tröstend: »Das kommt noch, mein Lieber.«

»Ist euch aufgefallen, dass keine der Frauen uns eines Blickes gewürdigt hat? Für die sind wir klinisch tot.« Patrick hob Leonies bunten Kinderbademantel hoch. »Und das ist der Grund dafür. Wir sind – *Väter.*« Es gelang ihm, Björns Tonfall zu kopieren. Nicht zum ersten Mal an diesem Tag dachte er darüber nach, dass viele Menschen mit dem Moment der Elternwerdung ihr Gefühl für Stil an einer geheimen Sammelstelle abzugeben schienen, bei der sich die Nichteltern freizügig bedienen konnten. Ebenso erging es ihnen mit dem natürlichen – und durchaus reizvollen – Schamempfinden. Scham war nicht mehr nötig. Wer Kinder hat, so schien die geheime Botschaft zu lauten, dessen Nacktheit ist frei von erotischer Wirkung, geschmacksneutral wie ein stundenlang gekauter Kaugummi. So wie die Frau, die in aller Öffentlichkeit stillte. Oder wie dieser Robin, dessen weicher Bauch darauf schließen ließ, dass er sich schon geraume Zeit keine Gedanken mehr um seine Wirkung auf das andere Geschlecht machte. So war wohl der Lauf der Dinge: Kinder verwandelten Frauen in Mütter und Männer in Väter. Unter denen wurde gekumpelt, aber nicht geflirtet. Nein, so wollte er nicht enden. Er spannte für einen kurzen Moment alle Muskeln an, die seinen Körper in Form brachten, und entspannte sich dann wieder.

So saßen sie nebeneinander auf der warmen Bank, zufrieden und schweigend. Robin musterte die beiden anderen Männer unauffällig. Er fühlte sich zum ersten Mal seit langer Zeit wieder richtig wohl. Wie ein Schuljunge im Kreise seiner Kumpel. Dieser Björn war früher bestimmt Klassensprecher gewesen. Und Patrick der Klassenclown. Er hatte zwar eine etwas alberne Art, dauernd in seinem Haar herumzufummeln, aber er war wirklich witzig. Sein Oberkörper machte Robin allerdings ein bisschen neidisch, und er beschloss, seine Hanteln endlich wieder vom Dachboden zu holen.

Eine Frau stieg aus dem Schwimmerbecken. Sie trug einen einfachen schwarzen Badeanzug, eine Schwimmbrille und eine dünne Plastikbadekappe – und sie hatte eine sensationelle Figur. Schlank mit vollen Brüsten. Die Schwimmerin schritt die Stufen hinauf. Dabei nahm sie die Badekappe ab und ihr Haar fiel in einer schimmernden schwarzen Kaskade bis zu den Hüften hinunter. Den Männern entging keine ihrer Bewegungen.

Sie kam langsam auf sie zu. Patrick hatte das Gefühl, als

würden im Schwimmbad mit einem Mal laszive Tangorhythmen erklingen. Der Fliesenboden verwandelte sich in einen weißen Sandstrand. Ein Hauch von Ferien, Abenteuer, Freiheit lag statt Chlor in der Luft. Er seufzte. Neben ihm zupfte Robin nervös an seiner Nase. Björns Augen verengten sich.

Als die Schwarzhaarige sie fast erreicht hatte, kam ein ungefähr vierjähriger Junge herangestolpert, hielt sich an ihren Beinen fest und krähte: »Mama!«

Keine Musik mehr, kein Strand, nur der Anblick einer Großstadtmutter, die mit ihrem Sohn am Wochenende schwimmen ging. Ertappt und mit schlechtem Gewissen wandten die Väter ihre Aufmerksamkeit wieder ihren Kindern zu. Schließlich waren auch sie hier, um ihrem Erziehungsauftrag gemäß ihrem geliebten Nachwuchs bei gemeinsam verbrachtem Spiel und Spaß emotional positive Erlebnisse zu verschaffen. Die Kinder tobten und lachten. Die Väter winkten ihnen zu. Wie ein Mann lehnten sie sich wieder zurück gegen den warmen Stein.

Nach einer Weile seufzte Robin: »Ich komme mir schrecklich vor. Sie ist eine Mutter, und ich habe sie angestarrt. Aber es war wie bei einem Unfall. Ich konnte einfach nicht weggucken!«

Die beiden anderen schwiegen. Robin merkte, wie ihm das Blut zu Kopf stieg. »Ihr habt doch eben auch ganz schön gestiert.«

Schweigen.

»Und du«, er sah Patrick an, »hast sogar gestöhnt!«

»Nur, weil mir eingefallen ist, dass ich vergessen habe, etwas zum Essen einzukaufen.«

»Und warum hast du solche Stielaugen gemacht, Björn?«

Björn sah zu seinen Töchtern hinüber. »Ich hatte noch Seife in den Wimpern. Die brennt total.« Wie zur Bestätigung seiner Worte rieb er sich die Augen.

Robin zupfte an einem Haar, das aus seinem sonst unbehaarten Bauch spross. »Ach, ihr spinnt doch. Ihr habt genauso hingeschaut wie ich.« Als die anderen beharrlich weiter schwiegen, fuhr er fort: »Ich bin wenigstens ehrlich. Mich nimmt das immer noch mit. Ich meine, ich versuche, nicht hinzugucken. Aber dann …« Er suchte nach einem passenden Ausdruck und verstummte.

Patrick half ihm aus: »Dann kommt so eine scharfe Mutter, und deine Hormone fahren Karussell.«

Einen Moment lang herrschte wieder Schweigen. Dann brachen alle drei in albernes Gelächter aus. Björn quetschte schließlich heraus: »Scharfe Mutter! Ich hätte nie gedacht, dass das irgendwann mal im Wortsinn zu verstehen ist!« Sie lachten weiter.

»Entschuldigung, du bist doch Björn?« Eine melodiöse Stimme brachte ihr Gelächter zum Schweigen. Da stand eine Frau vor ihnen … und es war die aufregende Schwarzhaarige! Ihren Sohn hatte sie auf ihrer, wie Patrick feststellte, überaus wohlgeformten Hüfte platziert.

Björn rappelte sich erstaunt hoch. »Ja, kennen wir uns?«

»Nicht direkt.« Die Frau strahlte ihn an. »Ich heiße Miriam, und ich arbeite seit einiger Zeit bei Verena im Büro. Sie hat ein Foto von dir und den Mädchen an ihrer Pinnwand.« Sie hob ihren Sohn auf die andere Hüfte. »Das ist Marvin.« Der Junge lehnte seinen Kopf an ihre Wange. Seine Mutter nickte jetzt auch Patrick und Robin unverbindlich zu.

»Miriam?« Björn nickte langsam mit dem Kopf. »Ja, Verena hat deinen Namen mal erwähnt. Disposition, richtig?«

Miriam schenkte ihm ein zweites Lächeln. »Eigentlich singe ich, aber man muss ja seine Miete zahlen, stimmt's? Ich hätte schon vorhin Hallo gesagt, aber ich wollte erst meine sechzig Bahnen schwimmen.«

»Sechzig Bahnen! Wow!« Robins respektvolle Äußerung brachte ihm ein Augenrollen der anderen ein. Er versuchte vergeblich, das samtweiche Dekolleté, an das sich der kleine Junge schmiegte, mit väterlicher Neutralität zu betrachten.

Währenddessen suchte Patrick nach einer Möglichkeit, sich möglichst elegant nach dem Vater von Marvin erkundigen, um herauszufinden, ob es eine Chance gab, dieses Wunderwesen kennen zu lernen. Doch Miriam schien ihn überhaupt nicht zu bemerken und sich ausnahmslos für Björn zu interessieren. Abwartend massierte er seinen Haaransatz.

Miriam ging zum Frontalangriff über. »Björn, ich möchte dich nach einem kleinen Geheimnis fragen.« Sie setzte Marvin ab. »Geh doch schon mal zur Rutsche vor.« Folgsam ging der Kleine einige Schritte, blieb aber in der Nähe und balancierte mit Trippelschrittchen am Beckenrand. Miriam blickte sich schnell um, trat näher zu Björn hin, legte ihre Hand auf seinen behaarten Unterarm und senkte die Stimme.

Wie gebannt lehnten sich Robin und Patrick simultan vor, um nichts zu verpassen.

»Vielleicht ist die Frage zu persönlich. Aber ich habe lange auf die Gelegenheit gewartet, dich etwas zu fragen. Wie ....«

»Wie ...« Björns Stimme schien tatsächlich ein bisschen zu zittern.

»... bekommst du eigentlich die Blusen von Verena so phantastisch weiß?«

Björn, Patrick und Robin klappten simultan die Münder auf.

»Mama!« Mit einem Platschen fiel Marvin ins Wasser.

»Du bist wirklich Hausmann?« Patrick nagte an einem knusprig gebratenen Kalbsrippchen. Nach einer wilden Wasserschlacht mit den Kindern war man übereingekommen, gemeinsam in einem nahe gelegenen Imbiss zu essen. Die Kinder stopften um die Wette Berge von Pommes in sich hinein, während die Väter an einem benachbarten Tisch Platz genommen hatten.

Björn nickte. »Erstaunt dich das?«

»Ja und nein. Ich habe noch nie einen Hausmann kennen gelernt. Irgendwie hatte ich ihn mir auch ganz anders vorgestellt.«

»Genau«, pflichtete ihm Robin bei und drückte Tropfen für Tropfen Italian Dressing aus einem Plastiktütchen auf einen schlappblättrigen gemischten Salat.

Björn griff zu seiner zweiten Bratwurst. »Wie denn?«

»Kleiner, verschrumpelter, weniger muskulös.« Robin faltete das sauber ausgedrückte Plastiktütchen sorgfältig zusammen und deponierte es auf der rechten oberen Ecke seines Tabletts.

»Mit ausgebeulten Sweatshirts, fleckigen Cordhosen, Öko-Look eben«, ergänzte Patrick mit vollem Mund.

»Mit einem Wort: unmännlich«, fasste Björn zusammen.

Robin wiegte den Kopf hin und her, Patrick spitzte die Lippen. Dann sagten beide: »Ja!«

Björn lachte laut. »Wie kommt ihr denn darauf?«

»Wie Patrick vorhin schon gesagt hat: Mütter und Väter sind keine Sexobjekte. Und Hausmänner sind doch so etwas wie der Superlativ von Vätern. Die kochen und waschen und putzen den ganzen Tag.«

Björn verdrehte die Augen. »Ihr seid ja schlimmer als diese Miriam! Wir Hausmänner werden stets verkannt als Heimchen am Herd oder Putzteufel. Fragt die mich doch glatt … Als ob man mit mir über nichts anderes reden könnte. Die Vorurteile sind wirklich lächerlich.« Er zog die Augenbrauen zusammen. »Verenas weiße Blusen darf ich überhaupt nicht mehr anfassen, seitdem ich sie einmal mit einem türkisfarbenen Strampler von Jule gewaschen habe.« Mit einem großen Bissen verschwand das letzte Stück Fleisch in seinem Mund. Kauend sah er Robin an: »Und was das Kochen angeht: Kochst du nicht?«

»Meist kocht mein Vater.« Robin zerteilte ein Gurkenstück. Als er die erstaunten Blicke der anderen sah, beeilte er sich hinzuzufügen: »Seit dem Tod meiner Mutter lebt er bei mir. Wenn Lasse an den Wochenende da ist, stehe ich auch schon mal am Herd. Aber selten.«

»Was machst du beruflich?«

»Ich bin Optiker und habe ein Geschäft in Eppendorf.«

»Und du, Patrick?«

»Ich koche nie. Aber ich besitze einen Wasserkocher.«

»Spaßvogel …«

»Ich bin Musiker, Pianist.«

»Ah, ein Künstler.«

»Kann man so sagen.«

»Und Künstler müssen nicht essen? Oder besser: Kinder von Künstlern leben von Luft und Liebe?«

»Wozu gibt es den Pizzaservice? Außerdem ist Leonie wirklich selten bei mir.« Obwohl er es mit einem lustigen Unterton gesagt hatte, klang seine Erwiderung reichlich matt, dachte Patrick und drehte nachdenklich das Colaglas in den Händen. Es war schon komisch: Noch nie hatte eine Frau in ihm den Wunsch geweckt, ein guter Vater zu sein. Aber jetzt, wo er Björn gegenübersaß, der sich seinen Töchtern den ganzen Tag widmete, fühlte er plötzlich den Wunsch, nicht nur als Leonies Besuchspapi dazustehen.

Björn wischte sich mit dem Handrücken über den Mund, griff nach seinem Bier und lehnte sich behaglich zurück. »Ihr gefallt mir: ein bindungsscheuer Klimperer und ein Brillenklempner mit Kochhemmung! Freunde, ihr müsst den Tatsachen ins Auge sehen – der einzig Erfolgreiche an diesem Tisch bin ich. Ich habe ein Haus, einen Kombi, zum Spaß ein Motorrad mit Beiwagen, in das beide Töchter passen. Dank Wasch- und Geschirrspülmaschine, modernstem Computerequipment und optimalem Zeitmanagement verfüge ich über viel Tagesfreizeit. Und ich habe eine klasse Frau, die genügend Geld verdient.«

Robin betrachtete ein Salatblatt, an dem er eine dunkle Stelle entdeckt hatte. Er legte das Blatt an den Rand der Schüssel und trank einen Schluck von seinem Wasser. Dann sagte er bedächtig: »Das wichtigste Wort in deiner kleinen Ansprache war: eine Frau.« Über sein Gesicht glitt ein ernster Ausdruck. »Mit der richtigen Frau geht alles. Geht alles besser.« Er schien noch mehr sagen zu wollen, entschied sich aber dann dagegen.

Björn sah ihn betroffen an. »He, ich wollte dir nicht zu nahe treten. Wenn du erst mal über die Trennung von …« Er zögerte. »Wie heißt Lasses Mutter?«

»Katrin.«

»Wenn du erst über die Trennung von Katrin hinweg bist, sieht die Welt wieder anders aus.«

Robin lächelte, doch die lockere Stimmung schien mit einem Schlag verflogen zu sein.

Aber dann beugte sich Patrick vor, nachdem er mit einem Stück Brot die Bratensoße von seinem Teller gewischt hatte. Er klopfte Robin aufmunternd auf die Schulter. »Nur nicht Trübsal blasen, Robin! Rate mal, was ich hier habe?« Er griff in die Brusttasche seines Hemdes und zog einen kleinen Zettel heraus. »Die Telefonnummer von … Miriam!« Er erzählte, dass sie ihn abgepasst hatte, als er in die Männerumkleide gegangen war. Er warf Robin den Zettel zu. »Ich kann die Nummer sowieso auswendig.«

Robin verzog bewundernd sein Gesicht. »Du bist wahrscheinlich der einzige Mann, den ich kenne, der mit einer Telefonnummer aus dem Hallenbad kommt.«

Patrick wehrte ab. »Sie hat uns jedenfalls ausdrücklich zu ihrem Auftritt in der *Blue Bar* nächsten Mittwoch eingeladen. Mich und …« Er pausierte theatralisch und piekste Robin dann in die Brust: »… und meinen Freund Robin.«

Robin strahlte Patrick begeistert an. »Ist das wahr?«

Björn lachte gutmütig. »Na dann, ihr Helden, viel Spaß auf der Pirsch! Ihr könnt mir ja am nächsten Sonntag von eurem Triumph erzählen. Aber vergesst nicht, zu mir kommen die Frauen, wenn ein ganzer Mann gebraucht wird.«

»Klar«, erwiderte Patrick trocken. »Sie winseln sich alle in den Staub, um das Geheimnis deiner blütenweißen Wäsche zu erfahren!«

Sie lachten.

Robin fasst sich als Erster. »Also, abgemacht? Wir treffen uns hier nächste Woche wieder? Mit den Kindern?«

Björn und Patrick sahen sich an. Dann hob Patrick spontan die Hand zum High-Five. »Aber nur, wenn ich weiter das Terrain scharfer Mütter sondieren darf.« Björn und Robin klatschten nacheinander ihre Hände gegen seine hochgereckte Rechte.

»Auf die Mütter!« Björn grinste breit. »Und die Väter!«

3. Kapitel

Life is what happens
while you're busy making other plans.
John Lennon

VQ: fünf. Damit ist Björn Walkenhorst ein ernst zu nehmender Kandidat. Nun kann ich natürlich nicht einfach auf ihn loshopsen und ihn zum Aushilfsvater machen. Das bedarf einer gewissen Vorbereitung.

Als Kind bin ich Mama immer auf die Nerven gegangen, wenn ich Detektivin spielte: Ich strich mit Fernglas und Notizbuch bewaffnet durch die Nachbarschaft und suchte Fälle. Dazu hing ich stundenlang auf Hinterhöfen herum und observierte ahnungslose Nachbarn, versteckte mich hinter Mülltonnen und versuchte, Rückschlüsse auf kriminelle Aktivitäten im Viertel zu ziehen. Ich fühlte mich wie Kalle Blomquist, aber leider geschah in Niendorf nie etwas. Dafür lernte ich, systematisch vorzugehen. Eine meiner ersten Listen hieß *Was Leute alles wegschmeißen und* verzeichnete *Müll, alte Kartons* und *Diverses.*

Das Fernglas lasse ich zwar im Fall Björn zu Hause (obwohl ich eins in der Küche hängen habe), aber schon nach kurzer Beobachtungsphase habe ich Folgendes herausgefunden:

1. Björn liefert seine Tochter fast auf die Sekunde genau eine Viertelstunde später im Kindergarten ab als ich Tim.
2. Wenn ich eine Weile im oberen Flur herumtrödle, laufe ich ihm an der Eingangstür unweigerlich in die Arme.

3. Björn ist immer frisch rasiert und duftet nach Rasierwasser.
4. Nicht nur für verquollene Mütteraugen ist er so ein überaus erfreulicher Anblick.

Und das ist das Beste:

5. Björn ist ein vorbildlicher Vater.

Immer hat seine Tochter einen Rucksack dabei. Sie trägt an Regentagen Gummistiefel und ist nie ohne Mütze oder Schal zu sehen. Vor allem vergisst Björn nie, ihr einen Kuss zu geben, bevor sie nach oben rennt.

Eine quälend lange Woche grüße ich ihn unverbindlich freundlich. »Hallo!« Schließlich wissen wir Frauen: Männer sind eine widersprüchliche Spezies. Sie geben sich gern unnahbar und kühl. Gleichzeitig sollen Eroberungen aber ihr alleiniges Privileg sein. Nach zehn Tagen habe ich genug davon. Ich platze heraus: »Zeit für einen Kaffee?«

Er denkt nach, guckt dann auf die Uhr und sagt schließlich: »Aber nur italienischen Espresso.«

Vor dem Kindergarten gibt es zwar lediglich einen portugiesischen Imbiss, trotzdem stehen wir wenig später bei einem heißen Milchkaffee an einem Stehtisch. Dort erfahre ich endlich weitere Details: Björn ist ein echter, richtiger, lebender Hausmann! Er kümmert sich um Nele und ihre zwei Jahre ältere Schwester Jule, während seine Frau Verena als Geschäftsführerin in einem Softwareunternehmen arbeitet. Ich kann es kaum fassen. Ich habe noch nie einen Hausmann kennen gelernt. Wie *süß!*

»Du bist also wirklich Hausmann?«

»Ja.« Björn nickt. »Also, schieß schon los.«

Ich sehe ihn verständnislos an. »Womit?«

Björn grinst mich an und zeigt seinen hübschen schiefen Zahn. »Ach, ich glaube, ich kenne alle Reaktionen auf mein Hausmann-Sein. Entweder bekomme ich zu hören: mutig! Damit meinen die meisten: bescheuert. Vor allem Männer. Meine Bank hat mir sofort den Dispo gestrichen. Das war allerdings hart. Da fühlt man sich als Mann schon komisch. Ältere Frauen fragen mich gerne, wie ich mich fühle, von meiner Frau ausgehalten zu werden. Frauen in deinem Alter finden das meistens … süß.« Er rührt im Kaffee.

Schnell lege ich mein Gesicht in hoffentlich intellektuell wirkende Falten und frage überlegen: »Süß? Was für eine merkwürdige Reaktion. Mich interessiert eher der Grund, warum du Hausmann geworden bist.«

»Eigentlich war es eine rein rechnerische Entscheidung. Ich verdiente als Schiffsmechaniker wesentlich weniger als Verena und war dabei auch noch unterwegs. Wofür hätte sie also aufhören sollen zu arbeiten? Damit wir am Ende weniger Geld hätten und ich meine Kinder nur selten zu sehen bekommen würde?« Björn greift erneut zum Zucker.

Wir schweigen, während es in meinem Kopf rattert wie in einem Uhrwerk. Ein Hausmann – ideal! Einer, der Zeit für Kinder hat (also auch für Tim) und den kein wichtiges Meeting vom Fußballtraining ablenkt. *Jetzt oder nie*, denke ich und greife in meiner Jackentasche nach der Tessa-Martin-Figur. »Spielst du eigentlich Fußball?«, wage ich dann, lässig über der dampfenden Tasse, einen Vorstoß.

»Klar! Einmal die Woche in einer Freizeitmannschaft.«

Das läuft ja wie geschmiert! Ich lächle ihn so begeistert an, dass er erst ganz verlegen wegblickt und mich dann noch einmal forschend anguckt. »Spielst du etwa auch?«

»Nö«, wehre ich lahm ab. »Aber hättest du vielleicht Lust, mit Tim … also … äh …« Ich verschlucke mich an meinem Kaffee.

Björn klopft mir sanft auf den Rücken. Als ich wieder atmen kann, schlägt er vor: »Wollen wir mal alle zusammen in den Hirschpark? Ich habe einen Fußball mit Autogrammen von allen HSV-Spielern, der gefällt Tim bestimmt.«

»Superidee!«, falle ich ihm fast ins Wort. Sofort ärgere ich mich über mein so offensichtliches Entzücken. *Rätselhaft, Jella!*, predigt mir Mascha immer wieder. *Männer lieben das Zurückhaltende, Mysteriöse, Mehrdeutige! Aber du bist ungefähr so rätselhaft wie ein Glas Leitungswasser.* Ob ich allerdings mit rätselhaftem Mehrdeutigen Björn zum Fußballspiel mit Tim locken kann, bezweifle ich. Wenigstens halte ich das breite Grinsen, das sich auf meinem Gesicht ausbreitet, erfolgreich in Schach. »Wie wäre es in zwei Wochen?«

»Abgemacht. Aber vorher trinken wir bestimmt noch mal Kaffee miteinander.«

Meine Jobsuche gestaltet sich weitaus schwieriger. Nachdem ich dem Verlag mitgeteilt habe, dass ich die neue Schichtarbeit nicht einrichten kann, ist plötzlich keine Rede mehr davon, dass Lola Praktikantin ist. Von einer dritten Kraft wird gar nicht mehr gesprochen. Lola und Petra sind eben flexibler als ich. Ich renne natürlich gleich zum Betriebsrat, und dort macht man mir Mut, dass ich das alles in Ruhe abwarten soll. Aber ich bin einfach nicht der Typ, der in Ruhe abwarten kann, vor allem, wenn ich das Gefühl habe, dass man mich gar nicht mehr will.

»Sieh mal«, meint Rüdiger, der mich zu einer »Aussprache« in sein Büro vorgeladen hat. »Das ist doch eigentlich auch in deinem Sinne, mal zu überlegen, ob dieser Job hier das Richtige für dich ist. Als Mutter setzt du andere Prioritäten, das versteht jeder. Vielleicht ist die Umstellung auf drei Schichten für dich das richtige Signal, um über eine Veränderung in deinem Leben nachzudenken.«

»Moment mal!«, stammele ich, als ich verstehe, was er mir eigentlich sagen will. »Das ist doch ein klarer Fall von Mobbing, oder?«

Rüdiger schüttelt den Kopf. Er verzieht sein glattes Gesicht zu etwas, was man in einem Handbuch für Personalführung mit Sicherheit »aufmunterndes Lächeln« nennen würde. »So ein Unsinn, Jella. Ich habe nur gesagt, dass du es dir sehr gut überlegen musst. Dass du in dich hineinhorchen musst, ob du den gewachsenen Anforderungen als Mutter wirklich gewachsen ist.«

In mich hineinhorchen? Bin ich Höhlenforscherin? Ich starre ihn mit zusammengekniffenen Augen an. »Was ist denn an den Anforderungen gewachsen? Die Uhrzeiten haben sich verändert, aber die Arbeit ist doch dieselbe!«

Rüdiger wiegt nachdenklich den Kopf. »Jella, du machst es uns beiden unnötig schwer. Sieh mal, natürlich kannst du hier weiter arbeiten, aber du musst auch verstehen, dass uns die häufigen Ausfälle, wenn dein Kind krank wird, dein häufiges Zuspätkommen, dein mangelndes Engagement zu denken geben.«

Ich fühle mich wie beim Sportunterricht in der siebten Klasse, als mich keiner im Handballteam haben wollte. Ich springe von dem Besucherstuhl, den mir Rüdiger vor seinen Schreibtisch gerückt hat, auf.

»Ihr wollt keine Mütter hier haben, stimmt's?«, rufe ich und halte ihm vor: »Ich bin gar nicht öfter krank als andere Mitarbeiter, und ich habe einen gesetzlichen Anspruch darauf, bei meinem kranken Kind zu bleiben. Außerdem ist das wirklich nicht häufig vorge…«

Rüdiger fällt mir ins Wort. »Zu spät bist du wohl auch nicht gekommen, oder? Deine Aggressivität bringt uns nicht weiter.« Er pausiert, während ich nach Worten suche. Ich bin so wütendwütendwütend!

»Warum sagst du nicht einfach, dass ihr mich loswerden wollt?«, fordere ich.

Er betrachtet seine Fingernägel. »Weil das nicht so ist. Obwohl berufliche Veränderungen in unserem Alter wichtig sind. Auch ich werde mich übrigens bald neu orientieren und den Verlag verlassen.« Warum erzählt er mir das alles? Seine Neuorientierung interessiert mich nicht halb so viel wie meine Neuorientierung! »Allerdings zeigt mir dein Verhalten deutlich, dass wir in dir nicht unbedingt die loyale Mitarbeiterin haben, die wir hier gerne sähen.«

Ich starre ihn mit offenem Mund an.

Rüdiger blättert in seinem Terminkalender. »Jella, überdenk doch alles in Ruhe und lass mich dann wissen, wie du dich entschieden hast.«

Ich stehe vor seinem Schreibtisch, den ich am liebsten umkippen würde und spüre, wie Wut und Traurigkeit und Angst in mir zu einem einzigen riesigen Gefühl zusammenfließen. Es ist so ungerecht! Mütter können genauso gut arbeiten wie alle anderen. Aber ständig umgibt sie die Aura, sie würden den Griffel als Erste fallen lassen, würden niemals unbezahlte Überstunden machen und ständig krankfeiern. Das große Gefühl in mir schaltet mein Denken aus und heizt meine Wut in Sekundenschnelle hoch. Das lasse ich mir einfach nicht gefallen! Bevor ich mich von so einem Rüdi-Rüdiger rausekeln lasse, gehe ich von selbst. Mit überschlagender Stimme blaffe ich ihn an: »Ich habe mir schon alles überlegt. Und weißt du noch was? Ich kündige!« Ich werfe den Kopf in den Nacken.

Mein lauter Tonfall ist Rüdiger nun doch peinlich, zumal die Kollegen auf dem Flur und den anderen Büros schlagartig verstummen. Er kommt um den Schreibtisch herum und versucht mich aufzuhalten. Ich schüttle ihn ab und versuche ihm so gefasst wie möglich zuzuzischen: »Und ein Zeugnis erwarte ich auch! Und zwar ein gutes!«

Wir stehen so nah voreinander, dass ich ein eingewachsenes Haar auf seinem Nasenrücken sehen kann. Rüdiger zieht mich wieder zum Schreibtisch. »Du darfst das nicht persönlich nehmen, aber Mütter sind einfach immer ein Risikofaktor. Weißt du, Lola ist noch jung, hat keine Familie, ist damit besser einsetzbar.«

»Und besser auszubeuten!«, gebe ich patzig zurück, werfe wieder den Kopf in den Nacken und rausche nun endgültig aus seinem Büro.

»Schade, dass du das so siehst«, ruft Rüdiger hinter mir her, während ich den Flur entlangstampfe.

»Wie soll ich es wohl sonst sehen?«, zicke ich zurück. Es ist mir vollkommen egal, dass er mich wohl kaum noch hören kann, als ich schon längst im Treppenhaus bin. »In Frankreich und anderen Ländern sind Mütter überhaupt kein Risikofaktor«, schimpfe ich einfach weiter und lasse alles raus, was mir schon so lange im Kopf herumgeht. »Da haben die Leute zwei oder drei Kinder, und der Staat kümmert sich um die Kinderbetreuung. Da wird eine Mutter nicht als Rabenmutter betrachtet, wenn sie ihr Kind in die Krippe schickt. Und die Kinder und Jugendlichen, die bei diesem System herauskommen, sind auch keine psychisch gestörten Monster.«

Ich bin endlich unten am Empfang angekommen, wo ich meinen Mantel vom Haken reiße und der verwunderten Petra nur zurufe: »Ich habe gekündigt!« Dann stürme ich nach draußen.

Erst als ich mit dem Fahrrad in sicherer Entfernung bin, fange ich an zu heulen. Was habe ich da nur gemacht? Bin ich völlig verrückt geworden?

Das Zeugnis liegt drei Tage später in meinem Briefkasten.

»Was ist das?«, fragt Tim beim Frühstück und kaut wie immer beim Cornflakesessen mit offenem Mund.

»Mach den Mund zu. Ein Brief vom Verlag.«

»Was steht drin?«

»Tim, mach den Mund beim Kauen zu. Hier steht, dass ich mir einen neuen Job suchen muss.«

Tim bedenkt die Angelegenheit. »Das ist nicht schlimm. Da gefällt es dir sowieso nicht.«

Ich bin erfreut über den Pragmatismus meines Sohns. »Da hast du Recht. Aber ich muss natürlich Geld verdienen.«

Tim sieht mich mit wachen blauen Augen an. »Was kannst du denn?«

»Wie meinst du das?«

Tim zieht seinen Stuhl vor meinen und erklärt: »Im Kindergarten machen wir das manchmal im Stuhlkreis. Wir sitzen uns gegenüber und dann erzählt jeder dem anderen, was er kann. Pass auf, ich zeige dir das mal.« Er legt seine Hände auf meine und sagt: »Ich kann mich ganz alleine anziehen. Ich kann Lego bauen. Ich kann rückwärts von der Rutsche rutschen.« Er stupst mich auffordernd an. »Jetzt du!«

»Was soll ich denn sagen? Was kann ich denn?« Ich bin ratlos.

Tim souffliert: »Du kannst sagen: Ich kann Fahrrad fahren.«

Ich tue ihm den Gefallen. »Okay, ich kann Fahrrad fahren.«

»Ich kann Nudeln kochen.«

»Das kann doch jeder.«

Tim zieht die Nase kraus. »Gar nicht wahr. Ich nicht. Noch was.«

»Mir fällt nichts mehr ein.«

Tim ruft: »Du kannst ganz tolle Grimassen schneiden.«

Fahrrad fahren, Nudeln kochen, Grimassen schneiden. Aus der Sicht eines Fünfjährigen ist das keine schlechte Bilanz. Ich bezweifle, dass mir diese Qualitäten einen Job verschaffen. Trotzdem gebe ich Tim einen Kuss. »Du hast Recht, mein Sohn. Wäre doch gelacht, wenn ich mit diesen Eigenschaften nicht einen tollen Job bekäme.« Clowns, die beim Fahrradfahren Nudeln kochen, werden ja immer gebraucht.

Nachdem ich Tim im Kinderhort abgegeben und Björn freundlich zugewinkt habe, werfe ich an meinem Küchentisch mein Laptop an und google mich durch diverse Jobbörsen. Das Ergebnis ist …

… niederschmetternd. Die Suchbegriffe *Erzieherin, Stellenangebot* und *Raum Hamburg* bringen keinen einzigen Treffer. Ich ändere die Taktik und tippe ein: *Erzieherin gesucht.* Prompt werde ich mit 5.380 Treffern belohnt. Ha! Einmal Detektivin, immer Detektivin. Es kommt einfach darauf an, die richtigen Fragen zu stellen. Munter mache ich mich an die Arbeit.

Aber je mehr ich lese, desto deprimierte werde ich. Nicht, dass Erzieherinnen nicht gesucht werden … aber was für welche! Eine waldorforientierte Kita in Ulm sucht eine »entsprechend ausgerichtete Erzieherin«, die Deutsche Schule in Bombay fahndet nach einer »muttersprachlich deutschen, aber perfekt zweisprachigen Erzieherin«, die katholische Kirche in Heilbronn möchte eine auch zur Religionspädagogin ausgebildete Kraft und eine interkulturelle Kita in Berlin schreibt: »Erwünscht sind Erfahrungen im interkulturellen Bereich, Kulturkenntnisse der Weltreligionen, mindestens drei Jahre Berufserfahrung, zwingend erforderlich sind fundierte Fremdsprachenkenntnisse.«

Das Telefon klingelt. Es ist Christy. Sie hat heute ihren freien Tag, und ich lasse mich nur zu gerne von ihr für einen Kaffee bei Leo aus dem Haus locken, obwohl ich ein schlechtes Gewissen habe. Aber Christy sagt herzlos und tröstend zugleich: »Ein Job wird dir wegen einer Stunde Kaffeetrinken garantiert nicht weglaufen!« Ich hoffe, dass sie Recht hat.

Als ich in ihre vergnügten blauen Augen sehe und sie mich umarmt, verpufft das Loser-Feeling, das sich vor dem Laptop in mir breit gemacht hat. Selbst der größte Griesgram bekommt bei Christys Anblick gute Laune. Sie sieht immer so frisch aus wie ein glänzender Apfel, und wenn Äpfel gute Laune hätten, dann solche wie Christy. Das steht auf meiner geheimen Liste *Warum Christy meine beste Freundin ist.* Nach *Sie hat die ansteckendste gute Laune der Welt* kommt übrigens: *Sie ist die Einzige meiner Freundinnen, die Mama mag. Wirklich mag.* Und natürlich: *Sie versteht meine Ideen.* Christy habe ich natürlich schon die VQ-Formel präsentiert – und wie erwartet findet sie sie ebenso genial wie ich. Heute aber sind andere Dinge wichtiger. Zwischen zwei Schlucken jammere ich: »Ich krieg nie wieder einen neuen Job. Ich habe zwar einen Abschluss, aber keinerlei Sonderqualifikationen!«

Christy schüttet Zucker in ihren Kaffee. »Na und? Bis jetzt hattest du doch auch keine Pläne, an das andere Ende der Welt zu ziehen, oder?«

Ich starre trübsinnig vor mich hin.

»Oder nach Heilbronn!« Christy hebt ihren Rucksack auf den Schoß. Sie holt einen dicken Packen Anzeigenblätter heraus und legt sie auf den Tisch. »Süße, ich habe ein bisschen Lektüre für dich mitgebracht. Man darf nichts unversucht lassen. Schau – ich habe die Sachen, die interessant zu sein scheinen, schon einmal für dich angestrichen« Sie lacht mich an. Ich bin sprachlos. Und auch ein bisschen gerührt. Wie lieb ist das!

Leo kommt an unseren Tisch. »Möchtet ihr noch etwas?« Wir bestellen noch einmal Latte macchiato, und als Leo die Getränke serviert, sagt er mit einem Blick auf die Zeitungen: »Du suchst einen Job?«

»Ja. Aber das ist ganz schön schwierig.«

Leo schüttelt den edlen Kopf, der mich mit seiner fein geschnittenen Nase und den welligen Haaren an eine römische Statue erinnert. »Die Welt ist verrückt! So viele Menschen suchen Arbeit und wir finden keine guten Leute.«

Ich sehe mich im Café um. Jetzt erst fällt mir auf, dass Leo ganz allein bedient. »Wo sind Claudio und Anna?« Anna ist Leos Frau und Claudio der Kellner, der seit einigen Wochen, vor allem in den Stoßzeiten, im *Da Leo* bedient.

Leo schüttelt betrübt den Kopf. »Anna ist nach Sizilien gefahren, ihre Schwester ist sehr krank. Und Claudio ist einfach verschwunden. Es war ihm zu viel Arbeit. Dabei habe ich gut gezahlt!«

»Bitte noch einen Rotwein!«, ruft jemand. Leo antwortet: »Vengo subito!« Als er das nächste Mal bei uns vorbeikommt, stellt er einen Teller mit Profiteroles vor uns hin. »Kleine Aufmerksamkeit des Hauses. Schokolade hebt die Laune.«

»Grazie tante, Leo«, sage ich mit gespieltem italienischem Akzent. Es macht mir immer Spaß, ein bisschen Italienisch mit Leo zu sprechen. Obwohl er sich gerne über Deutsche mit polyglottem Angebergehabe lustig macht. *Ich sollte einmal ein Vokabelbuch mit den dicksten Fehlern herausgeben,* hat er einmal gesagt. Worauf ich natürlich sofort eine Liste mit meinen Lieblingsausdrücken von deutschem (falschem) Italienisch anlegte. Ganz oben steht *Pizza quattro Stazioni,* gefolgt von *duo Expressis* und *Carabinieri, zahlen!* Seitdem grinsen Leo und ich uns immer an, wenn mal wieder ein aufgeplusterter Hobbykoch nach der Toscanareise mit seinem Pizzeria-Italienisch angibt.

Der Kaffee tut mir gut, und Christys Erzählungen aus dem Schwimmbad lenken mich von meinem Elend ab. Nach einer Stunde fühle ich mich wieder besser und verspreche ihr, nicht aufzugeben. Sie begleitet mich noch nach Hause, weil ihr Auto vor meiner Haustür steht. Dort umarmt sie mich und gibt mir einen aufmunternden Kuss auf die Wange. Während ich ins Haus gehe, erfüllt mich tiefe Dankbarkeit. Ich habe keinen Job und Tim hat keinen Vater – aber ich habe Freunde.

In der Küche werfe ich den Zeitungspacken auf die Fensterbank und klemme mich wieder hinter das Laptop. Ich checke noch einmal die Ergebnisse meiner letzten Suche. Aber auch die verbliebenen Treffer sind reine Fehlanzeige: Ich will weder in eine Krabbelgruppe im Raum Mainz noch in eine Blindenanstalt in Thüringen. Einen letzten Versuch wage ich noch und gebe *Erzieherin Hamburg* ein. Als die Ergebnisseite erscheint, fühle ich mich wie eine weiße Siedlerin in einem alten Farbfilm. In dem Moment, wenn sie realisiert, dass die sie begleitenden Schatten auf der Bergkuppe Indianer sind. Und dass diese Indianer in Scharen, Massen, unübersehbar viele, auf sie zurasen. Denn unter dem Suchbegriff *Erzieherin Hamburg* offenbart sich das ganze Elend: Mehr als zweihundert Tagesmütter, Aupairmädchen, Kinderfrauen und Erzieherinnen buhlen um Jobs. Sie überbieten sich in attraktiven Facetten – *Tagesmutter mit Garten, liebevolle Kinderbetreuung* (ist das nicht selbstverständlich?) oder *sozialpädogische Assistentin mit Zusatzausbildung zur Logopädin und zum Clown* (also doch!). Und alle unterbieten sich im Preis. Eins ist klar: Hier wartet niemand auf mich! Das Internet als Jobbörse? Ich muss mir etwas anderes einfallen lassen. Ratlos starre ich aus dem Fenster. Aber was?

Unruhig stehe ich auf und tigere durch die Wohnung. Was habe ich mir nur gedacht, als ich Rüdi-Rüdiger die Brocken hinwarf? Bei Millionen von Arbeitslosen hat doch niemand auf Jella Kanzler gewartet! Wie soll es denn jetzt weitergehen? Hätte ich doch nur auf Gerlinde vom Betriebsrat gehört! Die hatte mich gewarnt: »Du musst jetzt durchhalten, denn wenn du selbst kündigst, weil du dich gemobbt fühlst, kriegst du erst einmal drei Monate überhaupt kein Geld.« Ich starre auf den Kalender. Der nächste Monat beginnt in zwei Wochen! Ich muss unbedingt zum Arbeitsamt und mich erkundigen, ob und was ich danach bekomme. Ich spüre, wie mir kalt wird. Werde ich mich mit Tim jetzt auch in das Heer der Sozialhilfeempfänger einreihen müssen? Für einen Moment sehe ich uns beide in einer verschraddelten Wohnung zwischen Pappkartons trockenes Brot knabbern …

Energisch verscheuche ich das Bild. So ein Quatsch! Weder werde ich verhungern, noch werde ich aus der Wohnung müssen. Oder? Ich lasse mich wieder auf den Küchenstuhl fallen und versuche, die aufkeimende Panik durch kontrolliertes Atmen in den Griff zu bekommen. Das hat mir Christy mal geraten, die so genannte Viereck-Atmung. Wenn man einen Schock hat, dann soll man beim Atmen im Geiste ein Viereck mit der Luft zeichnen.

Also einatmen – Strich nach oben.

Ausatmend – Strich nach links.

Einatmen – Strich nach unten.

Ausatmen – Strich nach rechts. Fertig ist das Viereck.

Nach drei Vierecken falle ich fast in Ohnmacht, und meine Panik ist immer noch da. Ob ich Mama mal anrufe? Nein! Obwohl ich dieses klägliche Kleinkindgefühl habe, bei Mama »auf den Arm« zu wollen.

Tessa Martin lächelt mich hinter dem Laptop an. *Sie hat ja Recht,* denke ich. *Heulsusen kommen nicht weiter.* Tapfer schlucke ich die Angst hinunter und schlage den Anzeigenteil im *Hamburger Abendblatt* auf.

»Geduld!«, beschwört mich Mascha eine Woche später und stellt einen ihrer berühmten Tees vor mich hin. »Verbene, Petersilie, Katzenminze, Bohnenkraut, Sonnenblumenblüten«, teilt sie mir im Tonfall eines Sommeliers mit, der einen besonders guten Rotwein serviert.

»Das wird schon!«, tröstet mich auch Christy fünf Tage später, während sie an einem Montagmorgen durch den verregneten Stadtpark joggt und ich mich hinterherschleppe. »Jetzt lass dich nicht hängen, Jella! Du suchst gerade mal zwei Wochen einen Job. Weißt du, wie viele Langzeitarbeitslose es gibt? Man stirbt nicht an Arbeitslosigkeit.« Ich wische mir mit meinem Ärmel die Regentropfen vom Gesicht und murmle: »Jedenfalls nicht sofort.«

Mama sagt am folgenden Wochenende, als ihr Gartenhase gerade draußen mit Tim prüft, ob die Abdeckung auf dem Gartenteich den Frost überstehen wird: »Gabriele, den Satz *Und dann ging es nicht mehr weiter* hat noch nicht einmal deine Großmutter gesagt, wenn sie vom Krieg erzählte. Es geht immer weiter. So oder so. Außerdem gibt es ja noch immer mich.«

Das ist endgültig zu viel. Ich heule los. Mama ist plötzlich ganz weich und nimmt mich in den Arm, während alles aus mir herausbricht. Meine Panikattacken, die mich Nacht für Nacht wecken und schlaflos die Zeit zwischen vier und sechs mit offenen Augen ins Dunkle starren lassen. Die Angst, Tim nicht genug bieten zu können. Das Wissen, dass mein Dispokredit fast ausgereizt ist und die Miete fällig wird. Das Gefühl, mein Leben nicht im Griff zu haben.

Mama ist erschüttert. Sie schiebt mir ein Paket Papiertaschentücher in die Hand, holt aus dem Küchenschrank eine Flasche Cognac und gießt mir ein kleines Glas ein. »Jetzt beruhigst du dich erst mal. Es ist ja nicht nötig, dass Tim dich so sieht.« Folgsam wische ich mir die Tränen ab und schlucke die honigfarbene Flüssigkeit, die mir scharf den Hals hinunterrinnt, in meinem leeren Magen ein Feuer entfacht und mir so heftig den Atem nimmt, dass ich husten muss.

Sie wartet, bis sich meine Atmung wieder normalisiert hat. »Besser?«

Ich ziehe die Nase hoch, atme aus und nicke. »Viel besser.«

Mama ist jetzt wieder gewohnt sachlich und überrascht mich einmal mehr. »Hör zu, Gabriele, ich habe gestern mit deinem Vater telefoniert.«

»Mit Papa?«

Mama schüttelt indigniert den Kopf und setzt ihr bestes Ingrid-Gesicht auf. »Ja, mit Papa, wenn du so willst.«

»Ich wusste gar nicht, dass ihr Kontakt habt miteinander.« Ich sehe Mama aus meinen noch immer tränennassen Augen an. Augenscheinlich gibt es eine ganze Menge, was ich nicht über meine Eltern weiß. Ich will noch mehr über meinen Vater erfahren, aber Mama schneidet mir das Wort mit einem Blick ab, der besagt, dass sie dazu nichts mehr zu sagen hat: »Du bist unsere einzige Tochter, und Tim ist unser einziger Enkel. Wir werden dir die Miete vorstrecken, damit du dich in Ruhe nach einem Job umsehen kannst. Wir dachten erst einmal an drei Monate.« Ich bin so gerührt, dass ich einfach wieder losheule. Damit habe ich inzwischen ja fast schon Routine, stelle ich ironisch fest und merke, wie mir eine große Last vom Herzen genommen wird.

Auch der Nachmittag mit Björn und seinen Töchtern im Hirschpark ist ein Lichtblick – und das sogar im wörtlichen Sinn. Der Himmel hat sich endlich wieder zu etwas Farbe durchgerungen. Diese dunklen Frühlingstage haben meine Stimmung schon viel zu lange in den Nullbereich gedrückt. Wetter in Hamburg – das ist ein Fall für Extreme. Wenn es regnet, dann kann das für Tage Dauerberieselung bedeuten. Wenn aber die Sonne scheint, gibt es keine schönere Stadt auf der Welt. So blau wie der Himmel dann ist – egal ob im Hochsommer oder jetzt Ende Januar –, so blau ist er nur hier. Mit diesem leichten Emailleschimmer, den die Sonne auf das Wasser der Elbe legt. Dann fülle ich meine Lungen, ganz ohne Viereck-Atmung, mit dieser klaren, sauberen Luft, als ob ich Glück einatme.

Der Ausflug ist ein voller Erfolg. Wir finden an der Elbchaussee sofort einen Parkplatz. Die Kinder kichern und lachen schon im Auto, und Tim fremdelt kein bisschen. Jule entpuppt sich als ernst zu nehmende Dribbelpartnerin für ihn, und die beiden toben wie verrückt mit dem Ball über die Wiese. Sie ist schon ein ganz schönes Stück größer als Tim, aber zu nett, um ihn diese Überlegenheit spüren zu lassen. Nele übernimmt – gemeinsam mit meinem Picknickkorb – die Rolle des Tors, in dem Björn steht. Jule und Tim sollen eigentlich gegnerische Mannschaften sein. Aber ganz schnell einigen sich die beiden darauf, dass Björn der Gegner ist und bombardieren gemeinsam das Tor. Jule hat nicht nur ein tolles Ballgefühl, sondern ist dazu noch verdammt schnell. Tim betet sie nach kurzer Zeit an, und ich denke, dass es nicht das Schlechteste ist, wenn ihm starke, schnelle Frauen gefallen.

Einmal fällt Tim hin und will heulend zu mir laufen, aber Björn schießt ihm einfach den Ball vor die Füße: »He, Tiger, du hast keine Zeit, dich trösten zu lassen. Hol dir den Ball.« Noch mit Tränen in den Augen kehrt mein Sohn tapfer um und rennt mit Jule um die Wette. Als sich Torpfosten–Nele wenig später aus dem Staub macht und auf die Rutsche des Spielplatzes flüchtet, macht er mit Jule schon wieder den Dicken: »Die ist eben noch klein. Mama, jetzt bist du das Tor.«

Als es dunkel wird und wir zu frieren beginnen, bettelt Tim, dass er noch weiter mit Jule und Nele spielen will. Und weil Björns Frau auf einer Computermesse ist, lade ich spontan alle zum Nudelessen ein. »Wir haben Spaghetti und Ketchup zu Hause.«

»Hört sich verlockend an. So … raffiniert«, zieht Björn mich auf.

»Mama macht die besten Nudeln mit Ketchup, die es gibt«, informiert Tim ihn streng und stürmt dann hinter seinen neuen Freundinnen her zum Auto.

»Da hörst du's!«, lache ich und bin zum ersten Mal seit geraumer Zeit einfach nur glücklich.

Während die Kinder in Tims Zimmer spielen, sieht sich Björn in meiner Küche um. Zugegeben, der Fotograf einer Einrichtungszeitschrift würde hier schnell seine Kamera wieder einpacken. Aber für kühle Zeitgeistküchen fehlt mir das Geld, der Platz … und nicht zuletzt auch der Sinn. Ich mag meine zusammengewürfelte Küche, so wie sie ist, und habe sie in einem leichten Orangeton gestrichen, der den Raum bei Sonnenlicht aussehen lässt, als wohnten wir in einer Aprikose. Auf dem breiten Fensterbrett stehen Töpfe mit Basilikum, Minze und Koriander. Bevor Mama vor drei Jahren die Küche im Bungalow renovierte, habe ich unsere alte Kücheneckbank (nur echt mit dem Fach für die Gesellschaftsspiele!) vor dem Sperrmüll gerettet. Mit ein paar bunten Kissen macht sie die Ecke neben dem Fenster richtig gemütlich. Ein runder Tisch und drei Klappstühle stehen davor. Die Einrichtung vervollständigt ein etwas wurmstichiges Küchenbüfett, in dem ich Geschirr und Vorräte aufbewahre.

Björn bleibt vor der Wand stehen, auf der Tim und ich Styroporplatten angebracht haben. Diese Wand ist unsere gigantische Pinnwand. Hier hängen Bilder, Rezepte, Telefonnummern, Fotos. »Deine Mutter?« Er tippt auf ein Bild von Mama Ingrid mit Tim vor dem Elefantengehege im Zoo.

Ich nicke: »Sieht man das?«

Björn lächelt. »Ja, klar.«

Ich trete neben ihn. Dass ich Mama ähnlich sehe, hat noch keiner gesagt. Nachdenklich studiere ich das Bild. »Aber ich sehe doch ganz anders aus«, wende ich ein.

Björn tippt wieder auf das Foto. »Es ist die Haltung. Deine Mutter hat eine ganz ähnliche Körperhaltung wie du. Gerade, aber nicht steif.« Er verstummt. Einen Moment herrscht Schweigen. Dann räuspert sich Björn. »Was gibt es denn zu den Nudeln?«

Ich gucke immer noch Mama an und muss mich wirklich losreißen, um ihm zu antworten. »Wie bitte?«

Björn lacht. »Was es außer den Nudeln gibt. Das mit dem Ketchup war doch sicher nur ein Scherz.«

»Hm, ich hatte eigentlich gedacht, dass das reicht …«

»Jella!« Er sieht mich aufrichtig entsetzt an.

»Tim isst das gerne … und ich habe auch überhaupt nichts anderes im Haus.«

»Das wollen wir mal sehen.« Björn arbeitet sich durch meinen Kühlschrank und zaubert dann aus ein paar Tomaten, Zwiebeln und Tiefkühlchilis eine leckere Soße. Während er sich am Herd zu schaffen macht, lümmele ich auf der Eckbank und schaue ihm zu. Ich finde es herrlich – wann hat ein Mann zuletzt für mich gekocht? Und wie geschickt Björn ist. Ich betrachte hingerissen, wie er die Zwiebeln klein hackt, die Tomaten anschneidet, kurz ins kochende Wasser legt und dann vorsichtig pellt. »He«, reißt mich Björn aus meiner schweigenden Bewunderung. »Sprich mit mir, Jella, ich bin doch kein Fernsehkoch.«

»Entschuldigung, aber du kannst das wirklich gut.«

»Wohl oder übel, sonst würden die Mädchen verhungern.« Er inspiziert erneut kritisch meinen Kühlschrank. »Frischen Salat hast du wohl nicht? Vitamine sind so wichtig für Kinder.«

Oje, das klingt wie Mama. Aber Björn hat Recht. Tim bekommt zu wenig frisches Obst und Gemüse. »Ach, wir haben gestern den Salat verputzt, heute muss es eben mal ohne gehen«, flunkere ich und nehme mir schuldbewusst vor, wieder verstärkt auf unsere Ernährung zu achten. Glücklicherweise fällt mir ein, dass ich noch genügend Apfelsinen, Äpfel und Birnen im Haus habe, um als Nachtisch Obstsalat anzubieten. Sogar mit geraspelten Mandeln und Vanilleeis.

Nach dem Essen räumen Björn und ich die Küche auf, während die Kinder wieder zum Legospielen in Tims Zimmer verschwinden. Björn amüsiert sich darüber, dass ich keine Geschirrspülmaschine habe. »Sie ist vor einem halben Jahr kaputtgegangen und ich habe das Geld nicht«, verteidige ich mich.

»Ich besorg dir eine neue«, verspricht Björn. »Übers Internet bekommt man wirklich günstige Preise.«

Nele kommt in die Küche. »Papa, ich hab Durst.«

Björn nimmt ein Glas aus dem Schrank, lässt den Wasserhahn kurz laufen, füllt das Glas und gibt es seiner Tochter. Die trinkt durstig und zieht wieder ab. Ich beobachte ihn, wie er ihr liebevoll nachsieht.

Während ich den Tisch abwische, frage ich: »Glaubst du, dass es einen Unterschied gibt, wie Frauen und Männer erziehen?«

Björn denkt nach. Dann grinst er. »Klar. Wenn ein Kind kommt und sagt, dass es Durst hat, gebe ich ihm ein Glas Wasser und es tanzt wieder ab. Frauen sagen in so einem Fall: Wie wäre es mit einem Glas Saft? Oder möchtest du lieber Milch? Ich kann dir auch einen Früchtetee machen. Oder einen Kakao? Dabei müssen Kinder doch durchdrehen. Frauen sind einfach immer viel zu kompliziert.« Er lacht und zeigt seinen schiefen Zahn. Ich lache mit ihm. Wie einfach das Leben manchmal sein kann!

Als ich am Abend in der Küche sitze und Klassik-Radio höre, fällt mein Blick auf die Zeitschriften, die auf der Fensterbank liegen. Die hatte Christy mir an diesem ersten Tag mitgebracht, als ich noch glaubte, ratzfatz einen neuen Job zu finden. Doch auch die Bewerbungen, die ich an die diversen Chiffrenummern geschickt habe, halfen mir nicht weiter. Seitdem liegt der Stapel auf der Fensterbank, ein stummes Mahnmal für Chancen, die sich mir nicht geboten habe. Ich merke, wie mich der Anblick ernüchtert. Ach, es ist …

Halt!

Bevor ich das Wort *hoffnungslos* denken kann, springe ich wie elektrisiert auf. Und habe plötzlich so etwas wie eine Eingebung: Es macht keinen Sinn, sich immer vor Augen zu halten, was nicht geklappt hat! Und darum gibt es nur eins – das Zeug muss weg.

Ich raffe alle Zeitungen an mich, greife mir die Mülltüte und schleppe alles zusammen zu den Abfalltonnen im Hinterhof. Wenn ich schon verarme, dann aber bitte im gepflegten Zustand! Da hat Björn schon Recht. Und Aufräumen scheint mir ein guter Anfang, um Ordnung in mein Leben zu bringen.

Die kalte Abendluft weht mich an, und ich stehe einen Moment in der Dunkelheit und sehe zum sternenklaren Himmel hinauf. Die Mülltonnen sind ziemlich voll, und als ich die erste öffne, rutscht von einem Stapel mit Illustrierten die oberste heraus und landet vor meinen Füßen. Ich kenne die Frau auf dem Titel. Sie ist eine der jüngsten Richterinnen Deutschlands, sehr klug, sehr erfolgreich und sehr schön. Während ich meinen Müll in die Tonne stopfe, gebe ich mir Mühe, nicht auf die Zeitschrift zu treten. Als ich alles verstaut habe, hebe ich sie auf und studiere im trüben Hoflicht das Titelbild intensiver. Die Frau sieht nur wenig älter aus als ich … und sie trägt einen knallroten Mantel, der mich sofort an Tessa Martin erinnert. Sollte das ein Zeichen sein? Kurzentschlossen rolle ich die Illustrierte zusammen und nehme sie mit. Es ist die Firmenzeitung eines Kosmetikkonzerns im Norden der Stadt.

Wieder in meiner Küche angelangt, schnappe ich mir Tessa, stelle sie vor mich auf den Tisch und schlage die Zeitschrift auf. Gleich die zweite Seite ist *Job und Karriere* betitelt. Und was steht ganz unten? Eine Anzeige, bei der mein Herz schneller schlägt: *Unser Betriebskindergarten sucht liebevolle Erzieherin. Wir erwarten Einfühlungsvermögen* (habe ich!),

Erfahrungen in der Arbeit mit Kindern im Vorschulalter (Bingo!), *Verantwortungsbewusstsein und Beständigkeit* (kriege ich hin) *und Flexibilität* (unter dem Stichwort Flexibilität findet sich im Lexikon mein Foto). *Anfragen und Bewerbungen mit den üblichen Unterlagen bis zum 15. Januar bitte an ...* Keine Frage nach Zusatzausbildung, Fremdsprachenkenntnissen, Sonderqualifikationen – nix!

»Mama?« Tim taucht plötzlich neben dem Tisch auf. Er reibt sich verschlafen die Augen und klettert auf meinen Schoß.

»Nanu, bist du aus dem Bett gefallen?«, wundere ich mich.

Er kuschelt sich in meinen Arm. »Ja, ich glaube schon.« Wir sitzen einen Moment ganz ruhig, und ich spüre seinen kleinen, warmen Körper. Dann richtet sich Tim auf und greift nach der Tessa-Martin-Figur. »Wer ist das?«

»Das ist Tessa Martin.«

»Was macht die?«

»Tessa Martin ist die kleinste Agentin der Welt.«

Tim kriegt große Augen. »Agentin? Wie James Bond?« Er dreht die Figur abschätzend zwischen seinen dicken Fingern. »Das ist aber nur eine Puppe.«

Ich nehme ihm die Figur sanft aus der Hand und stelle sie wieder auf den Tisch. »Da irrst du dich gewaltig. Als ich ein bisschen älter war als du, hat mir Tessa Martin sehr viel Glück gebracht. Aber das erzähle ich dir ein anderes Mal. Jetzt musst du wieder ins Bett.«

Ich trage ihn in sein Zimmer, lege ihn ins Bett und decke ihn zu. Ausnahmsweise erhebt er keinen Protest, sondern steckt sofort seinen Daumen in den Mund. »Gute Nacht, Timmi.« Ich gebe ihm einen Kuss. Als ich mich in der Tür noch einmal umdrehe, zieht er den Daumen aus dem Mund und fragt: »Ist Tessa Martin eine Agentin für Frauen?«

Ich nicke. »Ja.«

Tim guckt mich an: »Du, Mama?«

Ich rolle mit den Augen. »Noch eine einzige Frage, Timbo, dann musst du schlafen.«

Mein Sohn verzieht weinerlich sein Gesicht: »Darf ich in dein Bett?«

Eine halbe Stunde später ist Tim wirklich wieder eingeschlafen – in meinem Bett. Als ich zurück zum Küchentisch komme, lese ich die Anzeige noch einmal. Sie klingt immer noch wie für mich geschrieben.

Allerdings: 15. Januar – das ist fast zehn Tage her. Tessa Martin grinst mich an, als wollte sie mir zuflüstern: *Na und? Soll uns das aufhalten?* Ganz sicher nicht! Ich hole mein Laptop und gieße mir ein Glas Rotwein ein. Und dann schreibe ich beschwingt eine Bewerbung. Steht nicht schon in der Bibel, dass die Letzten die Ersten sein werden? Zumindest das habe ich noch von meinem Konfirmandenunterricht behalten. Gut gelaunt erkläre ich meinen neuen Arbeitgebern, dass ich und nur ich – späte Bewerbung hin oder her – die Richtige für diesen Job bin. *Wenn Sie mit mir gesprochen haben, möchten Sie Ihre Kinder keiner anderen mehr anvertrauen.* Das mit dem Grimassenschneiden und dem Fahrradfahren hebe ich mir für das Bewerbungsgespräch auf. Ich suche in der Küchenschublade nach einem Briefumschlag und falte die Bewerbung sorgfältig. Bevor ich den Umschlag zuklebe, gebe ich Tessa einen kleinen Stups. »Danke!«

Bereits zwei Tage später erhalte ich eine E-Mail, in der ich am folgenden Montag zu einem Vorstellungsgespräch gebeten werde. Die Leiterin des Werkskindergartens schreibt, dass sich der neue Sachbearbeiter für Personalfragen mit mir treffen wird. Ich freue mich sehr, aber der Termin am Montag erfüllt mich auch mit einer konkreten Sorge. Ich gehöre sicher nicht zu den Frauen, die sich ständig mit der Frage quälen, was sie anziehen sollen. Außerdem ist es ein stinknormaler Job in einem Betriebskindergarten. Andererseits: Der Kindergarten gehört zu einem Kosmetikkonzern. Da könnten meine Cargo-Hose, die Turnschuhe und Lederjacke vielleicht zu lässig wirken. Was in der Rezeption eines auf Jugendzeitschriften spezialisierten Verlags als angemessen trendy durchgeht, ist woanders vielleicht zu flippig.

Tim ist im Kindergarten, und ich stehe in Unterwäsche gedankenschwer vor meinem Kleiderschrank. Hosen, Hosen, Hosen … Da! Der schmale blaue Strickrock. Ich ziehe ihn an. Dazu eine schwarze Strumpfhose und einen ebenfalls blauen Rollkragenpullover. Wow. Richtig seriös sehe ich jetzt aus. So dünn, wie Mama behauptet, sind meine Beine gar nicht. Pumps habe ich nicht, also ziehe ich die hochhackigen Lederstiefel an, die schon seit letztem Jahr in meinem Schrank stehen. Auch wieder ein Geschenk von Mama, die ihre Tochter gerne ein bisschen weiblicher sehen würde.

Es klingelt. Ich wackele in meinen Stiefeln, deren Hacken ein interessantes Klack-Klack auf den Holzfußboden hämmern, zur Tür. Davor steht Mama.

Sie starrt mich an wie eine Erscheinung.

»Mama?« Ich ziehe sie in die Wohnung.

»Bist du allein?« Mama blickt sich misstrauisch um.

»Ja, wieso?«

Mama äugt mit geducktem Kopf in den Korridor. »Es hat sich angehört, als ob du einen Kastagnetten-Kurs abhältst.«

Ich lache erleichtert und zeige auf die Stiefel. »Das waren die Absätze.«

Jetzt erst nimmt mich Mama überhaupt in Augenschein. »Kind, ist was passiert? Musst du zu einer Beerdigung?«

»Na, vielen Dank!« Ich erkläre, dass ich für ein Bewerbungsgespräch Probekleidung trage.

»Hm.« Mama umkreist mich kritisch. »Der Rock geht ja,

Gabriele. Aber der Pulli … ich weiß nicht. Und die Lederjacke sieht doch ziemlich schäbig aus.« Sie legt ihre Stirn in Denkfalten. »Weißt du was? Lass uns schnell in die Stadt fahren. Ich weiß genau, was du brauchst.«

Ich traue meinen Ohren nicht. Mit Mama kann man gar nicht *schnell* in die Stadt fahren. In die Stadt, das heißt für sie Jungfernstieg, Mönckebergstraße, Binnenalster und ein Edelgeschäft nach dem anderen. Und außerdem noch ein Abstecher in die Feinkostabteilung im Alsterhaus, ein Kaffee in den Colonaden und ein Bummel durch die Wandelhalle im Bahnhof. Ich versuche, mich herauszureden. »Du, das ist wahnsinnig lieb von dir, Mama …«

Sie riecht den Braten sofort. »Aber?«

Ich zeige auf das Chaos aus Klamotten, das sich in meinem Schlafzimmer über Bett, Boden und Sessel ausbreitet. »Ich muss aufräumen, bevor Tim kommt. Einkaufen, bügeln.« Im letzten Moment fällt mir noch ein: »Und ich bin mit Mascha in Eppendorf verabredet.« Das ist noch nicht einmal gelogen. Aber Mamas entschlossener Blick lässt mich verstummen.

»Papperlapapp, Gabriele. Das machen wir alles ganz schnell. Einkaufen kannst du in der Stadt. Jetzt ist erst halb zwölf, da hast du noch so viel Zeit.«

Ich habe keine Chance.

Der Kaffee in den Colonnaden, dem Säulengang am Rathausmarkt, ist wirklich lecker, in der Feinkostabteilung spendiert Mama mir eine italienische Salami, und den Bummel durch die Wandelhalle kann ich abbiegen. Aber dann schleift mich Mama durch mindestens fünf verstaubte Traditionsgeschäfte. »Du brauchst einen klassischen Trenchcoat, Gabriele!«

Schon im ersten Trenchoat sehe ich aus, als hätte ich einer englischen Gouvernante deren Lieblingsstück geklaut. »Mama! Das steht mir nicht.« Doch Mama lässt sich nicht beirren.

»Als ob du das beurteilen könntest, mein Kind. Ocker ist einfach nicht deine Farbe.« Flüsternd fügt sie hinzu: »Außerdem sollst du mich doch Ingrid nennen!« Ich verdrehe die Augen, während sie mit der stämmigen Verkäuferin einen verschwörerischen Blick wechselt. »Haben Sie das Modell auch in Grau?« Die Verkäuferin schleppt neue Modelle an. Ich sage »Nein!«, Mama sagt »Vielleicht ...« und die Verkäuferin findet noch einen weiteren Stapel textiler Scheußlichkeit. Dasselbe spielt sich auch in den vier darauf folgenden Läden ab.

Zwei Stunden später drohen meine schmerzenden Füße mit Streik, aber Mama ist auf so liebenswerte Weise engagiert, dass ich es nicht übers Herz bringe, ihren Enthusiasmus zu dämpfen. »Warte ab, Gabriele. Wir finden schon etwas.«

Im fünften Geschäft empfiehlt eine Verkäuferin mit dickem hamburgischem Akzent nach der Präsentation von gefühlten fünfzig Mantelmodellen in Schiefer den Besuch der oberen Abteilung: »Dort gibt es Lodenmode!«

Mamas Augen glitzern. »Loden, Gabriele. Das ist es! Warum bin ich nicht von selbst darauf gekommen?« Sie steuert unternehmungslustig die Treppe ins obere Geschoss an. »Wo bleibst du denn?«

»Ich komme gleich nach.« In der Toilette lasse ich kaltes Wasser über meine Handgelenke laufen. Warum sind Shoppingtouren immer so anstrengend? *Jella, du bist ein Kerl mit Knöpfen dran,* zieht mich Christy immer auf. Nur weil ich nicht gerne shoppe! Dabei liebe ich Buchhandlungen und CD-Läden und vor allem Schreibwarenläden – aber ich hasse Klamotten-Shopping! Wenn Mascha, Christy und ich zusammen in die Stadt fahren, trinken wir erst einen Kaffee – und dann trennen wir uns für zwei Stunden. Ich schleppe dann Bücher, Klassik-CDs und Buntstifte, Briefpapier und Notizbücher an – die beiden anderen Schuhe, Handtaschen und Badeschaum. Vielleicht habe ich wirklich zu viel Testosteron im Blut. Dabei laufe ich nicht herum wie Lumpenmüllers Lieschen. Ich habe nur meinen Stil schon gefunden und muss nicht mit Häkeltops und Pelzkragen experimentieren. Am wohlsten fühle ich mich eigentlich nackt. Da das aber von den Temperaturen her in Hamburg keine ratsame Erscheinungsform ist, habe ich mich vor allem für klassische Jeans und Hemdblusen entschieden. Davon besitze ich mittlerweile eine ganze Menge. Derzeit liebe ich meine rote Hose am meisten. Und jetzt dazu einen Lodenmantel? Hilfe!

Im Toilettenvorraum steht ein mit Samt bezogenes Sofa. Ich beschließe, Mama noch ein wenig warten zu lassen, und setze mich. In meiner Umhängetasche finde ich eine verklebte Tüte mit Fruchtdrops. Ich muss lächeln. Das sind Tims Bonbons. Wenigstens ist die Zeit vorbei, in der ich in jeder Westentasche einen zerbröselten Kinderkeks mit mir herumtrug. Tessa Martin grinst mich vom Boden der Tasche an. Die hat es gut, schließlich ist ihr schicker roter Mantel angeklebt. Ich schaue in Tessas freches Mäusegesicht. Und plötzlich bin ich weit weg.

Tessa Martin rettet die Welt

Vor dem Catwalk herrschte drangvolle Enge. Die Mailänder Designerdefilees waren im vollen Gange. Prominente und die, die sich dafür hielten, standen in Trauben zusammen, plauderten, winkten einander im Gedränge zu oder warfen Luftküsse. Gesprächsfetzen waren zu hören: »Interessant – so farbintensiv!« – »Irgendwie total spießig, diese kontraststarken Silhouetten.« – »Die Linienführung! Ungemein sinnlich.« Inmitten des Trubels von Models, Designern, Journalisten und Fotografen gab es zwei Menschen, die etwas ganz anderes im Sinn hatten als Mode: Binghrabat Majenschrøder und Tessa Martin. Majenschrøder, ein Inder dänischer Abstammung, war ein Auftragskiller, ein weltweit gesuchter Mörder, der in immer wieder neuen Verkleidungen sein schmutziges Handwerk betrieb. Er war dem FBI, Scotland Yard und dem ukrainischen Geheimdienst entwischt – und er tötete skrupellos, genial und für jeden, der sein Honorar zahlen konnte. Tessa wusste, dass Majenschrøder vom verzweifelten Produktmanager des Labels Woucestershire *engagiert worden war, Allegra Falconetti, die neue Kreativchefin von* Fucci, *zu beseitigen. Diese hatte* Woucestershire *einige gewinnträchtige Deals abgeluchst und war dabei, deren Läden in verschiedenen europäischen Großstadtstädten mit ihren* Fucci-To-Go-Streetstyle-*Shops in den Ruin zu treiben. Tessa verbarg sich hinter einem Kleiderständer mit Mänteln. Die Models hinter der Bühne zogen sich hektisch um. Allegra Falconetti wirbelte durch den Raum, zupfte hier an einer Paillette, schrie dort eine Schneiderin an, die einen hängenden Saum annähte, und rannte zwischendurch immer wieder zum Vorhang, um Blicke ins Publikum zu werfen. Auch Tessas Augen flogen über die Zuschauerreihen. Noch hatte sie Majenschrøder nicht erspäht. Allegra Falconetti hatte Wochen an ihrer Show gearbeitet.* Märchenland *war der Titel, und im Zentrum stand ein Thron, auf dem eine als Königin geschminkte und gekleidete Komparsin die Huldigungen ihrer Untertanen – der Models – entgegennahm. Tessas Augen glitten über die Szenerie und blieben an der Königin hängen. Bei den Proben war ihr diese kleiner vorgekommen. Sie sah genauer hin. Die männlich behaarte Hand der Monarchin verriet den Killer Majenschrøder. Diabolisch! Wenn die Falconetti am Ende ihrer Show den Thron besteigen würde und die Krone vom Kopf der Königin auf ihren wechselte (das war der Schlussgag des Defilees), sollte sie im Moment ihres höchsten Triumphes sterben. Aber das würde Tessa nicht zulassen!*

Musik erklang, und die Models marschierten zum Klang wummernder Trommelschläge auf die Bühne. Zu spät – Tessa konnte Allegra Falconetti nicht mehr warnen. Sie musste unbedingt auf die Bühne gelangen. Und zwar unerkannt. Es gab nur einen Weg: Sie musste mit den Models auf den Catwalk. Wie gut, dass sie ihren roten Mantel trug, der dem Vergleich mit den neuen Kreationen spielend standhielt. Außerdem steckten in seinen Taschen einige ihrer besten Gadgets, mit denen sie den Killer auszuschalten gedachte. Nach einem kurzen Blick in den Spiegel zog Tessa den Mantelgürtel noch enger und reihte sich in die Schlange hinter dem Vorhang ein. Die Models zogen an der Falconetti vorbei auf den Laufsteg. In bleistiftdünnen Hosenanzügen, majestätisch anmutenden Ponchos und Mänteln, die den klassischen Trenchcoatstil zitierten.
Allegra zählte die an ihr vorbeilaufenden Models: »Dreizehn, vierzehn … fünfzehn?« Sie blickte sich verwirrt um. Hatte sie wirklich ein Model zu viel gezählt? Und wieso konnte sie sich nicht daran erinnern, diesen hinreißend schönen, knallroten Kunstledermantel entworfen zu haben? Sie nahm sich fest vor, nach der Show endlich ein paar Tage auszuspannen. Bevor sie sich weiter Gedanken machen konnte, gab ihr die Directrice einen leichten Schubs: »Allegra, Sie müssen raus!«
Die Designerin trat auf den Laufsteg und hob im tosenden Applaus die Arme. Sie hatte es geschafft! Mit großen Schritten ging sie auf den Thron zu.
Tessa wusste, dass jetzt der Moment gekommen war. Sie sah, dass der Killer in seiner Maske schwitze, aber auch, wie er aus seiner Tasche eine Pistole zog. Sie wirbelte die Stufen zum Thron hoch und fiel ihm in den Arm. Majenschrøder fluchte: »Zisch ab, Puppe.« Mit einer eleganten Aufwärtsbewegung drehte ihm Tessa den Arm um,

und seine Waffe rutschte wie bei einem Taschenspielertrick in die Außentasche des roten Mantels. Majenschrøder wehrte sich, doch Tessa angelte aus der anderen Manteltasche Handschellen und fesselte seine rechte Hand blitzschnell an den Thron. In der Zwischenzeit war die Show weitergegangen. Nicht einmal Allegra Falconetti hatte etwas bemerkt. Sie schritt die Stufen zum Thron hinauf – und stand dann erstaunt vor der gefesselten Königin. Majenschrøder zischte unter dem Make-up etwas Unverständliches und zog mit der linken Hand ein riesiges asiatisches Kampfschwert aus seinen Kleidern. Das Publikum schrie entzückt auf. Was für eine Show! Panisch versuchte Allegra Falconetti zu entkommen, doch Majenschrøder nahm sie geschickt in eine unbarmherzige Beinschere. Bevor er jedoch Allegras Hals durchtrennen konnte, erschlaffte sein Körper, das Schwert entglitt seinen Händen, fiel scheppernd zu Boden. Das Publikum tobte.

Tessa befestigte die Betäubungsspritze, die einem Füllfederhalter täuschend ähnlich sah, mittels eines Klettverschlusses unauffällig wieder an ihrem Revers. Allegra Falconetti wäre fast die Treppe hinabgestürzt, doch Tessa hielt sie im letzten Moment fest. Sie riss die Krone vom Haupt der zusammengesackten Königin und platzierte sie auf Allegra Falconettis Mähne. Erneut brandete Beifall auf. Ein wahres Blitzlichtgewitter entfesselte den Saal. »Bitte noch einmal für die Presse!«, johlten die Fotografen. »Wo ist die Frau im roten Mantel? Wo ist die Frau, die Falconetti krönte?«

Doch Tessa war bereits durch den Hinterausgang entwichen. Ihr roter Mantel leuchtete, als sie die leere regennasse Straße entlangschlenderte. An der Kreuzung flimmerte das Neonschild einer Bar. Tessa brauchte dringend einen Ramazzotti.

Selbst Mama sieht schließlich ein, dass Loden nicht zu mir passt. Jägergrün ist keine Farbe für mich. In einem letzten Aufbäumen überredet sie mich aber noch zum Kauf »vernünftiger« Cityslipper. »Damit wirkst du endlich einmal richtig solide«, resümiert sie stolz, bevor sie sich ins Taxi setzt. Ich winke ihr zu, stopfe dann den Karton mit den Schuhen zu der Salami in eine große Plastiktüte und klack-klackere auf meinen Stiefeln davon. Die Sonne scheint, und der Himmel ist schon wieder so wunderbar blau. In einer Stunde bin ich mit Mascha auf dem Isemarkt verabredet. Ich steige bei der U-Bahnstation Eppendorfer Baum aus, wo schon der Markt mit seinen vielen Ständen lockt. Aber ohne Mascha macht mir das wenig Spaß. Ich lasse den Markt rechts liegen und bummele stattdessen in Richtung Klosterstern. Hier gefallen mir die Geschäfte viel besser als in der City.

Und dann geschieht es.

Da hängt in einem Schaufenster ganz unschuldig …

… ein knallroter Lackledermantel. Ein veritables Tessa-Martin-Outfit! Ohne lange nachzudenken, betrete ich den Laden. Der Mantel ist ein Einzelstück, der modisch gegelte Verkäufer muss ihn mir aus dem Fenster holen. Ich ziehe ihn über, zerre den Gürtel in der Mitte zusammen und betrachte begeistert mein Spiegelbild. Der Mantel passt wie angegossen.

»Du siehst aus wie ein Bond-Girl!«, schreit der Verkäufer gegen die rhythmische Musik an, die aus den Lautsprechern dröhnt.

»Ich brauche etwas für ein Vorstellungsgespräch. Ist das nicht zu locker?«

»Quatsch! Kleidung ist Ausdruck deiner Persönlichkeit. Der Mantel steht dir unheimlich gut! Du kannst ihn ja auch seriös mit einem dunklen Kostüm tragen. Willst du ihn gleich anbehalten?«

Ich will! Nachdem ich gezahlt habe, stopfe ich die Lederjacke zu den Cityslippern und der Salami in die Tüte und bewundere mich noch einmal im Spiegel.

»Hast du keinen Lippenstift?«

»Hm?«

Der Verkäufer grinst mich ungeniert an. »So ein Kleidungsstück verlangt eine geschminkte Frau, Cherie! Hast du etwa keinen Lippenstift dabei?« Missbilligend sieht er zu, wie ich in meiner Umhängetasche krame. Wahrscheinlich hält er mich für eine Landpomeranze. Seine Miene hellt sich erst auf, als ich tatsächlich einen Lippenstift zutage befördere. Zwar ist der ziemlich murkelig und auch schon etwas alt, aber das Rot passt genau zum Rot des Mantels. Wie sagt Christy immer so schön: *Wenn's passt, dann passt's.*

Der Verkäufer öffnet mir galant die Tür und ich schwebe aus dem Laden. Der Mantel gibt mir ein ganz neues Bummelgefühl, und ich genieße die Blicke, die mir einige Männer zuwerfen. Na also, geht doch! Mama bekommt bestimmt einen Blutsturz, wenn sie den Mantel sieht – aber ich fühle mich großartig darin. Stolz betrachte ich mein Spiegelbild im Schaufenster eines Optikers. Dann geschieht es schon wieder: Direkt vor mir sehe ich eine wunderschöne Sonnenbrille! Und gar nicht so teuer. Ich frage mich, wo meine männlichen Hormone heute geblieben sind? Sollte der Tessa-Martin-Mantel geheime Kräfte besitzen, die meine innere Weiblichkeit und damit mein verschüttetes Shopping-Gen freilegen? In jedem Fall schreit die klare Januarsonne nach diesem Accessoire!

Ich betrete den Laden. Ein dunkelhaariger, unauffälliger Mann kommt aus den hinteren Räumen nach vorne. Als er meinen strahlend roten Mantel sieht, schließt er unwillkürlich für einen Moment die Augen. Hey! Das ist mir noch nie passiert.

»Guten Tag, womit kann ich Ihnen behilflich sein?« Er lächelt mich freundlich an, und mit einem Mal sieht er gar nicht mehr so durchschnittlich aus, wie ich noch vor ein paar Sekunden gedacht habe. Sondern richtig sympathisch.

Ich zeige in die Auslage. »Ich möchte mir gerne diese Brille ansehen.« Er sucht die richtige heraus und klappt die Bügel auf. »Möchten Sie sich nicht setzen?« Ritterlich geleitet er mich zu einem Stuhl, der vor einem Tisch mit Spiegel steht. Dabei berührt sein Arm ganz sacht meinen Ellenbogen. So geschäftshöflich und routiniert diese Berührung für ihn sein mag – bei mir fühlt es sich an, als ob mein Ellenbogen Feuer gefangen hat. Ich bin von diesem Gefühl so überrascht, dass ich mich fast neben den Stuhl setze.

»Hoppla!« Seine Hände fangen mich auf, und ich spüre seinen festen Griff an meiner Taille.

Endlich sitze ich. Er schiebt das Gestell auf meine Nase und prüft den Sitz der Bügel hinter meinen Ohren. Seine Hände duften angenehm nach Seife oder einer dezenten Handcreme. Es sind übrigens ausgesprochen hübsche Hände. Sensibel und doch kräftig und gepflegt. *Hilfe!* Hat schon jemals jemand über das Erotik-Potenzial beim Brillenkauf nachgedacht? Da gibt es jede Menge Filme und Bücher über Friseure und Köche – aber die Wohlgefühle, die die zarten Berührungen eines Optikers an Ohren und Hals einer Kundin auslösen, sind bis heute unbesungen!

Das Gesicht des Optikers ist so nah vor meinem, dass ich seine gleichmäßigen Zähne bewundern kann. Die kurz geschnittenen Haare stehen über der Stirn widerspenstig in die Luft, er hat dichte Wimpern, dunkelbraune Augen. Sein Atem verströmt ein unaufdringliches Minzaroma.

»So!« Schade, er ist fertig und tritt einen Schritt zurück. »Wenn Sie mal schauen wollen.«

Während ich in den Spiegel blicke, referiert er: »Das ist ein Lafont-Modell. Bei den Gläsern können Sie zwischen Grau und Schwarz wählen. Hmm … einen Moment bitte …« Er nimmt mir sanft, oh, so sanft, die Brille ab und richtet die Bügel neu.

Dann setzt er sie mir noch einmal auf. »Die dunklen Gläser stehen Ihnen wunderbar.«

»Finden Sie?« Ich lächle ihm zu und springe über meinen sparsamen Schatten. »Dann nehme ich sie.«

Das Telefon klingelt. Er entschuldigt sich und geht in den hinteren Bereich des Ladens. Ich kann seine Stimme hören: »Spätling? Ach, du bist's. Ja, im Moment ist es schlecht, ich habe Kundschaft.« Ich tänzle mit der Sonnenbrille, die hervorragend zum Tessa-Martin-Mantel passt, und lächele meinem Spiegelbild mit roten Lippen verführerisch zu. Unbewusst spitze ich die Ohren. Das ist eigentlich gar nicht nötig, denn die Stimme des Optikers wird lauter und ungehaltener.

»Hör mal, Katrin, dieses Wochenende kommt Lasse zu mir. Das war so abgemacht! Nein, ich will jetzt nicht darüber diskutieren.« Ich höre das Piepsen, das die Beendigung des Gespräches anzeigt, und eile zurück zu meinem Platz vor dem Spiegel. Der Vorhang bewegt sich, er ist wieder da. Deutlich aufgeregt, denn auf seinen leicht gebräunten Wangen sind rote Flecken zu sehen. Ich spreche eigentlich mir weitgehend unbekannte Männer nicht auf ihre privaten Probleme an. Aber er sieht so verwirrt und auch ein bisschen verwundet aus, dass ich ohne nachzudenken teilnahmsvoll frage: »Ärger?«

Er winkt ab. »Die Mutter meines Sohnes hat wieder einmal andere Pläne als ich.«

Die Mutter meines Sohnes entschlüssele ich blitzschnell als *Ich habe einen Sohn, lebe aber mit der Mutter nicht zusammen.* Sonst sagte man *meine Frau* oder *meine Freundin*. Ich mustere mein Gegenüber mit wachsendem Interesse. Er sieht nicht nur sympathisch aus, sondern richtig anziehend. Sehr anziehend! In mir macht sich ein merkwürdiges Gefühl breit. Mir wird klar, dass ich stundenlang so in seinem Laden stehen könnte. Ich schaue in seine braunen Augen und möchte alles über ihn erfahren. Welche Musik hört er? Mag er italienisches Essen? Wieso ist er Optiker geworden? Glaubt er an Liebe auf den ersten Blick?

Bevor ich eine dieser unpassenden Fragen stellen kann, sage ich schnell: »Wenigstens hat Ihr Sohn eine Mutter, die sich einmischt. Der Vater meines Sohnes dagegen …« Ich lächle und klopfe mir innerlich selbst auf die Schulter. Geschickter kann man die Information über meinen Familienstand nicht vermitteln!

Er lächelt. »Wie alt ist Ihr Sohn?«

»Tim ist fünf – und Ihrer?«

»Lasse ist sieben.« Dann blickt er – irgendwie unsicher, wie ich finde – erst auf meinen Mantel, dann auf die Stiefel, schließlich auf meine roten Lippen. Er steckt die Brille in ein schrilles Etui aus Schlangenlederimitat und reicht es mir mit den Worten: »Das ist das richtige Etui für eine Frau wie Sie, oder? Ich habe das passende für dieses Modell nicht da. Nehmen Sie es als Geschenk des Hauses an?« Seine Augen leuchten wieder so nett, dass ich das schreckliche Teil schnell und kommentarlos einstecke. Ich hoffe, dass er noch etwas sagt. Er schweigt jedoch. Also sage ich bemüht munter: »Na, dann will ich mal. Vielen Dank für die freundliche Beratung.«

Er lächelt und begleitet mich zur Tür, die er mir freundlich aufhält. Aber ohne ein Wort! Ich bin verzweifelt. Dieser Moment darf doch nicht einfach so vorbeigehen! Ich hole tief Luft – und dann sprechen wir beide gleichzeitig.

»Auf Wiedersehen und kommen Sie bitte wieder, wenn …«

»Wollen wir uns vielleicht auf einen Kaffee treffen?« Du liebes Schnitzel – wenn das so weitergeht mit den Männern und meinen Kaffee-Einladungen, dann sollte ich vielleicht gleich eine Kaffeebar aufmachen!

»… wenn die Brille gerichtet werden muss.« Er vollendet

mechanisch seinen Satz und horcht meinen Worten verblüfft nach. »Kaffee trinken?«, sagt er dann. »Äh … ja, gerne. Warten Sie, ich gebe Ihnen meine Karte. Haben Sie auch eine?«

Ich will schon lachen, aber da fällt mir ein: Ich habe ja Karten. Mamas sinnloses Weihnachtsgeschenk. Mit gespielter Lässigkeit greife ich nach dem kleinen Päckchen, das noch verschlossen in der Seitentasche meiner Umhängetasche steckt. Ich reiße es auf und gebe ihm eine der Karten. »Bitte!« Wir tauschen die Karten aus. Ich lese *Robin Spätling, Optikermeister.* »Robin also … hallo.«

»Gabriele.«

»Wer?« Unwillkürlich sehe ich mich um, aber außer uns ist niemand im Geschäft.

»Sie … Sie heißen doch so?«

Erst jetzt fällt bei mir der Groschen: Für Mama bin und bleibe ich eben Gabriele. Und das steht natürlich auf den Karten. Noch ein Grund mehr, sie nie wieder zum Einsatz zu bringen! Das kann ich natürlich unmöglich diesem Robin erklären. Mama zu früh zu erwähnen, hat mir noch bei keinem Mann Glück gebracht.

»Aber natürlich … haha …« Ich spiele möglichst lässig über die peinliche Situation hinweg, verabschiede mich mit einem gewinnenden Lächeln und gehe dann mit knatschendem Lackledermantel an ihm vorbei. Die hohen Stiefel zwingen mich zu einem langsamen Gang, bei dem ein sinnlicher Hüftschwung unvermeidlich ist. Ich kann seinen Blick förmlich spüren. Und das ist ein gutes Gefühl. Ein sehr gutes sogar!

Mascha erkennt mich fast nicht wieder, als ich ihr am Blumenstand des Marktes meine Hand von hinten auf die Schulter lege. »Jella! Bist du es wirklich? Der Mantel ist phantastisch! Ist die Brille auch neu?« Sie schaut an mir hinunter. »Wo sind deine Büchertüten?«

Ich hebe die Plastiktüte hoch: »Ich werde mir eine Leihkarte für die Bücherei besorgen müssen. Wenn ich weiter so shoppe wie heute, bin ich bald wirklich pleite.« Jetzt erwacht doch ein bisschen das schlechte Gewissen in mir: arbeitslos – aber im Kaufrausch!

Mascha streicht ihre langen dunklen Haare hinter die Ohren und wirft mir ihren typisch skeptischen Blick zu. Es ist schon erstaunlich, dass zwei so unterschiedliche Frauen wie Christy und Mascha Freundinnen sein können. Mascha ist alles, was Christy nicht ist – und umgekehrt. Mascha ist nachdenklich, still, lang und dünn und ein treuer Familienmensch, der außer ihrem Ehemann Michael Männer für total überschätzt hält. Christy ist lustig, zupackend und, was Männer und das Leben angeht, zutraulich wie ein Cockerspaniel. Und wie ein Cockerspaniel kann Christy auch mal zubeißen. Mascha dagegen ist mir manchmal fast zu sanftmütig, was Michael angeht, der ständig unterwegs ist und eigentlich nie zu Hause. Dafür bietet er ihr und ihrem Sohn Marius ein angenehmes Leben in einer großen, gemütlichen Wohnung unweit der Alster. Bevor Mascha vor vierzehn Jahren schwanger wurde, war sie Krankenschwester – und noch heute ist sie ist eine großartige Kümmerin, wenn jemand krank wird. Ob Tim hohes Fieber hat, Christy Liebeskummer oder ich Unterleibskrämpfe, Mascha ist da, braut einen ihrer leckeren Tees und legt ihre wunderbar kühlen Hände auf heiße Stirnen.

Gemeinsam bummeln wir über den Markt. Während Mascha beim Ökostand sündhaft teure Feigenmarmelade und Himbeermousse kauft, schlendere ich verträumt neben ihr her. Mein Mantel knatscht verheißungvoll, und ich betrete in Gedanken noch einmal das Brillengeschäft von Robin Spätling.

»Also erzähl schon«, drängelt Mascha. »Hinter deiner Verwandlung steckt doch ein Mann, oder?« Ich hebe den Kopf und schaue in den klaren Himmel, der sich über Eppendorf spannt.

»Ja … und nein. Eigentlich habe ich mich erst verwandelt – und dann einen Mann kennen gelernt.« Ich erzähle von der Sonnenbrille.

»Und welchen Wert erreicht er bei deiner komischen Fußballvater-Formel?« Christy hat Mascha natürlich eingeweiht.

Ich schlage mir an die Stirn und reiße mir dabei fast die Brille von der Nase. »Die habe ich völlig vergessen!«

Mascha grinst mich verschwörerisch an: »Also interessiert dieser Mann dich nicht nur als Fußballdaddy für Tim. Stimmt's?«

Ich schüttele den Kopf. In diese Falle will ich doch nun grade nicht mehr tappen! »So ein Unsinn«, wehre ich ab. »Also: Er hat einen Sohn, den er am Wochenende unbedingt sehen will.«

Mascha murmelt: »Dem sollte ich Michaels Handynummer geben. Damit mein lieber Gatte mal erfährt, dass es Männer gibt, die auch am Wochenende Väter sind.«

Ich ignoriere ihre Bemerkung und fahre fort: »Also gebe ich ihm drei Punkte bei Kinderliebe. Aus dem gleichen Grund kriegt er bei Fußball von mir drei Punkte. Väter und Söhne spielen doch immer zusammen Fußball, oder?«

Mascha runzelt die Stirn. »Michael und Marius nicht. Marius spielt lieber Basketball, und Michael ist ja nie zu Hause.« Sie seufzt dramatisch. »Er verpasst die Kindheit und Jugend seines Sohnes.« Dann verscheucht sie den Gedanken und fragt inquisitorisch: »Und der Casanovafaktor bei deiner Neueroberung?«

Ich werde bis unter die Haarwurzeln rot.

»Na?« Mascha lässt nicht locker.

»Ich kenne den doch gar nicht.«

»Also eine drei.«

Ich denke an braune Augen und Sommersprossen und Minzatem. »Ja«, sage ich. »Drei Punkte.«

Mascha bleibt stehen. »Aber dann hast du doch den idealen Mann gefunden! Wann seht ihr euch wieder?«

Einige Wolken verdunkeln plötzlich die Sonne, und ich nehme die Sonnenbrille ab und gestehe meiner Freundin: »Keine Ahnung. Wir haben nur Visitenkarten ausgetauscht.«

Mascha sieht mich kopfschüttelnd an.

Am Montag mache ich mich bestens gestimmt, gut angezogen und rechzeitig zu meinem Bewerbungsgespräch auf. Dass das gläserne Bürogebäude den Charme eines Hochsicherheitstrakts versprüht, vermag meine gute Laune nicht zu dämpfen. Doch mein Höhenflug endet mit einer Bruchlandung. Denn wer segelt mir nach der Anmeldung bei einer Kaugummi kauenden Rezeptionistin aus dem Fahrstuhl entgegen? Rüdiger! Rüdi-Rüdiger. Dem ich als Mutter zu unflexibel war. Wahrscheinlich ist dem Spießer die krisengefährdete Verlagsbranche zu riskant geworden. Rüdiger wedelt schon von weitem entschuldigend mit einem Briefumschlag, den ich als den von mir geschickten erkenne. Mit einem leichten Quietschen seiner braunen Lederhalbschuhe stoppt er vor mir. »Jella! Guten Morgen. So sieht man sich wieder!«

»Hallo, Rüdiger«, entgegne ich matt.

Rüdiger lächelt milde. »Jella, es tut mir Leid, dass du dir die Mühe gemacht hast … vergeblich, meine ich. Heute ist mein erster Arbeitstag, und ich habe vorhin erst deine Bewerbung von meinem Vorgänger übernommen. Hätte ich sie letzte Woche gelesen, wäre nie eine Einladung an dich rausgegangen. Du verstehst?«

Ich verstehe – und fetzte ihm den Umschlag aus der Hand. Dann drehe ich mich hoheitsvoll um und schreite aus dem Foyer. Draußen werfe ich den Umschlag in die nächstbeste Mülltonne. Immer schön den Kopf oben behalten!

Erst in der U-Bahn gestatte ich mir, in meiner Handtasche

nach einem Taschentuch zu suchen und den Tränen freien Lauf zu lassen. Dabei gerät mir Tessa Martin in die Finger. In Gedanken kanzele ich sie ordentlich ab: *Das hat du ja toll hinbekommen. Von wegen Glücksbringer!* Der Blick in Tessas Piffikus-Gesicht tröstet mich jedoch auf wundersame Weise. Während ich mir die Nase putze, geht mir auf, wie absurd dieses Zusammentreffen ist und wie sehr Mascha und Christy darüber lachen werden. Übrigens ein guter Tipp für schreckliche Situationen: Man muss sie sich nur einmal als Geschichte vorstellen, die man seinen Freundinnen beim Milchkaffee erzählt – und schon werden verpasste letzte U-Bahnen, abgebrochene Kronen am Vorderzahn vor einem Rendezvous, in flagranti ertappte Liebhaber und angebrannte Bratkartoffeln erträglich und sogar komisch! Wenn Rüdiger ein erledigter Fall für Tessa wäre, was täte sie jetzt? Ihn vergessen und einen drauf trinken!

Wenig später sitze ich bei Leo und rühre in meinem Milchkaffee.

»Cara, es ist eine Ausnahme, dich jetzt schon reinzulassen. Sieh dich um, es ist noch nichts vorbereitet für die Gäste. Aber du sagst, es ist ein Notfall?« Leo schüttelt besorgt die Locken und stellt wenig später einen Kaffee und eine große Keksdose vor mich hin. Ich höre seinem beständigen Wortschwall zu, und dann, mitten in einen seiner Sätze hinein, erzähle ich ihm die ganze Geschichte. »Warum gerade ich?«, schließe ich dramatisch, während Leo versucht, all die Namen und Menschen aus meiner Erzählung zu sortieren. »Warum muss mir wieder dieser Blödling Rüdiger über den Weg laufen? Warum musste er gerade da seine neue Arbeitsstelle haben?« Ich verbrenne mir die Zunge am Kaffee und schweige erst mal.

»Manchmal werden einem Menschen vom Schicksal als Botschafter geschickt, und man muss nur herausfinden, warum.«

»Mein Leben ist doch kein Eso-Quiz!« Ich vergrabe meinen Kopf in den Händen. Als ich wieder aufsehe, wirft Leo gerade einen Blick auf seine Uhr und kratzt sich nachdenklich am Kinn.

»Cara, kannst du mir kurz helfen?«

Mechanisch helfe ich ihm, Kerzenständer auf den Tischen zu verteilen. Mir fällt seine Frau und ihre kranke Schwester ein. »Wann kommt Anna wieder?«

Leo blickt bekümmert von den Salzstreuern auf, die er gerade auffüllt. »Das dauert noch. Hoffentlich wird ihre Schwester wieder gesund, bevor ich wegen Überarbeitung einen Herzinfarkt erleide. Heute Abend findet hier ein Geschäftsjubiläum mit zwanzig Personen statt, und der Kellner, den die Agentur für Arbeit schicken wollte, ist immer noch nicht da.«

Für einen Moment treffen sich unsere Augen.

Leo legt den Kopf schief.

Ich reibe mir die Nase.

Und dann sprechen wir beide gleichzeitig.

»Soll ich einspringen?«

»Hättest du Zeit?«

Grinsend stehen wir uns gegenüber. Leo hält mir die Hand hin. »Pass auf, wir machen heute erst einmal einen Versuch. Wenn es uns beiden gefällt, bleibst du, wenigstens solange Anna nicht da ist.«

Ich nicke begeistert – doch dann schüttele ich bedauernd den Kopf. »Nein, Leo. Das geht nicht. Ich muss mich um Tim kümmern.«

Er nickt bekümmert. »Stimmt, dein Piccolino. An den habe ich nicht gedacht.« Nachdenklich stehen wir einen Moment still vor einander.

Mir kommt eine Idee. »Warte einen Moment!«, sage ich und zücke mein Handy. »Mascha! Ich brauche dich! Kannst du heute Abend auf Tim aufpassen?«

Mascha ist meine Retterin, und ich kann Leo mitteilen, dass ich ihm heute Abend helfen werde. »Danach muss ich mal sehen. Vielleicht kann ich etwas mit meiner Mutter und meinen Freundinnen organisieren.« Leo zeigt auf den hinteren Raum. »Da drin steht ein Sofa. Zur Not kann Timmi auch dort schlafen.«

Ich nicke. »Aber nur im Notfall.«

Leo hebt die Hand. »Da wäre noch etwas.« Ganz ernst ist er plötzlich. Ich erschrecke richtig ein bisschen. »Ja, was denn?«

»Zieh dir bitte wieder Hose und T-Shirt an. Mit diesen Klamotten kannst du als pensionierte Erdkundelehrerin an der Volkshochschule unterrichten. Aber nicht im *Da Leo* kellnern.«

Kurz vor Mitternacht schleiche ich in meine Wohnung. Ich decke Tim, der sich frei gestrampelt hat, zu und gebe ihm einen zarten Kuss auf die schlafwarme Wange. Er sieht so süß und klein in seiner Teddybettwäsche aus. Warum liebt man seine Kinder eigentlich immer besonders, wenn sie schlafen? Die Antwort ist eigentlich nicht sehr schmeichelhaft für uns Eltern: Man liebt seine Kinder besonders, wenn sie schlafen, weil sie dann hilflos und friedlich sind. Einerseits vergisst man bei ihrem Anblick völlig, wie sehr sie manchmal auf unseren Nerven herumtrampeln, und andererseits spürt man die Verantwortung für sie wie ein besonders schönes Geschenk. Richtig sentimental kann man dabei werden.

Mascha liegt auf der linken Hälfte meines Doppelbettes und schnarcht leise. Schnell putze ich meine Zähne. Der Abend war anstrengend, aber schön. Die Gäste der Betriebsfeier haben sich als ausgesprochen trinkgeldfreudig erwiesen. Das Servieren hat erstaunlich gut geklappt. Mir tun die Beine ein bisschen weh, aber die Arbeit hat wirklich Spaß gemacht. Es war ein wenig so, als wäre ich Gastgeberin eines fröhlichen

Essens. Die Tische waren hübsch geschmückt, das Essen war gut und appetitlich angerichtet, Leo und der für diesen Abend engagierte Zusatzkoch haben mir bei meinem ersten Einsatz geholfen, und die Kunden waren freundlich und gut gelaunt. Ein älterer Herr bedankte sich beim Verlassen des Lokals sogar ausdrücklich bei mir. »Für Ihre nette Art!« Dabei knisterte er mir einen Geldschein in die Hand.

Nach einer kurzen heißen Dusche kuschle ich mich neben Mascha ins Bett und stelle den Wecker. Ich lösche das Licht und denke im Dunkeln über den Tag nach. Leo hat mich nach dieser Feuertaufe noch vor dem Dessert in der Küche gefragt: »Kannst du dir das jeden Tag vorstellen?« Ich habe ihn mit hochroten Wangen angegrinst und zurückgefragt: »Und du?« Danach haben wir uns förmlich die Hände geschüttelt und uns für morgen früh verabredet: um alles Weitere zu besprechen – und damit ich meinen Arbeitsvertrag abholen kann!

Der erste Schritt ist getan: Ich habe einen neuen Job! Jedenfalls, wenn ich Tims Betreuung für die Abende organisieren kann. Außerdem habe ich einen neuen Mantel, eine schöne Sonnenbrille und – was natürlich viel wichtiger ist – nun schon zwei Männer gefunden, die als Aushilfsvater für Tim in Frage kommen. Ich denke an Robin Spätling mit dem Minzatem und frage mich, ob Björn morgen wieder Zeit für einen Kaffee haben wird. Über diesen angenehmen Gedanken schlafe ich ein.

4. Kapitel

I'd like to break your neck,
Because you broke my heart
When you said good-bye.
Chuck Murphy

Ich träume. Da ich aber weiß, dass ich träume, muss mein Zustand wohl korrekterweise als Halbschlaf bezeichnet werden. Kurz: Ich weiß, dass ich aufstehen müsste, will aber noch nicht. Ich trage eins von Jonathans uralten Riesen-T-Shirts und meine Beine stecken vom Knie bis zu den Knöcheln in schwarzen Wollstulpen. Nein, nicht etwa, weil ich als handgestrickte Version von Irma La Douce in die Geschichte eingehen will. Sondern aus einem mir etwas peinlichen, sehr persönlichen Grund. Ich habe niemals kalte Füße wie andere anständige Frauen. Nein. Ich habe Eis-WADEN. Es ist wahrscheinlich ein genetischer Defekt, denn ich kenne sonst niemanden, der an den Waden friert. *Ich hätte nie gedacht, wie sexy Wollstrümpfe sein können,* zog Jonathan mich auf, als ich mich nach drei wadenkalten und daher schlaflosen Nächten das erste Mal traute, meine Stulpen in seiner Gegenwart überzuziehen. Im Traum spüre ich Jonathans warme Finger in meine Kniekehle. *Jonathan!* Sein sommersprossiges Lachen taucht vor mir auf, sein schlanker nackter Oberkörper ... Doch dann löst sich sein Gesicht auf, verblassen die Sommersprossen, Björn grinst mir frech zu. Dieses Grinsen wird ebenso schnell wieder überlagert von einem Gesicht, das ich nicht einordnen kann ... oder doch? Haselnussbraune Augen ... Ein Hauch von Minze liegt in der Luft ... Ich fühle, wie sich mein Mund leicht öffnet. Wer ist der Unbekannte? Er dreht sich um und geht davon, bevor ich ihn erkennen kann. Glitzernde Libellen umflirren ihn. Libellen? Nein … es sind Brillen, die mit ihren Bügeln wie mit Flügeln schlagen und ihn funkelnd begleiten. Ich will dem Unbekannten mit seinen glänzenden Begleitern folgen, doch plötzlich starre ich in Leos verschwitzte Gesichtszüge. *Presto, Jella, presto! Die Calamari werden kalt!*

Sofort wache ich auf.

Es ärgert mich, dass ich immer noch von Jonathan träume. Dabei hat er sich seit Monaten nicht mehr gemeldet. *Ein Windhund!*, so hat ihn Mama immer genannt. Es ist mein Pech, dass ich Windhunde einfach viel attraktiver finde als Finanzbeamte. Jedenfalls die Finanzbeamten, die ich mir vorstellen kann. Vielleicht gibt es da jede Menge Exemplare mit hohem Casanovafaktor und kein Mensch, besser keine Frau, weiß das?

Der Windhund hat sich einfach verdrückt!, resümiert Mama mit schöner Regelmäßigkeit und bringt mich damit ebenso regelmäßig auf die Palme. Denn: Jonathan hat sich nicht verdrückt, er hat mich nicht böswillig verlassen – obwohl Mama und auch Mascha das so interpretieren. Es gab keinen Streit, keinen Anlass, es war einfach nur der richtige Zeitpunkt für ihn, um zu gehen. Nur Christy versteht, dass Jonathan damals irgendwie *abgereist* ist. Anfangs hat mir das gar nicht so viel ausgemacht. Bei der Geburt war Mascha dabei, und Mama lief mit Christy auf dem Krankenhausflur hin und her und rauchte vor Aufregung die erste und einzige Zigarette ihres Lebens. Am Ende umstanden alle mein Bett, und ich kann mir nicht vorstellen, dass ein Baby jemals liebevoller begrüßt worden ist als Tim. Er ist in eine Frauenwelt hineingeboren worden. Ich, Mama, Mascha und Christy, später die Kindergärtnerinnen und Erzieherinnen.

Tims Geburt versetzte mich in einen emotionalen Ausnahmezustand. Ich hatte gar nicht gewusst, was für ein überwältigendes Ganzkörpererlebnis ein Baby ist. Klar, es gab schlaflose Nächte, und so viel Angst wie in Tims ersten Lebenswochen hatte ich nie wieder. Aber eben auch nicht so ein überströmendes Gefühl von Zärtlichkeit in mir. Ich fühlte mich ständig wie ein Sandstrand bei Flut: überspült. Von Gefühlen und Ängsten. Das normalisierte sich erst ein bisschen, als ich aufhörte, Tim zu stillen. Da gab es dann auch wieder die Lust, einmal wieder einen Mann zu küssen und zu berühren. Die Sehnsucht nach Liebe. Aber wo lernte man als junge Mutter Männer kennen? Sich beim beliebtesten Kinderarzt des Stadtviertels hinten anstellen? Doktor Fabian ist ein hübscher Mann mit Schnauzer, dem eine verderbliche Neigung zu den Erzeugerinnen seiner kleinen Patienten nachgesagt wird. Den mehrheitlich schlafgestörten bleichen Mamas, die neben einem kranken Säugling einen ebenfalls blassen und müden Kindsvater zu Hause wussten, wird der dauergebräunte Mediziner seit Jahren schon zur testosteronprallen Lichtgestalt. Er residiert in einer modernen Praxis in einem Hochhaus an der Fruchtallee, steuert morgens sein blitzendes silbergraues Cabrio in die Tiefgarage und bringt mit sonorer Stimme die Jungmütter auf Gedanken, in denen Windelkauf und Krabbelgruppen keine Rolle spielen. Leider verdarb es sich Doc Fabian bei mir mit einer äußerst durchsichtigen Methode, der die Mütter, die ich nachmittags auf dem Spielplatz traf, begeistert auf den Leim gingen. Unisono schwärmten sie von der Einfühlsamkeit des Doktors. »Er spricht immer die Kinder zuerst an«, erzählte eine. Eine andere fügte aufgeregt hinzu: »Er nimmt die Kinder wirklich ernst und fragt sie nach ihrem Befinden.«

Ich warf einen Blick in den Kinderwagen der Frau, in dem ein zwei Monate altes Bündelchen ruhte. Dann fragte ich: »Was antwortet dein Kind dann?«

Die anderen schüttelten mitleidig den Kopf. »Natürlich

antworten wir dann«, singsangten sie, als wären wir alle in der zweiten Klasse und auf dem Schulhof.

»Das ist doch ein ganz abgeschmackter Trick, um eure butterweichen Mamaherzen zu erobern!«, hielt ich ihnen entgegen. Die Reaktion waren hochgezogenen Augenbrauen, Schulterzucken, erneutes Kopfschütteln. »Du hast ja keine Ahnung. Es ist einfach zu süß, wenn der Doktor so fragt«, wurde mir entgegengezwitschert. Wundert es noch jemanden, dass ich den Spielplatz hasste, als Tim ein Kleinkind war? Eigentlich müsste er Mütter-sitzen-sich-den-Hintern-platt-Platz heißen. Denn wie die Hühner auf der Stange verbringen Großstadtmütter ganze Tage auf den Spielplätzen, stechen sich gegenseitig mit ihren Kuchenrezepten aus und debattieren stundenlang über Ausfluss, Kindererziehung und geplante Bauvorhaben in den Vorstädten. Christy fand das immer ganz unterhaltsam, wenn sie mir Tim abnahm. Aber ich langweilte mich entsetzlich. Meine Güte, war ich froh, als mein Sohn in den Kindergarten kam und ein Großteil der von ihm geforderten Spielplatzzeit dort abgegolten wurde!

Übrigens: Der angeschwärmte Kinderarzt näherte sich damals wirklich meinem sechs Wochen alten Sohn mit den Worten: »Tim Kanzler, wie geht es dir?« Dabei zwinkerte er selbstgefällig zu mir herüber. Süß sollte das sein? Vielleicht wenn man Diabetikerin war! Ob der sich mal überlegte, wie blöd man sich dabei vorkam? Es kam, wie es kommen musste: Mein Temperament ging mit mir durch. *Gabriele, steck dir einen Zettel in die Tasche. Mit der Aufschrift: Ich muss lernen, meinen Mund zu halten,* hatte mir Mama früher einmal geraten, als ich schon wieder mit einem Eintrag im Klassenbuch nach Hause kam. Auch in der Kinderarztpraxis hätte ich diesen Zettel gebraucht. Denn statt verzückt zurückzulächeln, bellte ich ruppig: »Mein Sohn ist noch mit den drei großen S beschäftigt. Schreien, Schlafen, Scheißen. Wenn Sprechen dazukommt, sind Sie der Erste, der's erfährt, Herr Doktor.« Natürlich waren das nicht die besten Voraussetzungen für eine Romanze, und in einsamen Nächten haderte ich manchmal mit meinen Prinzipien und meiner großen Klappe. Männertechnisch war Tims Kinderarzt also ausgefallen. Und sonst? In Cafés und Bars ging ich mit dem Säugling kaum, und bei der Rückbildungsgymnastik waren logischerweise nur Frauen. Als alleinerziehende Mutter hat man in den ersten Monaten eine vierundzwanzigstündige Anwesenheitspflicht oder das Kind immer dabei. Mütter mit Baby im Tuch aber werden nur von anderen Müttern mit Baby im Tuch/Wagen/auf dem Arm/an der Hand angesprochen. Falls einmal ein junger Vater über den Kopf seines Krabbelkindes hin eine Annäherung wagt, quengelt garantiert der Nachwuchs etwas von »Mama gehen«. Kleine Kinder sind solche Spießer! Schuld daran sind die Märchen und die Astrid-Lindgren-Bücher, die ihre Eltern ihnen mit weitaus mehr Verve vorlesen als pädagogisch wertvolle Kindergeschichten über tapfere alleinerziehende Eltern. Selbst Harry Potter hat ein liebendes, wenn auch totes Elternpaar und keine gestresste Solo-Mami! Es sollte viel mehr Erich Kästner gelesen werden. Da wimmelt es nur so von aufrechten, tapferen und alleinerziehenden Müttern.

Als Tim drei Jahre alt war, gab es einmal einen verunglückten One-Night-Stand mit dem Leiter des Kindertagesheims. Er sprach mich in unserer gemeinsamen Verwirrung im Bett mit »Frau Kanzler« an und vergaß, seine Socken auszuziehen. Zu meiner Erleichterung verabschiedete er sich noch in derselben Nacht und zog bald nach Hildesheim. Wobei ich hoffe, dass letzter Umstand nicht in direktem Zusammenhang mit unserem erotischen Waterloo stand. Danach bin ich allein geblieben, von Jonathans Überraschungsbesuchen einmal abgesehen.

Vielleicht sollte ich mir einfach einen Hund anschaffen.

Hunde meinen es ehrlich, wenn sie sich an einen kuscheln, können gut mit Kindern umgehen, vermissen einen und tauschen einen nach zwei Jahren nicht gegen ein neues Frauchen ein.

O nein! Jetzt nur nicht wieder in die vertraute Warum-hat-er-mich-und-das-Kind-nicht-gewollt-Depression abrutschen! *Jammern hilft nicht weiter!*, sagt Mama immer. *Jammern ist manchmal das Einzige, was einer Frau übrig bleibt*, findet Mascha. *Jammern ist so was von nicht sexy!* So sieht Christy das. Wo sie Recht hat, hat sie Recht. Entschlossen balle ich die Fäuste. Ich atme tief ein und aus und merke, dass ich immer noch wütend auf Jonathan bin. Wütend ist besser als traurig, und so setze ich mich endlich auf.

Was sollen die Gedanken an Jonathan? Die Phase habe ich doch, nicht zuletzt durch die Entwicklung der VQ-Formel, endlich überwunden, oder? Ich suche keinen Mann für mich, sondern einen Vater für Tim.

Als ob er gespürt hätte, dass ich an ihn denke, bewegt sich Tim neben mir. »Mama?« Er kriecht unter meine Decke, platziert seinen Kopf an meine Schulter, steckt den Daumen in den Mund und nuckelt schläfrig und zufrieden. Gestern habe ich wieder den Kampf verloren. Tim wollte nicht allein in seinem Bett schlafen – und das hat er auch nicht.

Piep! Piep-piep-piep!

Der Wecker. Höchste Zeit für den Kindergarten! Wenn ich Björn treffen will, müssen wir in einer Stunde aufgestanden, gewaschen und unterwegs sein! Ach, und Frühstück wäre auch eine gute Idee.

Ich heize mit hochrotem Kopf und kreischendem Dynamo auf dem Fahrrad zum Kindergarten. Wie dunkel solche Morgen im März noch sein können: Kein einziges Blatt an den schwarzen Bäumen im Park, Nebel in den Straßen und altes Laub,

Raureif an den Fahrradspeichen. Der Frühling scheint noch Lichtjahre entfernt.

Björn steht unter dem Vordach des Hortgebäudes. »Ausgeschlafen oder abgebrochen?«, ruft er mir zu. Ich ignoriere seine Frotzelei und hebe Tim vom Fahrrad. Der drückt mir flüchtig einen Kuss auf die Wange, schultert seinen Rucksack und rennt ins Haus. Björn schlendert zu mir herüber. »Warum wünschst du dir eigentlich keine Uhr?«

»Eine Uhr?«

»Na, es muss dir doch irgendwann gelingen, deinen Sohn pünktlich zum Kindergarten zu bringen!« Er hebt Tims Mütze auf, die verkrumpelt in meinem Fahrradkorb liegt. »Bei den Temperaturen solltest du die Mütze nicht herumfahren, sondern über Tims Kopf ziehen!«

»Eine Studie der Universität Haifa hat ergeben, dass zehn Minuten Morgenkälte die Entwicklung kindlicher Hirne entscheiden fördern!«, kontere ich geistesgegenwärtig. Wir lachen wie Schulkinder. Dann wechsle ich schnell das Thema. »Kaffee?«

Björn greift in seine Jackentasche und holt einen Palmpilot hervor. Er schaut auf das Display und nickt dann. »Ja, ich habe anderthalb Stunden Zeit, dann einen Zahnarzttermin.« Er schiebt das elektronische Minigerät wieder in die Tasche.

Anderthalb Stunden? Die werde ich nutzen! »Dann mache ich dir bei mir einen Milchkaffee. Brownies sind auch noch da.« Ich schwinge mich wieder aufs Fahrrad. »Sagen wir in zehn Minuten?«

Es ist das erste Mal, dass Björn ohne Kinder bei mir sein wird. Wie gut, dass ich gestern Abend noch die Küche sauber gemacht habe!

Schnell werfe ich Jacke und Schal über die Flurgarderobe. Für den Kindergartenalltag bin ich bei meiner alten Lederjacke geblieben. Den Tessa-Martin-Mantel hebe ich mir für besondere Gelegenheiten auf. Momentan hängt er an meinem Kleiderschrank im Schlafzimmer. Jedes Mal, wenn ich ihn ansehe, bekomme ich gute Laune. Trotzdem schließe ich schnell die Schlafzimmertür, bevor ich den Wasserkocher einschalte. Björn muss ja nicht sofort sehen, dass ich noch keine Zeit zum Bettenmachen hatte.

Da ist er auch schon und füllt mit einem schlitzohrigen Grinsen und seinen breiten Schultern meinen kleinen Flur mit Leben. Wenig später sitzen wir in der Küche und ich serviere ihm einen Kaffee mit aufgeschäumter heißer Milch. Dann will ich meinen eigenen Kaffee von der Küchenanrichte holen, stolpere dabei über eins von Tims Spielzeugautos, der Kaffee schwappt aus dem Becher und die heiße Flüssigkeit tropft auf den Tisch.

»Hoppla!« Mit einem beherzten Griff zieht Björn eine CD-Hülle aus der Kaffeelache. »Französische Chansons?«

Ich nehme ihm die Hülle ab. »Die können etwas Kaffee vertragen, nischt wahr?«, imitiere ich einen französischen Akzent. Björn quittiert meine polyglotten Witze mit einem charmanten »O là là!«, springt auf, reißt Papier von der Küchenrolle und nimmt mir die CD-Hülle so respektvoll ab, als handle es sich mindestens um die britischen Kronjuwelen. Er schüttelt den Kopf und lächelt mich nachsichtig an. »Mensch, Jella, das gibt ein riesiges Geklebe. Du kannst froh sein, wenn die CD nichts abbekommen hat.«

Herrje! Björn könnte als Putzhase sofort in Mamas Sortiment eingehen. »Die CD ist da gar nicht drin«, murmle ich wie ein ertappter Teenager. Ich gehe zur Fensterbank, wo meine Anlage steht und sich jede Menge CDs stapeln. Die meisten von ihnen liegen da ohne Hüllen herum. Wenigstens ist die mit den Chansons dabei. Ich halte sie ihm triumphierend unter die Nase. Björns Augenbrauen schnellen nach oben. Er sieht erst die CD, dann mich an – und bricht in lautes Gelächter aus. Er wirft sich im Küchenstuhl zurück und schnauft: »Ich fasse es nicht. Wie alt bist du eigentlich? Wirklich, Jella, wie kann man nur? Lass uns das jetzt sofort aufräumen. Das ist ja unerträglich!«

Ich starre ihn verblüfft an. »Was?«

Björn würdigt mich keines Blickes mehr, holt erst die frei fliegenden CDs und dann einen Stapel Hüllen, der daneben liegt, auf den Tisch. Er hält die Scheiben zwischen Daumen und Zeigefinger, um Fingerabdrücke zu vermeiden. Eigentlich total überflüssig, denn die CDs sind übersät mit Kratzern und Flecken. Björn sucht im Hüllenstapel und findet Stück für Stück die richtige Hülle für die entsprechende CD. Dabei zitiert er in einem amüsierten Tonfall, der mich unwillkürlich an Lehrer Lämpel aus *Max und Moritz* denken lässt: »Ordnung ist das halbe Leben!«

Das ist zu viel für mich. Ich lasse mich auf meinen Stuhl fallen, schlürfe betont desinteressiert meinen Kaffee und versuche, die Situation ins Komische zu ziehen, indem ich sage: »Aber die andere Hälfte ist interessanter.«

Björn zwinkert mir zu. Unter seinem Grinsen fühle ich mich auf die Dimension einer Zwölfjährigen zusammenschrumpeln. Also, wie ich als Zwölfjährige war: ohne Busen, ohne Kurven. Das einzig Große an mir war meine Klappe. Die nützte mir aber auch nichts mehr, wenn ich mal wieder in der Tinte steckte, weil ich Verabredungen nicht eingehalten, Bücher nicht zurück in die Leihbibliothek getragen und Vokabeltests verschwitzt hatte.

Björn fängt an, leise vor sich hin zu pfeifen. Anscheinend hat er mich vergessen und geht ganz in seinem Noteinsatz für Herrn Saubermann auf. Langsam mache ich mir Sorgen. Vielleicht hat er nicht alle Latten am Zaun? Wer, denkt er, ist er? Mrs. Doubtfire, das stachelige Kindermädchen, oder Meister

Proper? Dass er dabei auch noch so gut gelaunt und vergnügt ist, macht mich fertig. So entspannt bei der Hausarbeit können auch nur Wesen sein, für die Hormonschwankungen ein Fremdwort sind. Beim Aufräumen pfeifen käme mir jedenfalls nie in den Sinn. Ich weiß nicht, ob ich das bewundern oder verachten soll.

»Du findest das vielleicht blöd, aber wie willst du deinem Sohn Werte vermitteln, wenn du so schludrig mit deinen Sachen umgehst?«

Gong! Das hat gesessen. Obwohl ich eigentlich nicht finde, dass ein schlampiger Umgang mit Produkten der elektronischen Unterhaltungsindustrie auf den Untergang abendländischer Werte wie Nächstenliebe und Rücksichtnahme schließen lässt. Aber andererseits sind es ja oft die kleinen Dinge, die das bestimmen. Und ärgere ich mich nicht auch immer, wenn Tim seinen Gameboy im Badezimmer herumliegen lässt oder andere teure Geschenke von mir oder Mama irgendwo in den Tiefen seines Kinderzimmers verschwinden?

Irgendwie hat Björn gerade etwas an sich, das mich schuldbewusst werden lässt. Bevor ich in eine ernsthafte Sinnkrise trudle, wechsle ich burschikos das Thema. »Benutzt du den Palmpilot als Terminkalender?«

Björn sortiert meine CDs, wischt die Tessa-Martin-Figur ab (mir war nie aufgefallen, das Tessa von ihrem Regalexil immer noch etwas staubig war … oder stammt das aus meiner Tasche?) und macht dabei wie nebenbei die Fensterbank sauber. Er nickt und legt die letzte CD-Hülle zufrieden auf den Stapel, putzt noch einmal mit einem Papiertuch über den Fensterrahmen und setzt sich dann an den Tisch. »Ja, damit organisiere ich das ganze Familienleben.« Er holt den Palmpilot aus der Tasche und erklärt mir, dass er in dem Gerät die Termine für seine Töchter, für seine Frau Verena und für sich eingibt. »Der nächste Monat, also der April, ist hier schon durchgeplant.« Er liest vor: »Am 3. April muss mein Auto zum TÜV, am 18. April hat Verena Krebsvorsorge, am 23. April ist Vortanzen in Neles Ballettschule, in der letzten Aprilwoche gibt es Spargeltöpfe bei Tchibo.«

Ich bin platt. »Du notierst dir die Angebote bei Tchibo?«

»Bei Tchibo, bei Aldi, bei Lidl. Da gibt es Jahresplaner, und was für uns interessant ist, notiere ich mir, damit ich nichts verpasse. Ich bin dann bei Ladenöffnung auf dem Parkplatz und schlage zu.« Er lacht. »Wenn die Kindergärten und Schulen dicht machen, stolpern dann die Muttis mit ihren Gören in die Läden und haben das Nachsehen. Tja, auch Einkaufen muss man strategisch planen.«

»Und weil Männer sowieso alles besser können, sind Hausmänner auch noch besser als Hausfrauen?« Ich bewege meine Hand in einer bekannten Geste vor meinen Augen hin und her. »Ganz schön plemplem!«

Björn reibt sein Ohrläppchen und sieht mich nachdenklich an. »Das schmeckt dir nicht, oder?«

Ich nicke. »Weil es nicht stimmt.«

Wieder lacht Björn gutmütig. »Jella, wer von uns beiden ist wohl besser organisiert?«

»Du natürlich, aber dazu gehört nicht viel.«

»Aha!«

»Das hat nichts mit Männern und Frauen zu tun«, beharre ich. »Das sind doch dumme Vorurteile. Es gibt organisierte Menschen und nicht organisierte Menschen. Du bist ein Organisationstalent, ich …«

»… eine Chaotin!«, vollendet er den Satz.

»Sehr charmant!«

»Ja, eine sehr charmante Chaotin!«

Irritiert halte ich inne. Ist da ein flirtiger Unterton in seiner Stimme? Björn lacht mich an, und in seinen bernsteinfarbenen Augen tanzen vergnügte grüne Pünktchen.

Moment, fange ich jetzt an zu spinnen?

Was denke ich da für einen Blödsinn! Vergnügte grüne Pünktchen? Seit wann sind Pünktchen vergnügt? Verlegen greife ich zum Mixer. »Noch einen Kaffee? Ich schäume mal Milch auf.«

Björn verschränkt seine Arme hinter dem Kopf und streckt sich behaglich. »Gerne. Warum hast du eigentlich keine Espressomaschine?«

»Die ist irgendwann kaputtgegangen und ich hatte kein Geld für eine neue übrig.«

Björn runzelt die Stirn. »Die kannst du doch schon für dreißig Euro im Internet ersteigern.«

»Klar, wenn man die Zeit dafür hat und kein uraltes Laptop wie ich.«

»Gibt es eigentlich irgendetwas, das bei dir funktioniert?«

Hatte ich mir gerade noch einen Flirt vorstellen können, bin ich jetzt in Sekundenschnelle empört. »Bei mir funktioniert alles!«

Björn strahlt mich an. »Ja, das glaube ich dir ja. Aber du könntest dein Leben wirklich optimieren!« Er zeigt auf den Herd. »Dieser Herd hat keine Dunstabzugshaube! Da gibt es tolle Sachen – mit Aktivkohlefilter!«

»He, ich habe ein Fenster!«

Björn blickt sich suchend um und feuert schon die nächste Breitseite ab: »Was ist mit dem Kühlschrank? Ich wette, der ist noch nicht einmal FCKW-frei«

»Natürlich!«

»Aber welche Energieeffizienzklasse hat er?«

Ich zeige ihm einen Vogel. »Er kühlt, darum geht es doch, oder?«

Peng! Dieser Punkt geht an mich. Das quittiert Björn mit einem nachsichtigen Lachen, setzt aber gleich nach: »Jella, du bist ein hoffnungsloser Fall.« Er wirft mir eine Kusshand zu und macht sich dann, wieder leise pfeifend, an meinem Wasserkocher zu schaffen. »Mal sehen, ob ich mit deinem prähistorischen Equipment auch einen Kaffee zustande bekomme. Leben wie vor zwanzig Jahren! Das reizt meinen Forscherdrang!« Darauf fällt mir nichts ein. Das geschieht übrigens äußerst selten, und ich muss diesen ungewöhnlichen Umstand erst einmal verdauen. Während Björn den Wasserkocher füllt, beobachte ich ihn, und mir wird klar: Hausmänner sind gar keine neue Sorte Mann. Sondern ganz einfach die alten Besser-schlauer-länger-Typen, die einfach nur den Büroanzug mit der Küchenschürze vertauscht haben. Wie prophetisch klingt der Song *This is a man's world* plötzlich in meinen Ohren: *Man made electric light to take us out of the dark / Man made the boat for the water, like Noah made the ark.* Und jetzt haben die Kerle uns auch noch still und leise das Hausfrauendasein weggeschnappt, diese letzte Domäne der Frauen. Machen uns Weibern vor, wie man einen Haushalt so effizient führt wie einen Maschinenpark.

Andererseits: Björns System funktioniert, das muss ich zugeben. Die Geschichte der Menschheit zeigt, dass überlebt, wer sich anpasst. Also werfe ich meine feministische Loyalität mit den Hausfrauen über Bord und verzichte auf eine Auseinandersetzung über geschlechtsspezifische Unterschiede. Zumal, wie ich mich mit grimmiger Freude erinnere, das Lied ja auch noch weitergeht: *This is a man's world, this is a man's world / But it wouldn't be nothing, nothing without a woman or a girl.*

»Fertig!« Björn stellt einen frischen Kaffee vor mich hin.

»Hm, lecker!« Ich schnuppere genießerisch. »Was hast du auf den Milchschaum gestreut?«

»Zimt.«

»Ich habe Zimt?«

Björn lacht. »Wie wäre es, Jella, wenn wir irgendwann mal

deine Küche aufräumen? Dann bringe ich meinen Vampyr Luxor mit!«

»Wer ist das denn?«

»Mein Staubsauger.«

»Dein Staubsauger hat einen Namen?«

Björn erklärt mir, dass Staubsauger nicht gleich Staubsauger sei. »Der AEG Vampyr CE Luxor 1 Electronic gehört in die S-Klasse unter den Staubsaugern!« Dieser Morgen ist voller Erkenntnisse. Man muss den Kerlen also nur komplizierte Typenbezeichnungen und undurchschaubare Geheimkürzel wie XYL oder CA5000 auf die Haushaltsgeräte pappen, schon haben sie das Gefühl, Formel-1-Fahrer und in ihrem Element zu sein. Und – bester Effekt bei diesem Marketingtrick – sie *benutzen* die Geräte auch noch! Björn ist der lebende Beweis für meine Theorie. Er steht mitten in der Küche und erklärt mit glänzenden Augen und großen Bewegungen: »Der Vampyr hat eine umschaltbare Kombi-Bodendüse. Meiner ist rot, er hat ein Teleskoprohr und einen ergonomischen Handgriff. Mit dem kannst du stundenlang saugen.«

Ob er wohl auch einen Aufsatz für einen Vibrator hat? Natürlich frage ich das nicht laut. Stattdessen erkundige ich mich scheinheilig: »Trägst du in deinen Palmpilot ein, wann dein Vampyr einen neuen Beutel braucht?« Meine Ironie prallt an ihm ab. Schlimmer noch, völlig unbeeindruckt greift Björn das neue Stichwort auf.

»Ich gebe dir jetzt einen Gratis-Tipp vom Experten: Kaufe Staubsaugerbeutel immer im Baumarkt ein. Da gibt es No-Name-Produkte, die sind viel günstiger als überall sonst.«

Ich mustere ihn verstohlen. Björn sieht so harmlos aus. Mit seinen breiten Schultern, dem dicken, rötlichblonden Pferdeschwanz und den kräftigen Händen wirkt er viel mehr wie ein freundlicher LKW-Fahrer aus einer 70er-Jahre-Werbung als wie ein Haushaltsexperte mit Helfersyndrom. Aber wer kann schon in Menschen hineinsehen? Und vor allem in Männer?

Björn legt schon wieder nach: »Jella, ich glaube, du brauchst Nachhilfe in Lebensführung.«

Das geht jetzt aber eindeutig zu weit. »Wie kommt es eigentlich, dass ihr Männer immer glaubt, wenn ihr eine Sache gut könnt, Experten für alles zu sein? Und überhaupt: Ich bin mit meinem Leben sehr zufrieden.« Das ist noch nicht einmal richtig gelogen, denn obwohl ich mein Leben im Moment ganz schön anstrengend finde, gibt es immer wieder Augenblicke, in denen ich sehr glücklich bin. Wenn ich Tim im Arm habe, wenn Christy und ich über irgendeine neue Liste lachen oder wenn Mascha und ich beim Wein philosophieren. Glück hängt bei mir nicht von irgendeinem Turbo-SL-Haushaltsgerät ab. Außerdem: Selbst wenn ich der unglücklichste Tropf auf der Welt wäre, lasse ich mir von einem selbst ernannten Haushaltsexperten doch mein Leben nicht klein reden! »Du hältst dich wohl für perfekt?«, stichle ich.

»Natürlich«, gibt Björn trocken zurück. »Du nicht?«

»Nö!«, platzt es aus mir heraus. »Und du bist auch nicht so perfekt, wie du denkst. Merkst du eigentlich gar nicht, dass du dich aufführst wie die Karikatur einer Hausfrau aus den Wirtschaftswunderjahren?«

Björn lässt seinen Palm sinken. »Wie meinst du das?«

»Erstens: Du redest von nichts anderem als von deinem großartigen Haushalt. Zweitens: Du hast einen starken Missionierungsdrang und verkündest zwanghaft das Heil des Vampyr Luxor unter den Unwissenden und Putz-Heiden. Kurz: Dein Küchenfußboden bedeutet dir offensichtlich mehr als du selbst.« Er sieht mich verblüfft an. Ich lehne mich zurück und trinke meinen Kaffee. *Touché!*

Björn schweigt nachdenklich. Schließlich sagt er: »Punkt eins und zwei – ja, kann sein, dass ich zu viel über den Haushalt rede. So richtig viel anderes geschieht ja in meinem Leben zurzeit nicht. Aber was war das mit mir und meinem Küchenfußboden? Findest du mich etwa ungepflegt?« Scherzhaft hebt er den linken Arm und tut so, als würde er unter seiner Achsel schnüffeln. Ich habe ihn wohl richtig getroffen, und das tut mir Leid.

»Nein, das ist es nicht.«

»Aber was dann?«

Ich druckse herum. »Ach, das habe ich doch nur so …«

»Jella, lass den Zuckerguss weg.«

»Na, gut!« Er hat es ja so gewollt. »Dein Pferdeschwanz und die Lederhose …« Jetzt ist es heraus.

Björn sieht mich verwundert an. »Was ist damit?«

»Männer mit Pferdeschwanz waren schon in den 80er Jahren altmodisch. Den kann man heute nur noch tragen, wenn man ein weltberühmter Designer ist oder ein zwanzigjähriger Popstar«, bescheide ich ihm. »Und Lederhosen, das mag beim Motorradfahren ja praktisch sein. Aber das Image von Motorradfahrern ist nun einmal irgendwie gestrig, vor allem, wenn man in deinem Alter ist.« Jedenfalls habe ich das irgendwo in einem Artikel gelesen, in dem die Motorradindustrie über sinkenden Absatz klagte. Ich sehe ihn fest an. »Easy Rider war gestern, Björn.«

Danach herrscht Schweigen in der Küche.

»Was machen eigentlich die Mädchen während des Vater-&-Sohn-Fußballspiels im Kindergarten?«, wage ich ein paar Schlucke Kaffee später einen Neuanfang.

Björn, der gedankenvoll seinen Pferdeschwanz dreht, guckt mich verständnislos an. »Vater-&-Sohn-Fußballspiel?« Seine Stimme klingt ganz normal, und ich bin erleichtert, als ich sehe, dass er nicht sauer ist.

»Wie, du hast das Sommerfest noch nicht in deinen Palmpilot eingetragen?« Diese Spitze kann ich einfach nicht unterdrücken.

Björn lacht laut auf. »Das Sommerfest im Kindergarten habe ich natürlich gleich im Dezember eingespeichert, als der Infozettel verteilt wurde!«, grinst er. »Aber als Vater von Töchtern habe ich diesen Programmpunkt wohl glatt überlesen. Außerdem: Dieses ganze Vater-und-Sohn-Gehampel ist ziemlich antiquiert. Mädchen spielen doch auch Fußball. Wieso machen die nicht ein Kinder-Eltern-Fußballspiel?« Er wirft mir einen Blick zu. »Ich kann mir vorstellen, dass du auch eine ganz ordentliche Blutgrätsche hinlegst.«

Männer bleiben mirakulöse Wesen für mich. Blutgrätsche? Ich? Verströme ich etwa den Charme einer verschwitzten Bundesligistin? Ich entschließe mich, die Bemerkung nicht persönlich zu nehmen, und antworte: »Aber die Abseitsregel werde ich dir trotzdem nicht erklären!«

»Wer spielt eigentlich mit Tim?«

Das läuft ja wie geschmiert! Kurzfristig sehe ich mich schon am Ziel meiner Wünsche. Diese Vorlage muss ich nur noch verwandeln. Soll ich ihn einfach fragen: *Hast du Lust, das zu übernehmen?* Aber: Ein derartiges Mit-der-Tür-ins-Haus-Fallen verschreckt ihn vielleicht. Außerdem muss Tim dabei noch ein Wort mitreden, und der träumt wahrscheinlich noch immer davon, mit Jonathan das Spiel zu bestreiten. Ich entschließe mich zu einem Umweg und antworte mit einer koketten Gegenfrage: »Willst du herausfinden, ob ich solo bin?«

Treffer – versenkt! Björns Gesicht überzieht eine flammende Röte.

»Björn, du bist verheiratet!«, empöre ich mich gespielt – und geschmeichelt.

Er grinst breit. »Ich bin verheiratet, aber nicht blind. Außerdem komme ich als ewig gestriger Pferdeschwanzträger mit Lederbuchse gar nicht in Frage für dich.«

»Natürlich nicht«, sage ich. Und frage mich, wenn auch nur für den Bruchteil einer Sekunde: *Nicht?*

Glücklicherweise bugsiert er das Gespräch wieder in sicheres Fahrwasser. »Ist der Kleine denn fit für ein Spiel?«

»Björn, er ist fünf Jahre alt. Was die da in ihrer so genannten Mannschaft machen, ist nur so ein bisschen Kicken und Hopsen.«

Björn sieht das anders. »Wir sollten auf jeden Fall mit den Jungs einmal die Woche ernsthaft trainieren. Da gibt es bestimmt auch noch welche aus den Jahrgängen, die jetzt schon in der Grundschule sind, die gerne mitmachen. Das würde mir Spaß machen. Auf blödes Babykicken hat doch keiner Lust. Wenn schon, denn schon.« Er greift zu seinem Palm und macht sich eine Notiz. »Das bespreche ich gleich mal mit den Gruppenleiterinnen, die sollen das beim nächsten Elternabend zur Sprache bringen. Der ist ja schon bald.«

»Wann denn?« Ich erinnere mich, dass das Datum auf dem fatalen Neujahrszettel aus dem Kindergarten gestanden hat, der dem Waschmaschinenwasser zum Opfer gefallen ist.

Björn antwortet gnädig: »Am 3. Mai. Mädchen, ich frage mich, wie du deinen Alltag in den Griff bekommst.« Er will noch mehr sagen, aber in diesem Moment klingelt das Telefon. Der Anrufbeantworter springt an und Leos Stimme schallt durch die Wohnung. »Cara mia, wo bleibst du? Bist wohl schon unterwegs. Du hast doch nicht vergessen, dass wir heute ein Mittagessen für zwölf Personen haben?«

Mist! Mist! Mist! Ich springe hektisch auf und renne wie von der Tarantel gestochen in der Küche herum, stelle die Zuckerdose aufs Regal und den Milchtopf in die Spüle. Dazu fluche ich wie ein Kesselflicker. »So ein Mist! Das hatte ich ganz vergessen. Wie spät ist es? Was, schon halb elf gleich? Mist, Mist, Mist, Mist …« Ich verhaspele mich. »Was wollte ich gleich sagen?« Ich starre Björn mit weit aufgerissenen Augen an.

Der souffliert freundlich: »Mist?«

»Blödmann!«

Ich renne in mein Zimmer, schlüpfte in meine roten Ledertornschuhe und grabe dann aus meiner Handtasche mein Schminktäschchen. In der Küche stellt Björn das Geschirr zusammen. So muss der Morgen bei einem eingespielten Ehepaar laufen: Während ich vor dem Badezimmerspiegel Make-up auflege, die Wimpern tusche und Lippenstift auftrage, macht er die Küche sauber. »Fertig!«

Ich lächle mein Spiegelbild an. »Fertig!«

Wir treffen uns im Flur, wo er mir meine Lederjacke zum Hineinschlüpfen hinhält und sich sogar Zeit für ein Kompliment nimmt: »Du siehst klasse aus!« Dann rasen wir gemeinsam die Treppe hinunter. An meinem Fahrrad verabschieden wir uns.

»Tut mir Leid, dass du jetzt gar keinen Brownie mehr bekommen hast«, sage ich.

Björn streichelt mir über den Arm. »Das holen wir nach. Immerhin habe ich jetzt mal gesehen, wie dein Leben so funktioniert.« Er schüttelt den Kopf. »Mannomann, da würde ich Magengeschwüre bekommen!«

»Und wieder mein Lieblingsthema! Schade, dass ich jetzt los muss«, sage ich mit ironischem Unterton.

Björn nimmt meine Hand. »Ja«, sagt er mit ernster Stimme, »sehr schade.« Wir sehen uns an, und plötzlich spüre ich, dass an diesem Morgen etwas in Gang gesetzt worden ist zwischen uns. Oha.

Schließlich lässt Björn meine Hand los und ich stülpe meine Wollmütze auf die Locken und gebe ihm einen burschikosen Schlag auf die Schulter. »Viel Glück beim Zahnarzt! Tschüs!« Dann sause ich los.

»Vielleicht gehe ich lieber zum Friseur?«, brüllt er lachend hinter mir her.

Als ich mich an der Ampel umdrehe, steht er immer noch vor meiner Haustür und winkt mir nach.

Außer Atem komme ich bei Leo an. Er sitzt schlecht gelaunt im Vorraum der Küche und bindet kleine Blumensträuße für die Tischvasen. Schnell setze ich mich zu ihm. »Entschuldige! Lass mich das machen.« Ich nehme ihm die Blumen aus der Hand und fabriziere einen Strauß, der genau in die kleine Vase passt. Da soll noch einmal jemand sagen, Mütter würden keine Zusatzqualifikationen erwerben: Tim ist in den vergangenen Jahren mit Tonpapier, Pappmachee, Knete, Tusche und Klebstoff im Hort quasi totgebastelt worden. Ich selbst habe an so vielen Bastelnachmittagen in diversen Kindergruppen teilgenommen, dass ich Kurse in Serviettentechnik, Sterneschneiden und Steinmalerei geben könnte. Die Blumensträußchen sind da eine leichte Übung.

Nach zwei weiteren Prachtexemplaren sagt Leo endlich etwas. »Die sehen sehr hübsch aus, Cara.«

Puh! Wenn Leo mich so nennt, ist sein Zorn verraucht. Ich sehe ihn vorsichtig an. Er grinst, zeigt aber auf seine Armbanduhr und drohte mir mit dem Zeigefinger. Dann holt er einen Zettel vom Tresen und legt ihn vor mich hin. »Das ist das Menü für das Essen nachher. Bitte schreib es noch auf die Tafel … aber lies es mir erst einmal vor, damit ich weiß, dass du alles verstanden hast.«

Folgsam lese ich: »Antipasti della vitrina, Arancini di Riso … Was ist das?«

»Gefüllte Reisbällchen. Vegetarisch.«

»Okay. Scampi alla griglia auf Rucolabett oder Entenbrust auf Rucolasalat. Tiramisu oder Profiteroles. Prosecco, Vino della casa, Espresso, Digestivo.«

»Perfetto! Machst du jetzt die Tische fertig?« Er verschwindet in die Küche und ruft noch über die Schulter: »Und häng das Schild in die Tür!«

Ich binde die letzten Blumen zusammen, fege die Stängelreste in eine Plastiktüte und stelle die Vasen auf ein Tablett. Mit seinen acht Tischen ist das *Da Leo* ein kleiner Betrieb. »Klein, aber oho!«, hat mich Leo mit dieser typisch deutschen Redewendung an meinem ersten Arbeitstag überrascht. »Cara, hier ist alles wie zu Hause! Als ob unsere Gäste zu mir und Anna in die Wohnung kommen. Wir kochen, wir servieren – aber wir kassieren!«

Ich hole das Schild mit der Aufschrift *Geschlossene Gesellschaft* aus einem Fach unter dem Tresen hervor und hänge es in dem Moment in die Tür, als ein Mann seine Hand von außen auf die Klinke legt.

Ich kenne ihn vom Sehen. Er ist ein Stammgast bei Leo und trinkt meistens am Nachmittag einen Espresso, während er Zeitung liest. Mir ist er aufgefallen, weil er immer elegante Anzüge trägt und ausgesprochen gut aussieht. *Ein Musico,* hat mir Leo zugeraunt, als ich nach ihm fragte, *ein Musiker*. Leo hat eine mir unerklärliche Ehrfurcht vor Künstlern und lädt ihn immer gerne zu einem Getränk ein.

Der Musiker klopft. Ich schüttele den Kopf und zeige auf das Schild. Er schiebt die Unterlippe vor wie ein schmollendes Kind und macht mit dunklen, dicht bewimperten Dackelaugen und seinen Händen so überzeugend »Bitte, Bitte«, dass ich nicht anders kann. Ich schließe auf.

Blitzschnell drückt sich der Gast an mir vorbei in den Innenraum. Ich schließe die Tür hinter ihm. »Wir haben noch geschlossen!« Der Mann lehnt bereits am Tresen und erklärt mir mit dramatischer Gestik: »Es geht hier um Leben oder Tod. Ich habe die ganze Nacht gearbeitet. Bitte! Ich brauche dringend einen Espresso!«

Leo streckt seinen Kopf durch die Tür, nickt erst mir, dann dem Gast zu. Besondere Gäste, besondere Öffnungszeiten. Also gut!

Wenig später stelle ich dem Nachtarbeiter, der mit halb geschlossenen Augen am Tresen über einer Zeitung lehnt, den Espresso hin. Dabei trifft mich eine Duftmischung von Zigarettenrauch, Sandelholz und Mann. Nicht, dass alle Männer dasselbe Aroma verströmen. Im Gegenteil. Doch die Mischung aus Haut, Tabak und Holz ist so eindeutig nichtweiblich, dass sie bei mir spontan ein erotisches Kribbeln auslöst. Oder bin ich einfach von dem Treffen mit Björn noch aufgewühlt? Ich verdrehe innerlich die Augen. Wahrscheinlich habe ich nur meinen Eisprung! Unter Hormonbeschuss sollen ja laut Forschungsberichten auch kluge Frauen schnell ihren Verstand verlieren.

Ich klettere auf einen Stuhl und schreibe die Menüabfolge mit geschwungenen Lettern auf die Tafel. »Rucola schreibt man nur mit einem c«, ertönt hinter mir plötzlich eine Stimme. Ich drehe mich um und gerate ärgerlicherweise ins Schwanken. Wieso erklären mir heute eigentlich alle Männer die Welt? Ich schwanke bedenklich, aber bevor ich vom Stuhl falle, ist der Musiker neben mir und hält meinen Arm fest. Ich gewinne wieder festen Stand und mache mich dann energisch los.

»Danke. Es geht schon.« Aber da schwanke ich schon wieder – und er ergreift wieder meinen Arm …

»Sicher?«

Ich blicke zu ihm hinunter und in schimmernde dunkle Augen. Ein bisschen wirkt er wie aus einer italienischen Zeitschrift entsprungen: Er trägt einen dunklen, elegant geschnittenen Anzug, ein offenes weißes Hemd, eine ungebundene Fliege hängt verwegen aus seiner Brusttasche. Zwischen den Lippen in seinem Dreitagebartgesicht steckt eine brennende Zigarette. Es kribbelt schon wieder. Heftig.

»Fertig, Cara?« Leo steht in der Tür und betracht das Stillleben interessiert – ich auf dem Stuhl mit erhobenen Arm, der Musiker mit Stützgriff unter mir.

Schnell mache ich mich los. »Ja! Wie viele Gäste werden gleich kommen?«, frage ich zur Ablenkung und wische dabei schnell das zweite c bei Rucola weg.

»Es sind zwölf. Setz sie alle an eine Tafel, ja?«

Der Musiker hat sich wieder an den Tresen begeben, wo er von Leo einen zweiten Espresso entgegennimmt. Ich schiebe schnell fünf Tische zusammen, stelle die anderen drei als Büfett an der Längsseite des Raumes auf, verteile die Vasen, lege frische Tischdecken auf und falte Servietten. Dabei höre ich mit einem Ohr dem Gespräch der Männer zu. Der Musiker erzählt eine lustige Geschichte, aus der ich schließe, dass er als Barpianist im Hotel *Atlantic* arbeitet. Gestern haben sich dort finnische Hotelgäste zünftig betrunken und immer wieder Polkas verlangt. »Ich kenne keine finnischen Polkas, aber nach fünf Finlandia Wodkas hört sich fast jedes Stück richtig an.«

Leo lacht. »Eines Tages wirst du bei mir spielen, Patrick. Dann stellen wir ein Piano hier an die Seite.«

Patrick heißt er also, denke ich und fülle die Glasvitrine mit Antipasti, die Leo in der Küche vorbereitet hat: ölglänzende, würzige Karotten, Auberginen, Paprika, Zucchini.

»Und was willst du dann von mir hören?«

Leo lacht: »Naturalmente Liebeslieder, canzoni d'amore.«

Lächelnd sehe ich auf – und blicke direkt in Patricks dunkle Augen. Ein Moment wie im Kino, den ich unbedingt Christy erzählen muss! Er zwinkert mir zu, stopft die Zigarettenschachtel in seine Anzugtasche und schüttelt Leo die Hand. Ich schließe ihm die Tür auf.

»Ciao, Bella! Danke für den Espresso.« Wieder dieser Duft.

Leo gesellt sich zu mir, und gemeinsam sehen wir Patrick

nach, wie er die Straße entlangschlendert. »Molto simpatico«, sagt mein Chef. »Aber ein … wie sagt man auf Deutsch? Ein Casanova? Ein …«

»Ein Windhund«, ergänze ich und lächle verträumt.

Der Rest des Mittags ist ein hektisches Nacheinander von Servieren und Abräumen. Die Gäste feiern den achtzigsten Geburtstag einer griesgrämig dreinschauenden, äußerst trinkfesten Dame, die sich jedoch beim Dessert als brillante Erzählerin schmutziger Witze entpuppt. Sie ist so komisch, dass ich beim Servieren mehrfach laut lospruste. Mit meiner Meinung stehe ich aber offensichtlich allein da, denn die Mehrzahl der Gäste blickt verstimmt auf ihre Teller, und ein glatzköpfiger Herr legt seine fahle Hand verlegen auf die rot lackierten Finger der Alten. »Aber Mutter!«

Als die Gesellschaft um halb vier das Lokal verlassen will, hat die Jubilarin Schlagseite und muss von mir zur Toilette begleitet werden. Dort steckt sie mir einen Schein zu und raunt mit schwerer Zunge: »Kosten Sie das Leben aus, wo Sie können, meine Kleine. Ich hab viel zu lange damit gewartet. Erst jetzt, wo ich eine alte Schachtel bin, darf ich tun und lassen, was ich will. Aber nichts ist schlimmer für Narren als Narrenfreiheit!« Sie schwankt zurück ins Restaurant, wo ihr Sohn wartet und noch verlegener wird, weil er zusehen muss, wie sie sich mit knallenden Wangenküssen von Leo verabschiedet.

»Tolle Frau!«, sage ich, als ich die Dessertschalen in die Küche bringe.

Leo nickt. »Sie war Philosophieprofessorin an der Universität, kannst du dir das vorstellen? Seit ein paar Jahren feiert sie ihren Geburtstag bei uns und freut sich immer diebisch, dass ihr geiziger Sohn das Ganze bezahlen muss.«

Als ich Tim vom Hort abhole, erzählt er begeistert, dass es jetzt einmal in der Woche ein Fußballtraining im Kindergarten geben wird. Björn hat also keine Zeit verloren. »Das ist ja großartig. Da müssen wir doch bald neue Fußballschuhe kaufen, stimmt's?«

Mein Sohn sieht mich mit leuchtenden Augen an: »Ja! Papa wird vielleicht staunen, wenn ich im Sommer richtig gut Fußball spielen kann!«

5. Kapitel

Funbad Nauquatica
Wassertemperatur: 28,5°– Lufttemperatur: 30, 5°
Bademeisterin: routiniert
Anzahl scharfer Mütter: nur gesprächsweise

Patrick, Björn und Robin saßen auf einer der warmen Steinbänke und sahen ihren Kindern zu. Nele, Jule und Leonie versuchten kreischend, Lasse auf der Wasserrutsche einzuholen. Björn streckte sich.

»Jungs, so kann man es aushalten, was?« Die anderen nickten. Die blonde Bademeisterin patrouillierte an ihnen vorbei und bedachte sie mit einem strengen Blick. Die Männer warfen sich Blicke zu und grinsten. Als sie vorbei war, sprang Björn auf und salutierte. »Die Frau Generalin persönlich!« Die anderen lachten.

»Meine Güte, was gibt es für zickige Frauen«, wunderte sich Patrick.

Björn nickte bedächtig: »Aber die hat bestimmt alles im Griff. Ich sag's euch. *Alles.*« Patrick und er wieherten so laut, dass sich die Blondine misstrauisch umdrehte.

»He, Jungs«, fuhr Robin dazwischen. »Wenn das eine versaute Anspielung war, lasst das mal lieber.« Er zeigte auf eine Müttergruppe, die ebenfalls neugierige Blicke zu ihnen herüberwarf. »Mütter-Alarm!« Sie schwiegen eine Weile. Dann sagte Robin: »Es gibt aber auch ganz andere Mütter. Da war letzte Woche eine bei mir im Laden. Ich sag euch …«

Patrick beugte sich interessiert vor: »Eine Mutter, scharf wie Chili?«

Robin lächelte geheimnisvoll. »Das kannst du laut sagen. So

eine freche Mieze im knallroten Lackledermantel mit hohen Stiefeln, einem tollen Kussmund und einem Gang …!« Andächtig schwieg er einen Moment und fuhr dann fort: »Die hatte einen Gang, als hätte sie eine eingebaute Rumba.«

Patricks Augenbrauen berührten fast seinen Haaransatz. »Eine eingebaute Rumba?«

»Genau. So ein langsames Schwingen.« Robin summte leise vor sich hin.

Björn schüttelte den Kopf: »Ich tanze nicht.«

»Ich früher auch nicht. Aber Katrin hat mich mit ihrer Begeisterung angesteckt.« Er lächelte verlegen. »Sie hat den Tänzer in mir gesehen und nicht aufgehört zu bohren, bis wir zusammen in die Tanzschule gegangen sind. Nach den ersten quälenden Stunden hat sie mich mitgerissen, und ich habe erkannt, dass mir das Spaß macht. Mittlerweile tanze ich richtig gerne.«

Björns Miene hellte sich auf. »Ich weiß genau, was du meinst. Ich habe beispielsweise immer geglaubt, dass Gartenarbeit ein Weiberhobby ist. Aber Verena hat angefangen, mich da mit einzubeziehen. Und jetzt bin ich passionierter Gärtner.«

Robin verzog das Gesicht. »Bei euch ist das aufgegangen – bei uns nicht. Ich habe Katrin immer wieder enttäuscht, und irgendwann hat sie aufgegeben. Ich weiß nicht, wie viele Frauen ein Mann braucht, bis er für seine Familie und Freunde erträglich wird.«

Patrick jaulte. »Zu rührend, diese Geschichten. Und was erwartest du jetzt von deiner Neueroberung? Kurse in Thai-Gymnastik? Trockenblumenseminare?«

»Mach du nur deine Witze. Aber du hast doch keinen Schimmer und wirst … wirst als unbeweibtes Raumschiff später traurig und allein deine Runden ziehen.« Er schaute nachdenklich vor sich hin. »Du solltest dir mal überlegen, Patrick, warum du es keiner Frau wert bist, dass sie dich für Dinge begeistern will, von denen du gar nicht wusstest, dass du sie lieben könntest. Du verpasst da einiges!«

Patrick gähnte demonstrativ. Dann streckte er seine Hand aus und fragte unbeeindruckt: »Hast du ihre Telefonnummer?«

»Klar.«

»Und?«

»Vielleicht rufe ich sie mal an.«

Patrick schlug sich an die Stirn. »Bist du völlig bescheuert?« Er streckte wieder seine Hand mit einer auffordernden Bewegung aus. »Gib die Nummer lieber gleich mir.«

»Hey, du kannst dich doch bestimmt nicht beklagen und schleppst jede Nacht eine andere aus deiner Hotelbar ab!«

Björn sah amüsiert von einem zum anderen. »Pausenhofgespräche?«

»Lass uns, Björn«, erwiderte Patrick. »Du hast dein Glück ja schon gefunden. Für dich gibt es Verena. Ende der Fahnenstange.«

»So stellt ihr euch das vor, stimmt's?«

Patrick kniff ein Auge zu. »Wieso, ist es denn nicht so?«

»Doch, eigentlich schon«, wehrte Björn ab. »Aber …« Er verstummte.

»Aber?« Patrick ließ nicht locker. »Da gibt es doch nicht etwa noch eine Frau neben Verena?«

Björn sah sich erschrocken um. »Pst! Schrei doch nicht so herum. Wenn das jemand hört!« Er wollte das Thema fallen lassen, aber die anderen ließen ihn nicht entkommen. Sie starrten ihn an. Björn seufzte. »Also gut. Aber ihr müsst mir versprechen, keine blöden Bemerkungen zu machen, wenn die Kinder dabei sind.« Patrick und Robin nickten. »Außerdem ist eigentlich gar nicht passiert«, fuhr er mit schlecht unterdrücktem Stolz in der Stimme fort. »Sie ist Mutter aus Neles Kindergarten. Nicht so ein Vamp, wie Robin einen kennen gelernt hat. Meine ist völlig chaotisch, hat aber einen tollen Charme.« Er seufzte wieder. »Ich meine, die Frau ist total lebensuntüchtig, braut ihren Kaffee mit einem Gerät, für das sich meine Urgroßmutter geschämt hätte, und die Erfindung der Uhr ist auch an ihr vorbeigegangen. Aber ich kann mir nicht helfen: Ich finde sie wunderbar. Sie hat einen tollen Humor und auch eine eigene Meinung.« Nachdenklich zwirbelte er seinen Pferdeschwanz um den linken Mittelfinger. »Findet ihr eigentlich, dass ich meinen Pferdeschwanz abschneiden sollte?«

Patrick nickte begeistert: »Ja, auf jeden Fall.«

Björn stutzte. »Warum?«

»Das ist total retro.« Patrick war anzusehen, dass er seine Rolle als Modeberater genoss. »So sieht doch heute nur noch ein Altrocker aus.«

Robin fiel ihm ins Wort: »Also, so schlimm ist es nicht. Dir steht es irgendwie. Wieso fragst du? Hat deine neue Flamme dir das geraten?«

Björn ließ sofort seinen Zopf los. »Nein, ich dachte nur, ich könnte mal meinen Typ ändern.«

»Bist du verknallt?«

Björn sah Patrick überrascht an. »Quatsch! Ich finde sie nur spannend. So … anders.«

»Klar, eine Chaotin und du – das ist ja wie Feuer und Wasser. Eine ziemlich hitzige Angelegenheit.«

Björn hob abwehrend die Hände. »Es tut mir schon Leid, dass ich euch überhaupt etwas erzählt habe.«

Patrick schlug ihm auf die Schulter. »Lass gut sein, wir schweigen. Stimmt's, Robin?«

Robin nickte. Er bemerkte, dass Björn die Situation unangenehm war und versuchte von ihm abzulenken, indem er Patrick fragte: »Und, Herzensbrecher, wie läuft's denn bei dir?«

Patrick verschränkte die Hände hinter dem Kopf und grinste. Er ließ sich Zeit und machte ein geheimnisvolles Gesicht.

Schließlich sagte er: »Ob sie Mutter ist, wage ich zu bezweifeln. Sie ist nämlich eine ganz Taffe. Klasse Figur, ein stilles Wasser, so ein Vulkan unter Eis.«

»Guck an! Wo hast du sie kennen gelernt?«, fragte Robin, der froh war, ins Schwarze getroffen zu haben, aber auch einen gewissen Neid spürte. Patrick war immer auf Eroberungstour. Na ja, kein Wunder. Er war wirklich attraktiv, das konnte sogar er als heterosexueller Mann sehen.

Patrick legte viel Timbre in seine Antwort: »Das ist ja das Wunderbare: Ich habe sie noch gar nicht kennen gelernt. Sondern nur gesehen. Sie arbeitet in einem italienischen Restaurant in Eimsbüttel.«

»Eine Kellnerin?« Robin schlang sein Handtuch enger um den Körper. »Da hast du wenigstens immer etwas zu essen.«

»Sehr witzig. Wir haben nur ein paar Worte miteinander gesprochen. Aber ich habe sie beobachtet, wie sie das Restaurant herrichtet. Da sitzt jeder Handgriff, da ist alles durchgeplant. Nicht so eine Chaotin wie deine Kindergartenmami, Björn.« Patrick lehnte sich zurück. »Ihr kennt diese Sorte Frau, oder? Von der man vorher schon weiß, dass sie einem das Herz brechen wird. Stilvoll, ohne überflüssigen Schnickschnack in Klamotten und Styling. Ein roter Lackledermantel hängt bei der garantiert nicht im Schrank. Klassisch eben. Fast streng. Aber mit Kick. Eine Wahnsinnsfrau.« Robin und Björn wechselten einen Blick. Patrick schien das nicht zu bemerken. Er schwärmte weiter: »Wir haben wirklich noch kein persönliches Wort gewechselt. Aber es gab da einen Blickwechsel, da brannte die Luft. Die Spannung, die zwischen uns war, hatte genug Kraft, um halb Hamburg mit Strom zu versorgen. Und sie hat mir nachgesehen, als ich aus dem Lokal ging.« Er pausierte und ließ einen genüsslichen Seufzer hören. »Das ist jetzt die schönste Zeit. Die Zeit *vor* der Liebe.« Er genoss die Aufmerksamkeit seiner Freunde, die an seinen Lippen hingen, und legte seine Hand auf Robins Schulter, als er sagte: »Das kennt ihr doch bestimmt: Man hat jemanden gesehen, der einem gefällt. In diesem Moment schlagen die Gene uns alten Jägern und Sammlern den Staub aus dem Jagdmantel, und man plant, wie der Beutezug vorzunehmen ist. Jetzt ist noch alles möglich.« Seine Augen glitzerten.

»He, du Romantiker, kann es sein, dass du mehr in die Liebe verliebt bist als in die Frauen?«, fragte Robin.

Patrick sah ihn verständnislos an. »Sind wir das nicht alle?«

6. Kapitel

What a diff'rence a day makes
Twenty-four little hours
Brought the sun and the flowers
Where there used to be rain.
Dinah Washington

In dem Kinofilm *Forrest Gump* heißt es: *Das Leben ist wie eine Pralinenschachtel: Man weiß nie, was drin ist.* Von wegen! Meistens weiß man leider viel zu genau, was drin ist. Man weiß auch, dass man Marzipan nicht mag. Und man weiß, dass man es trotzdem essen wird, wenn nichts anderes mehr da ist. Vielmehr ist das Leben doch wie der Gang eines Seiltänzers über das gespannte Seil in der Zirkuskuppel. Wie der Artist sich an einer Stange festhält, halten wir uns an unseren Lebensplänen und Träumen fest und hoffen, dass wir am Ende des Seils ankommen, ohne abzustürzen. Dabei wissen wir, genau wie der Artist, dass Sicherheit Illusion ist.

Vor wenigen Wochen bin ich kräftig ins Trudeln geraten. Doch die Arbeit im *Da Leo* wurde für mich zum Trapez. Mit jedem Tag, an dem ich die lange weiße Schürze umbinde, in der ich serviere, wird mein Schritt sicherer. Ich sag mal ganz poetisch: Mir fällt der Seiltanz des Lebens leichter.

Mit Mama, Mascha und Christy habe ich einen ausgeklügelten Tim-Plan ausgearbeitet. Zweimal die Woche ist mein Sohn bei Mama und einem Hasen, zweimal holt ihn Mascha ab, und sogar Christy versucht, einen Abend pro Woche bei mir zu Hause auf ihn aufzupassen. Wenn alle Stricke reißen, kommt Tim einfach mit zur Arbeit. Dann spielt er im Hof, auf den die Küche geht, mit anderen Kindern aus dem Haus oder auf dem Spielplatz gegenüber dem Lokal.

Mein Tagesablauf ist so entspannt geregelt, dass Björn und ich aus dem gemeinsamen Kaffee am Morgen schon ein kleines Ritual gemacht haben, entweder bei mir oder beim Portugiesen. Ich freue mich schon auf den Sommer, dann können wir bei unserer kleinen Koffein-Verschnaufpause vor dem Tagewerk draußen sitzen. Jetzt im April, zwischen Graupelschauern und Bodenfrost, ist daran noch lange nicht zu denken.

Heute haben wir uns nicht beim Kindergarten gesehen, denn Björn musste mit Jule zum Zahnarzt. Also haben wir uns für halb elf auf einen Milchkaffee beim Portugiesen verabredet. Darauf freue ich mich schon den ganzen Morgen. Allerdings warte ich hier jetzt schon seit zehn Minuten auf ihn. Dabei haben wir doch nur etwas über eine halbe Stunde, dann muss ich zur Arbeit. Das ist wirklich ungewöhnlich. Björn ist doch sonst immer pünktlich. Immer! Bei seinem Handy antwortet mir nur die Mailbox. Ich hinterlasse eine besorgte Nachricht und bestelle mir einen Galao – so heißt Milchkaffee auf Portugiesisch. Draußen hasten Leute im Frühlingsregen vorbei. Ich trinke meinen Kaffee und vertiefe mich in die Tageszeitung.

Als ich sogar schon den Sportteil gelesen habe und bei den Horoskopen angekommen bin (wobei ich mich frage, warum ich so wenig Schützen kenne), fliegt plötzlich die Tür auf und ein Mann stürmt herein. Ich blicke erstaunt von der Zeitung auf – dann klappt erst einmal meine Kinnlade runter. Vor mir steht …

… Björn. Allerdings *ohne* Pferdeschwanz! Stattdessen trägt er seine Haare in einem sehr flotten, männlichen Kurzhaarschnitt, der ihn um zehn Jahre jünger macht. Mit einem unsicheren Lächeln zieht er sich einen Barhocker heran. Ich bin noch immer stumm.

»Jella, sag doch etwas«, fleht Björn. »Oder sieht es so furchtbar aus?«

Ich grinse ihn an. »Kleiner, wo ist dein großer Bruder Björn?«

Er stößt erleichtert den Atem aus. »Puh! Es gefällt dir also.«

Ich nicke. »Und wie!« Mir fällt auf, dass er auch auf seine heiß geliebte Lederhose und die Cowboystiefel verzichtet hat. Er trägt einen Rollkragenpullover, eine lässige Cordjacke und Jeans, dazu schwarze Lederhalbschuhe. Ich zeige auf diese neuen Errungenschaften. »Bist du deswegen zu spät?«

Björn nickt. »Du hast mir damals einen Floh ins Ohr gesetzt, wegen meiner Haare und meinem Outfit.« Er grinst. »Du weißt schon: Wer ist mir wichtiger? Mein Küchenfußboden oder ich? Seitdem habe ich immer wieder darüber nachgedacht. Als ich heute zwischen Zahnarzt und unserem Treffen ein Zeitfenster von dreißig Minuten hatte, bin ich kurz entschlossen zum nächsten Friseur gegangen. Du weißt schon, der an der Ecke Osterstraße. Tja, und nebenan gab es Klamotten im Sonderangebot. Ich hab letzte Woche bei einer Internetauktion ein paar Sachen verscherbelt und bin gerade flüssig.« Er fährt sich erneut durch die dichten Haare und spiegelt sich in der Fensterscheibe der Bar. »Es gefällt dir wirklich?«

»Ja doch! Es gefällt mir! Und Verena wird es auch gefallen.«

Björn strahlt noch mehr. »Meinst du?« Er lehnt sich vor und drückt mich an seine breite Brust. »Weißt du, Jella, du bist wirklich eine gute Freundin. Übrigens die erste wirkliche Freundin, die ich habe. Bisher bin ich fest davon überzeugt gewesen, dass Männer und Frauen nicht befreundet sein können. Aber wenn der Sex nicht dazwischenkommt, geht das wohl doch.«

Ich grinse ihn an und witzele: »Du findest mich also nicht sexy?« Ich will ihm im Spaß einen leichten Stoß vor die Brust versetzen. Er greift blitzschnell nach meiner Hand und hält sie fest. Dann pustet er mir eine Locke aus der Stirn.

»In der Schule haben wir immer gesagt: krause Haare, krauser Verstand.« Seine Stimme klingt belegt und … liebevoll. Mein Magen flattert und meine Kehle ist ganz trocken. Sein Mund kommt näher, und alles, was ich denken kann, ist: *Jetzt küsst er mich!* Meine Gedanken überschlagen sich. Björn ist verheiratet! Was soll ich jetzt tun? Meine Knie werden weich.

Ich bin einmal mit dem Fahrrad hingefallen. Da war ich wieder einmal zu spät dran und trat wie verrückt in die Pedale. In meiner Eile nahm ich eine Kurve zu eng, und während ich das Verkehrsschild, gegen das ich Sekundenbruchteile später krachte, auf mich zukommen sah, wurde mir klar, dass ich diesen Unfall nicht mehr aufhalten konnte. Das löste in mir ein Gefühl von hilfloser Hingabe aus. Damals verstand ich den Ausdruck »sich in sein Schicksal ergeben« zum ersten Mal. So geht es mir auch jetzt. Ich erkenne: Ich werde gar nichts tun. Wenn er mich küsst, werde ich ihn auch küssen.

Seine Hand berührt meinen Rücken.

Er zieht mich mit einer heftigen Bewegung an sich.

Seine Lippen nähern sich meinem Gesicht, und dann –

– drückt er mir einen Kuss auf die Stirn und schiebt mich seufzend von sich weg.

Schweigen sitzen wir nebeneinander und sehen beide angestrengt aus dem Fenster. Als ich damals gegen das Verkehrsschild fuhr, habe ich im ersten Moment gar nichts gespürt. Hinterher, als ich auf dem Asphalt lag, dröhnte mein Kopf und ich kam nur langsam wieder zu mir. Jetzt zwinkere ich mehrmals, sehe ihn verwirrt an und stürze dann übergangslos auf die Toilette, wo ich mein knallrotes Gesicht im Spiegel anstarre und mir die heißen Wangen kühle.

Hat mich Björn nicht soeben als »gute Freundin« bezeichnet?

Und dieser Fastkuss war dann so etwas wie ein freundschaftliches Schulterklopfen, oder wie?

Was für ein Morgen!

Ein ganz besonderer Morgen übrigens, von dessen Besonderheit Björn aber nichts weiß.

Was ist bloß in ihn gefahren? Oder in mich? Wenn ich ganz ehrlich bin, ist der Mann einfach zu perfekt, und ich bin mir sicher, dass er noch zu Lebzeiten heilig gesprochen wird. Es ist geradezu unheimlich, dass er nie etwas vergisst – ob geschmierte Brote oder Elternabende. Zu seinen Kindern ist er immer gerecht, er hat immer Zeit für sie, begründet und erklärt, spielt und bastelt. Außerdem hat er eine Stentorstimme und kann sie auch mal richtig zusammendonnern. Wenn ich das versuche, muss nicht nur Tim lachen. Mit einem Wort: Björn ist unerträglich! So perfekt können nur Menschen sein, die niemals an PMS leiden.

Okayokay, wenn ich ganz *ganz* ehrlich bin, stört mich am meisten, dass Björn mich mag. Nein, das ist falsch. *Mögen* wäre kein Problem. Björn findet mich toll. Interessant. Aufregend. Und zwar als Frau, nicht als Eltern-Kollegin oder Kumpel. Ich merke das schon lange. An der Art, wie er mich ansieht. Daran, wie er wegsieht, wenn ich ihn ansehe, weil er mich ansieht. Jede Frau weiß, was ich meine. Und jetzt hat er sich auch noch den Pferdeschwanz abgeschnitten, weil ich es gesagt habe! Die ganze Sache wird immer komplizierter. Je enger unsere Freundschaft wird, desto schlechter wird mein Gewissen. Was kann ich ihm denn für seine Freundschaft und Fürsorge geben? Und zwar *ohne* seine Ehe zu zerstören?

Christy meint, dass ich mich nicht verpflichtet fühlen muss. *Entweder er hilft dir gerne oder nicht. In einer Freundschaft darf es keine Erwartungen geben, etwas zurückzubekommen, wenn man gibt.* Mama dagegen sagt immer: *Die Grundlage allen zwischenmenschlichen Zusammenseins ist der Handel!*

Ehrlich, so redet sie manchmal. Sie hat an der Volkshochschule einmal einen Kurs in Soziologie belegt, als das modern war. Mascha übersetzt mir das so: *Das ganze Leben ist ein Geben und Nehmen.*

Mein Grundproblem ist, dass ich Björn zwar wirklich mag, ihn aber ausschließlich als guten Freund und als Fußball-Teilzeitpapi für Tim in mein Leben integrieren möchte. Nicht etwa aus moralischen Skrupeln Verena gegenüber, denn wie jede gesunde Frau über dreißig hatte ich auch schon einmal eine Affäre mit einem verheirateten Mann. Wir erinnern uns an den auch im Bett Socken tragenden Leiter des Kindertagesheims … Doch Björn als Liebhaber? Zugegeben, ich habe mit dem Gedanken gespielt. Und zwar mehr als einmal. Aber will ich wirklich riskieren, diesen Freund zu verlieren, nur um nach längerer Durststrecke wieder einmal einen Orgasmus zu haben, für den ich nicht selbst gesorgt habe? Nein!

Und ganz davon abgesehen: Wenn ich mich mit Björn einlassen würde, stünde wahrscheinlich nach kürzester Zeit mein Zyklus in seinem Palmpilot und ich käme mir vor wie in einem Überwachungsstaat. Das ist eine Sache, die mich wirklich an ihm rasend macht. Und dass Björn nur aus besten Motiven das Leben seiner Mitmenschen organisiert, hilft dabei auch nicht.

Manchmal macht er damit aber eine Bauchlandung: Seine Idee, das Vater-&-Sohn-Spiel in ein Eltern-&-Kinder-Turnier umzuwandeln, ist auf wenig Gegenliebe und sogar heftige Gegenwehr gestoßen. Tims Reaktion war: »Mama, ich mache doch sowieso immer alles mit dir. Irgendetwas möchte ich auch mal nur mit Papa machen.« Björns Tochter Jule befand: »Das geht gar nicht, Papa, was denkst du dir eigentlich?« Sie verkündete, dass sie nur »ausnahmsweise« mit Jungs Fußball spielen würde und später natürlich in eine Mädchenmannschaft gehen wolle. »Dann ist Fußball auch Frauensache. Aber gemischte Mannschaften sind doof.«

Das Schlimmste aber ist, dass Björn von der Kindergartenleitung gebeten wurde, als Schiedsrichter das Spiel zu pfeifen, da er ja keinen Sohn hat. Und natürlich hat er zugesagt und fällt so als Mitspieler für Tim aus.

Ich muss den Tatsachen ins Auge sehen: Mein Unternehmen Björn ist trotz viel versprechenden VQ-Wertes gründlich danebengegangen. Was für eine Pleite!

Ich trockne mir das Gesicht ab, atme tief durch und gehe zurück. »Alles klar?«, fragt er und sieht nervös vom Sportteil des *Hamburger Abendblatts* hoch.

»Klar!«, nicke ich munter. Wie auf Verabredung erwähnen wir den kleinen Vorfall nicht mehr. Wir plaudern stattdessen über den neuen Praktikanten im Kindergarten und über den Garten von Björn und Verena. »Was hältst du eigentlich von einem Gartenteich?«, schlage ich vor. »Meine Mutter hat einen wunderhübschen hinter ihrem Bungalow. Im Sommer quaken da die Frösche, die Libellen sirren und es ist richtig romantisch.«

Björn stürzt sich begeistert auf das neue Thema. »Keine schlechte Idee, jetzt, wo die Kinder beide schwimmen können.« Er macht sich ein paar Notizen in seinen Palm und ist wieder ganz der Alte. Einen Moment schwanke ich, ob ich ihm erzählen soll, was für ein Tag heute ist … aber ich entscheide mich dagegen. Für einen zweiten Kaffee reicht die Zeit nicht mehr und wenig später verabschieden wir uns vor dem Café mit einem flüchtigen Wangenkuss.

Die letzten Mittagsgäste sind gerade gegangen, als Mascha und Christy bei Leo hereinschneien. Sie winken mir zu, und ich beeile mich, in der Küche die Geschirrspülmaschine zu bestücken.

»Fertig!« Schnell wasche ich mir die Hände über dem Ausguss. Leo säubert die große Arbeitsplatte. »Möchtest du einen Espresso?«

Er schüttelt den Kopf. »Später vielleicht. Ich habe hier noch zu tun.«

»Ist es in Ordnung, wenn ich mich auf einen Latte macchiato zu meinen Freundinnen setze?«

»Naturalmente, Cara!«

Im Restaurant stelle ich mich an die Espressomaschine. Ich arbeite gerne an ihr und bin ziemlich stolz auf meinen perfekt gezeichneten Latte macchiato.

»Toll, wie du das hinkriegst!« Christy macht sich sogleich über den Milchschaum her. Einen Moment schweigen wir und widmen uns den Getränken. Natürlich weiß ich genau, warum die beiden hier sind. Aber das Abwarten und so zu tun, als wäre dies ein Tag wie jeder andere, gehört zu unserem Ritual. Endlich zwinkert Mascha Christy verschwörerisch zu und bitte mich dann: »Holst du uns Prosecco? Ich lade euch ein.«

Den Spielregeln folgend, runzele ich die Stirn. »Was habt ihr vor?«

»Abwarten!«, befiehlt Mascha. »Hol einfach den Prosecco.«

Ich bringe drei Gläser und setze mich folgsam wieder an den Tisch. Dort raschelt Christy erst einen Tulpentopf aus einer Plastiktüte und dann zwei in hübsches Geschenkpapier gewickelte Päckchen.

»Was ist das?«, wundere ich mich bühnenreif.

Die beiden fangen an zu singen: »Happy birthday to you, happy birthday to you …«

Heute ist mein Geburtstag. Aber ich erzähle das ungern in der Weltgeschichte herum, weil an meinem Geburtstag traditionell irgendetwas schief geht. Entweder breche ich mir den Arm (mein neunter Geburtstag), mir fällt etwas Kostbares runter (Mamas Butterschale aus Meißen an meinem 21. Geburtstag) oder ich lerne jemand Katastrophales kennen

(Jonathan an meinem 28. Geburtstag). Wenn mein so genannter Ehrentag auch noch auf einen Montag fällt, verlasse ich sicherheitshalber nicht einmal das Haus.

Der Gesang lockt Leo aus der Küche. »Nanu, stimmt das, Cara? Hast du heute Geburtstag?«

»Ja. Ich bin ein Aprilwidder!«

»Darauf müssen wir anstoßen!«, ruft Leo und gesellt sich mit einem Glas in der Hand zu uns. »Deswegen also hast du dir heute Nachmittag freigenommen!«, flüstert er mir zu. »Du bist eine Geheimniskrämerin.« Dann fragt er in normaler Lautstärke: »Worauf willst du trinken, Cara?«

Ich zucke mit den Achseln. »Ich weiß nicht. Im Kino trinken sie immer auf den Weltfrieden.«

»Also auf den Weltfrieden?« Mascha sieht mich stirnrunzelnd an. Zum Glück fällt mir wirklich noch etwas anderes ein. Ich hebe das Glas noch einmal und sage: »Ich trinke auf die besten Freundinnen der Welt, einen großartigen Chef und auf meinen wunderbaren Sohn, der mir heute Morgen verbrannten Toast ans Bett gebracht und mir ein tolles Bild gemalt hat.«

Wir stoßen an, alle küssen mich, und ich weiß, dass ich diesen Moment auf meiner Liste der *Hundert schönsten Momente meines Lebens* ziemlich weit nach oben setzen werde.

»Komm, pack jetzt endlich aus«, drängelt Christy. »Ich muss ins Schwimmbad. Nachmittagsschicht für Schwimmvereine!« Sie schiebt mir das kleinere Päckchen zu. Als ich auspacke, liegen winzige Kochutensilien in meiner Hand, inklusive Käsereibe, Wiegemesser, Durchschlag, Kochlöffel und Schöpfkelle.

»Das ist eigentlich Zubehör für eine Puppenstube«, erklärt Mascha. »Ein symbolisches Geschenk. Wir dachten, wo du dich jetzt in die italienische Küche einarbeitest, entdeckst du vielleicht auch die Lust am Kochen.« Sie legt das zweite Paket vor mich hin: »Deswegen auch das zweite Geschenk.« Es ist ein Buch, und selbstverständlich mache ich die alten Scherze: »Was kann das sein? Ein Lippenstift? Eine Blockflöte?«, bevor ich das Papier abreiße. »Die klassische italienische Küche«, lese ich den Titel vor. Mascha, die von uns dreien die beste Köchin ist, klopft auf den Einband.

»Das ist die amtliche Lektüre und nicht eine von diesen Schnellkochfibeln mit quietschbunten Fotos und Tipps wie: Wenn Sie kein Basilikum zur Hand haben, können Sie auch Abschminktücher verwenden!«

»Vielleicht wäre ich damit aber besser bedient«, gebe ich zu bedenken. »Ihr wisst doch, ich bin wirklich keine begnadete Köchin.«

»Und genau deswegen haben wir dieses Buch für dich ausgesucht«, sagt Mascha. Christy ergänzt: »Weil wir wissen, dass du alles schaffst, wenn du nur mal damit anfängst. Alles, hörst du?«

Ich bin gerührt, will mir das aber nicht anmerken lassen. Also widme ich mich schnell den winzigen Küchenutensilien. »Wisst ihr, dass ich niemals mit Puppen gespielt habe? Meine Eltern haben sich deshalb große Sorgen gemacht.«

Mascha nimmt mir das winzige Wiegemesser aus Hand. Sie sagt versonnen: »Ich habe mit fünfzehn immer noch mit Puppen gespielt … was meint ihr, was für Sorgen sich meine Eltern gemacht haben!«

Christy setzt noch einen drauf: »Und als ich fünfzehn Jahre alt war, waren meine Puppen einen Meter achtzig groß, fuhren Motorrad und hatten Bärte. Seit der Zeit ist meine Mutter grau!«

Wir lachen, bis uns die Tränen kommen. Ich sehe die beiden an und bin stolz und froh und dankbar. Wie schön, solche Freundinnen zu haben!

Beim Abschied drückt mich Mascha und sagt: »Es ist wirklich schade, dass ihr keine Imbissecke habt, wo man im Stehen mal schnell eine Pizza oder eine kleine Portion Pasta futtern kann.« Sie knöpft ihre Jacke zu und sieht sich noch einmal im Lokal um. »Für ein Geschäftsessen ist das passend, und das Essen ist sehr gut. Aber es dauert zu lange.«

Christy stößt mich an. »Michael hat sie vorgestern zu einem Businesslunch in der Hafencity mitgenommen, seitdem hält sie sich für eine intime Kennerin der Gastroszene.« Sie spricht Businesslunch näselnd aus: *Bisineslönsch.* Mascha wedelt wegwerfend mit ihrer linken Hand. »Gar nicht wahr! Aber Mittagstische sind wirklich die Visitenkarten eines Restaurants!« Noch während sie spricht, brechen Christy und ich in ein Gelächter aus, in das Mascha schließlich einstimmt. Ich begleite die beiden zur Tür und winke ihnen nach, bis sie in Christys blauen Golf eingestiegen sind. Dann bleibe ich noch einen Moment im frischen Wind stehen und sehe die Straße hinunter. Zum ersten Mal seit Wochen scheint die Sonne wieder und der typische Hamburger Aprilmix aus Schmuddelregen, grauem Himmel und kühlen Temperaturen macht endlich einmal eine Pause. Bald wird es richtig warm, ich kann mit Tim wieder in den Park oder an die Elbe gehen. Vielleicht mit Björn und seinen Kindern. Die Mädchen haben sich richtig mit Tim angefreundet.

Leo ruft von hinten: »Cara, komm rein und mach die Tür zu, es zieht.« Drinnen räume ich den letzten Tisch ab und verstaue meine Geschenke in der Umhängetasche. Leo sieht mich aufmunternd an. »Na, noch einen kleinen Ramazzotti zur Feier des Tages?«

»Ich hatte doch schon Prosecco, willst du mich zur Alkoholikerin machen?«

»Mir ist einfach aufgefallen, dass du gar nicht auf das Allerwichtigste getrunken hast.« Er macht sich am Gläserschrank zu schaffen und fragt: »Eis und Zitrone?«

Ich nicke. »Was ist denn das Wichtigste? Was habe ich vergessen?«

Leo reicht mir ein Glas und stößt mit mir an. »Auf die Liebe! All'amore!«

Genau in diesem Moment wird die Tür geöffnet und Patrick, dieser gut aussehende Musiker, betritt das Restaurant.

Eine halbe Stunde später verabschiede ich mich von Leo. Der musste seinem Musico-Freund unbedingt meinen Geburtstag verraten. Wobei ... so unangenehm war mir das gar nicht, als er mit seinem Espresso auf mein Wohl angestoßen hat, bevor er gegangen ist.

Leo hält mir zur Feier des Tages die Tür auf. »Hab noch einen schönen Tag, Cara!«

Als ich auf die Straße trete, stoße ich mit dem Musiker zusammen, der in eine Zeitung vertieft den Zeitungsladen verlässt, der neben dem Restaurant liegt. Alles geht so schnell, dass es mich fast von den Füßen wirft. Mit Schwung greift er nach meinem Arm. »Schicksal!«, grinst er breit.

»Wie bitte?«

»Glauben Sie an das Schicksal?«

Ich schaue ihn zweifelnd an. »Wieso?«

Er breitet die Arme in einer überschwänglichen Geste aus, als wolle er die Welt umarmen: »Dauernd begegnen wir uns. Das muss doch etwas bedeuten, meinen Sie nicht?«

Ich erkenne seinen Duft wieder, und unter seinem Lächeln wird mir ganz heiß. Trotzdem bewahre ich einen kühlen Kopf und erinnere ihn: »Ich arbeite im *Da Leo* und Sie sind Stammgast.«

Sein Lächeln ist entwaffnend. »Ja, ich weiß, aber finden Sie einmal einen guten Einstieg zu einem Gespräch mit einer schönen Frau.«

Wir schlendern nebeneinander die Straße hinunter. Es ist

doch immer dasselbe. Wenn Männer anziehend sind, können sie Süßholz raspeln, bis man einen Zuckerschock hat. Wenn sie uninteressant sind, fällt einem alles auf die Nerven. Egal, was sie sagen.

Patrick beispielsweise darf sich fast alles erlauben. So ungerecht sind die Frauen – so ungerecht ist die Welt.

Er bleibt stehen. »Darf ich Sie anlässlich Ihres Geburtstages zu etwas einladen?«

»Nein danke.« Prosecco, Ramazzotti – das sollte für heute genug sein.

Er gibt nicht auf. »Wie wär's dann mit einem Spaziergang? Es ist der erste schöne Tag des Jahres und Ihr Geburtstag.«

Ich sehe auf meine Uhr, die ich im Gegensatz zu Björns Vermutung nicht nur trage, sondern auch lesen kann. Noch anderthalb Stunden Zeit, bis ich Tim abhole. Zum Abendbrot sind wir bei Mama und einem Hasen eingeladen, der *phantastisch thailändisch kocht*, wie Mama ihn anpreist.

»Außerdem fahre ich morgen weg«, versucht Patrick mich zu überreden.

»Urlaub?« Ich wette, er fährt mit irgendeiner Blondine nach Rimini.

»Ich wollte, es wäre so. Nein, mein Engagement im *Atlantic* geht zu Ende. In den nächsten Tagen habe ich mehrere Gigs in Travemünde mit einer kleinen Showband, im Casino-Hotel.«

In solchen Hotels präsentiert sich bestimmt jeden Abend eine riesige Auswahl an flirtfreudigen Touristinnen … und zu meiner eigenen Überraschung versetzt mir dieser Gedanke einen garstigen Stich. Neugierig frage ich: »Lernen Sie bei Ihrer Arbeit viele Frauen kennen?«

»Das lässt sich gar nicht verhindern.« Er lächelt. »Aber das Publikum besteht in Hotels meistens aus Paaren. Außerdem geht es Barmusikern genauso wie dem Servicepersonal: Die meisten Gäste sehen einen gar nicht.«

»Das stimmt. Was ich mir so unfreiwillig beim Servieren anhöre, weil man mich für unsichtbar hält …«

»Da haben wir ja sehr viel gemeinsam. Lassen Sie uns dieses faszinierende Gespräch doch am Hafen fortsetzen!«

Ich sehe in seine dunklen Augen, dann in den blauen Himmel und wieder in seine Augen. Meine Knie sind Götterspeise.

»Okay!«

»Großartig! Mein Auto steht hier gleich um die Ecke.« Mit offensichtlichem Besitzerstolz führt er mich zu einem glänzenden Wagen. Er ist so elegant und gepflegt, dass ich schnell kontrolliere, ob ich Dreck unter den Schuhsohlen habe. »Das ist ein Citroën«, verrät mir Patrick, fügt eine mir unbekannte Typenbezeichnung hinzu und benimmt sich so, als habe er mir sein bestgehütetes Geheimnis verraten.

»Oha!«, sage ich und versuche, beeindruckt auszusehen. Männern kann man mit so etwas leicht eine Freude machen. Ich sehe mich in dem klinisch sauberen Wagen um und entdecke zu meiner Freude einen Kindersitz auf der Rückbank. »Sie haben Kinder?«

Er nickt. »Eine Tochter, Leonie. Sie ist sechs Jahre alt.« Er legt den ersten Gang ein und fährt aus der Parklücke. Dabei sagt er: »Sie können sich die Frage nach Leonies Mutter ersparen, wenn Sie, wie ich hoffe, herausfinden wollen, ob ich verheiratet oder gebunden bin.«

Ich finde ihn herrlich offensiv. Natürlich interessiere ich mich brennend dafür! »Und – sind Sie's?«

Mit der linken Hand holt er eine Sonnenbrille aus der Brusttasche seines Anzugs. Jetzt sieht er noch mehr wie ein italienischer Casanova aus.

»Verheiratet oder gebunden?« Er schindet Zeit!

»Beides?«

»Weder noch.«

»Wie lange sind Sie von Leonies Mutter getrennt?«

Er biegt in Richtung Övelgönne ab. Links liegt die Elbe, vor uns der Hafen. Eine helle Frühlingssonne tanzt auf den Wellen. Mir fällt meine neue Sonnenbrille ein, und ich krame in meiner Tasche.

»Hilfe, was ist das denn?« Patrick hat das schrille Etui in meinen Händen entdeckt.

Ich muss kichern. »Die Geschmacksverirrung eines unbekannten Verehrers.«

Patrick lacht. »Der sollte auch besser unbekannt bleiben.«

Schnell setze ich die Brille auf. Schade, durch die dunklen Brillengläser kann ich nicht genau erkennen, ob Patrick die Brille gefällt.

»Seit fast sieben Jahren bin ich nicht mehr mit Veronika zusammen«, beantwortet er mir meine Frage. »Leonie ist das Ergebnis eines weingetränkten Abschieds. Ich wusste immer, dass ich mit Veronika nie zusammenleben wollte.«

Die Wege des Herren sind unerforschlich, sagt Mama immer. Das Modell Zeugung-und-weg ist mir noch nie begegnet. Patrick sieht mich an. Was erwartet er von mir? Das Schweigen dehnt sich. Schließlich sage ich: »Was ist?«

Patrick hüstelt. »Nichts. Das heißt ... ich bin überrascht.«

»Worüber?«

Er lacht wieder, diesmal etwas bitter, wie mir scheint. »Die Reaktionen auf die Begleitumstände von Leonies Geburt hören sich üblicherweise anders an.«

Das klingt interessant. »Wie denn?«

»Erst die Fassungslosen: *Wie, du hast mit ihr geschlafen, obwohl ihr schon getrennt wart?*« Er imitiert einen entsetzen Tonfall. »Dann die Sittenwächter: *Wie kann man nur? Schon mal was von Kondomen gehört?* Schließlich die Gutmenschen: *Was bist du denn für einer? Lässt die arme Frau mit*

Kind sitzen!« Schauspielerisch begabt ist er jedenfalls. Fast gegen meinen Willen muss ich grinsen.

Patrick bremst an einer Ampel und sieht mich an. »Sie sagen ja gar nichts.«

»Was soll ich dazu sagen?«, frage ich und spiele nachdenklich mit dem Fensterheber. »Mich hat der Vater meines Sohnes eine Woche vor der Geburt verlassen. Das geschieht rund siebenundvierzig Prozent aller ledigen Mütter in Deutschland.« Komisch, so etwas merke ich mir, sobald ich es einmal irgendwo gelesen habe. »Leider kannte ich die Statistik nicht, für mich kam es überraschend. Jonathan hat bis zuletzt am Kinderbett geschraubt und den werdenden Vater gemimt.« Fasziniert sehe ich zu, wie das Fenster rauf und wieder runter fährt.

»Würde es Ihnen etwas ausmachen, damit aufzuhören? Das Auto ist nicht mehr ganz neu«, bittet mich Patrick nervös. »Aber mein Augapfel.«

Ich bin gedanklich immer noch bei Jonathan und spiele weiter mit dem Fensterheber. »Dass er mich verlässt, hätte ich allerdings ahnen können.« In diesem Moment bleibt das Fenster schnarrend auf halber Strecke stehen.

Erschrocken drücke ich wieder und wieder auf den Knopf. Doch die Scheibe bewegt sich nicht mehr. Stumm flehe ich: *Erde, tu dich auf! Verschlinge mich und das Auto!* Was natürlich nicht geschieht. Klarer Fall: Mein Geburtstagspech hat wieder zugeschlagen. Das ist wieder mal typisch! Da sitze ich endlich neben einem absolut aufregenden Mann, der mir freiwillig seine Lebensgeschichte erzählt – normalerweise muss man bei Männern für solche Geständnisse ja Brechstangen oder tagelange Heulattacken einsetzen –, und ich zerstöre den Moment, indem ich sein Auto demoliere!

»Lassen Sie mich mal.« In Patricks Stimme klingt … was? Ärger? Wut? Missmut? Er beugt sich über mich und drückt, den Arm quer über mich gestreckt, selbst den Fensterheber. Dabei gerät das Auto ins Schlingern. Er reißt das Lenkrad hart herum – und übersieht, dass die Autos vor ihm langsamer werden, weil vor ihnen eine Ampel auf Rot umgesprungen ist.

»Vorsicht!«, rufe ich erschrocken.

Er tritt die Bremse!

Rabolz!

Wir sind ganz knapp einem Auffahrunfall entgangen.

»Alles in Ordnung?«, fragt Patrick fürsorglich, als wir stehen.

»Ja, danke. Ich weiß schon, warum ich lieber Fahrrad fahre … Es sind einfach zu viele Irre in der Stadt unterwegs.«

Patrick wirft mir einen amüsierten Blick zu, und mir geht auf, was ich da gerade gesagt habe. Hastig versuche ich die Kuh vom Eis zu holen.

»Womit ich nicht sagen will, dass Sie … äh …« Die Kuh bleibt, wo sie ist. Patrick fährt kommentarlos rechts ran. Er springt aus dem Auto, kommt auf meine Seite und macht sich an dem Fenster zu schaffen. »Französische Autos sind kapriziös. Ob ich das wieder hinkriege …«

Wenn man jemanden noch nicht gut kennt, aber gerne kennen lernen möchte, sind Missgeschicke dieser Art eigentlich das beste Mittel dazu. Komisch aber, dass man jemanden so – also verärgert, erschrocken, wütend – gar nicht kennen möchte, wenn man sich noch kaum kennt. Dabei benimmt sich Patrick noch sehr wohltemperiert. In amerikanischen Filmen finde ich diese Szenen, in denen verärgerte Männer gegen irgendeine Mülltonne treten oder sich fast die Hand dabei brechen, wenn sie wütend auf einen Tisch schlagen, unglaublich kindisch. Deswegen bin ich besonders dankbar dafür, dass Patrick nicht wütend wird. Zumal ich die Situation auch so unglaublich peinlich finde. Ich wühle, um mich abzulenken, in meiner Handtasche. Neben dem schrillen Brillenetui grinst mich Tessa Martin, meine ständige Begleiterin, aus der

Taschenuntiefe an. Sie hat gut grinsen. Als Agentin wäre ein störrischer Fensterheber eine einfache Sache für mich. Aber ich gehöre ja zu den Frauen, die sich schon beim Auftragen von Lippenstift konzentrieren müssen. Dabei fällt mir ein …

Warum mich plötzlich die Idee beseelt, in dieser Situation meinen Lippenstift nachzuziehen, gehört zu der Sorte weiblicher Mysterien, die niemals geklärt werden können. Wahrscheinlich die gute alte Schule des Technicolor-Farbfilms, in dem die Heldinnen immer perfekt geschminkt dem Sonnenuntergang entgegenritten – wohlgemerkt nach drei Nächten Verschanzung in einer umlagerten Wagenburg oder einem von Überflutung bedrohten Fort. So oder so: Der glatte Stift fällt mir aus der Hand zwischen meine Füße und rollt von dort aus unter meinen Sitz. Verdammt! Ich beuge mich tief nach unten und versuche, ihn zu ertasten. Das ist schwieriger, als ich dachte. Wo ist das verdammte Ding? Ich muss fast meine ganze Hand unter die Metallverstrebungen der Sitzbefestigung zwängen. Als ich ihn endlich zu fassen bekommen, sitzt er fest. Ich ziehe. Und ziehe noch mal.

»Hallo! Alles okay da drinnen?« Patricks Stimme dringt durch das geöffnete Fenster so überraschend an mein Ohr, dass ich erschrocken hochfahre. *Wums!* Wie konnte ich vergessen, dass über meinem Kopf das Handschuhfach ist? Ich stoße mir mit lautem Krachen heftig den Kopf, meine Handtasche rutscht von meinen Knien neben den Sitz und alles, was in ihr ist, fällt heraus.

»Entschuldigen Sie!« Patrick ist ehrlich erschrocken.

Ich reibe mir den schmerzenden Kopf. »Halb so schlimm, das gibt bestimmt eine Beule am Kopf.«

»Ich hoffe, Sie haben einen Dickschädel.« Er lacht, und ich nicke leicht benommen und versuche, meine Habseligkeiten aus dem Zwischenraum zwischen Sitz und Tür herauszufischen. »Warten Sie, ich helfe Ihnen.« Patrick reißt die Tür auf – mit dem Effekt, dass Puderdose, Taschentücher, Handcremetube, Portemonnaie, Terminkalender, Kleinkram und Handy auf die Straße prasseln.

Ich kann nicht anders – ich muss schallend lachen. Was für ein Chaos!

Patrick sammelt meinen Tascheninhalt ein. »Es wird mir immer ein Rätsel bleiben, wie Frauen so viel Zeug in so kleine Taschen bekommen. So, hier …« Zuletzt reicht er mir Tessa Martin. »Wer ist das denn?«

»Mein Glücksbringer.«

»Fragen Sie doch mal Ihren Glücksbringer, ob er auch Fensterheber reparieren kann«, scherzt Patrick und wirft die Tür zu. Worauf sich das Fenster leise ruckelnd schließt.

Wir starren erst uns, dann das Fenster entgeistert an.

»Wie haben Sie das gemacht?«, ruft er ungläubig.

»Vielleicht ist da irgendwo ein Wackelkontakt?«, gestikuliere ich.

»Oder es war tatsächlich Ihr Glücksbringer …«, sagt er, als er wieder einsteigt. Während er sich anschnallt, verzieht er erstaunt das Gesicht, greift unter sich und hält mir meinen Lippenstift unter die Nase. Wie ist denn der nun wieder da gelandet?

»Ist das Ihrer?«, fragte er.

»Ich hoffe doch!«, grinse ich ihn an. »Oder mögen Sie Korallenrot?«

Patrick schenkt mir eines seiner Kribbeln auslösenden Lächeln: »Nur auf schönen Frauenlippen.«

Patrick findet einen Parkplatz, und wenig später spazieren wir die Uferstraße hinunter. Das schöne Wetter hat eine Menge Spaziergänger an die Elbe gelockt. Unvermittelt führt Patrick unsere durch das Fensterheber-Fiasko unterbrochene Unterhaltung weiter. »Sie sind also alleinerziehend. Und Sie sagten vorhin, dass Sie wussten, dass er Sie verlassen würde? Sind Sie Hellseherin?«

»Ich habe das mehr geahnt. Manchmal ... manchmal haben Frauen einen sechsten Sinn. Jonathan wollte nie mit zur Schwangerschaftsgymnastik kommen. Es war, als ob er keine Beziehung zu dem Kind in meinem Bauch aufbauen wollte. Es war ihm nicht beizubringen, dass nicht er, sondern ich die Gymnastik machen würde. Steif und fest hat er behauptet, er hätte einen kaputten Rücken.«

»Ich glaube eher, dass er eine kaputte Einstellung hatte.«

Die Antwort gefällt mir. Deswegen wage ich einen Vorstoß. »Ihre Einstellung scheint gesünder zu sein. Immerhin sehen Sie Ihre Tochter regelmäßig.«

»Woraus schließen Sie das?«

»Der Kindersitz hinten im Auto.«

Er nickt. »Ich gebe mir Mühe, obwohl man als Vater ja mehr mit dem Jugendamt als mit seinem eigenen Kind zu tun hat.« Er erzählt, dass er sich nach seiner ersten Begegnung mit der Behörde ganz schnell einen Anwalt genommen hat, weil er sich wie ein potenzieller Verbrecher vorkam. »Einen, den die Brüder da auf den Sozialhilfesatz drücken wollen«, sagt er und wirft einen Stein in den Fluss. »Da wollte ich jemanden auf meiner Seite haben.«

Das macht er sich zu einfach, denke ich und sage: »Die *Brüder,* wie Sie die Sozialarbeiter nennen, machen auch nur ihren Job, und der ist bestimmt nicht witzig. Dass ausgerechnet Sie die löbliche Ausnahme von der Regel sind, können die doch nicht ahnen. Wissen Sie, wie viele Väter sich verdrücken? Oder wie viele Väter sich nach einer Scheidung gar nicht mehr melden? Das Rote Kreuz könnte diese Männer mit in seine Suchlisten aufnehmen!«

Patrick verschränkt die Arme vor der Brust. »Kann sein, aber wann werden denn Väter mal gefragt, wie es ihnen geht?

Uns wollen sie mit Parkkrallen zur Unterhaltszahlung zwingen. Wir sind der *familienferne* Elternteil und leisten den *Barunterhalt*, wie es so schön heißt. Mit anderen Worten, ich habe die Zahlungsverpflichtung, aber keine Rechte. Gut, dass ich nicht der Typ Mensch bin, der schnell verbittert. Aber ein bisschen ungerecht ist das alles schon, oder?«

»Ich denke, es wird immer kompliziert, wenn Behörden in die Privatsphäre hereingelassen werden. Dann wird alles sehr unfreundlich und bürokratisch. Sie hätten das doch auch friedlich mit Ihrer Freundin regeln können.«

Patrick zuckt mit den Schultern. »Sie kennen meine *Freundin* nicht.« Er nimmt meinen Arm. »Kommen Sie, wir gehen da entlang.«

»Ist der Vater Ihres Sohnes nie wieder aufgetaucht?«, fragt Patrick, nachdem wir eine Weile schweigend nebeneinander hergelaufen sind und das Wetter und den Anblick der Elbe genossen haben. Ich bücke mich nach einem Schneckenhaus, das im Sand liegt. Tim sammelt Schneckenhäuser. »O doch. Er schickt manchmal …«

»Geld?«

»Karten. Vor sechs Monaten kam eine aus Bukarest.«

»Auf der Flucht vor dem Jugendamt?« Patrick lässt einen Stein über das Wasser hüpfen.

»Nein. Ich habe ihn dort gar nicht als Vater angegeben.«

Patrick starrt mich verblüfft an. »Aber dann bekommen Sie niemals Geld von ihm.«

Ich denke an Jonathans Augen, sein Lachen, seinen Witz und seine Unbekümmertheit. »Nein«, sage ich. »Ich bekomme kein Geld von ihm. Aber darum ging es mir nie.« Wir verlassen den Strand und steigen zum oberen Uferweg hinauf. »Wissen Sie … Tief in meinem Inneren wusste ich immer, dass Jonathan niemals bei mir und Tim geblieben wäre. Er ist ein Globetrotter, ein Vagabund. Ich kann ihn mir beim besten

Willen nicht als treu sorgenden Familienvater vorstellen. Man mag mich ruhig für verrückt erklären, aber auf eine gewisse Weise, die ich nicht in Worte fassen kann, verstehe ich ihn.« Wir bleiben stehen. Patrick sieht mich kopfschüttelnd an. »Kennen Sie die Geschichte vom Skorpion, der den Frosch bittet, ihn über den Fluss zu tragen?« Ich blicke über die Elbe und spüre, wie meine Haare im Wind wehen. »Der Frosch sagt: Hör mal, Skorpion, du wirst mich stechen, und ich werde sterben. Nein, sagt der Skorpion, was hätte ich davon. Ich will über den Fluss und kann nicht schwimmen. Ich werde dich nicht stechen. Also willigt der Frosch ein. Der Skorpion krabbelt auf seinen Rücken, der Frosch schwimmt los, aber auf der Hälfte der Strecke sticht der Skorpion den Frosch. Warum tust du das, fragt der Frosch sterbend. Der Skorpion antwortet: Weil ich nicht anders kann. Das ist meine Natur. Und er ertrinkt mit dem Frosch.«

Patrick zündet sich eine Zigarette an, nimmt einen tiefen Zug und betrachtet mich nachdenklich. »Darf ich Sie etwas Persönliches fragen?«

Ich nicke.

»Warum haben Sie nicht verhütet?«

Wieder blicke ich über den Fluss. Am Horizont wird ein großer Frachter sichtbar, der sich Richtung Hafen schiebt. Die Sonne hat ein abendliches Rot angenommen und taucht das Wasser in Feuer. Trotzdem wird es kalt. Ich streiche mir die Haare aus der Stirn. Wie soll ich ihm das erklären? Ich lächle ironisch und ziehe die Schultern hoch.

Dann sage ich: »Vielleicht, weil ich auch ein Skorpion bin.«

Wir gehen zurück zum Auto. Wieder schließt Patrick die Beifahrertür auf. Doch bevor ich einsteigen kann, nimmt er mich plötzlich in den Arm. Ich zucke erst zurück, aber dann finden meine Arme wie von selbst um seinen Hals, und einen

Moment stehen wir ganz still. Ich rieche sein Rasierwasser und den Geruch von warmer Haut. Er küsst mich zart auf die Lippen. Er schmeckt nach Sonne, Wind, Zigaretten und nach Hals-über-Kopf-eine-Dummheit-machen. Wir küssen und küssen uns. Seine Hände sind überall. *Moment, Moment,* bremse ich mich in Gedanken. Es ist doch immer dasselbe: Der erste Kuss mit einer Unbekannten entfesselt den Neandertaler im Mann. Als ob man auf den Startknopf für das Programm An-den-Haaren-in-die-Höhle-schleppen drücken würde. Nicht, dass es mir nicht gefällt. Im Gegenteil. Aber ich fühle mich etwas zu alt dafür, vor schockierten spazieren gehenden Senioren kampfzuknutschen.

Ich sollte das jetzt sofort abbrechen.

Wirklich!

Vielleicht auch nicht ganz so schnell?

Wahnsinn, wie dieser Mann küsst …

Irgendwann geht irgendwo eine Autotür auf. Aus einem Radio erklingt die Stimme eines Nachrichtensprechers: »Siebzehn Uhr. Bagdad …« Ich mache mich los und wir stehen schwer atmend voreinander. »Du meine Güte, ist es schon so spät?«, presse ich heraus. »Ich bin zum Essen verabredet!«

Patrick nimmt mein Gesicht in seine Hände. »Natürlich fahre ich dich.« Er küsst mich noch einmal. »Deine Küsse schmecken nach mehr«, murmelt er dann in mein Haar. »Wann sehe ich dich wieder?«

Es ist kurz nach zehn Uhr, als Mamas Kochhase Tim und mich zu Hause absetzt. Tim schläft tief. Der Kochhase nimmt ihn auf den Arm und trägt ihn in sein Zimmer. Ich folge ihm, bepackt mit Tüten und Taschen voller Geschenke von Mama. In der Küche lasse ich alles fallen. »Vielen Dank, und grüß Mam… Ingrid noch einmal von mir. Das Essen war wieder so lecker, und ich habe mich sehr über deinen Zimmerspringbrunnen gefreut. Eine tolle Idee!«

Der Hase strahlt. »Das ist doch eine Supersache für junge Leute. Wo willst du ihn denn aufstellen?«

Ich schiebe ihn sanft zu Tür. Ich weiß genau, wohin ich das Ungetüm stellen will: ins Internet. Björn muss es, so schnell es geht, versteigern. Aber ich antworte selbstverständlich: »Du, das muss ich mir ganz genau überlegen.«

Endlich ist er weg. Ich betrachte den Pappkarton, in dem sich der Zimmersprungbrunnen befindet, und verfrachte ihn in die hinterste Ecke der Speisekammer. Dann hole ich mein Handy aus der Handtasche und lese zum hundertsten Mal die SMS, die mir Patrick vorhin geschickt hat.

Du hast mich süchtig gemacht. Fahre leider schon heute Nacht. Ich denke an dich und die Küsse an der Elbe. P

Diese ständige Nachtarbeit muss doch sehr anstrengend sein. Aber wir könnten immer gemeinsam lange ausschlafen ... Ich seufze, fühle mich bescheuert ... und ein bisschen verliebt. Das Leben kann so voller Magie sein! Heute Morgen kannte ich ihn noch gar nicht und jetzt überlege ich schon, ob ich mit einem Musiker leben könnte.

Mein Anrufbeantworter blinkt. Drei Anrufe. Zweimal wurde nichts gesagt und die Nummer ist unterdrückt. Der dritte Anruf stammt von einer mir unbekannten Nummer. Ich drücke auf die Abspieltaste. Es ist Patrick! Im Hintergrund höre ich Bargeräusche, Frauenlachen, Stimmengemurmel, Musik. Er räuspert sich, dann sagt er: »Hallo. Ich dachte, du wärst vielleicht da. Aber du hast ja Geburtstag und feierst. Leider ohne mich. Am Wochenende bin ich kurz in Hamburg, da habe ich Veronika zugesagt, dass ich babysitte. Ich möchte dich aber gerne sehen ... vielleicht kriegen wir das hin? Ich melde mich, wenn ich wieder da bin. Ciao.« Beim Klang seiner Stimme kann ich gar nicht anders, als sein Gesicht vor mir zu sehen. Seine Lippen zu spüren, seine Küsse. Es kribbelt und kribbelt in meinem Bauch.

Ich höre die Nachricht gerade zum vierten Mal, als das Telefon klingelt. Patrick! »Hallo?«

»Äh … hallo?«, antwortet eine mir unbekannte Stimme. »Wer spricht denn da?«

Ich hasse solche Anrufe und weil ich auf Patrick gehofft habe, diesmal ganz besonders. »Das müssen Sie doch wissen. Schließlich haben Sie mich angerufen!«, gifte ich.

»Oh, äh …« Der Anrufer ist hörbar erschrocken. »Ich wollte Gabriele Kanzler sprechen.« Während er spricht, höre ich leise, aber nachdrücklich, dass noch jemand anderer anruft. Ich habe bis heute nicht verstanden, wie man diese nervige Anklopfen-Funktion ausschaltet, und versuche den regelmäßigen Ton zu ignorieren.

»Warum? Wer sind Sie?«

»Sind Sie … Frau Kanzler?«

Ich schließe die Augen und belle: »Also entweder Sie sagen jetzt, wer Sie sind und was Sie wollen, oder ich lege auf.«

Das wirkt.

»Guten Abend, Frau Kanzler. Mein Name ist Robin Spätling. Ich bin der Optiker. Erinnern Sie sich noch an mich?«

Der Optiker mit dem Pfefferminzatem! Natürlich erinnere ich mich. Mein Herz macht einen kleinen Sprung.

»Frau Kanzler?«

»Äh, ja. Natürlich erinnere ich mich«, antworte ich und versuche, nicht daran zu denken, wer gerade versucht, mich zu erreichen. Christy? Meine Mutter? Leo? Patrick?

»Entschuldigen Sie die späte Störung, aber Sie waren vorhin nicht erreichbar«, sagt der Optiker. Ich merke, wie mir der Schweiß ausbricht, denn jetzt piepst auch noch mein

Handy. Eine SMS. »Moment bitte.« Ich drücke auf *Anzeigen* und lese:

Meine Schöne, wer immer dich gerade am Telefon belästigt – würg ihn ab. Ich MUSS deine Stimme noch einmal hören.

Ich seufze, presse mir wieder den Hörer ans Ohr und antworte mit der rechten Hand: Melde mich gleich! Schöne neue digitale Welt! Während ich tippe, sage ich in den Hörer: »Hallo?«

Robin Spätling räuspert sich: »Es scheint keine gute Zeit zu sein. Soll ich es ein anderes Mal versuchen?«

Ich komme mir vor wie ein Schulkind, das auf dem Weg zum heimischen Mittagstisch an einem Kirmesstand mit gebrannten Mandeln und Liebesäpfeln vorbeikommt. Mittagessen kann ich auch noch später – aber Kirmes ist nur einmal im Jahr. Und Patrick ruft *jetzt* an. Ich entscheide mich für die Liebesäpfel.

»Das ist sehr nett, dass Sie anrufen, wirklich – aber im Moment ist es mehr als ungünstig.« Wie sagt Christy immer so richtig: *Wenn sie es ernst meinen, rufen sie wieder an.*

»Es tut mir Leid, heute ist ein bisschen viel los. Ich habe nämlich Geburtstag.«

Der Optiker klingt plötzlich ganz erleichtert. »Das erklärt natürlich alles. Herzlichen Glückwunsch! Ich dachte schon, Sie wollten nicht mit mir …« Er bricht hastig ab. »Wie gesagt, ich melde mich dann ein anderes Mal.«

»Gerne! Und vielen Dank für den Anruf«, bringe ich noch schnell heraus, dann drücke ich ihn weg. »*Patrick?*«

»Cara mia, wie heißt er, wo wohnt er? Welche Waffen wird er wählen?«, dringt seine Stimme an mein Ohr.

»Wo bist du?«, schnurre ich.

»In der Garderobe bei einem Glas Rotwein. Wir haben eine

halbe Stunde Pause. Also nimm dir auch ein Glas Wein, leg dich zu mir und lass uns die Pause verplaudern.«

Ich seufze tief auf, sinke auf die Kücheneckbank und lege die Füße hoch. »Wenn das kein perfekter Abschluss für einen Geburtstag ist …«

Irgendwo habe ich einmal gelesen, dass der Gesprächspartner am Telefon merkt, ob man lächelt oder nicht. Es stimmt! Patricks Stimme lächelt mir durch den Hörer zu: »Mir würde noch ein perfekterer Abschluss für deinen Geburtstag einfallen.«

»Ach, ja?«

»Allerdings müsstest du dafür hier sein … oder ich in Hamburg.«

Ich lehne mich zurück. Das wird ein langes Telefonat.

7. Kapitel

Funbad Nauquatica
Wassertemperatur: 29 ° – Lufttemperatur: 30°
Bademeisterin: nicht gesichtet
Anzahl scharfer Mütter: 0

Aus dem Spielbereich der Anlage drang eine Lautsprecherstimme in die Tropical-Bar herüber. »Es steht zehn zu zwölf für die Frösche. Jetzt haben die Seepferdchen beim Brett-Wettschwimmen die Möglichkeit, die Führung zurückzuerobern. Auf die Plätze, fertig, los!«

Björn betrat mit einem Haufen Handtüchern über der Schulter den durch Plastikpalmen und bunte Sonnenschirme vom Schwimmbad abgetrennten Bereich. Dort saßen Patrick und Robin bereits vor großen Gläsern mit Milchkaffee.

»Hier, ihr Helden! Die habe ich draußen gefunden … kann es sein, dass es eure sind und ihr sie wieder habt liegen lassen? Wenn man einmal später kommt und nicht auf euch aufpasst …« Er warf den Freunden die Handtücher zu, setzte sich und gähnte herzhaft. »Jetzt erst mal einen Kaffee!«

Die Kellnerin kam auf sein Zeichen hin zu den Männern. »Espresso, Cappuccino, mit Koffein oder entkoffeiniert, Latte macchiato im Glas oder in der Schale, mit Aroma oder vielleicht doch lieber Tee?«, leierte sie unmelodiös herunter, während sie an ihrem Augenbrauenpiercing drehte.

Björn starrte sie mit offenem Mund an. »Wie bitte?«

»Espresso, Cappuccino, mit Koffein oder entkoffeiniert, Latte macchiato im Glas oder in der Schale, mit Aroma oder ….?«

»Stopp! Ich will einfach nur … also … wie sage ich das jetzt …« Langsam, als buchstabiere er einen Text in gälischer

Amtssprache, sagte Björn, unterbrochen von vielen Pausen: »Auf keinen Fall irgendein Aroma. Natürlich mit Koffein. Keine Schale oder Glas. Keine Milch.«

Die Kellnerin schien lautlos Björns Worte zu wiederholen. Dann hellten sich ihre Züge auf. »Also einen Espresso?«

»Äh … genau!« Björn grinste verlegen: »Vielen Dank! Ich bin einfach nicht drauf gekommen.«

Patrick und Robin konnten ein Lachen gerade so lange unterdrücken, bis die Frau zur Bar zurückgekehrt war. Doch dann gab es kein Halten mehr. »Euer romantischer Abend scheint dich ja mächtig mitgenommen zu haben«, zog Robin seinen Freund auf. »Gut, dass deine Mädchen bei mir übernachtet haben.«

Patrick sog an seiner Zigarette. »Was war das Problem? Habt ihr Wilden es gar nicht erst bis ins Bett geschafft? Alter Schwede!« Er warf der Kellnerin, die mit dem Espresso zurückgekehrt war und diesen nun wortlos abstellte, ein breites Grinsen zu. »War es so … schlimm?«

Björn schnitt eine Grimasse. »Nicht *schlimm.*« Er stürzte den Espresso hinunter. »*Schorsch!*«

»Wer ist Schorsch?«, fragten seine Freunde wie aus einem Mund. Björn gähnte. »Erzähl schon«, drängte Robin.

»Alles war so gut vorbereitet«, begann Björn seufzend. »Ein schöner Tisch im *Plat du Jour*, danach Cocktails trinken in der *Tower Bar* mit Blick über den Hafen. Für später hatte ich schon Champagner kalt gestellt. Verena sah super aus. Hohe Schuhe und Kleid und so.« Seine Miene verdüsterte sich. »Bevor wir ins Restaurant fuhren, wollte sie noch das Fenster in Jules Zimmer schließen, und dabei fiel ihr auf, dass eine Plastiktüte auf dem Käfig von Schorsch lag.«

»Wer ist denn dieser mysteriöse Schorsch?« Patrick wurde ungeduldig.

»Das Meerschwein, das Jule in Pflege hat. Es gehört einer

Klassenkameradin, die übers Wochenende verreist ist. Die Plastiktüte war an einer Seite angeknabbert und Verena wurde ganz panisch. Sie meinte: Das Tier kratzt bestimmt ab, und was sagen wir dann Jule, und wie steht Jule dann vor ihren Freundinnen da und wir vor deren Eltern.« Björn rieb sich müde die Augen. »Ihr kennt das doch: Die Kids zanken sich, die Eltern überwerfen sich und schon wird in der Schule das Gerücht verbreitet, dass bei Walkenhorsts Tiere zu medizinischen Zwecken misshandelt werden! Es wurde ein riesiges Theater. Wir haben die Tischreservierung abgesagt, uns stattdessen mit dem tierärztlichen Notdienst rumgeschlagen und die ganze Nacht vor dem bescheuerten Schweinekäfig kampiert.«

»Und weiter?« Robin kaute an seinem Daumennagel.

»Nix weiter. Das war mein romantischer Abend. So viel zu den wahren Problemen des Vaterseins!«, stöhnte Björn.

»Mann, ich will wissen, ob Schorsch überlebt hat!«, rief Robin.

»Na klar. Der hat die ganze Nacht durchgemümmelt. Heute Morgen hat Verena unter Jules Schreibtisch das Stück Plastik gefunden, das in der Tüte fehlte!« Er schlug die flache Hand vor die Stirn. »Frag mich nicht, wie es da hingekommen ist. Wahrscheinlich hat das Mistvieh es ausgespuckt.«

»Genau. Das Schwein hat das mit Absicht gemacht, um euch zu terrorisieren!« Robin schlug Björn lachend auf die Schulter. »Aber weißt du was? Vielleicht hat es euch damit einen Gefallen getan. Das ist die netteste Geschichte, die ich seit langem über einen romantischen Abend gehört habe. Diese ganze Kerzenscheinnummer kommt einem doch immer ein bisschen blöd vor. Wenn alles in Ordnung ist, braucht man das nicht. Dann kampiert man zur Not eben vor dem Kleintierkäfig und macht sich eine Pizza aus der Tiefkühltruhe. *Das* ist echte Romantik.«

»Genau: Was ist schon wilde Leidenschaft im Vergleich zu einer Pizza?«, grinste Patrick. »Aber Robin hat Recht: Es sind genau solche Sachen, die zeigen, ob man wirklich gemeinsam durch dick und dünn gehen kann oder nicht.«

»Als ob ich das nicht wüsste!« Björn sah immer noch muffig aus. »Aber es wäre zur Abwechslung auch mal schön, wenn ich kaum aus den Augen schauen könnte, weil Verena mich wach gehalten hat – und nicht ein Meerschwein!«

»Dafür haben deine Töchter umso besser geschlafen«, lenkte Robin ab. »Wir waren erst im Kino, dann hat mein Vater mit ihnen Spaghetti gekocht und nach einer ordentlichen Kissenschlacht war gegen elf endlich Ruhe.«

»*Du* hast eine Kissenschlacht veranstaltet?« Patrick zündete sich eine neue Zigarette an.

»Nein, mein Vater.« Robin sah in sein Kaffeeglas. »Der macht mit Lasse lauter solche Sachen, die er mit mir nie gemacht hat. Heute Morgen hat er für alle Muffins gebacken. Die Kinder fanden das natürlich wunderbar und haben sich voll gestopft.« Es war ihm anzumerken, dass ihm das Thema nicht behagte.

»Und wie findest …«, begann Björn, doch Robin schüttelte nur den Kopf: »Lass mal.« Er nickte Patrick zu und wechselte abrupt das Thema. »Fortschritte bei deiner aufregenden Kellnerin?«

»Der Frühling, die Liebe, die Frauen!« Patrick seufzte genießerisch. »Es ist nur zu dumm, dass ich heute Abend schon wieder nach Travemünde muss. Vielleicht schaffe ich es, sie nachher wenigstens kurz zu sehen, wenn ich Leonie nach Hause gebracht habe. Stellt euch vor, die hat auch ein Kind und ist von ihrem Typen vor der Geburt sitzen gelassen worden.« Seine Stimme klang empört.

»Ach, und da habt ihr dann Erfahrungsaustausch betrieben? Sie als Verlassene und du als Verlassender?«

Patrick blitzte Robin ungehalten an. »Hör mal, ich war von Veronika schon getrennt, bevor sie schwanger wurde!«

»Außerdem kümmerst du dich um deine Tochter«, glättete Björn die Wogen. »Du hast dich nicht verdrückt wie der Typ von deiner Kellnerin. Das ist wirklich das Letzte.« Er klatschte in die Hände: »Willkommen im Club, Patrick: Du hast also auch eine Mutter abgekriegt! Abteilung *Hot Chili Pepper?«*

»Worauf du dich verlassen kannst, mein Lieber!«

»Ob man wohl heute überhaupt noch Frauen ohne Kinder kennen lernt?«, grübelte Robin. »Deine Kellnerin, Patricks Kindergartenschwarm – alles Mütter.«

»Das ist doch normal in unserem Alter. Wenn du nicht auf Lolitas stehst, haben die meisten Frauen eben Kinder.« Björn dachte nach. »Und das sind keine Hausmütterchen. Die meisten sind doch ziemlich taff, weil sie sich alleine durchschlagen müssen. Kann es für Männer wie euch denn ein besseres Jagdrevier geben?«

»Da hast du Recht«, pflichtete Robin ihm bei. »Frauen, die keine Kinder haben, kommen mir ... irgendwie fremd vor. Schlaflose Nächte, weil die Kleinen zahnen oder Durchfall haben, das muss man erst einmal aushalten – und am nächsten Morgen um neun Uhr wieder im Geschäft stehen. Quengelarien ertragen: Papa, sind wir bald da? Ich habe Durst, mir ist schlecht, ich muss Pipi!« Die anderen lachten und stimmten mit ein.

»Papa, alle haben ein Handy!«, quäkte Björn.

»Ich will aber noch nicht ins Bett!«, ergänzte Patrick.

»Elternabend! Wintergarderobe einkaufen! Arztbesuche!«, zählte Robin auf.

»Schlimmer sind Supermärkte.« Björn verdrehte die Augen. »Schokoriegel! Ich will einen Schokoriegel!«

»Papa, ist das schlimm, wenn man Wattestäbchen in die Mikrowelle legt?«

»Darf ich zwischen euch schlafen? Ich hatte einen Alptraum!«

Sie lachten. Nach einer Pause sagte Robin: »Das Komische ist, dass einem das alles gar nichts ausmacht. Und eine Frau, die das nicht mitmacht, kommt überhaupt nicht in Frage.«

»Und wisst ihr was?«, fragte Björn mit einem zufriedenen Grinsen. »Typen, die sich davor drücken, sind für mich keine richtigen Männer. Wer ein ganzer Kerl sein will, der muss auch in der Lage sein, mit seinen Kindern umzugehen. Und das alles mitzumachen.«

»Nicht so wie unsere Väter.« Robin schaute wieder gedankenverloren in die Milchschaumreste.

»Vielleicht hatten es die Männer früher aber trotzdem leichter«, warf Patrick ein. »Mein Vater ist morgens mit geschmierten Broten ins Amt gegangen, hat den ganzen Tag gemütlich gearbeitet und konnte am Abend ins heimelige Nest zurückkommen, wo meine Mutter Kinder und Haushalt im Griff hatte. Er musste sich um nichts kümmern, aber weil er die Kohle nach Hause brachte, hatte er das Sagen.«

»Wie deine Mutter das wohl gefunden hat?«, fragte Robin stirnrunzelnd nach.

»Unglücklich wirkt sie jedenfalls bis heute nicht. Und die Mutter meiner Tochter? Die verdiente selbst und das regelmäßig – und sogar mehr als ich. Trotzdem hat sie ständig schlechte Laune.« Er rieb sich nachdenklich das Kinn. »Aber es ist schon so: Heute braucht keine Frau mehr zwingend einen Mann und kein Mann unbedingt eine Frau. Und eigentlich ist das ziemlich gut so. Vor allem natürlich dann, wenn man sich ohne zwingende feste Absichten an eine scharfe Mutter ranwerfen kann … oder, Robin?« Er lachte.

Sein Unterton ließ Björn aufhorchen. »Gibt es da etwas, was ich noch nicht weiß?«

Robin winkte ab. »Ich habe mich letzte Woche mit dieser

Miriam getroffen – du weißt schon, die Frau, die bei Verena arbeitet. Patrick hat mich zu einem Konzert in der *Markthalle* mitgenommen, wo sie aufgetreten ist.« Er runzelte unbehaglich die Stirn. »Aber gegen diesen Abend ist dein Abenteuer mit dem mümmelnden Schorsch geradezu aufregend. Miriam ist kalt wie ein Fisch und auf der Suche nach einem Big Daddy aus der Plattenbranche. Die war richtig entsetzt, dass ich nur ein einfacher Optiker bin … offensichtlich hatte ihr irgendjemand da etwas anderes erzählt!« Er warf Patrick kopfschüttelnd einen tadelnden Blick zu.

»Mist … tut mir Leid!« Björn legte sich sein Handtuch um den Hals. »Bist du enttäuscht?«

»Im Gegenteil!« Plötzlich begann Robin zu strahlen. »Nach der Schlappe mit Miriam habe ich den heißen Feger im roten Lackledermantel angerufen.«

Patrick beugte sich interessiert vor. »Die Lady mit den hohen Stiefeln, die eine Sonnenbrille bei dir gekauft hat?«

»Was Patrick sich so alles merkt!« Björn verzog den Mund zu einem anerkennenden Lächeln.

»Na, und ob!« Patrick strich sich die Haare aus der Stirn. »Mir ist übrigens auch aufgefallen, dass du bei der Geschichte über Schorsch deine kleine Freundin aus dem Kindergarten verschwiegen hast.«

»Ich kann mich nicht um alle kümmern«, erwiderte Björn schnell. »Musste da mal auf die Bremse treten. Ist ja auch besser so.« Er wandte sich an Robin. »Also, was ist jetzt mit Miss Lackleder? Soll ich dir Schorsch vorbeibringen? Dann kannst du ihr beim ersten Rendezvous auf jeden Fall eine schlaflose Nacht garantieren!«

8. Kapitel

Now you say you're sorry
For being so untrue
Well, you can cry me a river
Cry me a river
I cried a river over you.
Arthur Hamilton

Es ist ein schöner Maiabend. Wir haben das Fenster zum Hof erst geschlossen, als die Nachtluft zu kalt wurde. Christy sitzt an meinem Küchentisch und analysiert die Lage. »Du musst den Tatsachen ins Auge sehen, Jella«, sagt sie. »So toll deine Formel ist – bis jetzt bist du deinem Ziel, einen Fußballdaddy für Tims Turnier zu finden, nicht wirklich näher gekommen.« Das liebe ich so an Christy. Sie redet nicht drumherum.

Heute ist Samstag. Tim übernachtet mit seiner Gruppe im Kindergarten. Das finden die Knirpse immer sehr aufregend. Sie essen gemeinsam, bauen sich ein raumfüllendes Matratzenschlafsacklager, erzählen sich Gruselgeschichten und Witze, die nur Menschen unter sieben Jahren witzig finden. Am nächsten Tag kommen sie völlig übernächtigt und aufgedreht wieder nach Hause. Als Mutter hat man dann die Wahl: Wenn man sie tagsüber den Schlaf nachholen lässt, bekommt man sie abends nicht ins Bett. Schafft man es unter Einsatz aller verfügbaren Entertainerqualitäten, sie bis zum frühen Abend wach zu halten, sinken sie zwar friedlich in die Kissen, aber man kann sich, völlig fertig, gleich danebenlegen. Was tut man nicht alles, damit die Kinder Spaß haben!

Einen Vorteil haben die Kindergarten-Pyjamapartys aber:

nämlich einen freien Abend für die Mutter! Als ich Christy davon erzählte, war sofort klar: Wir nutzen die Chance und ziehen endlich mal wieder gemeinsam um die Häuser. So wie früher! Sie hat mich von der Arbeit abgeholt, wir sind lecker essen gegangen, haben ausgiebig mit dem spanischen Kellner geflirtet und sind dann voller Vorfreude in Richtung Kiez gebummelt. »Das wird richtig toll!«, freute Christy sich. Tatsächlich war es dann aber vor allen Dingen eins: voll. Und zwar irrsinnig. Die Partymeute tobte über die sündige Meile und die Presslufthammer-Musik ging uns genauso schnell auf die Nerven wie das Publikum. Deswegen haben wir uns entschlossen, lieber einen gemütlichen Absacker bei mir zu trinken.

»Was machst du da eigentlich?«, fragt Christy irritiert. »Hörst du mir überhaupt zu?«

Ich nicke schweißgebadet: »Doch, doch.« Während meine Freundin unbequeme Wahrheiten formuliert, mühe ich mich nämlich seit einer ganzen Weile mit dem Flaschenöffner ab.

Christy beobachtet mich und feuert dann erbarmungslos eine Breitseite ab. »Kann es sein, dass du bei all den vielen Männern, die neuerdings durch dein Dasein toben, dein Ziel aus den Augen verloren hast?«

»Viele Männer?«

»Erst dieser Björn, dann dieser Musiker und wer weiß, wer noch, von dem du noch nicht erzählt hast.«

Ich zerre und ruckele an dem Korkenzieher. »Der Musiker heißt Patrick.«

»Und wie schneidet der bei deiner grandiosen Formel ab?«

Ich nehme wieder einen Anlauf und setze die Windung des Korkenziehers neu an. »Ach, der ist schon ziemlich interessant …«, sage ich gedankenverloren.

Christy lässt nicht locker. »Sag mal, Jella, geht es vielleicht gar nicht mehr um Tim, sondern um dich?«

»Wie meinst du das?« *Kawoitsch!* Jetzt habe ich den Korken in den Flaschenhals gedrückt. »Verdammt!« Ich lasse mich auf einen Küchenstuhl sinken. Christy nimmt mir die Flasche sanft ab. »Solange der Wein noch rauskommt, ist alles halb so schlimm.« Sie plempert die rote Flüssigkeit aus der korkverstopften Flasche in zwei Gläser. Dabei sagt sie: »Das ist im Grunde doch ganz normal. Du willst einen Vater für Tim. Aber Väter sind nun mal Männer. Und als Frau interessieren dich Männer eben nicht nur als Väter. Und blind bist du auch nicht.« Natürlich geht die Hälfte des Weines daneben. Auf dem Tisch sieht es aus, als hätte Tim beim Tuschen gekleckert. Wir heben die Gläser und stoßen an.

»Du findest also, dass es zu viele Männer in meinem Leben gibt?«

Christy nickt. »Allerdings. Jedenfalls ist der Output Richtung Fußspiel zu gering. Erst dieser Björn: Nach deiner Formel der Typ mit dem traumhaften Ergebnis. Von dem höre ich allerdings nur noch, dass er für dich auf Schnäppchenjagd geht.«

»Wenn ich mich mehr mit Björn anfreunden würde, hätte ich nur einen Sack Probleme. Betrogene Ehefrau inklusive.« Ich stütze den Kopf in die Hand. »Nicht nur, dass Björn liebend gerne in meinem Leben eine größere Rolle übernehmen möchte. Als Trainer der Zwerge spielt er beim Turnier überhaupt nicht mit.«

»Ich weiß. Und dein Klimperkünstler?«

Ich hebe warnend meine Brauen. »Patrick ist Pianist!«

»Geschenkt! Aber kommt er als Fußballvater in Frage?«

Ich muss lachen. »Wohl kaum. Patrick ist mein großer Frühjahrsflirt. Er schreibt SMS, die ich vom Stil her ziemlich schwülstig finde, aber irgendwie auch romantisch. Gestern beispielsweise: *Ich kann deine Küsse nicht vergessen. Trave-*

münde ist grau. Wie jede Stadt ohne dich. Weißt du, Patrick ist ein Mann für gewisse Stunden …«

»Aha!«

»… auch wenn diese Stunde zwischen uns noch nicht geschlagen hat. Bisher haben wir uns nur zwischendurch auf einen Tee oder Kaffee getroffen und Händchen gehalten und geknutscht.«

Christy grinst. »Wie verknallte Teenager?«

»Genau so«, lache ich.

»Und davon abgesehen: Ist er auch der Typ für verschwitzte Trikots auf dem Bolzplatz?«

»Patrick beim Elfmeter? Nein, der passt eher in eine Bar am Strand vom Amalfi«, schwärme ich los, »mit gebräunter Haut … einen Aperitif in der Hand … vor uns der Sonnenuntergang …«

Christy lacht hemmungslos. »Du solltest dein Gesicht sehen«, japst sie schließlich. »Wie ein beschwipstes Schaf. Amalfi! Gebräunte Haut! Sonnenuntergang!« Sie deutet aus dem Fenster. »Jella, da draußen ist das wahre Leben. Und in diesem Leben sind es nur noch zwei Monate bis zum großen Vater-&-Sohn-Fußballspiel, auf das sich Tim wie verrückt freut. Da hat ein gebräunter Aperitiftrinker nichts zu suchen. Was du brauchst, ist ein ordentlicher Vater. Und ich brauche jetzt erst mal etwas zum Knabbern.« Sie steht auf und stöbert durch meinen Küchenschrank. »Hast du noch irgendwo Kekse oder Salzstangen?«

»Ja, hinter den großen Tellern. Mein Versteck vor Tim, weil der sonst alles auffuttern würde.«

Während Christy eine Tüte öffnet und die Salzstangen in eine Schale kippt, denke ich über ihre Kritik an Patrick nach. Im Prinzip hat sie Recht. Aber mein Hormonhaushalt fragt gerade nicht nach Prinzipien. Diesen Umstand verheimliche ich jedoch besser. Ich liebe meine Freundinnen, aber *alles* erzähle ich ihnen nicht. Von Robin Spätling, dem Optiker, habe ich zwar Mascha damals auf dem Isemarkt berichten müssen – aber dass er mich angerufen hat, weiß noch keine.

So richtig verstehe ich selbst nicht, was mich davon abhält. Das Telefonat war ja eigentlich gar kein richtiges. Außerdem war Patricks Anruf mir an diesem Abend wichtiger. Zwischen dessen telefonischen Liebesschwüren ist Robin Spätling irgendwie untergegangen. Dachte ich zumindest, als ich abends einschlief. Trotzdem ist er mir am nächsten Morgen als Erstes eingefallen, und ich habe ernsthaft überlegt, ihn anzurufen. Aber irgendwie möchte ich da nichts forcieren, sondern es eher passieren lassen.

Einerseits genieße ich meinen Flirt mit Patrick, andererseits geht Robin Spätling mir nicht mehr aus dem Kopf. Ein kleiner Gedanke, der mir immer wieder einfällt, so ein … *Gefühl*. Vielleicht hat Christy Recht: Zu viele Männer!

Mascha würde fragen: »Jella, ist er ein Mann für das Herz, für den Kopf oder für die südlichen Gefilde?« Sie sagt aus Prinzip nie Sex, sondern umschreibt das Dreibuchstabenwort stets blumig. Also, mal überlegen: Björn ist wahrscheinlich mein Mann für den Kopf. Und Patrick eindeutig auf der Reise durch meine südlichen Gefilde, jedenfalls theoretisch. Robin Spätlings Zielort habe ich noch nicht lokalisiert. Das … das will ich lieber gar nicht wissen. »Sag mal, wie steht es eigentlich mit dem neuen Animateur, der bei euch angefangen hat?«, lenke ich meine Freundin ab und plempere ihr dabei das zweite Glas voll. »Niko … oder war's Udo?«

»Carlo?« Sie zieht das »a« lang und rollt das »r«. Als ich nicke, winkt sie ab. »Schnee von gestern. Ein Frosch, wenn auch ein besonders leckerer.« Dann wirft sie mir einen verschmitzten Blick zu. »Aber ich habe da einen Tauchlehrer kennen gelernt. Letzte Woche beim Hallentraining. Du solltest seine Figur sehen. Hach …« Ich grinse in mich hinein. Denn ich weiß: Die Flasche Wein werden wir trotz Korkenverstopfung bis auf den letzten Tropfen leeren.

Als ich am nächsten Morgen kurz vor neun die Augen aufschlage, habe ich Kopfschmerzen. In der Küche räume ich als Erstes die Rotweingläser aus meinem Sichtfeld. Ich nehme ein Aspirin und stelle mich unter die Dusche. Großzügig schäume ich meine Haare mit Zitronenshampoo ein. Plötzlich höre ich unter dem Wasserrauschen die Türklingel. Mit schaumverklebten Augen pliere ich hinter dem Duschvorhang auf die Badezimmeruhr. Ist das schon Tim? Nein, es ist erst elf Uhr, um zwölf steht im Kindergarten noch ein gemeinsames Essen auf dem Plan. Tim wird erst danach von Jannis' Eltern nach Hause gebracht. Die »glücklichen Schlüters« sind nämlich wieder da! Nachdem im Januar der Keller zweimal unter Wasser stand, das Dach undicht war, sich ein Iltis durch die Elektronik im Keller gefressen hat und Haselmäuse unter einer Holzverkleidung im Wohnzimmer Familienplanung betrieben haben, wohnen sie wieder in Eimsbüttel und verklagen die Baugesellschaft.

Es klingelt wieder. Der Briefträger? Ein Nachbar bei der Fahndung nach Zucker? Ich spüle mir hektisch den Schaum aus den Haaren, trockne mich notdürftig ab und tapse, in ein Badetuch gewickelt, zur Wohnungstür. Dort wird wieder geläutet. Eindeutig ein Notfall. Routinemäßig checke ich die Korridordecke ab: Es gab in der Wohnung über mir schon einmal einen Wasserrohrbruch.

Ein vertrautes *Knack* dringt durch die Tür zu mir: Jetzt ist der Klingelknopf stecken geblieben! Ja, ja – ich weiß. Ich wollte das schon lange reparieren, aber es gibt ja schließlich Wichtigeres, oder? Das Klingeln schrillt nun ohne Pause. Ich rase in die Küche und hole ein großes Messer aus der Besteckschublade. Den Knopf bekommt man nämlich nur mit einem Trick wieder heraus. In einer Hand das Messer, mit der anderen das Tuch vor der Brust zusammenraffend, reiße ich die Tür auf. »Ja?«

»Hey!«

»Himmel!« Vor mir steht …

… *Jonathan!* Ich bin so verblüfft, dass ich fast das Handtuch fallen lasse und ihn fassungslos anstarre. Er dagegen lächelt mich so entspannt an, als wäre er nur mal schnell Milch holen gewesen.

Was machst du hier?, will ich ihm entgegenschmettern. Und: *Was denkst du dir eigentlich.* Und: *Ich könnte dich gegen die Wand klatschen!* Heraus kommt: »Öh.«

Jonathans Grinsen wird noch breiter. Er zeigt auf das Messer: »Spielst du die besten Szenen aus Horrorfilmen nach?«

Ich bin wie gelähmt. Erst jetzt dringt wieder das markerschütternde Klingeln in mein Bewusstsein. Froh, Zeit zu gewinnen, heble ich gekonnt und einhändig den Klingelknopf wieder heraus.

Stille. Herrliche, köstliche Stille.

Jonathans Blick gleitet über meine nackten Schultern. »Lass mich raten: Du spielst *Psycho?* Ja? Darf ich mitduschen?« Ich bin noch immer zu verblüfft, um zu kontern. Er nutzt diesen Moment und hält mir eine Brötchentüte vor das Gesicht. »Zimmerservice! Willst du mich nicht reinlassen? Wo ist mein Sohn?« Und mit diesen Worten schiebt er sich an mir vorbei in die Wohnung und lässt seinen Lederrucksack auf den Fußboden im Flur plumpsen. Ich folge ihm konsterniert, immer noch das blöde Handtuch zusammenraffend.

»Tim ist noch nicht da. Er hat im Kindergarten übernachtet.«

Jonathan rumort schon wie selbstverständlich in der Küche herum. »Ich mach einen Kaffee. Willst du auch einen?«

Ich stelle mich in die Küchentür und beobachte ihn stirnrunzelnd. Jonathan sieht aus wie immer: nämlich unverschämt gut. Seine halb langen, blonden Haare haben genau den Wuschelfaktor, der es Frauen in den Fingern jucken lässt. Er ist groß und schlank. Jeans scheinen für ihn erfunden worden zu sein. Sein schmales Gesicht ist übersät mit Sommersprossen. Er wirkt immer noch wie ein großer, ungemein anziehender, aber argloser Junge. Wenn er seine blauen Augen aufschlägt, ist er der Traum jeder Schwiegermutter. Aber ich weiß es besser. Mich würde nicht überraschen, wenn bei Google unter dem Stichwort *Unzuverlässigkeit* sein Bild auftauchen würde.

»Hast du umgeräumt? Die Butter war doch immer hier … ach, da haben wir sie ja.« Seine Bewegungen sind mir so vertraut. *Aber etwas ist diesmal anders,* durchzuckt mich plötzlich eine Erkenntnis.

Was …?

Ich schaue weg. Wieder zu ihm hin.

Und dann weiß ich, was sich verändert hat.

Mein Herz flattert nicht mehr, wenn ich ihn ansehe!

Noch einmal mache ich den Test. Wiederum positiv! Ich sehe, fast schon überdeutlich, jedes so vertraute Detail an ihm, seine abgetretenen Schuhe, den Indianerschmuck und den kleinen Ohrring im rechten Ohrläppchen. Alles an ihm erinnert mich daran, warum ich ihn früher so charmant gefunden habe, so attraktiv. Und trotzdem wird mir eins ganz klar: Ich bin nicht mehr in ihn verliebt!

Jonathan spürt meinen Blick. Offenbar fühle ich nicht nur anders, ich gucke auch so. Denn ungewohnt zärtlich fragt er plötzlich: »Hey, hast du mich gar nicht vermisst?« Er sieht auf mich herunter und tupft einen Tropfen von meiner nackten Schulter. Dann zieht er mich an sich, und weil ich immer noch das Handtuch festhalte, kann ich mich nicht gegen den festen Griff seiner Hände wehren. »Du könntest dem Vater deines

Kindes ruhig ein bisschen mehr Wiedersehensfreude zeigen«, murmelt er in mein Haar.

»Lass das!«

Überrascht lässt er mich los. »Hast du einen Neuen?« Er sieht so erstaunt aus, als würde ich ihn nach zwanzigjähriger glücklicher Ehe verstoßen. Das ist so lächerlich, dass ich lachen muss.

»Jonathan, du bist jedenfalls ganz der Alte. Und meine Neuen gehen dich gar nichts mehr an.«

Es klingelt wieder. Was ist denn heute Morgen los? Und da wird immer so viel über die Isolation in der Großstadt geschrieben. Die Gefahr, dass ich zwei Monate tot in meiner Wohnung vermodere, scheint mir heute sehr gering. Ich haste den Korridor hinunter, bevor der Klingelknopf wieder stecken bleibt. Ich öffne die Tür – und erlebe die zweite Überraschung des Tages. Vor mir steht mit einem Blumenstrauß und einer Tüte in der Hand …

… Robin Spätling!

»Hallo … oh … komme ich ungelegen?«

Seine erstaunten Augen erinnern mich wieder an das dämliche Handtuch, das ich immer noch festhalte. »Ich war gerade unter der Dusche«, entschuldige ich mich.

»Darling! Willst du heiße Milch?«, ruft Jonathan aus der Küche.

Robin Spätling blickt verlegen erst mich, dann den Fußboden an. »Entschuldigen Sie bitte, dass ich hier so hineinplatze … Aber ich war in der Nähe und da dachte ich, ich könnte Ihnen das hier persönlich vorbeibringen.« Er hält die kleine Papiertüte mit dem Logo seines Geschäfts hoch. »Das ist das Etui, das zu Ihrer Brille gehört. Erinnern Sie sich? Ich hatte ihnen neulich eins einer anderen Firma mitgegeben.«

Herrje, kann dieser Mann nett gucken! Mir ist eigentlich völlig egal, warum er gekommen ist. Ich freue mich einfach, dass er da ist. Viel weiter denke ich nicht. Nur, dass ich möchte, dass er bleibt. Kaffee mit mir trinkt. Mit mir spricht.

Wie lange stehen wir jetzt schon so an der Tür – ich, schon fast nicht mehr tropfend, und er mit Blumenstrauß und Papiertüte im Anschlag? Endlich finde ich meine Stimme wieder: »Woher wissen Sie, wo ich wohne?« Die Vorstellung, dass er die ganze Stadt nach mir abgeklappert hat, um meine Wohnung zu finden, ist so romantisch!

Er zieht etwas aus der Brusttasche seines Cordhemdes. »Ihre Visitenkarte.« Dann drückt er mir die Blumen in die Hand. »Der Strauß ist natürlich auch für Sie. Schließlich wollte ich Sie nicht einfach so überfallen. Aber wie gesagt, ich war gerade hier in der Nähe. Und …« Er bricht ab.

»Und …?«, helfe ich aus.

»Und …« Er gibt sich einen Ruck und sieht mir direkt in die Augen. »Die Wahrheit ist, dass ich einen Vorwand gesucht habe, um Sie wiederzusehen. Nachdem es schon am Telefon so schwierig war ….« Er hält mir die Papiertasche hin. »Hier, bitte.« Mit dem Blumenstrauß und der Papiertüte in der einen Hand, wird das Festhalten des Badetuches mit der anderen langsam ein Problem. Zu allem Überfluss meldet sich Jonathan mit einem erneuten »Darling, wo bleibst du?« aus der Küche wieder. Plötzlich bin ich sehr froh, dass ich nicht allein mit Jonathan sein muss. Ich trete zur Seite und sage: »Das ist sehr nett von Ihnen. Kommen Sie doch rein!«

Ich führe ihn in die Küche, wo ich Jonathan vorstelle: »Das ist Jonathan Andersen, der Vater meines Sohnes. Er kam vor ein paar Minuten überraschend vorbeigeschneit.« Ich hoffe, dass Robin Spätling diese Ansage richtig mit *Ich habe allein geduscht und bin an dem Mann nicht mehr als Mann interessiert* übersetzt. Aber wie soll ich ihn denn nun vorstellen? Ich entscheide mich für ein schlichtes: »Das ist Robin Spätling.«

»Guten Tag.« Der Optiker schaut meinen Exfreund etwas unsicher an.

»Hey«, antwortet Jonathan ziemlich knapp.

Dann stehen sich die beiden einen Moment schweigend gegenüber. Geht meine Phantasie mit mir durch, oder höre ich den Soundtrack von *High Noon* im Hintergrund?

»Ich ziehe mir schnell etwas an«, entschuldige ich mich schnell und suche das Weite.

Zu einem Schusswechsel kommt es nicht. Als ich – zwar noch mit feuchten Haaren, aber in T-Shirt und Hose – wieder in der Küche auftauche, haben die Männer den Tisch gedeckt. Der Blumenstrauß steht neben Jonathans Brötchentüte.

»Komm, Sweetheart, setz dich.« Mein Ex rückt mir einen Stuhl heran.

»Milch?« Robin Spätling beeilt sich, mir einen Kaffee einzugießen. »Zucker?«

Dann sitzen wir drei schweigend am Tisch und frühstücken. Obwohl ich doch nun wirklich nicht auf den Mund gefallen bin, fällt mir beim besten Willen kein Thema ein, das beide interessieren könnte. Bei Jonathan weiß ich zwar mit großer Sicherheit, was ihn nicht interessiert: Klatschgeschichten über europäische Königshäuser, deutsche Innenpolitik und Krankheiten aller Art. Aber bei Robin weiß ich noch nicht einmal das. Gibt es Optikerwitze? Nach dem Schema: *Kommt ein Mann zum Optiker?* Wie viele Optiker gibt es in der Filmgeschichte? Kennt jemand einen Roman über einen Optiker? Optiker, das wird mir klar, sind smalltalktechnisch harte Nüsse. Gedankenschwer zerpflücke ich mein Croissant.

Immer noch sagt niemand etwas. Dabei würde ich gerne etwas fragen: Wie lange Jonathan wohl bleiben wird. Vielleicht lange genug, um am Fußballspiel teilzunehmen? Damit wäre doch mein großes Problem gelöst.

Oder?

Ich erkenne in diesem Moment mit derselben Klarheit, mit der ich vorhin wusste, dass ich Jonathan nicht mehr liebe, noch etwas ganz anderes. Dass es mir nämlich doch um viel mehr geht als dieses Fußballspiel. Nämlich um einen Mann, der meinen Sohn mit Zuverlässigkeit und Liebe durch sein Leben begleitet, und zwar länger als für zwei Halbzeiten. Das kann Jonathan auf keinen Fall sein. Klar, er liebt Tim – aus der Ferne. Aber zwischen Eltern und Kindern funktionieren Long-Distance-Beziehungen genauso wenig wie zwischen Männern und Frauen.

Wo will er eigentlich wohnen? Ich sehe die selbstverständliche Bewegung vor mir, mit der er seinen Rucksack im Flur fallen gelassen hat, und werfe ihm einen alarmierten Blick zu. Auf keinen Fall hier! Was wird dann aus meiner Romanze mit Patrick?

Oh. Patrick! Den hatte ich nun wirklich für einen Augenblick ganz vergessen.

Jonathan bricht schließlich das Schweigen, indem er mit einem butterverschmierten Messer erst auf Robin, dann auf mich zeigt und sagt: »Seid ihr ein Paar?«

Ist das peinlich! Ich traue mich gar nicht, Robin Spätling anzusehen. Schnell fahre ich Jonathan über den Mund: »Das geht dich doch wohl gar nichts an.«

Jonathan lacht. »Ach, nein? Mich interessiert aber, mit welchen Menschen mein Sohn aufwächst.« Er wendet sich direkt an Robin. »Also, haben Sie etwas mit ihr?«

Mein netter Optiker ist völlig verwirrt. Er blickt mich unsicher an. Eine feine Röte überzieht seine Wangen, aber er sagt nichts.

»Was machst du eigentlich in Hamburg?«, gehe ich dazwischen.

Jonathan streicht sich beschwingt Honig auf ein Brötchen. »Ich wollte dich sehen – und natürlich unseren Sohn. Außerdem wollte ich mich einmal wieder richtig ausruhen und verwöhnen lassen.« Er futtert stillvergnügt, während ich mich langsam wieder fasse.

»Wo genau willst du dich ausruhen? Vom wem genau willst du dich verwöhnen lassen?«

»Verwöhnen lassen möchte ich mich natürlich von dir und ausruhen«, er breitet die Arme aus, »hier in unserer alten Wohnung. Ich muss unbedingt Klamotten waschen, richtig ausschlafen, zur Ruhe kommen. Ich werde auch nicht jünger.« Er wendet sich vertraulich an Robin. »Trautes Heim, Glück allein, verstehen Sie?«

Ich möchte ihn schütteln. Ihn anschreien, was er sich einbildet. Robin Spätling erklären, dass das alles ganz anders ist, als es gerade aussieht. Ich setze an ... und produziere zum zweiten Mal an diesem Morgen ein wenig eloquentes: »Öh.« Hinter meiner Stirn manifestiert sich ein pochender Schmerz, an dem nicht allein der Rotweingenuss der letzten Nacht schuld ist. Außerdem fängt meine Nase an zu kribbeln. *Bei meinem Glück habe ich mir vorhin im kalten Korridor eine Erkältung geholt,* denke ich voller Selbstmitleid. Ich greife in meine Handtasche, die am Küchenstuhl hängt, und fingere nach Papiertaschentüchern. Dabei gerät mir meine Tessa-Martin-Figur in die Finger. Ach, Tessa! Was würdest du jetzt wohl tun? Tessa würde niemals so in ihrer Agentinnenküche sitzen: Mit nassen Haaren und zwei Männern, von denen einer ihr Liebhaber war und einer vielleicht niemals ihr Liebhaber wird. Während Robin Spätling weiter schweigt und Jonathan sich über das letzte Croissant hermacht, bin ich plötzlich weit weg.

In der Luft hing ein Gemisch aus teurem Parfüm, Zigaretten und Risikobereitschaft. Tessa Martin setzte ihr Pokerface auf. Sie warf einen kurzen Blick auf die Karten in ihrer Hand und taxierte dann die Mitspieler. Der blonde Typ links von ihr hätte eigentlich ganz gut aussehen können, wenn er nicht mit Zigarre und weißem Anzug die Möchtegern-Ausgabe vom Großen Gatsby gegeben hätte. Über den schweigsamen Spieler auf ihrer rechten Seite war sie sich noch nicht klar.
Der Gigolo im weißen Anzug legte demonstrativ ein dickes Bündel Euroscheine auf den Tisch. Tessa wusste, dass das Geld nicht ihm gehörte. Es gehörte einer sehr reichen und sehr einsamen älteren Frau, die zur Stunde in der Oper saß und sich kaum auf den Fidelio *konzentrieren konnte. Die fürchtete, was Tessa längst wusste: Der Große Gatsby war ein Heiratsschwindler, ein mieser Mitgiftjäger. Er würde nach dem Besuch des Spielcasinos die Biege machen und niemanden mehr von der Oper abholen. Vorher aber wollte er noch kräftig absahnen. Dass er sich ausgerechnet Skat dafür ausgesucht hatte, machte ihn fast schon sympathisch. Sie spielten um fünfzig Euro pro Punkt, bei tausend Punkten war Schluss. Die Runde näherte sich dem Ende. Der Beau hatte bereits ein verdächtig leichtes Spiel gehabt. Ob er mit gezinkten Karten operierte? Es war auf jeden Fall an der Zeit, dem Schleimer Kontra zu geben. Im wahrsten Sinne des Wortes. Ihr wortkarger Mitspieler zur Rechten wirkte zwar etwas irritiert, aber er hatte bis achtundvierzig mitgereizt, woraus sie schloss, dass er auf ihrer Seite war. Irgendwann musste sich schließlich jeder entscheiden, mit wem er spielte.*
Ihre Kalkulation ging auf: Am Ende verlor der sichtlich

nervös gewordene Gatsby den letzten Stich an den gebunkerten Herz-Buben ihres diskreten Mitspielers. Tessa legte noch zwei todsichere Null-Ouvert vor und durchbrach mit ihrem letzten Spiel, einem Herz-Trumpf ohne zwei, die Schallmauer der tausend Punkte. Ihr ruhiger Mitspieler lächelte zum ersten Mal an diesem Abend. Gatsby dagegen brauchte ein paar Momente, um seine Fassung wieder zu gewinnen und sein öliges Grinsen erneut auf seinen Zügen zu befestigen. Sie holte aus ihrer Tasche einen gefütterten Umschlag und entnahm ihrem Gürtel einen schwarzen Schreiber. Nachdem sie das Geld in den Umschlag gesteckt hatte und etwas auf die Vorderseite gekritzelt hatte, winkte sie einen Kellner heran. »Könnten Sie das für mich in die Oper bringen lassen? Frau Eleonore Hauff sitzt in der fünften Loge, Platz zwei.« Sie händigte dem Kellner den Umschlag aus und gab ihm ein großzügiges Trinkgeld. Gatsby sah dem Mann erschrocken nach. Er wollte aufstehen, doch Tessa drückte ihn mit stahlhartem Griff zurück in den Stuhl und schleuderte ihm einen Blick zu, der gefrierbrandauslösend war. »Ich bin noch nicht fertig mit Ihnen. Der Herr da drüben«, sie zeigte auf einen älteren Mann im Smoking, der beim Roulettetisch saß, »ist von der Kriminalpolizei. Und die Dame am Black Jack ist Fotoreporterin der hiesigen Lokalzeitung. Sie hätten nicht hierher kommen sollen. Dachten Sie, ich wäre nicht bestens darauf vorbereitet?« Gatsby erbleichte angesichts seiner vernichtenden Niederlage, die Tessa so perfekt eingefädelt hatte. Kleine Tropfen kalten Schweißes erschienen auf seiner Stirn.

Der Schweiger, der die ganze Szene mit unbewegtem Gesicht verfolgt hatte, stand auf und sagte zu Tessa: »Wollen Sie mir die Freude machen, mir bei einem Glas Champagner Gesellschaft zu leisten?«

Tessa nahm seinen Arm: »Ein Ramazzotti wäre mir lieber.«

Ich stehe wütend auf und sage zu Jonathan: »Ich glaube, du spinnst! Das ist *meine* Wohnung und nicht dein trautes Heim! Du glaubst wohl, du kannst kommen und gehen, wann du willst, und hier wartet immer ein warmes Bett auf dich? Dann kann ich dir nur eins sagen: Vergiss es!« Ich halte, selbst erstaunt über meinen Ausbruch, inne. Robin blickt erst geniert auf seinen Teller, streift mich dann aber mit einem Blick, in dem ich glaube so etwas wie Bewunderung zu lesen. Jonathan wirkt jedoch völlig unbeeindruckt. Er wischt sich gelassen die Hände an seiner Jeans ab. »Darling, es geht mir vor allem um Tim. Ich möchte einfach Zeit mit ihm verbringen. Vater-und-Sohn-Sachen mit ihm machen. Schwimmen gehen, campen, ins Museum, ins Kino.«

»All die spektakulären Aktionen, die viel spannender sind als Windeln wechseln und Breikotze wegwischen. Jetzt, wo er groß ist, kommst du, um im Museum den fürsorglichen Papa zu spielen?«, höhne ich.

Es klingelt schon wieder an der Tür. Jonathan springt auf. »Ich geh schon.«

»Ist hier sonntagvormittags immer so viel los?«, erkundigt sich Robin irritiert. »Ich glaube, ich sollte lieber gehen.«

»Nein!« Das will ich auf keinen Fall. Ich schüttele den Kopf und murmele: »Es tut mir Leid, dass Sie das alles miterleben mussten.«

Bevor er antworten kann, stürmt Tim in die Küche. Er zieht Jonathan hinter sich her. »Papa ist da! Papa ist da!«

Ich nehme ihn auf den Arm. »Na, wie war's im Kindergarten?«

Statt einer Antwort beäugt mein Sohn Robin Spätling misstrauisch, der sich gegen die Fensterbank lehnt. »Wer ist das?«

»Das ist Robin. Bei ihm habe ich meine neue Sonnenbrille gekauft.«

»Robin?« Tims Augen werden größer. »Wie Robin Hood?«

Robin Spätling nickt. Es stellt sich heraus, dass bei der Übernachtung im Kindergarten der Zeichentrickfilm *Robin Hood* gezeigt wurde. Unser Gast steigt dadurch merklich in Tims Achtung. »Mama hat eine CD mit Robin Hood«, informiert er Robin gönnerhaft. »Der singt schön.«

»Du meinst doch sicher Robbie Williams.« Jonathan verzieht das Gesicht. Ihm ist das Gespräch wohl zu Robin-lastig. Kurzerhand nimmt er mir Tim ab. »Hey, Buddy, nun erzähl mal, was ihr sonst noch so gemacht habt.« Dann flüsterte er mir mit einem viel sagenden Blick zu: »Irre, dass er mich noch immer kennt.«

Kunststück, denke ich. *Weil ich die Erinnerung an dich bei ihm wachhalte.* Aber es ist wirklich schön, das Glück in Tims Gesicht zu sehen. Er strahlt Jonathan an und erzählt: »Wir sind ganz lange aufgeblieben und haben Gruselgeschichten gehört und dann hat sich Virginia übergeben und später Julian und dann Frau Hinze. Ganz viele Kinder sind von ihren Eltern abgeholt worden. Das war toll! Dauernd hat jemand gespuckt!«

»Wieso haben sich denn alle übergeben?«, erkundige ich mich besorgt.

Tim strahlt immer noch. »Weiß ich nicht. Aber Fabians Mutter hat uns einen Zettel mitgegeben für die, die sich nicht übergeben haben. Er ist in meinem Rucksack. Soll ich den mal holen?« Er strampelt sich los und rast, das Starten eines Formel-1-Wagens imitierend, in den Flur. Wenige Sekunden später hält er mir einen zerknitterten Zettel unter die Nase. Ich lese halblaut: »Brechdurchfall. Ein Virus. Hoch ansteckend. Prost Mahlzeit! Morgen fällt deswegen der Kindergarten aus. Na, klasse, dann muss ich dich mit zur Arbeit nehmen. Hoffentlich steckst du mich nicht an.«

Zu aller Überraschung sagt Robin Spätling: »Na, da passt es doch prima, dass Tims Vater jetzt hier ist.«

Jonathan, der bei den Worten Brechdurchfall und Virus an die Spüle getreten ist, um sich die Hände zu waschen, dreht sich überrascht um. »Häh?«

Robin Spätling wuschelt Tim durch die Haare und wirkt plötzlich ganz souverän. »Jetzt, wo Sie hier sind, braucht Gabriele sich nicht extra um einen Babysitter für Tim Gedanken zu machen. Sie kümmern sich doch bestimmt gerne um ihn. Vater-und-Sohn-Sachen – Sie wissen schon.«

Ich muss schwer an mich halten, um nicht laut loszulachen. Dieser Spätling hat es faustdick hinter den Ohren! Ich versuche seinen Blick aufzufangen, aber er sieht scheinbar unbeteiligt an mir vorbei. Jonathan ist so perplex, dass ihm nicht einmal auffällt, dass Robin mich »Gabriele« genannt hat und mich daher definitiv nicht näher kennen kann. Tim ist von der Aussicht, seinen Vater den ganzen Tag für sich zu haben, hoch erfreut. Er hängt sich an Jonathans linken Arm und hopst auf und nieder. Dazu singt er: »Papa spielt den ganzen Tag mit mir. Papa spielt den ganzen Tag mit mir.«

Jonathan grinst schief auf seinen Sohn hinunter. Ihm ist anzusehen, dass er sich *Trautes Heim, Glück allein* anders vorgestellt hat. Doch als er die erwartungsvollen Blicke der in der Küche Versammelten auf sich spürt, reißt er sich zusammen. »Nun ja, eigentlich bin ich ja nur auf der Durchreise. Aber morgen nehme ich mir natürlich Zeit für dich. Nur, dann muss ich bald weiter.«

»Ach ja? Das ist ja schade. Wo musst du denn hin?«, frage ich scheinheilig.

»Nach Holland«, antwortet Jonathan rasch. »Da besuche ich eine Bekannte.« Jetzt wechseln Robin Spätling und ich doch einen Blick. Der ist nicht hämisch, sondern einfach amüsiert, wie ich erfreut feststelle. Jonathan ergänzt: »Eine … äh … entfernte Bekannte.« Ich nicke verständnisvoll: »Da kann man nichts machen. Schade ist es aber natürlich trotzdem.«

»Dann wünsche ich Ihnen morgen einen wunderbaren Tag mit Ihrem Sohn«, sagt Robin Spätling und fügt an mich gewandt hinzu: »Jetzt muss ich wirklich los.« Er geht aber nicht, ohne sich mit mir für nächsten Freitag zu einem Ausflug an die Elbe zu verabreden. Seinen Sohn Lasse will er auch mitbringen. Ich glaube, ich war in meinem ganzen Leben noch nicht so viel an der frischen Luft wie in diesem Jahr! Ich bringe ihn an die Tür und bedanke mich. Er ist überrascht: »Wofür?«

Ich bin verlegen. »Na, für das Brillenetui, die Blumen und Ihre Hilfe.« In meinen Gedanken duze ich ihn schon, aber in der Wirklichkeit steht noch das sperrige Sie zwischen uns. »Ohne Sie hätte sich Jonathan ernstlich bei mir eingenistet. Ich meine … Wissen Sie … ich mag ihn, er ist Tims Vater. Ich habe ihn …« Ich verstumme.

»Sie haben ihn einmal geliebt.«

Ich nicke.

»Aber Sie sind froh, dass er bald wieder verschwunden sein wird.«

Ich nicke noch einmal.

»Und Sie glauben, meine Anwesenheit hat ihn in die Flucht geschlagen?« Er ergreift meine Hand und schüttelt sie. »Das ist ein nettes Kompliment. Aber ich glaube, es war mehr der Brechdurchfall. Teilzeiteltern werden bei solchen Nachrichten schnell panisch. Was verständlich ist. Erst wenn man vier schlaflose Nächte mit Windpocken erfolgreich hinter sich gebracht hat, schreckt einen so etwas nicht mehr. Nicht wahr?« Er lächelt mich an. »Also, bis dann.«

Ich lächle zurück. »Ja, bis Freitag!«

Der Rest des Sonntags gestaltet sich erstaunlich harmonisch. Wir gehen zu dritt auf den Spielplatz, und als ich zur Arbeit muss, begleiten mich Jonathan und Tim. Vor dem Abendgeschäft essen wir bei Leo Pizza, und dann bringt Jonathan unseren Sohn nach Hause. »Ich warte im Bett auf dich«, raunt er mir beim Abschied ins Ohr.

Ich klopfe mit dem gekrümmten Zeigefinger leicht gegen seine Stirn. »Träum weiter, Jonathan. Ich habe dir Bettzeug auf das Sofa im Wohnzimmer gelegt.« Den ganzen Tag habe ich immer wieder meine Gefühle für ihn überprüft und bin immer wieder zu demselben Ergebnis gekommen. *Ich liebe ihn nicht mehr.* Und diese Erkenntnis erleichtert mich so kolossal, dass ich ihm fast schon wieder dankbar bin für sein Auftauchen. Aber auch nur fast.

Jonathan wirft mir unbeeindruckt eine Kusshand zu. Dabei trägt sein Gesicht deutlich einen *Das-wollen-wir-doch-mal-sehen*-Ausdruck. Ich schicke ihm eine hochgezogene *Überschätz-dich-nicht*-Augenbraue hinterher.

Als ich nach Mitternacht nach Hause komme, finde ich Jonathan tatsächlich in meinem Bett vor – mit Tim an seiner Seite. Überall im Flur liegen Kissen und Kuscheltiere, in Tims Zimmer ist das Bettzeug halb aus dem Bett gerissen. Zeugen eines erbitterten Kampfes zwischen Vater und Sohn, den Tim gewonnen hat. Grinsend mache ich es mir auf dem Sofa bequem und lasse noch einmal Revue passieren, wie der Tag heute Morgen anfing. Wie lässig Robin Spätling Jonathan in die Schranken gewiesen hat! Doch dann verblasst Robin Spätling vor meinen Augen, und ich wende mich meiner aktuellen Lieblingseinschlafphantasie zu: Patrick mit geöffnetem Hemd in einer italienischen Strandbar. *Hach …!*

Montag, der schrecklichste Tag der Woche, meint es endlich einmal gut mit mir. Dem unausgeschlafenen Jonathan beschert er jedoch den gnadenlosen Alltag mit einem quirligen Fünfjährigen. Als ich um fünf Minuten nach acht die Küche betrete, steht Jonathan kurz vor einem Nervenzusammenbruch. Unrasiert und ungeduscht liegt er in einem verkrumpelten T-Shirt und Boxershorts auf dem Boden und leistet nur noch schwache Gegenwehr, von Tim als lebendes Trampolin benutzt zu werden. »Weißt du, wann er mich heute Morgen geweckt hat?«, schreit er mich von unten an. »Um halb sechs Uhr! Weil er spielen wollte!« Während ich mir Milch aufschäume, erzählt er mir, immer noch am Boden liegend, von seinem Leid. Obwohl ich keine Miene verziehe, lauert in mir ein riesiges Gelächter auf eine Chance loszubrechen. Und es ist, ich muss es zugeben, mehr als nur ein bisschen schadenfroh. Jonathan, unerfahren in der Abwehr morgenaktiver Kinder, ist natürlich auf alle Tricks unseres Sohnes hereingefallen. »Wieso lässt er dich schlafen?«, beklagt er sich. »Ich habe versucht, Tim zu überreden, zu dir zu gehen. Das hat er aber rundheraus abgelehnt!«

Jetzt lache ich doch laut. »Johnny, der weiß, was ihn erwartet, wenn er das tut. Tim, hör jetzt auf, auf Papa herumzuhopsen. Wenigstens für einen Augenblick.«

Tim stellt sein Tun tatsächlich ein. Als sich Jonathan stöhnend aufrappelt und auf einen Stuhl hievt, krabbelt er jedoch sofort auf seinen Schoß und nimmt ihn nun verbal unter Beschuss. »Wann gehen wir ins Kino? Du hast es versprochen. Und Eis essen wollten wir auch noch.«

»Also, Timmy, weißt du …«

»Du hast es *versprochen!*«

Ich unterdrücke wieder ein Lächeln, als ich Jonathans erschrecktes Gesicht sehe. Bestimmt hat er kaum Geld. Doch diesmal werde ich mich hüten, ihm aus der Verlegenheit zu helfen. Wahrscheinlich hatte er ohnehin irgendwo eine *Freundin,* die er mit seinem fingerdicken Charme anpumpen kann. »Viel Spaß, ihr beiden! Ich gehe jetzt duschen, und um elf muss ich zur Arbeit.«

Jonathan sieht Tim unfroh an. »Tja, Buddy, dann wollen wir mal.« Als Tim ein Jubelgeheul ausstößt, schließt er gequält die Augen. Woraufhin ich summend ins Badezimmer entschwinde.

Robin Spätlings Prophezeiungen treten ein: Nach mehr als zwölfstündigem Aktiv-Vater-Sein gerät Jonathan in Panik. Als ich in meiner Pause am Nachmittag nach den beiden sehe, packt er bereits seinen Rucksack. Tim hopst unterdessen durch die Wohnung und kreischt: »Eis essen! Eis essen!« Ein großes Pflaster an der Stirn scheint seinem Wohlbefinden keinen Abbruch zu tun. Genauso wenig wie die braunen Fußabdrücke, die er in der ganzen Wohnung verteilt. »Er ist im Zoo gegen ein Schaukelgerüst gelaufen«, erzählt Jonathan matt. »Außerdem ist er beinah in das Eisbärenfreigehege gefallen, hat keinerlei Lust auf Museum gezeigt und sich stattdessen mit Anlauf in eine riesige Pfütze vor dem Schweinekoben des Streichelzoos geworfen.«

»Was zu riechen ist«, kommentiere ich, wieder einmal ein Lachen unterdrückend. Ich schnappe mir Tim, stecke ihn in die Badewanne und seine dreckigen Klamotten in die Waschmaschine. Währenddessen sammelt Jonathan seine überall in der Wohnung verstreuten Utensilien zusammen. Es ist schon erstaunlich, wie viel Territorialansprüche ein Mann innerhalb von vierundzwanzig Stunden erheben kann! Ich zupfe Jonathans Zahnbürste aus meinem Zahnputzbecher und kann im letzten Moment eine meiner teuren Jogginghosen aus seinem Rucksack ziehen. In meine Erleichterung über seinen hastigen Abschied mischt sich eine gehörige Portion schlechtes Gewissen. Mit der vollen Dosis Tim habe ich dafür gesorgt, dass sein heiß ersehnter Vater die Flucht ergreift. Mein armer Sohn hat einen taktierenden Racheengel als Mutter und einen Vater, der genetisch einfach nicht für familiäre Dauerbelastung bestimmt ist. Ich tröste mich damit, dass dies ein Gendefekt ist, den er wohl mit den meisten Vätern teilt.

»Deine Sportsocken!« Ich reiche Jonathan ein Paar, das er in der Küche liegen gelassen hat. »Wir wollen doch nicht riskieren, dass du wegen denen noch einmal zurückkommen musst.«

»Danke.« Jonathan blickt suchend um sich. »Ich glaube, damit hab ich alles.«

»Wo willst du jetzt hin?«

»Ach, heute Abend treffe ich ein paar Kumpels und morgen geht's Richtung Utrecht. Vielleicht fange ich da ein neues Studium an. Sinologie oder Archäologie.« Er lächelt nebulös.

»Du kannst aber gerne noch hier bleiben«, sage ich zuckersüß.

»Nee, lieber nicht.« Jonathan schaut mich nachdenklich an. »Ich hatte mir das ganz anders vorgestellt. Du und ich, die alten Zeiten ... Aber du hast ja jetzt wohl Ersatz.« Er zeigt auf einen großen Blumenstrauß, der in Papier gewickelt auf dem Küchentisch liegt und mir noch gar nicht aufgefallen ist. »Es ist eine Karte dabei. Von einem Patrick.«

Ich bin empört: »Du hast meine Karte gelesen?«

»Ich wollte doch wissen, von wem sie ist.« Er grinst mich frech an, mit diesem einmaligen Zwinkern in den Augen, das ich früher so unwiderstehlich fand.

»Ach, du!« Ich drohe ihm und packe den Strauß aus. »Rote Rosen?« Dann lese ich die Karte:

Bei deinem Anblick werden sie beschämt die Köpfe hängen lassen!
Patrick

Ich seufze. Jonathan lacht schallend. »Ein ganz schöner Süßholzraspler, dieser Patrick. Da hat mir dein Robin Hood von gestern besser gefallen. Seine Blumen übrigens auch.« Er zeigt auf den Strauß mit bunten Frühlingsblumen, der in einem Tonkrug auf der Fensterbank steht.

»Verabschiede du dich lieber von Tim«, schneide ich ihm das Wort ab und scheuche ihn ins Badezimmer. Wie erwartet erhebt unser Sohn ein großes Protestgeheul, und ich verdrücke mich schnell ins Schlafzimmer. Damit muss Jonathan allein fertig werden. Jedenfalls denke ich mir das so in meiner grenzenlosen Gedankenlosigkeit. Natürlich ist Tim nicht nur auf die Weise traurig, wie er traurig ist, wenn er kein zweites Eis bekommt. Oder wenn er nicht bei Oma übernachten darf, wenn er will. Oder wenn er nicht bei mir schlafen darf. Es geht viel tiefer.

Anfangs merke ich das gar nicht richtig. Tim jault los und Jonathan macht den Gute-Laune-Kasper. Wir essen noch zusammen, dann bricht Jonathan auf. Er umarmt mich kurz und wir geben uns artig Wangenküsse. »Mach's gut!«, sage ich.

»Pass auf Tim und dich auf«, sagt er. »Und du, Buddy, hast ein Auge auf deine Mutter.«

Tim aber sagt gar nichts. Er klammert sich schweigend an Jonathans Oberschenkel. Dicke Tränen laufen seine Wangen hinunter. Erst redet Jonathan sanft und begütigend auf ihn ein, dann mit etwas gereiztem Unterton. Am Ende muss ich Tim regelrecht von Jonathans Bein wegreißen. Und heule mit meinem Sohn um die Wette, weil mir der kleine Kerl so Leid tut.

Als Jonathan endlich aus dem Haus ist, rennt Tim nicht etwa wütend in sein Zimmer, wie ich eigentlich erwartet habe. Er lässt sich dort, wo er steht, einfach auf den Boden fallen und heult still und stetig weiter. Er hört auch nicht auf, als ich ihn schließlich hochhebe und in sein Zimmer trage. Er weint sich in den Schlaf, während ich an seinem Bett stehe und nichts sagen kann, das ihn tröstet. Was auch? *Alles wird gut?* Ich weiß mit an Sicherheit grenzender Wahrscheinlichkeit, dass nichts in Sachen Jonathan wieder gut wird. Er wird mal auftauchen, mal abtauchen, liebenswert sein und doch unzuverlässig. Heute hier, morgen dort. Er wird weder zu Fußballspielen noch zu Schulabschlussfeiern kommen. Und wenn doch, steht zu befürchten, dass er dem eigenen Sohn die Tanzpartnerin ausspannt. Und weil mir nichts einfällt, sage ich dann auch nichts. Ich streichle meinen Sohn und sehe zu, wie er langsam einschläft und sogar im Traum noch ein paar Mal ein herzzereißend tiefes Schluchzen ausstößt. Wie gerne würde ich ihm sagen, dass der Schmerz irgendwann vergeht. Dass er eines Tages beim Gedanken an seinen Vater plötzlich merken wird, dass die Wunde geheilt ist, so wie es mir gestern selbst ging. Natürlich kann mein Sohn das jetzt noch nicht begreifen. *Aber vielleicht*, denke ich, *hat er einen Teil des Kummers morgen schon vergessen.*

Die ganze folgende Woche ist Tim stiller als sonst. Er geht die Treppen langsam, anstatt wie sonst zu poltern und mindestens drei Stufen auf einmal zu überspringen. Er schließt die Türen und knallt sie nicht. Wenn ich in sein Zimmer komme, sitzt er oft vor den Legosachen, die er mit Jonathan gebaut hat. Er spielt nicht damit, er baut nichts Neues. Er sitzt einfach nur da und guckt sich an, was er mit Jonathan gebaut hat.

Als ich am Donnerstagnachmittag zum ersten Mal wieder höre, wie er die Wohnungstür so krachend hinter sich zuwirft, dass etwas Putz aus der Wand rieselt, bin ich so froh, dass ich ihm einen Kuss gebe, statt ihn auszuschimpfen. Langsam findet er wieder zu sich selbst und ist wieder laut und unbekümmert. Aber über Jonathan oder das Fußballspiel spricht er nicht.

Für mich verstreicht die Woche mit der Sorge um Tim, meiner Arbeit im Restaurant und ohne große Ereignisse. Jonathan ist weg. Björn versucht, mich zum Kauf einer neuen Waschmaschine zu überreden, und bietet sich an, sie gemeinsam mit mir auszusuchen. Patrick arbeitet weiter in Travemünde in einem Hotel und schickt romantische SMS. Und

Robin Spätling kann ich nicht anrufen. Schließlich sind wir verabredet. Es gibt also keinen Grund. Und ich werde mich hüten, einen zu suchen.

Endlich ist der Freitag da! Komischerweise habe ich keinerlei Erwartungen, mehr als ein paar sonnige Stunden am Wasser mit Robin Spätling und unseren Söhnen zu verleben. *Vielleicht ist das einer der Vorteile beim Älterwerden,* rede ich mir ein: *Eine Verabredung mit einem Mann muss nicht notwendigerweise im Bodyclinch oder mit einem Heiratsantrag enden, um als erfolgreich zu gelten.* Dabei verdränge ich den Gedanken an einen gewissen Barpianisten geschickt und nehme mir vor, stattdessen den Optiker auf seinen VQ zu testen und ihm auf den Zahn zu fühlen, was eine mögliche Teilnahme an Tims Fußballspiel angeht. Ich bereite ein kleines Picknick vor und bin gerade mit dem Einpacken fertig, als es an der Tür klingelt. »Tim, beeile dich! Wir werden abgeholt!«

Warum Tim immer gerade dann auf die Toilette muss, wenn wir loswollen, gehört zu den großen Geheimnissen meines Lebens. »Tim, nun mach schon!« Ich reiße die Tür zum Badezimmer auf. Habe ich es mir doch gedacht: Da sitzt das Bürschchen quietschvergnügt mit runtergelassener Hose auf dem Klo und spielt Gameboy! Ich pflücke meinen Sohn in Windeseile von der Brille, schnappe mir den Kinderautositz und stehe wenige Minuten später vor dem Haus. Doch von Robin Spätling ist weit und breit nichts zu sehen.

»Warum mussten wir uns denn so beeilen?«, mault Tim. »Hast du meinen Gameboy eingepackt?«

»Dein Gameboy heißt heute Lasse.« Ich sehe suchend die Straße hinunter. Ein leuchtend roter Ford Galaxy braust mit Lichthupe auf uns zu und bleibt dann mit Warnblinklicht in der Feuerwehreinfahrt vor dem Haus stehen. »Hey, das sind sie!«

»Der Junge ist bestimmt doof«, macht Tim mir Mut.

Robin Spätling springt aus dem Wagen. »Entschuldigt! Ich habe keinen Parkplatz gefunden und bin noch einmal um den Block gefahren.« Er sieht mich überrascht an. »In Jeans sehen Sie ganz anders aus.«

»Hatten Sie erwartet, dass ich im Badetuch auftauche?«

»Nein. Aber wir könnten bei einem Partner-Look-Treffen mitmachen.« Tatsächlich tragen wir beide zu Jeans weiße T-Shirts, darüber karierte Hemden und Sportschuhe an den Füßen. Ich kann nur hoffen, dass wir niemanden treffen, den ich kenne! Robin Spätling zeigt auf den Wagen. »Lasse wollte nicht aussteigen. Er ist manchmal ein bisschen bockig.« Wir laden unsere Taschen und Jacken ein, dann öffnet Robin Spätling die Seitentür, hebt Tim ins Auto und schnallt ihn mit seinem Kindersitz neben Lasse fest. Der Junge sieht aus wie ein Minitaturausgabe von Robin: dieselben dunklen Locken, dieselben braunen Augen, dieselbe hohe Stirn. Robin sagt zu seinem Sohn: »Lasse, das sind Gabriele und Tim. Sag guten Tag.«

Ohne uns anzusehen oder auch nur den Kopf zu drehen, erwidert Lasse: »Tag.« Immerhin. Tim presst die Lippen aufeinander.

Ich nehme auf dem Beifahrersitz Platz. Der Wagen ist groß und geräumig. »Schönes Auto!«

»Danke.« Robin Spätling lässt den Motor an und fädelt sich in den laufenden Verkehr ein. »Ein bisschen spießig, aber es fährt sich gut und ist praktisch. Meine Eltern und meine Schwiegereltern haben uns damals bei der Anschaffung unterstützt.« Er wirft einen Blick in den Rückspiegel. »Alles klar da hinten?«

Nach einer Weile antwortet Lasse: »Ja.« Tim schweigt. Ich drehe mich um. Die Kinder sind damit beschäftigt, sich zu ignorieren. Sie sitzen so weit voneinander entfernt, wie ihre

Gurte es zulassen. Lasse guckt aus dem linken Fenster, Tim aus dem rechten. Man könnte meinen, wir hätten sie zu zwei Wochen Stubenarrest verdonnert. Dabei machen wir mit ihnen einen Ausflug!

»Musik?«, fragt Robin Spätling laut und schaltet den CD-Player ein. Diana Kralls Stimme erklingt, während er mir zuflüstert: »Lasse ist immer sehr halsstarrig, wenn er fremde Frauen kennen lernt.«

»Die CD habe ich auch«, freue ich mich extra laut, um gleich darauf umso leiser hinterherzuschicken: »Tim auch, wenn er fremde Männer kennen lernt.«

»Was flüstert ihr da?«, mosert mein Sohn von der Rückbank.

Schnell antworte ich: »Robin hat mir gerade erzählt, welches Lied auf dieser CD sein Lieblingslied ist.«

»Welches denn?«, will Tim wissen.

Robin Spätling und ich sagen wie aus einem Mund: »Das erste!« Danach sehen wir uns verblüfft an – und lachen los. »Wenigstens wir beide werden heute Spaß haben«, meint er.

Ich blinzele in die Sonne. »Es war den ganzen Tag schon so warm. Es wird bestimmt schön an der Elbe.«

Das Schweigen aus dem hinteren Teil des Wagens ist zum Anfassen dick.

Wir parken direkt an der vielstufigen Treppe, die von der Elbchaussee an den Strand führt und von den Hamburgern *Himmelsleiter* genannt wird. Während ich den Rucksack, meine Tasche und ein paar Wolldecken auslade, hopst Tim die ersten Stufen Richtung Elbe hinunter. Robin Spätling wuchtet eine große Plastikkiste aus dem Wagen und treibt den immer noch bockigen Lasse an auszusteigen.

»Was haben Sie denn in der Kiste?«, will ich wissen.

»Strandspielzeug. Schaufeln, Eimer und so Zeug.« Er wird

jetzt lauter: »Komm, Lasse. Sonst musst du alleine hier bleiben.« Der Junge zeigt keine Reaktion.

»Lassen Sie mich mal«, flüstere ich seinem Vater zu, bevor ich rufe: »Strandspielzeug? Das ist großartig, denn ich habe Tims Schaufel vergessen! Tim! Warte, du musst unbedingt in diese Spielzeugkiste gucken.«

»Nee, das ist mein Spielzeug!« Lasse wirft mir einen bitterbösen Blick zu – und springt aus dem Wagen.

Wir finden einen sauberen Platz in der Mitte des Strandes. Robin Spätling erweist sich als gut ausgerüstet: Er befestigt ein Sonnensegel, verteilt mehrere Wolldecken und Isomatten und stellt die Spielzeugkiste in den Sand. Ich setze mich und ziehe die Schuhe aus. »Das mache ich immer zuerst. Ich liebe es, mit nackten Füßen im Sand zu wühlen.«

»Ist es warm genug, dass die Kinder auch barfuß gehen können? Was meinen Sie?«, fragt er.

»Irgendwie geht mir diese Siezerei langsam auf die Nerven. Wollen wir uns nicht duzen?«

»Doch, ja … klar, natürlich.«

Es ist zu nett: Robin Spätling wird rot! »Und würdest du mich bitte Jella nennen und nicht Gabriele? So nennt mich nämlich nur meine Mutter.«

»Also, Jella. Das klingt auch viel … äh … hübscher.« Dann sieht er hinüber zu den Kindern, die noch immer störrisch schweigen und mit rund zwei Meter Abstand voneinander entfernt im Sand sitzen. »Jungs!«, ruft er ihnen zu, »es ist warm genug zum Barfußgehen.« Dabei lacht er mich wieder an und zieht ebenfalls seine Sneaker und Socken aus. Die Kinder reagieren nicht.

Seine Füße sind lang, schlank, gebräunt. Die Nägel sind sauber geschnitten und gefeilt. Hübsche Füße. Ich bin erleichtert. Ich habe schon so einiges an Männerfüßen gesehen – von den fleischigen meines Vaters mit den dicken Nägeln bis zu den gräulichen Fußpilzmauken eines One-Night-Stands, dem die Hornhaut in Fetzen vom Ballen hing. Männerfüße sind sehr aufschlussreich, denn sie verraten: Ist ein Mann gepflegt? Mag er seinen Körper? Kümmert er sich um sich selbst? *Ein Mann, der seine Füße nicht pflegt, schmeißt auch gern dreckige Socken unter das Bett statt in den Korb für Schmutzwäsche,* sagt Christy. Die kann als Schwimmmeisterin ein Lied über ungepflegte Männerfüße singen. Die welche haben, sind auch die, die in ihrem Umkleideschrank schmutzige Unterhosen liegen lassen. Sagt Christy. Dabei fällt mir ein, dass ich gar nicht weiß, wie Patricks Füße aussehen …

Eine halbe Stunde streichen die Jungen stumm umeinander herum. Dann entbrennt ein großer Krach um einen Eimer, aus dem Lasse siegreich hervorgeht, weil er Tim in den Schwitzkasten nimmt.

Robin hält Lasse eine Standpauke, die dieser mit trotzig vorgeschobener Unterlippe über sich ergehen lässt, ohne die Beute loszulassen. Ich will natürlich meinen armen Sohn trösten, werde aber von ihm weggeschoben. »Lass mich in Ruhe!« Also gehe ich wieder zurück auf die Wolldecke und spüre, wie meine Freude an dem Tag verfliegt. Dabei könnte alles so schön sein! Das Wasser glitzert, der Himmel ist blau, es weht eine leichte Brise, ich habe einen freien Nachmittag und es ist fast Sommer. Aber Tim steht trotzig und verletzt und besiegt im Sand und guckt den Schiffen nach, die sich bei auflaufendem Wasser in den Hafen schieben.

Robin setzt sich neben mich und beobachtet Lasse, der wütend und sinnlos mit der Schaufel Sand hin und her schnippt. Er runzelt die Stirn. »Verkehrte Welt! Wenn man seine Kinder zusammenbringt, hat man ein ähnliches Gefühl wie früher beim Antrittsbesuch bei den Schwiegereltern. Dabei geht es nur um einen Ausflug! Ich hatte nicht den Plan, dir ein Haus zu bauen oder mit dir ein Apfelbäumchen zu pflanzen.«

Ich nicke. »Tim hat immer Angst, dass ich mich in einen anderen Mann verliebe. Der Platz soll für Jonathan frei gehalten werden.«

»Ach ja, Jonathan … Wie geht es ihm?«

»Er ist abgereist.«

»Oh.« Robins Lächeln sieht erfreut aus. »Lasse befürchtet stets, dass ich mich in eine andere Frau verlieben könnte. Wenn es nach ihm ginge, müsste ich im Zölibat leben.«

»Als ich klein war, habe ich meine Eltern immer beschworen: Ihr dürft euch nie trennen – aber diesen ekligen Sex, von dem sie in der Schule erzählen, den habt ihr doch nicht etwa, oder? Eltern und Sex, das findet man als Kind schauerlich.«

Robin grinst. »Stimmt. Haben die Beschwörungen genutzt?«

»Leider nicht. Meine Mutter wohnt heute mehr oder weniger solo in Niendorf, mein Vater hat sich völlig aus dem Leben zurückgezogen. Er lebt in einem Kloster in Hessen.«

»Kloster! Ich weiß, wie der Mann sich fühlt.«

»So weltabgewandt wirkst du gar nicht.«

»Das täuscht. Seitdem Katrin und ich getrennt leben, bin ich selten ausgegangen und habe kaum neue Frauen kennen gelernt. Irgendwie stand da immer Lasse im Weg.«

Ich gucke wieder zu den Kindern hinüber und stoße dann Robin an. »Guck mal!« Die Jungs sind dabei, gemeinsam eine Burg zu bauen. Dabei lachen und schwatzen sie, als hätte es niemals Streit zwischen ihnen gegeben.

»Uff!«

»Das kannst du laut sagen!«

Wir lächeln uns an. Ich lasse mich nach hinten auf die Decke sinken, verschränke die Arme hinter dem Kopf und sehe in den Himmel. Jetzt ist der Moment gekommen. »Spielst du eigentlich Fußball?«, frage ich scheinbar beiläufig.

Robin gähnt hinter vorgehaltener Hand und entschuldigt sich gleich dafür. »Das ist die Sonne. Nein, ich spiele kein Fußball.«

»Gar nicht? Nicht das kleinste bisschen?« Ich richte mich enttäuscht auf. »Kein Dosenkicken auf der Straße? Keine Softballbolzen über den Wohnungsflur? Kein Köpfen im Pool mit dem Wasserball?« *Herrgott, Jella, übertreib es nicht!*

Robin sieht mich irritiert an und schüttelt den Kopf. »Nein. Ich habe kein Ballgefühl. In der Schule war ich in Leichtathletik nicht schlecht. Und heute? Ein bisschen Laufen, ein bisschen Fahrradfahren, ein bisschen Schwimmen.«

»Aber du hast doch einen Sohn«, unternehme ich einen letzten Versuch und hoffe, dabei nicht zu anklagend zu klingen. »Spielt der nicht? Ihr müsst doch wenigstens Fußball im Fernsehen angucken!«

»Der Apfel fällt nicht weit vom Stamm. Lasse ist kein großer Sportfan.«

»Alle Jungs lieben Fußball.«

»Lasse nicht.«

Ich lasse mich zurück auf die Decke sinken. Was ist nur mit den Männern los?

9. Kapitel

Funbad Nauquatica
Wassertemperatur: 29° – Lufttemperatur: 26°
Bademeisterin: unsichtbar
Anzahl scharfer Mütter: 0

Björn streckte sich gähnend auf der Liege aus weißem Plastik aus. »Na, wie findet ihr es?«, erkundigte er sich bei Robin und Patrick, die rechts und links von ihm auf ebensolchen Liegen lagen. Es war seine Idee, sich draußen in die Sonne zu legen.

Patrick gähnte herzhaft. »Ganz nett, vor allem ist um diese Uhrzeit noch nicht so viel los.« Tatsächlich hatten sie den Garten, abgesehen von zwei älteren dicken Damen, die sich in den Schatten eines tiefblauen Sonnenschirms zurückgezogen hatten, für sich allein.

»Du willst doch nicht etwa schlafen?«, empörte sich Björn und stieß seinen Freund an, der sich ungerührt die Sonnenbrille vor die Augen schob.

»Doch, denn das habe ich in den letzten vierzehn Wochen viel zu wenig getan. Diese Hotelmucken schlauchen.« Er gähnte schon wieder.

»Ist das wirklich in Ordnung, dass wir die Kinder einfach so abgegeben haben?«, meldete sich Robin zu Wort.

»Klar! Die finden das toll. Wo *Kinderspaß* draufsteht, haben die sofort Spaß«, versuchte Björn die Zweifel zu zerstreuen. Robin war aber nicht so leicht zu beruhigen.

»Ich sehe Lasse eigentlich viel zu wenig und komme mir dann schäbig vor, wenn ich ihn in der knappen Zeit, die wir miteinander verbringen, noch weggebe.«

»Ich finde Fremdbetreuung toll«, sagte Björn. »Mensch, Robin, du gibst ihn nicht zur Adoption frei, sondern schenkst ihm zwei Stunden Spiel, Spaß und Unterhaltung. So steht's jedenfalls im Prospekt.«

Robins Zweifel blieben. Am Tag zuvor hatte er Lasse gar nicht gesehen, weil er den Rechnungsabschluss des Quartals machen musste. Erst weit nach Mitternacht war er aus dem Laden gekommen. Sein Vater hatte Lasse abgeholt und sich am Abend um ihn gekümmert. Heute Morgen hatte Katrin bei ihm angerufen. Ob er sich jetzt auch an den Wochenenden Hilfe holen müsste, hatte sie gefragt, und ob Lasse denn auch wirklich gut versorgt sei. Wenn sie so mit ihm sprach, fühlte sich Robin manchmal wie einer von den dementen Senioren, die sie als Altenpflegerin betreute. Ihr Tonfall löste bei ihm unweigerlich das Gefühl aus, ein Versager zu sein. Mit ihrem offenen Gesicht, den klaren blauen Augen und den kurzen blonden Fransen wirkte Katrin immer noch wie ein Mädchen, das gerade eine frische Seebrise von einer Nordfriesischen Insel in die Stadt geweht hatte. So hatte er sie damals auf eine Party bei Bekannten von Bekannten kennen gelernt. Wie immer, wenn er an dieses erste Treffen dachte, wurde Robin sentimental, und je länger ihre Trennung zurücklag – zwei Jahre waren es bereits –, desto schleierhafter erschienen ihm die Gründe dafür. Eigentlich hatten sie doch gut zusammengepasst. Zugegeben, er hatte vielleicht etwas zu viel gearbeitet. Aber der Laden war nicht von zu Hause aus zu führen. Das hatte Katrin doch früher einmal verstanden. Aber irgendwann hatte sie sich nur noch darüber beklagt, dass sie ständig mit Lasse allein war.

»He, schläfst du jetzt auch?« Björn war unzufrieden mit dem Verlauf des heutigen Morgen. »Ich dachte, ich höre heute die Fortsetzung von euren aufregenden Abenteuern als Junggesellen.«

»Ich lebe in Scheidung«, erinnerte ihn Robin.

»Ja doch, du Korinthenkacker. Aber du wandelst doch auf Freiersfüßen. Was ist jetzt mit der Braut in Schlangenleder?«

»Es war ein roter Lackmantel. Und ... wir haben uns getroffen.«

»Echt? Wow! Und?«

»Nichts *und*. Sie ist großartig. Ihr Sohn ist auch nett. Mal sehen.« Robin wechselte das Thema. »Sollten wir nicht doch nach den Kindern sehen?«

»Robin, wenn du so weitermachst, kannst du bald dem AZÜP beitreten, dem Anonymen Zirkel Überängstlicher Papas!« Björn imitierte den Teilnehmer eines Gruppenabends, indem er sich aufrichtete, die Hände zwischen den Knien baumeln ließ und seinem Gesicht einen depressiven Ausdruck gab. »Guten Abend, ich heiße Robin und bin ein überängstlicher Vater, denn ich vermute, dass meinem siebenjährigen Sohn im Freizeitbad nicht genügend menschliche Wärme gegeben wird.«

Von Patricks Liege war ein leises Schnarchen zu hören. Björn lachte. »Unser Gleitzeit-Papa hat jedenfalls keinerlei Skrupel.« Dann wurde er wieder ernst. »Nun sag schon, irgendwas beschäftigt dich doch. Komm, wir setzen uns in den Whirlpool.«

Wenig später aalten sie sich im warmen Sprudelwasser, und Robin erzählte von der morgendlichen Auseinandersetzung mit Katrin. »Manchmal habe ich das Gefühl, ein richtig schlechter Vater zu sein. Katrin meint, ich hätte mich nicht im Griff. Mein Vater meint, ich hätte Lasse nicht im Griff.«

»Was soll das heißen?«

Robin schwieg. Konnte er Björn seine Gefühle anvertrauen? Immerhin war er nun 35 Jahre alt, aber wenn sein 68-jähriger Vater den Tonfall annahm, mit dem er in Robins Kindheit über seine Familie geherrscht hatte, bekam er immer noch einen Schrecken. Wie er das als Kind gehasst hatte. *Pssst! Vater schläft!* So etwas sollte er mal zu Lasse sagen. Der würde sich kaputtlachen! Als Vater hatte man heutzutage kein Grundrecht mehr auf Schlaf wie vor dreißig Jahren.

»Ich komme mir richtig kindisch vor. Ich bin ... ich bin manchmal eifersüchtig auf Lasse und meinen Vater.«

Björn platschte mit den Fingern im Wasser. »Aber es ist doch super, dass Opa und Enkel sich verstehen.«

Robin hatte geahnt, dass Björn ihn nicht verstehen würde. Der hatte bestimmt einen ebenso großartigen Vater, wie er selbst einer war. Er dagegen lernte seinen eigentlich erst seit ein paar Jahren kennen. Seit dem Tod seiner Frau und Robins Trennung von Katrin lebten sie gemeinsam in Robins geräumiger Altbauwohnung. Was anfangs als Übergangslösung gedacht war, hatte sich von der Zweckgemeinschaft zu einem funktionierenden Modell entwickelt. Ohne seinen Vater Harald würde er Lasse nicht so oft sehen können. Hatte Katrin einen Versorgungsengpass mit dem Kind, lieferte sie ihn im Laden bei Robin oder in der Wohnung bei Harald ab. Meist kümmerte sich Harald um den Enkel, ging mit ihm auf den Spielplatz, hockte mit ihm vor einem Computerspiel oder machte mit ihm Hausarbeiten, während Robin arbeitete. Letzte Woche waren sie sogar zusammen segeln gegangen.

»Mein Vater hält mich und mein Hausmannleben für total bescheuert«, durchkreuzte Björn Robins Gedanken.

»Echt?«

Björn nickte. »Der findet, dass Verena sich einen lauen Lenz in der Firma macht, während ich Dummbeutel zu Hause die Drecksarbeit erledige.«

»Und wenn du arbeiten gingest?«

Björn grinste. »Dann würde er behaupten, dass ich Schwerstarbeit leiste, während Verena sich als Hausfrau wie die Made im

Speck durchfrisst. Du weißt schon: Was machen Mütter eigentlich am Nachmittag?« Seine Miene verdüsterte sich. »Mein Vater findet, dass wir uns heute viel zu viel mit den Kindern beschäftigen. Er sagt: Früher gab es die Pfadfinder oder die Kirche. Das hatten die gut eingefädelt, damit sich die Väter bloß nicht um den Nachwuchs kümmern mussten.«

»Mein Vater findet, dass er sich genug um mich gekümmert hat«, sagte Robin bitter.

»Und, hat er?«

»Klar. Am Sonntagnachmittag, wenn er mit uns mal 'ne halbe Stunde Mensch-ärgere-dich-nicht gespielt hat. Er behauptet, dass ich das verdrängen würde, weil ich so oft verloren habe.«

»Stimmt das?«

»Der Alte hat immer geschummelt!«

Sie lachten.

»Aber das war gar nicht so schlimm. Schlimm war, dass er immer weg war. Er hat nie mit mir gebastelt. Er kannte meine Freunde nicht. Sogar das Schwimmen hat mir meine Mutter beigebracht. Er war immer im Laden.«

»Hast du ihm das mal gesagt?«

»Klar, aber seine Antwort ist dann immer, dass er damit das Geld verdient hat, mit dem meine Rollschuhe oder die Carrera-Bahn bezahlt wurden. Wenn ich dann sage, dass ich gern ein bisschen mehr Vater gehabt hätte, dann schmiert er mir aufs Brot, dass er ganz ohne Vater aufgewachsen ist.«

»Ach ja?«

»Mein Großvater ist nicht aus dem Krieg zurückgekommen.«

Einen Moment schwiegen sie. Björn betrachtet die gerillte Haut an seinen Fingern. »Schon komisch, weil er keinen Vater hatte, durftest du auch keinen haben.«

»Ich kann nicht mal richtig Fußball spielen.«

»Das ist aber nicht nur die Schuld deines Alten.«

Robin machte ein trotziges Gesicht. »Doch. Er hat lieber in seiner Freizeit Fußball in der Glotze geguckt, als mit mir zu spielen. Er fand Fußballspielen unwichtig.«

»Gibt es denn gar nichts Positives, an das du dich erinnerst, wenn du an ihn denkst?«

Robin schwieg. Schließlich sagte er: »Doch, da gibt es eine Situation. Es war irgendwann im Herbst. Ich war allein zu Hause und baute Lego. Aus irgendeinem Grund kam mein Vater früh aus dem Geschäft und hat mir geholfen, einen Flaschenzug zu bauen. Wir haben so gespielt, bis alle Steine verbaut waren. Das dauerte Stunden, ich hatte ja drei große Pappkartons voll mit Steinen! Am Ende hatten wir eine ganze Stadt gebaut, die so schön war, dass meine Mutter erlaubt hat, dass ich sie ein paar Tage im Wohnzimmer stehen lassen durfte. Das war großartig. Ich war ganz allein mit meinem Vater, und ich habe mich so unendlich wichtig gefühlt. Und so glücklich.«

Sie schwiegen einen Moment. Ohne ihn anzusehen, fragte Björn dann: »Hast du das deinem Vater mal erzählt?«

Robin lächelte melancholisch. »Ja, in einer Nacht, als ich zu viel Wein intus hatte. Weißt du, was er gesagt hat? Dass er sich daran nicht erinnern kann. Und dass er niemals beim Mensch-ärgere-dich-nicht geschummelt hat.«

Wieder schwiegen sie. Björn veränderte seine Position und drückte seinen Rücken näher an die sprudelnde Düse.

»Was dein Fußballdefizit angeht, könnte ich dir übrigens helfen, wenn du noch immer Lust hast.«

Ein Schatten fiel auf sie. »He, Jungs, habt ihr Geheimnisse vor mir?« Patrick stand am Rande des Whirlpools.

Björn spritzte ihm Wasser vor die Brust. »Komm rein, du Penner.«

Patrick ließ sich in das warme Wasser gleiten und legte den Kopf in den Nacken. »Hm, das tut gut.« Dann schob er seine

Sonnenbrille in seine nassen Haare und sah seine Freunde unternehmungslustig an. »Liebe Brüder im Wasser, erlebnisarme Tröpfe des geregelten Alltags! Die Mädchen der Weltmeerküsten sind geheimnisvoll und aufregend. Seid ihr bereit für eine weitere Geschichte aus dem abwechslungsreichen Liebesleben des bekannten Barmusikers Patrick König?«

Die beiden anderen wechselten einen Blick.

»Jawohl, Euer Majestät!«, sagte Robin. Er nahm Patrick mit professioneller Sanftheit die Sonnenbrille ab, während Björn den widerstrebenden Künstlerkopf unter Wasser drückte.

10. Kapitel

The night is cold and I'm so alone
I'd give my soul just to call you my own
Got a moon above me
But no one to love me
Lover man, oh, where can you be?
Billie Holiday

Es muss an der Sonne liegen: Ich stehe in meinem Badezimmer, singe zur Radiomusik und strahle mein Spiegelbild an. Nicht nur das Wetter, nein, das Leben ist schön. Mein Leben! »Du bist schön«, erkläre ich meinem Spiegelbild großzügig, denn ausnahmsweise gefalle ich mir mal. Das hat sicher einiges damit zu tun, dass ich in der letzten Zeit ein paar Dinge viel klarer sehe als in den letzten Jahren.

Es ist schon merkwürdig: Ich fühlte mich auf einen Schlag von Jonathan »entliebt«, aber nachdem das erste Hochgefühl abgeklungen war, merkte ich, dass er damit trotzdem noch immer nicht aus meinem Leben verschwunden ist. Vielmehr ist es so, als hätte ich einen Splitter aus meiner Hand gezogen. Und obwohl er draußen ist, tut der Finger immer noch weh.

Wird das immer so bleiben? Schließlich hat der Splitter Jonathan die schönste Narbe der Welt hinterlassen: Tim. Eine Narbe, die mich immer daran erinnern wird, dass eine Liebe vorbei ist. Kein schöner Gedanke. Aber irgendwann habe ich begriffen: So darf ich das nicht sehen.

Tim ist kein Produkt eines Scheiterns: Er ist ein Zeichen von Liebe. Bei seiner Zeugung war sie da, diese Liebe zwischen Jonathan und mir. Aus ihr ist etwas Einzigartiges entstanden, ein wunderbares Kind. Und für meinen Sohn werde ich Jonathan immer dankbar sein. Alles andere zählt nicht.

Wenn ich im Kindergarten die »Witwen« sehe, die sich wütend über ihre Schweine-Ex-Männer ereifern, möchte ich zu ihnen gehen und ihnen nur diesen einen Satz sagen: *Sei nicht böse, sei dankbar – und vielleicht ein bisschen traurig.* Weil die Witwen, genauso wenig wie ich, sehen wollten – oder ahnen konnten –, was für Väter die Männer werden würden, in die wir uns verliebten. Das ist der Schmerz, den Jonathan mir hinterlassen hat: das Wissen, dass Tim nicht nur einen unzuverlässigen Vater hat, sondern auch eine leichtsinnige Mutter. Das ist natürlich wenig schmeichelhaft. Aber es hilft mir, die Dinge im rechten Licht zu sehen. Denn wenn es auch an mir war, etwas zu verschulden, habe ich auf jeden Fall auch die Möglichkeit, das wieder zu verbessern.

Splitter-Schmerz hin oder her: Es geht mir gut! Was vielleicht auch daran liegt, dass der Sommer endlich da ist. Von allen Monaten steht Hamburg der Juni am besten. Vor der struppigen Sommerhitze im Juli oder August wirft sich die Stadt in ihre Lieblingsfarben: Weiß, Blau, Grün. Das Weiß der alten Häuser, das Blau von Himmel, Elbe und Alster, das Grün der Parks und Bäume. Die Farben versetzen nicht nur mich in gute Laune. Viele der sonst eher muffigen Hamburger kramen schon beim morgendlichen Zeitungskauf ein Lächeln heraus. Für mich geht das Jahr jetzt erst richtig los. Ich hole meine Sommergarderobe vom Dachboden, rasiere mir die Beine wieder regelmäßig und teste, ob mir mein Bikini vom letzten Jahr noch passt. Kurz: Ich liebe den Sommer!

Es ist Mittwochmorgen. Ich stehe geduscht im Badezimmer und kämme mich. Tim habe ich bereits im Kindergarten abgeliefert, und gleich bin ich auf einen Milchkaffee mit Björn beim Portugiesen verabredet. Danach wollen wir zur *Sportoase*, einem Laden, den Björn unlängst aufgetan hat und der

Sportklamotten zu unfassbar günstigen Preisen anbietet. Tim bekommt also endlich seine neuen Fußballschuhe!

Ich schlüpfe in mein rotes Minikleid und entscheide mich nach kurzem Überlegen für meine Riemchensandaletten. Die klappern so schön. Das gibt mir immer ein besonders weibliches Gefühl. Die wenigsten Männer ahnen, dass Schuhe auch »klingen« müssen. Ich wäre daher wirklich froh, wenn die Flip-Flop-Sommermode bald in Vergessenheit geräte. Diese Latschen sind akustische Katastrophen, die mich mit ihrem stumpfen *Switsch-Switsch* immer an Krankenschwestern im ambulanten Pflegedienst erinnern. Mal ganz abgesehen davon, dass sie eigentlich nur Frauen stehen, die mindestens zwei Meter groß und höchstens vier Gramm schwer sind. Bei uns anderen verwandeln sie normale Beine in dickwadige Sauerkrautstampfer.

Patrick gefallen hochhackige Sandaletten bestimmt besser. Björn auch, der tut immer nur so ökologisch. Und Robin? Huch – ich benehme mich schon fast wie ein arabischer Potentat beim Nachdenken über seine Lieblingsfrauen!

In den vergangenen Wochen habe ich mich zweimal mit Robin getroffen, natürlich immer nur tagsüber, weil ich abends meistens arbeiten muss. An einem Sonntagvormittag hat er mich zu einer Matinee in die Laeiszhalle eingeladen, das andere Mal waren wir in einem Dokumentarfilm im *Abaton*-Kino, wo sich ein polnischer Regisseur auf die Suche nach dem Mittelpunkt Europas machte. Nach dem Kino sind wir in einen Flohmarkt geraten, wo wir an einem Stand eine halbe Stunde gebeugt über einem zerfledderten Atlas verbrachten und die Orte suchten, die im Film gezeigt worden waren. Dabei sind wir immer wieder aneinander gestoßen, unsere Hände haben sich wie zufällig beim Umblättern der Seiten berührt. Es war herrlich romantisch und nur ein ganz kleines bisschen kitschig.

Eigentlich müsste ich viel mehr Zeit verwenden, um nach neuen Kandidaten für das Fußballspiel zu suchen, aber die habe ich einfach nicht! Denn neben Robin gibt es ja auch noch Patrick und Björn, Mascha und Christy, vor allem aber Tim und meine Arbeit. Das Drama der alleinerziehenden Mutter mit Job und Sozialleben: Keine Zeit für die Suche nach qualitativ hochwertigem Vatermaterial!

»Und mit keinem ist es etwas Ernstes?«, hat Mama mir beim letzten Sonntagskaffee auf den Zahn gefühlt.

»Och«, habe ich mich ins Ungefähre gehüllt. Mama hat mir einen ihrer berühmten *Ich-werd's-sowieso-erfahren*-Blicke zugeschossen. Worüber ich mir auch völlig im Klaren bin. Aber ich habe wirklich keine Ahnung, wohin die Reise mit meinen drei Musketieren geht. Am liebsten würde ich alle drei behalten: Björn, den Praktiker. Patrick, den Romantiker. Und … tja. Aus Robin werde ich auch noch schlau. Björn, Patrick, Robin … ich muss dieses Dauerlächeln abschalten, sonst kann ich meinen Lippenstift gar nicht vernünftig auftragen! Vielleicht sollte ich die drei einmal miteinander bekannt machen? Nein, das ist keine gute Idee. Wahrscheinlich würden alle drei schleunigst das Weite suchen, und das würde auch das letzte bisschen, was von meinem Plan übrig geblieben ist, zunichte machen.

Allerdings gestehe ich mir an diesem Mittwochmorgen nicht zum allerersten Mal ein: Es muss schon ein Wunder geschehen, wenn einer aus dem Trio als Fußballpartner für Tim auflaufen soll.

Wie so oft in meinem Leben schiebe ich unangenehme Gedanken erst einmal weit weg. Wie sagt man in England so schön: *Über diese Brücke gehen wir, wenn wir sie erreichen.*

Zwei Stunden später stolpere ich schwer beladen ins Restaurant. Leo staunt nicht schlecht. »Cara, Ausverkauf?«

Ich verstaue zwei große Plastiktüten im Putzschrank. »Björn hat mir einen Tipp für günstige Sportklamotten gegeben. Das Zeug war so günstig, ich konnte nicht widerstehen. Tim wird sich freuen.«

»Das wird der Bambino sicher.« Leo nickt. »Espresso?«

»Gerne!«

Wir setzen uns nach draußen in den winzigen Vorgarten, den Leo während der Sommerzeit für den Restaurantbetrieb nutzt. Ich weiß nicht, ob es an der globalen Erwärmung liegt, aber in Hamburg gibt es mittlerweile überall die Möglichkeit, draußen zu sitzen und Kaffee zu trinken. Im Juni geht das richtig los, abends sitzen alle draußen vor den Cafés und Bars, an den Anlegestegen der Alster und in den Gärten und Grünanlagen. Ich schlage die Beine übereinander, hebe das Gesicht der Sonne entgegen und seufze zufrieden.

»Cara, geht es dir gut?«

»O ja.«

»Was macht die Liebe?«

Überrascht öffne ich die Augen. »Leo! Du interessierst dich doch sonst nicht für mein Privatleben.«

Er grinst. »Wird es etwas Ernstes mit diesem Björn?«

»Björn ist ein Freund. Ein sehr guter.« Ich schließe wieder die Augen. »Und ein sehr verheirateter.«

»Und mein Amico, der Musico?«

»Patrick? Hm, der ist so was von einem Romantiker …«

»Davon wird eine Familie aber nicht satt.«

Ich reiße erstaunt die Augen auf. »Leo! *Ich* mache meine Familie satt!« Worauf will er eigentlich hinaus? Ich gebe ihm einen kleinen Stups. »Was ist los, Leo?«

Er sieht mich prüfend an, dann zeigt er auf die gegenüberliegende Straßenseite. »Siehst du den kleinen Laden dort?« Mein Blick folgt seinem Zeigefinger. Der von ihm genannte Laden hat bis vor einer Woche ein Telefongeschäft beherbergt.

Das x-te Unternehmen, das an diesem Standort pleite gegangen ist. Vorher haben dort ein Nagelstudio, ein Geschäft für Zaubereibedarf und eine Änderungsschneiderei vergeblich ihr Glück versucht. »Ganz früher war dort ein Schuster drin«, erzählt Leo. »Als der alte Schuster in Rente ging, hat er den Laden dichtgemacht – und seitdem hält sich da nichts sehr lange.«

»Traurig, aber warum erzählst du mir das?«

Leo leert seine Espressotasse. Er nimmt meine Hände. »Cara, nächste Woche kommt Anna wieder.«

Ich erschrecke. Will er mich loswerden? Das wäre wieder so typisch: Gerade glaube ich, dass ich glücklich bin, und im nächsten Moment bricht das Kartenhaus in sich zusammen. Ich bin lange genug im *Da Leo*, um zu wissen, dass der Laden zwar läuft, aber nicht genug für eine zweite Kellnerin abwirft.

»Und ich will den kleinen Laden gegenüber mieten und dort einen Mittagstisch anbieten. Mit maximal drei Gerichten. Tagespizza, Tagespasta und ein Salat.«

Wow! Ich finde die Idee so aufregend, dass ich sogar meine drohende Arbeitslosigkeit verdrängen kann. »Davon reden meine Freundinnen schon lange, weißt du ja. Die mögen dein Essen, aber es ist zu teuer, hier täglich zu Mittag zu essen.«

Leo nickt. »Ich habe eure Gespräche gehört. Es gibt so viele kleine Büros und Agenturen hier in der Nähe, die Angestellten wollen alle mittags etwas Kleines, Preiswertes essen.« Leo hat sich das Ganze genau überlegt: Der Imbiss soll von der Einrichtung und der Farbgebung deutlich ein Ableger des *Da Leo* sein – und natürlich Essen aus seiner Küche anbieten. Er will selbst kochen, die Speisen sollen im Imbiss nur noch verzehrfertig aufbereitet werden. An der Wand entlang und vor dem Fenster will er Ablagen in Tresenhöhe anbringen, für die Sommermonate hat er schon zwei runde Stehtische angeschafft.

»Das hört sich wirklich alles gut an«, sage ich anerkennend. »Aber da kommt natürlich jede Menge Arbeit auf dich zu. Wer soll den Imbiss managen?«, frage ich. »Selbst wenn Anna wieder da ist, wird es knapp. Erinnere dich, wie du damals geschwommen bist, bevor ich angefangen habe.«

Leo lächelt mich nur an.

»Äh … Leo?« Ich schweige etwas verwirrt.

Er grinst immer noch.

»Erde an Leo – hört du mir noch zu?« Ich sehe zu dem Laden hinüber. Dann wieder in Leos breites Grinsen. Und dann, endlich, dämmert mir etwas.

»Ich?«

Leo grinst weiter. Und nickt!

Ich frage noch einmal: »Ich?«

»Cara, wer sonst, wenn nicht du?«

Ich hole tief Luft. Durch meinen Kopf rasen unzählige Gedanken gleichzeitig. Kann ich das? Ist das nicht eine Nummer zu groß für mich? Bin ich eine Geschäftsfrau? Was bin ich eigentlich? Was will ich? Schließlich sage ich langsam: »Lust habe ich schon, aber …« Ich breche ab.

»Aber du befürchtest, dass du es nicht schaffst?«

»Ich … also … ich weiß nicht … vielleicht …« Wahrscheinlich rede ich mich gerade um Kopf und Kragen. Jella, reiß dich zusammen. »Glaubst du es denn?«

Er sieht mir fest in die Augen. »Ja, Cara, das glaube ich. Ich bin fest davon überzeugt. Wenn du nicht wärst … ich wäre vielleicht nie auf die Idee gekommen, ernsthaft über ein zweites Lokal nachzudenken. Und dass du nicht sofort Ja sagst, zeigt mir nur, dass du erst in Ruhe nachdenken willst.« Leo drückt meine Schulter. »Weißt du was, Cara? Besprich das mit deiner Mama, deinen Freundinnen und Freunden. Denk drüber nach. Und dann sagst du mir einfach am Freitag, wie du dich entschieden hast, ja?«

Ich nicke und versuche so unauffällig wie möglich, den riesigen Kloß, der sich bei Leos Worten in meinem Hals gebildet hat, hinunterzuschlucken. »Leo, also … ich …«

»Genug getrödelt, Jella.« Er grinst mich an, steht auf und zeigt auf seine Armbanduhr. »Wir müssen jetzt loslegen. Kümmerst du dich um die Tische?«

Wann immer es meine Arbeit in den nächsten Stunden zulässt, werfe ich einen Blick hinüber zu dem kleinen Laden.

Meinem Laden?

In der Pause nach dem Mittagsgeschäft radele ich zu Mascha. Ich habe ihr versprochen, beim Tapetenabreißen zu helfen. Das ist wieder einer der typischen Mascha-Widersprüche, von denen ich schon fünfzehn in einer Geheimliste zusammengefasst habe: Michael verdient wirklich gut, aber Mascha besteht darauf, dass alle Renovierungsarbeiten von ihr höchstpersönlich ausgeführt werden müssen. *Es macht mir eben Spaß,* sagt sie immer. Ich glaube eher, dass sie sonst nichts zu tun hat. Aber wozu hat man Freundinnen … Diesmal geht es darum, aus dem Kinderzimmer ihres inzwischen dreizehnjährigen Sohns ein Jugendzimmer zu machen. Seit Wochen liest Mascha nur Einrichtungszeitschriften und klebt vor dem Fernseher, um keine der *Ich-überrasche-meinen-Schatz-mit-einer-neuen-Küche*-Shows zu verpassen. Marius ist auf Klassenreise und hat nächste Woche Geburtstag. Deswegen bin ich heute für mindestens zwei Stunden Freundschaftsdienst eingeplant.

Mascha und Michael wohnen in einer riesigen Wohnung am Klosterstern, nur einen Straßenzug von der Außenalster entfernt, und mit einigem Bedauern fahre ich an Eisdielen und Biergärten vorbei. Das Wetter ist so schön! Aber Freunde fragen nicht nach dem Wetter. Im dritten Stock empfängt mich Mascha bereits im staubigen Overall. »Ich habe schon mal angefangen.« Sie umarmt mich und guckt mich dann forschend an. »Ist etwas passiert?« Ich erzähle ihr von der Imbissidee. Mascha klatscht in die Hände. »Das ist ja super! Herzlichen Glückwunsch!«

»Ich weiß noch gar nicht, ob ich das machen werde. Ich muss darüber heute Abend ganz in Ruhe nachdenken«, wehre ich ab und tausche mein Sommerkleid gegen eine alte Jeans und ein ausgeleiertes T-Shirt. Dann stehen wir im Kinderzimmer und zupfen die Elefantentapete ab.

»Was willst du denn da lange nachdenken«, nimmt Mascha den Faden wieder auf. Ich lasse die Arme sinken.

»Es macht mir Mut, dass Leo und du mir das zutrauen«, sage ich. »Aber das bedeutet doch wieder einen Wechsel in meinem Leben.«

»Na und?« Mascha zieht einen langen Tapetenstreifen mit einem Ruck ab. Ich glaube, sie versteht mich gar nicht.

»Du stellst dir das immer so einfach vor, Mascha. Ich fühle mich manchmal ganz schön überfahren und überfordert. Schließlich muss ich ja mein Leben mit Tim auch ganz allein auf die Reihe kriegen und alle Entscheidungen alleine treffen.«

Mascha schweigt einen Moment. Dann sagt sie: »Meinst du, weil ich mit Michael verheiratet bin, ist das Leben einfacher für mich?« Richtig wütend klingt das. Und irgendwie ... herausfordernd. Ich weiß nicht genau, was mich reitet. Aber ich antworte, ohne zu zögern.

»Natürlich ist es das. Du hast doch so etwas wie die Versorgungsehe.« Oho! Plötzlich liegt eine Stimmung in der Luft, die in Krach umschlagen kann, wenn eine von uns beiden jetzt nur noch ein falsches Wort sagt. Wir konzentrieren uns auf die Arbeit und reißen weiter Tapete ab.

Nach einer Weile platzt es dann aber doch aus Mascha heraus. »Auf die Idee, dass Zusammenbleiben viel schwieriger und mühsamer ist, als sich zu trennen, kommst du wohl gar nicht?«

Ich seufze. »Ach, du meinst, ich bin nicht mehr mit Jonathan zusammen, weil ich mir das Leben leichter machen wollte?« Noch während ich das sage, finde ich Maschas Ansatz eigentlich gar nicht mehr so falsch. Während ich ein besonders langes Stück Tapete vorsichtig ablöse, um es nicht zu früh reißen zu lassen, lenke ich ein: »Warte mal, vielleicht hast du Recht. Ich bin tatsächlich oft ganz erleichtert, dass ich nicht alles mit Jonathan besprechen muss.« Weil Mascha immer noch wütend schweigt, schränke ich ein: »Obwohl Jonathan ja auch ein ganz spezieller Fall ist … Michael ist da bestimmt anders.«

Maschas Lachen ist so unecht, dass ich erschrocken aufschaue und dabei natürlich doch den Streifen zerreiße, bevor ich ihn ganz von der Wand runterbekommen habe.

»Michael ist kein bisschen anders. Jonathan ist wenigstens ganz aus deinem Leben verschwunden.« Sie verschränkt die Arme vor der Brust. »Michael ist genau so, wie mein eigener Vater war. Der glaubte auch, dass sich seine Aufgaben in der Familie mit dem Geldverdienen erschöpfen. Michael hat mir vor Jahren nachgegeben, als ich unbedingt ein Kind haben wollte. Und scheinbar dachte er, damit hätte er seine Pflicht getan. Aber ich will mehr, Jella. Ich will eine echte Partnerschaft! Aber zeig mir mal den Mann, der dazu wirklich in der Lage ist. Eher nähert er sich seinem Hund auf partnerschaftlicher Ebene!« Mascha redet sich in Rage. »Als Marius damals kam, habe ich aufgehört zu arbeiten. Das hört sich immer so bequem und gemütlich an. In Wirklichkeit habe ich damals erst angefangen, richtig zu arbeiten. Was meinst du, wer Nacht für Nacht aufgestanden ist? Natürlich ich, schließlich musste Michael ja ausgeschlafen ins Büro gehen. Windeln wechseln, Essen kochen, einkaufen. Alles blieb und bleibt an mir hängen.« Sie zeigt in das Zimmer. »Siehst du etwa Michael hier beim Tapentenabreißen? Ist das etwa eine Aktion, die wir als Eltern gemeinsam machen? Nein, ich erledige das unter der Woche, weil der Herr Gemahl mir deutlich zu verstehen gibt, dass er am Wochenende seine Entspannung braucht. Schließlich bringt er die Kohle nach Haus. Ach, ich habe es so satt!« Sie lehnt sich an die Wand. »Und nun komm mir bloß nicht damit, dass du das auch alles allein machen musstest. Das weiß ich. Und ja, ich bewundere dich dafür! Aber glaub mir – es ist eine Sache, etwas allein machen zu müssen, weil niemand da ist. Und eine ganz andere, allein dazustehen, weil dein Mann nicht das geringste Interesse daran hat!«

Stumm ziepe ich weiter an Tapetenresten. So hatte ich mir Maschas Ehe nicht vorgestellt. Ihre Probleme hat sie jedenfalls prima vor Christy und mir verborgen. Wie hätte sie das auch zeigen sollen? Irgendwie ist Unglücklichsein den Singles vorbehalten. Christy und ich haben uns immer stundenlang ausgeheult bei Mascha – für ihre Sorgen war da wohl kein Platz.

Als könnte sie meine Gedanken lesen, sagt Mascha: »Als Single darf man jammern, aber als verheiratete Frau nicht. Dabei tut es bestimmt genauso weh, die Löcher in einer Beziehung zu erkennen, wie gar keine Beziehung zu haben. Und weißt du, was das Schlimmste ist? Er vernachlässigt nicht nur mich, sondern auch Marius. Ich glaube manchmal, der Junge interessiert ihn gar nicht.«

Marius ist ein schlaksiger Junge mit weichen blonden Haaren, die ihm in einer modischen Welle ins Gesicht hängen. Im Gegensatz zu den Jungen meiner Teenagerzeit ist Marius überaus gepflegt und nennt eine beachtliche Sammlung von verschiedenen Shampoos sein Eigen. Wenn ich Mascha besuche, ist Marius immer gerade dabei, seine Haare zu waschen. Oder hat sie gerade gewaschen. Oder er wird sie gleich waschen.

»Jungen in dem Alter sind bestimmt schwierig«, versuche ich sie zu trösten. »Und vielleicht zieht sein Vater sich zurück, weil … also … na ja, weil …«

»Schwierig? Jella, zieh dich warm an! Die Pubertät ist die Hölle!«

»Mama sagt immer: Pubertät ist, wenn die Eltern schwierig werden«, versuche ich einen Scherz. Aber Mascha hat dafür jetzt keinen Sinn.

»Ich weiß oft gar nicht, mit wem sich Marius trifft, was er macht und vor allem, was er denkt. Er hängt stundenlang bei Freunden ab, die ich nicht kenne, und kommt abends spät nach Hause. Wenn ich nachfrage, bekomme ich patzige Antworten.«

»Das ist aber doch normal in dem Alter …«

»Kann sein, aber ich komme damit nicht klar. Außerdem wird er 14 und nicht 17. Wir streiten uns um jeden Mist, von den Schulaufgaben bis zum Aufräumen. Dann knallt er die Türen oder haut einfach ab. Es ist furchtbar! Weißt du, *jetzt* sollte Michael Vaterschaftsurlaub nehmen können. Die paar Wochen, als Marius Baby war, die hat er doch gar nicht bemerkt! Jetzt braucht er seinen Vater. Aber der hat offensichtlich schon vor Jahren beschlossen, dass ihn das nichts mehr angeht!«

Mitfühlend sehe ich Mascha an. Und habe wieder einmal ein schlechtes Gewissen. Christy sagt zwar immer: *Jella, als das schlechte Gewissen verteilt wurde, hast du dich gleich zweimal gemeldet.* Aber in Maschas Fall ist es nun wirklich angebracht. Ich habe sie immer leichtfertig unter *emotional versorgt* abgehakt und dabei vollkommen übersehen, wie viel Kraft sie in ihre Ehe und ihre Familie investiert hat, ohne dafür etwas zurückzubekommen. Sie hat Angst um ihre Familie und um Marius. Und Mascha hat Recht: Es wäre wirklich traurig, wenn aus Marius noch so ein Mann wird, der seinen Vater gar nicht kennt und mit Anfang 40 deswegen eine Psychotherapie machen muss.

»Und jetzt?«, frage ich betreten.

Mascha sieht mich an. Sie hat einen richtig roten Kopf bekommen – doch statt mich weiter wütend anzublitzen, muss sie plötzlich lachen. »Und jetzt siehst du mich bitte nicht mehr an, als hätte ich mich plötzlich in eine Furie verwandelt. War ich so schlimm? Tut mir Leid, aber das musste einfach mal raus … Und jetzt können wir beide eine Abkühlung vertragen, oder?« Sie holt zwei Flaschen Apfelsaft aus der Küche. »Prost!« Wir trinken und betrachten das Werk unserer Zerstörung. Ein großer Haufen Tapetenschnipsel häuft sich in der Mitte des Zimmers. »Und wir haben immer noch zwei Wände vor uns«, seufzt Mascha.

»Dafür haben wir aber immerhin auch schon eine politische Forderung erarbeitet«, witzele ich, »Vaterschaftsurlaub für Väter von Teenagern.«

Mascha nickt nachdenklich. »Zumal mir in letzter Zeit immer öfter aufgefallen ist, dass viele Väter genau dann in die Midlife-Crisis kommen, wenn ihre Teenagerkinder in der Pubertät stecken. Das heißt, Kinder *und* Männer gehen durch schwierige Phasen. Gleichzeitig. Verrückt, oder?«

»Hat Michael denn Probleme mit dem Älterwerden?«

»Probleme?« Mascha lacht bitter auf. »Jella, jeder Mann hat damit Probleme.«

»Mehr als wir?«

»Allerdings.«

Ich kratze an einem besonders hartnäckig klebenden Tapenstück herum. »Woran liegt das?«

»Wir beschäftigen uns einfach viel früher mit dem Älterwerden. Reagieren auf Schwangerschaftsstreifen, unsere ersten Falten, Krampfadern. Und durch die Menstruation und die Geburten sind wir irgendwie näher an unserem Körper dran.«

»Und damit näher an seinem Verfall?«, frage ich erschrocken.

»An seinen *Veränderungen*, ja. Männer fühlen sich eigentlich immer gleich. Kaum hormonelle Schwankungen, außer ... na, wenn sie wütend sind oder mit jemandem ins Bett wollen. Irgendwann wachen sie auf und sind Mitte vierzig. Das ist ein ziemlicher Schock für viele.«

Plötzlich sehe ich, dass sie feuchte Augen hat. Erschrocken stelle ich mich neben sie. »Mascha, was ist los?«

Sie bricht in Tränen aus, sinkt auf den Boden und heult zum Steinerweichen. Hilflos setze ich mich neben sie und streichle ihre zuckenden Schultern. Mascha lehnt sich an mich und bringt schließlich unter heftigem Schluchzen heraus: »Jella, ich fühle mich so allein und einsam. Marius kapselt sich ab und lässt mich gar nicht mehr an sich heran. Michael ist niemals da. Und wenn er da ist, will er seine Ruhe. Es ist, als ob ich unsichtbar werde!«

So sitzen wir auf dem Fußboden, inmitten von Tapetenresten und dem, was noch von meinem *Meine-Freundin-hat-ein-schönes-Leben*-Weltbild übrig geblieben ist. Ich wiege Mascha im Arm, und sie weint, bis keine Träne mehr kommt.

Als ich später die Treppen hinunterlaufe, bin ich sehr nachdenklich. Bin ich eigentlich eine gute Freundin? Und wie kann ich Mascha helfen? Ich breche bei der kleinsten Belastung zusammen und jaule ihr, Christy oder Mama die Ohren voll. Mascha dagegen hat ihren Kummer bis jetzt alleine ausgehalten. Wie eine Heldin.

Im Supermarkt muss ich an der Kasse warten. Wie ich da so stehe, finde ich in meinen Haaren ein Stück von der Tapete aus Marius' Kinderzimmer. Ich kann darauf noch den Rüssel eines kleinen Elefanten erkennen, einen lachenden Mund und zwei glänzende schwarze Augen.

Ich bin froh, dass ich erst am Abend wieder arbeiten muss und Zeit habe, am Küchenfenster meine Gedanken zu ordnen. Maschas Kummer und Leos Plan für den Mittagsimbiss gehen mir nicht aus dem Kopf. Im Falle von Mascha kann ich nicht mehr tun, als ihr zu zeigen, dass ich für sie da bin. Was den Imbiss angeht, ist die Sache wesentlich komplizierter. Leo hat mir, als ich ihn noch einmal darauf angesprochen habe, zugesichert, dass ich selbst kein finanzielles Risiko tragen müsste – aber ich wäre eben doch verantwortlich für den Laden.

Servieren kann ich. Speisen aufwärmen ist auch kein Problem. Aber die Kalkulation von Getränken, die Abrechnung, der Einkauf … Ich fange an zu schwitzen.

Als ich zum Kinderhort fahre, um Tim abzuholen, bin ich kein Stück weiter in meinen Überlegungen gekommen.

Mein Sohn ist gut gelaunt und die Sonne scheint immer noch so schön, dass ich mit ihm vom Hort spontan zum Eisladen an der Kaifu-Brücke fahre. Leider sind wir nicht die Einzigen, die Lust auf Eis haben. Die Schlange zieht sich fast zehn Meter am Geländer entlang. Während wir noch überlegen, ob wir zu einer anderen Eisdiele fahren sollen, hupt es plötzlich, und Robins roter Ford hält neben uns. Er öffnet die Beifahrertür, lehnt sich über den Sitz und ruft: »Wo wollt ihr denn hin?«

»Eis essen«, antwortet Tim.

Ich ergänze: »Aber die Schlange ist so lang.«

Robin denkt einen Moment nach. Dann schlägt er vor: »Lass dein Fahrrad hier stehen. Wir holen Lasse und meinen Vater ab, und dann lade ich euch bei uns in der Nähe zu einem Eis ein.«

»Ich muss aber um 19 Uhr bei der Arbeit sein.«

»Kein Problem.«

Damit ist alles geklärt und wir klettern in den Ford. »Hast du heute früher Schluss gemacht?«, frage ich neugierig.

Robin nickt. »Die wenigen Vorteile bei der Selbstständigkeit, die man nutzen muss. Ich dachte, bei dem schönen Wetter kommt sowieso keiner mehr in den Laden. Und ich habe Lasse in den letzten Tagen wirklich wenig gesehen.«

»Wohnt Lasse bei dir?«, erkundigt sich Tim.

»Fast an allen Wochenenden und auch mal zwischendurch, wenn seine Mutter wie heute auf einer Weiterbildung ist. Er ist jetzt gerade bei seinem Opa.«

»Ich habe keinen Opa«, erklärt Tim zutraulich.

»Natürlich hast du einen Opa«, verbessere ich ihn. »Opa lebt nur nicht in Hamburg.«

Tim hat jedoch seine eigene Vorstellung und verrät Robin: »Ein Opa von mir ist Amerikaner, ein Opa ist Mönch. Und Oma hat viele Hasen.«

Robin sieht mich amüsiert an. »Na, das sind ja noch kompliziertere Verhältnisse als bei uns.«

Nachdem ich meine Verlegenheit überwunden habe, kann ich diese Vorlage nicht ungenutzt verstreichen lassen. »Wie kompliziert ist es denn bei euch?«, frage ich harmlos. Robin wirft mir einen Blick zu. Aber er antwortet bereitwillig.

»Lasse hat ein Kinderzimmer bei seiner Mutter und eins bei mir. Ich wohne mit meinem Vater zusammen … Opa Harald.«

»Und wo ist die Oma?«, will Tim wissen.

»Oma … also, meine Mutter ist leider schon gestorben.«

Tim lässt sich das eine Weile durch den Kopf gehen. Dann fragt er: »Was ist besser? Tot oder Mönch?«

Robin wohnt in einem hellen Eppendorfer Jugendstilhaus mit Stuckfassade. Er geht in den ersten Stock voran und schließt die Tür auf. Im Flur kommt uns Lasse entgegen, der seinem Vater auf den Arm springt. Dann entdeckt er Tim. »Hallo! Was machst du denn hier?« Zu meiner Erleichterung klingt keine Spur der alten Feindseligkeit mit, sondern nur ehrliche

Freude. Robin erklärt, dass er uns auf der Straße getroffen hat und wir alle Eis essen gehen wollen. Das Freudengeheul der Kinder lockt einen Mann aus den hinteren Räumen nach vorne. Er sieht Robin und Lasse so ähnlich, dass ich ihn bestimmt als ein Mitglied von Robins Familie identifiziert hätte, wenn er mir auf der Straße entgegengekommen wäre. »Harald Spätling«, stellt er sich förmlich vor und verbeugt sich leicht.

»Jella Kanzler«, erwidere ich. »Und das ist Tim, mein Sohn.«

Herr Spätling schüttelte uns beiden die Hand. Die beiden Jungen schubsen sich und toben über den Flur. Robin ruft: »Kommt, wir wollen jetzt los!« Doch die Kinder hören ihn gar nicht.

»Hallo, Jungs!«, mischt sich Herr Spätling ein. Er greift sich ein kleines Kissen von der Bank, die im Eingang steht, und wirft es Lasse an den Kopf. Der fängt es auf, zieht es Tim über die Locken und flieht ins nebenan liegende Zimmer. Tim hinterher. Auch Harald Spätling folgt.

Im Wohnzimmer liegen auf zwei breiten Lümmelsofas, die mit buntem Stoff bezogen sind, jede Menge Kissen in vielen verschiedenen Farben. Aufheulend stürzt sich Tim auf die Sofas. Im Nu ist eine wilde Kissenschlacht zwischen den Jungs und Herrn Spätling im Gange. Auch ich, die ich lächelnd zusehe, bekomme einmal ein Kissen an den Kopf, das ich sofort zurückwerfe. »Ach, ist das schön«, wende ich mich an Robin, der neben mich getreten ist. »Ich wünschte, ich hätte Tims Opa auch in der Nähe!«

Robin sagt nichts. Er betrachtet die Schlacht im Wohnzimmer mit einem rätselhaften Gesichtsausdruck. Seine Kiefer sind zusammengebissen und seine Stirn ist gekraust. So, als ob er Magenschmerzen hätte. Oder als ob ihm etwas anderes sehr wehtäte. Vielleicht bin ich durch die Erlebnisse des heutigen Tages ein bisschen durcheinander – aber wenn mich nicht alles täuscht, ist Robin Spätling, wie er da seinem Vater und seinem Sohn beim Toben zusieht, vor allem eins: traurig. Und er sieht dabei selbst fast aus wie ein kleiner Junge. Am liebsten würde ich ihn die Arme nehmen und trösten, wie ich das bei Tim mache. Ihn ganz fest an mich drücken und seinen Schmerz wegsummen. Früher habe ich mit Tim immer gespielt, ich würde *das Aua*, beispielsweise von einem gestoßenen Knie, einfangen und in meiner geballten Faust halten. Dann trat ich ans Fenster und tat so, als würde ich es nach draußen werfen. Ich zeigte hinaus und rief Tim zu: *Guck mal, da fliegt es! Wow, das hat aber ein Tempo drauf! Komm schnell, vielleicht siehst du es noch?* Die ganze Aktion war immer ein großer Erfolg, lenkte ihn ab und ließ seine Tränen trocknen.

Wo wohl bei Robin *das Aua* sitzt? Ich spüre zu meiner eigenen Überraschung, wie mich plötzlich eine große Zärtlichkeit für diesen Mann erfüllt. Der Wunsch, ihn zu trösten und zum Lachen zu bringen.

Robin beißt sich auf die Unterlippe und schüttelt sich ein wenig. So, als ob er aus einem bösen Traum aufwacht. »Wie bitte? Ich war gerade in Gedanken.«

»Es war auch nichts Wichtiges. Ich habe nur gesagt, dass ich es toll finde, dass Lasse mit seinem Opa aufwächst. Dein Vater scheint es auch sehr zu genießen.«

Robin nickt. Es sieht aus, als ob er noch etwas sagen will, aber er ändert seine Meinung. Stattdessen schreit er: »Huhu! Jeder, der ein Eis möchte, herkommen!« Dann nimmt er mich am Arm und zieht mich aus der Wohnung. Seine Taktik geht auf. Nach wenigen Sekunden kommen die Kinder hinter uns hergepoltert.

Als ich nachts nach der Arbeit nach Hause komme, bin ich ganz froh, dass Tim heute bei Mama schläft. Wie immer hat sie mich vor dem Schlafengehen angerufen und gemeinsam mit Tim einen Gruß auf den Anrufbeantworter gesprochen. Ich höre mir ihr zweistimmiges »Gute Nacht, Gabriele! Gute Nacht, Mama!« zweimal an. Vor allem, weil Tim noch ein hastiges, halb verschlucktes, unglaublich süßes »Hab dich lieb!« nachnuschelt.

Ich ziehe die Schuhe aus, gieße mir ein großes Glas Apfelschorle ein und setze mich auf die breite Fensterbank des Küchenfensters. Zu Mamas Entsetzen gibt es in meiner Küche noch die alten Einfachglasfenster, die sich nach außen öffnen. Im Winter ist das wirklich ziemlich kalt, aber im Sommer ist die Küchenfensterbank mein heimlicher Balkonersatz. Tim hat natürlich höchstes Fensterbankverbot, und ich räume sie auch immer nur frei, wenn er nicht in der Wohnung ist. So wie jetzt. Ich schwinge die Beine über die Fensterbank und lasse sie in den kleinen Hof baumeln. Es ist eine dieser samtigen, lauen Frühsommernächte, und der Mond steht gelb wie eine Pampelmuse am Himmel.

Ich habe mir nicht nur mein Glas, sondern auch die Tessa-Martin-Figur mit ans Fenster genommen und beginne jetzt ein Zwiegespräch mit meiner Agentin. »Na, Tessa? Was soll ich machen? Den Imbiss übernehmen und hoffen, dass alles klappt? Leo gestehen, dass ich totalen Schiss habe? Meine Mutter fragen?«

Wie fein Papa damals Tessas Gesicht modelliert hat. Ob er jetzt, in seinem hessischen Kloster, wohl auch bastelt? Schade, dass wir so wenig Kontakt haben. In einer Nacht wie dieser könnte ich ihn wirklich brauchen. Aber ich habe noch nicht einmal seine Telefonnummer. Wann und wie ist er eigentlich meinem Leben entglitten? Und … warum?

Meine Finger umschließen die kleine Figur. »Du würdest den Imbiss übernehmen, stimmt's? Was rätst du mir?« Aber Tessa Martin schweigt. Und mir fällt auch keine Geschichte ein wie sonst. Stattdessen sehe ich hinauf zum dunklen

Himmel. Ob mir eine Sternschnuppe den Weg weisen kann? Hmmm … Es sind keine Sterne zu sehen. Typisch.

Vielleicht ist genau das die Botschaft, denke ich plötzlich. *Vielleicht soll ich nicht auf ein Zeichen oder einen Ratschlag warten, sondern selbst die Entscheidung treffen!* Ohne Mama, meine Freunde und Freundinnen, ohne Tessa und ohne Sterne.

Heute Morgen habe ich mich bei Mascha beklagt, dass ich immer alles alleine entscheiden muss. Warum sehe ich das eigentlich so negativ? Ich *muss* nicht nur, ich *kann* und *darf* alleine entscheiden! Das ist echte Freiheit!

Plötzlich kommt mir dieser Moment sehr bedeutsam vor. Heute Abend entscheide ich über meine Zukunft. Ich ganz alleine. Ich schaue noch einmal Tessa Martin an. Dann stelle ich sie sanft neben mich auf die Fensterbank.

Ich werde den Imbiss übernehmen.

Ich!

11. Kapitel

Liegewiese am Eichbaumsee
(Verwaltungsbezirk: Hamburg-Bergedorf)
Wassertemperatur: 21,8 C° – Lufttemperatur: 25 C°
Bademeisterin: keine
Anzahl scharfer Mütter: 2

Björn schlug sorgfältig die Wolldecke aus, bevor er sie faltenfrei auf der Wiese ausbreitete. »Jungs, ist das nicht schön hier?« Er wuchtete eine große orangefarbene Kühlbox in den Schatten eines Baumes. »Und wenn ihr erst mal seht, was hier drin ist … Das wird ein richtig gigantisches Picknick!«

Robin sah auf den See hinaus. »Ist das nicht gefährlich hier?«

Björn lachte. »Robin! Ich bin am Eichbaumsee quasi aufgewachsen. Er ist einer der beliebtesten Badeseen von Hamburg. Hier gibt es Toiletten und Duschen, Grillplätze und Kioske – und keinen Grund zur Sorge! Das hier sind die Vier- und Marschlande und nicht der Wilde Westen. Jedes Wochenende waren meine Eltern mit uns hier, wenn das Wetter schön war.«

Robin ließ sich davon nicht beirren. »Und was soll das beweisen?«

»Dass es hier nicht gefährlich ist!«

»Aber wie tief ist der See?«

Björn stellte sich kopfschüttelnd neben ihn. »Guck mal da hinten. Kannst du lesen, was da steht?«

Robin antwortete widerwillig: »DLRG.«

Björn nickte zufrieden. »Rettungsschwimmer. Beruhigt dich

das? Außerdem ist der Kinderschwimmbereich abgegrenzt. Und unsere Kinder können doch alle schwimmen, oder?«

»Ja, gut. Aber wie tief ist der See, sagst du?«

Patrick und Björn lachten. »Ich habe gar nix gesagt. Es stimmt schon, der See ist ziemlich tief. Wir Kinder durften damals nicht alleine rein, wenn es dich beruhigt. Aber Nele und Jule kennen sich hier aus, und wie du siehst, sind die Kinder noch gar nicht im Wasser, sondern dabei, eine Sandburg zu bauen. Ich habe denen gesagt, sie müssten uns Bescheid geben, wenn sie schwimmen wollen. Und wir trinken jetzt erst mal was.« Björn öffnete die Kühlbox und entnahm ihr drei Flaschen Jever Fun.

Patrick hatte sich schon auf der Liege ausgestreckt und beobachtete durch seine Sonnenbrille zwei Blondinen in knappen Bikinis, die sich unweit ihres Liegeplatzes in der Sonne bräunten. Robin gab endlich seinen Beobachtungsposten auf und ließ sich im Schatten auf der Decke nieder.

Nachdem er seine Freunde versorgt hatte, ließ sich Björn in einen Campingstuhl fallen. Er nahm einen tiefen Schluck. »So lässt es sich aushalten!« Dann wischte er sich mit dem Handrücken den Mund ab und sah stillvergnügt zum See hinüber. Während er die kühle, beperlte Flasche in den Händen hielt, fiel ihm etwas ein.

»Wisst ihr, dass Bier mir als junger Vater damals aufdringliche Mütter mit Kümmertrieb vom Leib gehalten hat?«

»Wie das denn?« Patrick zündete sich eine Zigarette an. »Hast du sie damit übergossen?«

Björn lachte, setzte sich behaglich zurecht und nahm noch einen Schluck. »Damals war Jule knapp über zwei und Nele gerade geboren. Ihr kennt das ja: Väter mit Babys sind was ganz besonders *Süßes.*« Er verzog das Gesicht, als hätte er in eine Zitrone gebissen und stieß das letzte Wort mit gequetschter Piepsstimme hervor.

Die anderen beiden lachten. »Schon komisch, Frauen mit Babys sind ein ganz normaler Anblick. Männer mit Babys erregen auch heute noch immer Aufsehen. Ziemlich blöd, oder?«

Björn legte den Kopf in den Nacken und blinzelte in die Sonne. »Fand ich auch immer. Aber auf den Spielplätzen war ich damals die Sensation. Wenn ich es darauf angelegt hätte, hätte ich jede Menge Frauen flachlegen können.«

Patrick richtete sich interessiert auf. »Funktioniert das nur bei Kleinkindern?«

»Ausschließlich bei Babys, du Idiot!« Björn langte über die Decke und gab ihm einen Nasenstüber. »Altkluge Sechsjährige wie Leonie solltest du bei Frauenbekanntschaften schnellstens verstecken!«

Bevor Patrick sich verteidigen konnte, drängte Robin: »Erzähl weiter!«

»Nach einer Weile ging mir das Geglucke und Geflirte und das Gesülze, wie toll es von mir ist, dass ich auf Hausmann mache und wie wenig Verständnis ihre eigenen Kerle hätten, gewaltig auf die Nerven. Aber ich wurde diese Weiber einfach nicht los. Frauen sind oft erstaunlich taub, wenn es darum geht, zarte Anspielungen zu verstehen.« Er schüttelte sich. »Aber dann hatte ich eine geniale Idee!«

»Du hast ihnen die Telefonnummer deines besten Freundes gegeben? Ach, hätten wir uns doch damals schon gekannt …« Patrick war unverbesserlich.

»Viel besser! Ich habe eine leere Dose Bier auf den Spielplatz mitgenommen. Das heißt, ich wusste, dass sie leer ist, die Mütter aber nicht. Ich habe also die Dose neben mich auf die Bank gestellt. Während Jule im Sandkasten spielte, habe ich mit dem Fuß den Kinderwagen von Nele geschaukelt und mit der Dose Bier neben mir ganz gemütlich in einem Computermagazin gelesen. Ihr glaubt es nicht: Die Dose wirkt auf

Mütter wie Nervengift. Die haben mich von Stund an links liegen lassen und am Wochenende, wenn Verena mit auf den Spielplatz kam, haben sie ihr mitleidige Blicke zugeworfen. Nach dem Motto: Die Arme hat einen Alkoholiker an ihrer Seite.« Björn lachte dröhnend.

Robin lachte auch. »Die haben in ihrem Mütterkreis bestimmt glasklar analysiert, dass du gar nicht Hausmann, sondern arbeitslos bist.«

»Genau! Ein arbeitsloser Alkoholiker!«

Patrick schob sich die Sonnenbrille aus dem Gesicht. »Blödsinn, nichts da mit arbeitslos. Die haben bestimmt gedacht, dass du Haftausgang hast. Ein Freigänger. Mit anderen Worten: ein krimineller Alkoholiker!«

Sie wieherten vor Freude. Die Blondinen sahen zu ihnen herüber, was Patrick mit einer kleinen Neigung seines Kopfes zur Kenntnis nahm.

»Frauen sind wunderbar!«, ächzte Björn zwischen zwei Lachanfällen.

»Ich habe mal irgendwann im Fernsehen einen tollen Ausschnitt gesehen«, erzählte Patrick. »Man sah einen finsteren Typ, wie er gegen eine Wohnungstür donnerte und klopfte. Dazu rief er immer: *Mandy, mach auf! Ich tu dir nichts. Ich tu dir nicht weh. Glaub mir. Mandy!* Dann hat man die Frau auf der anderen Seite der Tür gesehen. Sie: *Nein, ich glaube dir nicht.* Er donnerte aber immer weiter gegen die Tür und beschwor sie: *Ich tu dir nichts. Vertrau mir!* Na, und die dumme Pute lässt sich tatsächlich erweichen und macht die Tür auf!«

»Und?« Björn beugte sich vor.

Patrick lachte wieder. »Na, der Typ hat sie angeguckt und gesagt: *Mandy, ich kann nicht glauben, wie bescheuert du bist.* Und dann hat er ihr eine geknallt!« Triumphierend wandte er sich an seine Freunde. »Natürlich verabscheue ich körperliche Gewalt, und wer Frauen schlägt, ist ein Schwein.

Aber diese Szene zeigt doch hervorragend, wie hartnäckig Frauen an ihren Ideen festhalten. So wie Veronika, die Mutter meiner Tochter. Die hofft immer noch darauf, dass ich irgendwann mit ihr und Leonie eine Kleinfamilie aufmache.« Er drehte kopfschüttelnd die Bierflasche in den Händen. »Ein klassischer Fall von *Mandy, mach auf!*«

»Habt ihr eigentlich noch viel miteinander zu tun?«, fragte Björn.

»Nein. Bald hat Leonie Geburtstag, da wollen wir zusammen in den Hansapark. Aber eigentlich sehen wir uns nur, wenn ich Leonie abhole oder bringe. Glücklicherweise, denn Veronika ist eine Weltmeisterin im Sticheln und Schlechte-Laune-Verbreiten.«

»Was hat sie denn?«

»Sie ist immer noch sauer, weil ich sie damals zurückgewiesen habe und wegen Leonie nicht mit ihr zusammengeblieben bin. Das verzeiht sie mir nie.«

Robin sah ihn nachdenklich an. »Hast du sie geliebt?«

»Was heißt geliebt?« Patrick schob sich wieder die Sonnenbrille vor die Augen. »Ach, Robin, du immer! Mir hat sie damals gefallen, wir hatten Sex. Aber ich hatte nicht vor, mit ihr das ganze Programm vom Standesamt bis zur Bahre durchzuturnen.«

Björn nahm einen letzten Schluck aus der Flasche. »Kannst du dir das überhaupt mit irgendeiner Frau vorstellen?«

»Eigentlich nicht. Erwischt.« Er verzog entschuldigend das Gesicht.

»Und deine Kellnerin?«

»Da bin ich noch in der Experimentierphase.«

»Was heißt das denn?«

Patrick sog an seiner Zigarette. »Ich muss erst einmal herausbekommen, was sie eigentlich von mir will und erwartet. Meistens haben Frauen einen geheimen Masterplan. Und dann stutzen sie die Männer so lange zurecht, bis sie dazu passen.« Wieder studierte er die beiden Blondinen eingehend, die sich jetzt mit Sonnenöl einrieben. »Guckt euch die zwei Blondies da an. Die sehen doch zum Anbeißen aus, oder? Aber ich prophezeie euch: In Wirklichkeit steckt hinter den unschuldigen Blauaugen und den blonden Locken in jeder eine berechnende Möchtegern-Ehefrau, die uns in einen Ernährer mit Weihnachtsgeldzulage und Bausparvertrag verwandeln will. Das hat die Natur genial ausgetüftelt. Und unsere Hormone sorgen dafür, dass wir ihnen seit Jahrhunderten auf den Leim gehen! Was für eine Verschwendung des Materials …« Dann wandte er sich an Robin: »Und was macht dein Liebesleben? Ist die Lackledermantelfrau noch am Start?«

Robin drehte sich unbehaglich auf die andere Seite. »Ich muss gerade den Quartalsabschluss vorbereiten, da läuft nicht viel.«

»Ach ja?« Patrick glaubte ihm kein Wort. »Hat dich deine Flamme also abserviert?«

»Quatsch! Ich hab nur deutlich weniger Lust als du, darüber zu reden. Aber wenn du es genau wissen willst: Auch bei mir läuft da gerade so eine … wie sagst du so schön … Experimentierphase.«

»Hört, hört! Sag mal, mein Junge, hat es dich richtig erwischt? Bist du etwa verliebt? Pass da bloß auf.«

Robin drehte ihm den Rücken zu. »Mensch, Patrick, halt einfach die Klappe.«

Patrick strich sich die Haare aus der Stirn.

»Und hör endlich auf mit dieser albernen Zuppelei an deinen Haaren!«, setzte Robin nach.

»Was?« Patrick richtete sich auf. »Was soll das denn heißen?«

»Hey, hey! Jungs, hört auf zu streiten!«, beschwichtigte Björn.

Robin lenkte sofort ein. »Ich will mich gar nicht streiten. Sorry, Patrick. Mir geht nur manchmal deine Coolness gegen den Strich. Nicht alle Frauen sind blöd oder berechnend.«

Patrick fuhr sich wieder durch die Haare und blickte scheinbar teilnahmslos über den See. »Robin, du missverstehst mich. Ich bin nicht der coole Aufreißer mit hohem Frauenverschleiß, für den du mich wohl hältst.« Er drückte seine Zigarette im Gras aus. Seine Stimme klang ernst. »Ich verstehe die Frauen einfach nicht. Nur beim Sex gibt es keine Missverständnisse. Kaum sind wir aber aus der Horizontalen raus, geht der Kampf los. Ich wünschte, ich würde einmal eine treffen, die ich kapiere. Meine Kellnerin beispielsweise, die könnte so eine sein. Weil sie eben nicht mit Augenklappern und Haareschmeißen operiert und auf Mädchen macht. Ich glaube, die ist wirklich so, wie sie sich gibt. Da ist was an ihr, das mich ehrlich interessiert, über den Sex hinaus.« Er räusperte sich verlegen. »Du hast schon Recht, Robin, nicht alle Frauen sind blöd oder berechnend. Aber die wenigen, die anders sind, musst du suchen wie die berühmte Stecknadel im Heuhaufen.«

Einen Moment schwiegen die drei Männer.

»Hier, nimm noch was Blondes, das tröstet!« Björn wollte Patrick eine neue Bierflasche reichen.

»Willst du mich betrunken machen? Gib mir lieber die Telefonnummer deines Kindergartenschwarms!«

»Erstens dürfte es selbst dir schwer fallen, von Jever Fun betrunken zu werden, und zweitens ist mein Kindergartenschwarm, wie du sie nennst, mit Sicherheit völlig immun gegen dich. Das ist nämlich eine Frau mit Hirn!«

»Löst du mit ihr das *Zeit*-Rätsel?«, zog Patrick ihn auf. »Oder arbeitet ihr an einem Forschungsprojekt, das euch den Nobelpreis bescheren wird?«

»So ungefähr.«

Patrick sah ihn erwartungsvoll an, aber Björn tat so, als ob er mit einem imaginären Schlüssel seinen Mund verschlösse und sagte: »Das ist privat.«

Ein leichter Wind ging durch die Bäume und kräuselte die Oberfläche des Sees ein wenig.

Hallo, dachte Patrick. *Wenn Björn nicht über diese Frau reden will, bahnt sich da wohl etwas Ernstes an. Wie regelt das wohl so ein Hausmann? Ob Verena dann ihm Unterhalt zahlen muss, bis seine Kindergartenfrau ihn heiratet?*

Auch Robin machte sich seine Gedanken. *Komisch, über Frauen können wir immer nur im Frotzelton sprechen. Wenn es einem von uns ernst wird, dann macht er zu wie eine Auster. Weil wir alle solche Angst haben, verletzt zu werden. Gefühle machen verletzbar. Selbst so ein Playboy wie Patrick wird plötzlich ganz ernst und still. Bei dieser Kellnerin muss er wohl plötzlich seine Taktik überdenken. Auf wahre Liebe ist einer wie er wahrscheinlich wirklich nicht vorbereitet.* Er seufzte. *Aber bin ich es?*

Björn dachte, dass er sich eigentlich zu alt für diese Männer-Frauen-Diskussionen fühlte. Er war glücklich mit Verena, ihr Sexleben stimmte … und seine Gefühle für Jella waren ein Geheimnis, das ihre Ehe nicht gefährdete. Seine Beziehung war in Ordnung. Oder? Verena hatte sich fast zu sehr über seinen neuen Haarschnitt gefreut, fand er. Gleichzeitig betrachtete sie ihn seitdem manchmal heimlich von der Seite, das war ihm aufgefallen. Was ging ihr dabei durch den Kopf? Er seufzte. Wahrscheinlich wurde man doch nie zu alt für diese Männer-Frauen-Diskussionen.

Er sah zu den Kindern hinüber, die immer noch eifrig an einer gigantischen Sandburg bauten. Das Besondere an diesen Treffen mit Patrick und Robin war doch, dass sie ohne Frauen mit den Kindern loszogen. Aber was taten sie dann vor allem? Sie redeten über Frauen! Björn entschied sich für einen harten Themenwechsel. Er kramte in seiner Tasche.

»Jungs, nun mal was ganz anderes!« Er warf Patrick ein Heftchen zu.

»Was ist das denn?« Patrick blätterte das Heft durch und gab es dann an Robin weiter. »Seit wann beschäftigst du dich akademisch mit Fußball?«

»Seitdem ich Fußballtrainer bei uns im Kindergarten bin. Ich hatte ja keine Ahnung, wie viel Organisationskram das bedeutet: Spieleraufstellungen, Regelwerk lernen – denn ich pfeife das Spiel auch noch. Ich muss die Linienrichter suchen und finden, den Platz vorbereiten und dann natürlich das Training organisieren.« Er grinste die beiden anderen an. »Kommt doch mal zum Zugucken. Oder zum großen Vater-&-Sohn-Fußballspiel im Juli. Ihr glaubt gar nicht, wie gut die Knirpse schon kicken können. Das macht Superspaß.«

»Es gibt nur sehr wenig, was ich lieber täte«, entgegnete Patrick mit einem sehr ironischen Unterton. »Hast du dir deswegen die Haare abgeschnitten?«

»Weswegen?«

»Na, weil du als Trainer nicht so als Ökofluse rüberkommen kannst.«

»Ökofluse?« Björn tat so, als traute er seinen Ohren nicht.

»Direkt von einem biologisch-dramatischen Flokati gepflückt. Als Hausmann hast du doch bestimmt ein Faible für so was.«

Robin lachte. »Wahrscheinlich hat er mit seinem Palm ausgerechnet, wie viel Zeit er jeden Tag spart, wenn er nicht die langen Zottel waschen muss – und wie effektiv er diese für seinen persönlichen *Ich-finde-alle-Schnäppchen*-Feldzug nutzen kann!«

»Du Spinner!« Björn grinste gutmütig. »Aber mal im Ernst, Patrick, du als Fachmann ... Findest du meinen neuen Schnitt okay?«

Der Fachmann nickte gönnerhaft. »Allemal besser als dein Altrocker-Knoten. Sieht richtig schnittig aus.«

»Schnittig, ja? Euch lahme Säcke würde ich auch noch mit drei Zöpfen am Hinterkopf abhängen …« Björn spitzte zufrieden die Lippen. »Wie wär's zum Beweis mit einer Runde Wasserball mit den Kindern?«

Robin sprang auf. »Spitzenidee, Trainer!« Gemeinsam zogen sie den widerstrebenden Patrick hoch, der etwas von Ausruhen und Entspannung zeterte. Aber Björn und Robin zeigten kein Erbarmen. Sie trugen ihren zappelnden Freund an den kichernden Blondinen vorbei quer über die Wiese bis zu dem Sandstrand, an dem die Kinder spielten. Dort warfen sie ihn unter lautem Gejohle ins Wasser. Als er hustend und spuckend wieder hochkam, hatte Patrick jedoch alle Kinder auf seiner Seite, die Björn und Robin im Verlauf einer Wasserschlacht eine kräftige Abreibung verabreichten.

Als die Sonne schon tief stand und die Liegewiese sich leerte, räumten Väter und Kinder ihre Sachen zusammen. Es war ein schöner Tag gewesen. Das fanden alle. Bevor sie sich an den Autos trennten, demonstrierte Patrick Robin noch, wie er ohne Probleme die Telefonnummern von den zwei Blondinen bekam. Winkend waren die beiden gerade auf einer Vespa davongebraust, als Patrick den Zettel auch schon zerriss. »War doch nur zur Übung. Die zwei waren übrigens – wen wundert's – Mütter. Die Kinder sind mit den Vätern an die Ostsee gefahren.«

»Und dann haben die dir trotzdem …« Robin staunte.

»Natürlich haben sie.« Patrick genoss es, seinem schüchternen Freund wieder einmal zeigen zu können, wo es seiner Meinung nach langging. »Merk dir eins, Robin Spätling: Ich bekomme jede Frau, die ich haben will, freihändig.«

»Ich will jetzt noch ein Eis!«, meldete sich seine Tochter zu Wort, die das Gespräch der Erwachsenen ausgesprochen langweilig fand. »Und Pommes. Und Pizza. Und …«

Die Männer lachten und verabschiedeten sich herzlich. Jeder ging seiner Wege. Aber das Strahlen des gemeinsam verbrachten Tages wirkte noch nach.

Björn stellte fest, dass er kein einziges Mal nach seinem verschwunden Pferdeschwanz gegriffen hatte, und überraschte Verena mit einem Blumenstrauß, den er die Mädchen auf dem Rückweg an einer Tankstelle aussuchen ließ.

Patrick und Leonie trafen sich mit Veronika bei einem Italiener, wo es ihnen gelang, friedlich eine Pizza zu essen, bevor sie beim Dessert begannen, sich zu streiten.

Robin brachte Lasse nach Hause zu Katrin. Obwohl sie ihn sehr freundlich aufforderte hereinzukommen, lehnte er ab. »Gerne ein anderes Mal, Katrin.« Er fuhr nach Hause und fragte sich dabei, ob die Traurigkeit, die ihn stets befiel, wenn sich die Tür hinter Lasse und Katrin schloss, ihn jemals verlassen würde. Dann dachte er an den zurückliegenden Sommertag. Und dass er mit Jella noch schöner gewesen wäre. Aber das behielt er für sich.

12. Kapitel

Cool town, evening in the city
Dressing so fine and looking so pretty
Cool cat, looking for a kitty
Gonna look in every corner of the city
In the summer, in the city
In the summer, in the city.
The Lovin Spoonful

Ich spüre Patricks Atem auf meinen Wangen und auf meinen Lippen. »Ich musste dich noch einmal sehen, bevor ich nach Rügen fahre.« Wir sitzen in einer chinesischen Bar im Schanzenviertel, und der grüne Tee vor uns wird kalt. »Warum habe ich das Gefühl, dass du nie Zeit für mich hast? Und wieso treffe ich nachmittags nur noch Leo, wenn ich auf einen Espresso bei euch vorbeikomme?« Die Berührungen seiner Hände an der Innenseite meiner nackten Armbeuge jagen ein Prickeln durch meinen Körper.

»Leo plant einen Ableger des Restaurants, einen Mittagstisch«, erzähle ich. »Den werde ich übernehmen.«

»Das heißt, du wirst deine eigene Chefin?« Patrick streicht mir ein paar Haare hinter die Ohren. »Dann lass mich dir in aller Form gratulieren …« Er küsst mich. Ich schließe die Augen und vergesse für einen Moment den Imbiss und Leo. Und auch so ziemlich alles andere.

Als ich eine Ewigkeit später wieder zu Atem komme, frage ich: »Spielst du solo auf Rügen oder trittst du mit einer Band auf?«

Er küsst meinen Hals, während ich mich frage, wann uns die Bedienung wegen sittenwidrigen Verhaltens an die Luft setzen wird. Irgendwann hält er kurz inne, um mir eine Antwort zu geben. »Ich arbeite mit einer kleinen Band und einem großartigen amerikanischen Sänger. Der ist wirklich gut!« Dann widmet er sich wieder meinen Ohrläppchen …

Leider klingelt in diesem Moment sein Handy. Während er spricht, wandert seine Hand meinen Rücken rauf und runter. Ich sehe ihn an und habe das Gefühl zu zerschmelzen. Diese Augen … diese Lippen …

Er beendet das Gespräch und sagt, plötzlich ganz knapp und geschäftsmäßig: »Süße, ich muss los. Heute Abend spiele ich im *Elysée* und die warten auf mich wegen des Soundchecks.« Er lächelte und zieht mich vom Stuhl hoch. »Komm, wir zahlen vorne.«

Ich bin einigermaßen verdattert. Von Hundert auf Null in … wie viel? Fünf Sekunden? Das ist … merkwürdig. Ich sehe mich um, denn für einen kurzen Moment bin ich sicher, dass alle anderen Gäste ihm genauso erstaunt hinterherschauen müssen wie ich. Natürlich tut es keiner.

Ich greife nach meiner Tasche und folge ihm unsicher. Patrick schenkt der Bedienung gerade sein überwältigendes Lächeln und gibt ein großzügiges Trinkgeld. Als er sich wieder mir zuwendet, bemerke ich den wolkig-verklärten Blick der Kellnerin. Der gibt mir einen Stich. Und ich kann nicht einmal sagen warum.

»Jella, träumst du? Komm, ich muss wirklich los.« Er begleitet mich zu meinem Fahrrad. Dort küssen wir uns noch einmal. Aber aus irgendeinem Grund sehe ich mir plötzlich selbst dabei zu. Nicht, weil es mir peinlich ist, hier eng umschlungen in der Einfahrt zu stehen, sondern weil ich noch immer nicht weiß, was diese Knutschereien zwischen uns eigentlich bedeuten. Verliebt fühle ich mich nicht in Patrick. Eher … geschmeichelt, dass ein so schöner Mann sich um mich bemüht. Ja, das sind die Untiefen der weiblichen

Psyche: Wir predigen zwar immer, dass es die inneren Werte sind, die uns interessieren. Aber ganz ehrlich: Wenn ich mit Patrick die Straße entlanggehe und die Blicke der anderen Frauen spüre, die sich fragen, was ich habe, was sie nicht haben – das ist schon ein gutes Gefühl. Patrick ist wie die Tütchen Brausepulver, die ich mir als Kind gekauft habe. Die schmeckten nicht wirklich gut und hinterher war mir schlecht, aber beim Naschen prickelte es wie verrückt. Nach diesem Prickeln war ich regelrecht süchtig. Und bin es heute wohl immer noch.

Eigentlich sollte ich dankbar sein, dass mich Patricks Küsse nicht in einen wirbelnden Liebestaumel schicken: Viel mehr als meine Arbeit und Tim hat derzeit keinen Platz in meinem Leben. Und selbst den sehe ich im Moment fast nur noch, wenn ich ihn von Mascha, Christy oder meiner Mutter zur jeweils nächsten fahre.

Die Entscheidung, den Imbiss zu übernehmen, stellt alles auf den Kopf. Ich hatte ja keine Ahnung, was da alles nach dem Glas Prosecco, mit dem Leo und ich auf gutes Gelingen anstoßen, auf mich zurollt. Ein bisschen fühle ich mich wie ein ahnungsloser Spaziergänger, der von einer Lawine überrascht wird: Ich stecke mitten im Schneegestöber, ohne Chance, das Gewirble abzustellen, und muss mich einfach davontragen lassen. Es ist beispielsweise erstaunlich, wie groß die Baustelle eines so kleinen Ladens sein kann! Ein Dutzend männlicher Mitglieder aus Leos weit verzweigter Verwandtschaft reißen Wände ein, verlegen Kabel und Rohre, schleifen Böden, versetzen Toiletten und Waschbecken, kacheln Küche, Toilette und Schankraum. Und das alles, während draußen der Sommer richtig auf Touren kommt. Ich sause schwitzend zwischen Baustelle, Hort, Wohnung und Restaurant hin und her, fahre zu *Ikea*, verhandle wie ein altes Marktweib mit einem Fliesenlieferanten und versuche, die Garzeiten des Gastrobackofens zu verstehen.

Die ganze Imbissaktion ist wirklich ganz etwas anderes als nur das Servieren – das muss ich übrigens im *Da Leo*, wie nebenbei, auch noch erledigen. Zum Glück kann ich es mittlerweile wie im Schlaf. Ich bonge ein, verrechne mich nur noch ganz selten, habe immer alle Tische im Auge und die jeweiligen Bestellungen im Kopf.

Man sollte meinen, dass ich abends wie tot ins Bett sinke. Aber selbst der anstrengendste Tag lässt mir noch genug Energie, um kurz vor dem Einschlafen zu grübeln. Dann beschleichen mich immer wieder Zweifel, ob der Imbiss mich nicht überfordern wird: Ich muss einschätzen können, wie viele Mahlzeiten Leo vorbereiten soll. Die Getränkebestellung planen. Gläser und Teller müssen nicht nur penibel sauber, sondern auch immer ausreichend zur Verfügung stehen. Und: Ich bin die ganze Zeit allein, muss in Küche und Gastraum arbeiten und dabei möglichst noch jede halbe Stunde die Toilette auf Sauberkeit prüfen. Ob ich das alles schaffe?

Manchmal habe ich großes Zutrauen zu mir und denke, dass ich ganz sanft in den Schlaf gleiten werde – aber zehn Minuten später liege ich immer noch wach, während mir der Angstschweiß vor der neuen Aufgabe ganz unsanft jede Aussicht auf Ruhe raubt. Ich fühle mich, als hätte ich Dauer-PMS. Erwähnte ich, dass Anna mich auch noch einweisen muss, wie ich Getränkepreise und Nebenkosten kalkuliere? Mir tun vierundzwanzig Stunden am Tag Hände und Füße weh, und mein Kopf raucht!

Eine Woche vor Eröffnung präsentieren Anna und Leo mir in einem kleinen feierlichen Akt meine eigenen Schürzen mit dem Aufdruck *Lo Spuntino Da Leo*. Spuntino heißt Imbiss. Und noch etwas bekomme ich: eine eigene Kasse und – als deutlichstes Zeichen meiner neuen Würde – einen Schlüssel an einer silbernen Kette, die ich in meine Kellnerinnenbörse einhaken kann. Bisher habe ich immer mit Leos Schlüssel eingebongt.

»Cara, du wirst es schon schaffen. Ich weiß das«, flüstert mir Leo zu, als er mir den Schlüssel in die Hand schiebt. Genau das sagen auch Mascha und Christy, die mich liebevoll unterstützen. Sie nehmen mir nicht nur Tim ab, sondern kaufen auch für mich ein und tauchen fast täglich auf der Baustelle auf, um mit Rat und Tat zu helfen. Wobei Christys Vorschlag, Tischdecken mit Volants für die runden Stehtische zu besorgen, von mir abgelehnt wird. Maschas Idee, eine Schmuckbordüre wie im *Da Leo* in Augenhöhe an den Wänden anzubringen, gefällt mir hingegen sehr gut – ganz besonders, weil die beiden das an einem Nachmittag ganz alleine in Angriff nehmen. Tim darf an diesem Tag sogar mithelfen und ist stolz wie ein König. Glücklicherweise achtet er deswegen nicht auf den detaillierten Bericht, den Christy uns über ihr momentanes Liebesleben gibt. Sie hat nach einer kurzen Affäre mit dem Tauchlehrer übrigens wieder Animateur Carlo am Haken. Sogar von einem gemeinsamen Urlaub im August ist schon die Rede.

Von meinen drei Musketieren habe ich nur Patrick vom *Spuntino* erzählt: Robin habe ich seit dem Eisessen nicht mehr gesehen, und Björn baut gerade einen Gartenteich und redet nur von Teichfolien, Sand- und Vliesschichten, Uferpflanzen und Seerosen.

Am Abend vor der Eröffnung helfen mir Mascha und Christy, alles herzurichten. Es ist schon so warm wie im Hochsommer, und uns läuft der Schweiß von der Stirn, als wir die Tische in den Gastraum schleppen. Dann muss Mascha nach Hause, weil sie Marius versprochen hat, Vokabeln abzufragen. Das ist ein gutes Zeichen, wie sie uns erklärt: »Immerhin hat der Junge mitbekommen, dass eine Arbeit ansteht, und will dafür lernen. Außerdem erfordert der Vorgang des Vokabelabhörens zumindest eine minimale Kommunikation zwischen ihm und mir.«

»Das hört sich furchtbar an«, kann ich mir nicht verkneifen zu sagen.

»Das ist nicht furchtbar – das ist die Pubertät.« Mascha sieht das inzwischen wohl etwas pragmatischer, während ich einen Blick auf das Bild von Tim werfe, das hinter der Theke hängt. Blüht mir so etwas auch irgendwann mit ihm?

»Ich muss auch los«, reißt mich Christy aus meinen Gedanken. »Ich bin mit Carlo verabredet. Kommst du hier auch wirklich allein zurecht?«

»Natürlich! Los, raus mit euch, ich bin ein großes Mädchen und kann allein auf mich aufpassen.« Grinsend scheuche ich die beiden aus dem Lokal, schließe hinter ihnen ab – und fühle mich sofort etwas verloren. Nach den hektischen Tagen der Renovierung, den letzten Stunden mit Einräumen und Saubermachen ist der Raum plötzlich sehr still.

Ich wische die kleine Küche, setze mich an einen der vier Stehtische und gehe im Geiste noch einmal meine Vorbereitungsliste für die Eröffnung durch. Aber ich kann beim besten Willen nichts finden, was ich vergessen hätte: Teller und Gläser stapeln sich in den Regalen, der Kühlschrank ist voll gestopft, die Fensterscheiben blitzen, auf dem Steinfußboden ist kein Krümelchen zu sehen, Salz- und Pfeffermühlen sind in ausreichender Menge vorhanden und gefüllt. Morgen um zwölf Uhr geht es los. Bei dem Gedanken daran steigt mir die Aufregung in die Knochen. Was, wenn morgen alles schief geht? Oder wenn gar keine Gäste kommen? Wenn Leo sich verrechnet hat? Wenn morgen eine Weltwirtschaftskrise ausbricht? Eine Bombe aus dem Zweiten Weltkrieg im Keller des *Spuntino* gefunden wird? Wenn ich die Pizzen verbrennen und die Pasta weichen werden lasse? Schließlich bin ich Jella, die alleinerziehende Mutter, der noch nicht einmal Personalchef Rüdiger eine zweite Chance geben wollte. Die Frau, der das Pech am Hacken klebt.

Jemand klopft ans Fenster. Ein großer Strauß bunter Blumen wird hin und her geschwenkt. Dahinter kommt Tims Gesicht zum Vorschau – und dann tauchen, etwas außer Atem, Mama und ihr aktueller Hase auf, ein sehniger, grauhaariger, sehr hanseatischer Herr, den sie beim Pilates kennen gelernt hat. Ich öffne die Tür und lasse die drei herein. »Das ist ja eine Überraschung! Ich wollte gerade los, um Tim abzuholen!«

Mama umarmt mich. »Na, hör mal, Gabriele! Wenn du mich schon nicht zur Eröffnung einlädst …« Sie wendet sich an ihren Hasen: »Gabriele war schon als Kind eigensinnig!« Sie blickt sich um.

Uff! Auf der vorletzten Seite in meinem Listenbuch in der Küchentischschublade findet sich nicht grundlos die Liste *Womit mir Mama auf die Nerven fällt und was ich als Mutter niemals sagen will.* Ganz oben steht: *Lebst du noch?* Das hat Mama jahrelang als Begrüßung am Telefon gesagt, anstatt sich über meinen Anruf zu freuen. *Wenn du mich schon nicht einlädst* kommt auf jeden Fall auch auf die Liste, hinter *Wie viele Kalorien hat das?* beim Anblick der von mir für sie gebackenen Geburtstagstorte und vor dem drohenden *Schuhe aus!*, bevor man als Gast überhaupt »Hallo!« gesagt hat. Mama kommt natürlich gar nicht auf die Idee, dass ich Angst davor hatte, ihr *Lo Spuntino* zu präsentieren, bevor es richtig läuft. Sollte ich einmal beim Bergsteigen verunglücken und sie nicht pünktlich zum Geburtstag anrufen, weil ich auf der Intensivstation eines Krankenhauses am Tropf hänge, würde sie wahrscheinlich auch sagen: »Gabriele war schon als Kind eigensinnig. Sie hat doch überlebt. Da kann sie ja wohl ihrer Mutter zum Geburtstag gratulieren!« Während ich die Blumen in eine Vase stelle, beobachte ich angespannt ihre Reaktion. Mama geht langsam mit dem Hasen im Schlepptau durchs *Spuntino*. Tim hängt an ihrer Hand und zeigt stolz den Gastraum mit den hohen Barstühlen, den Zeitungsständer und die bunten Garderobenhaken, den kleinen Waschraum, von dem zwei Toilettenkabinen abgehen, die Küche, den winzigen Vorratsraum mit der Tiefkühltruhe und dem Kühlschrank und sogar den kleinen Hof. Das Beste hebt er sich bis zum Schluss auf. »Ingrid, jetzt musst du die Augen zumachen, jetzt kommt was Tolles«, befiehlt er. Mama gehorcht leise auflachend und hält sich am Hasen fest, der sie galant zurück in den Gastraum leitet. »Jetzt Augen aufmachen«, kommandiert Tim. »Du musst die Verzierung angucken!«

In die Bordüre, mit der Mascha in den Farben des *Da Leo* die Wände verschönt hat, sind kleine Fliesen eingefügt worden, auf die sie Gesichter gemalt hat. Es ist erstaunlich, wie sie mit wenigen Strichen das Wesentliche an einem Menschen herausarbeiten kann: Es gibt ein Bild von Tim, von Mascha und Christy, Leo ist zu sehen, Anna und auch ich, obwohl ich im Gegensatz zu Christy die Ähnlichkeit bei mir nicht so überzeugend finde. »Acht Bilder sind fertig«, verrät Tim, als Mama mit der Lesebrille im Anschlag die Bordüre abschreitet. »Drei sind noch offen, die macht Mascha später.«

»Huch, das bin ja ich!«, entfährt es Mama plötzlich, und sie zeigt auf eine Kachel. »Hase, findest du nicht, dass das sehr gut getroffen ist?«

»Die Idee von Mascha und Christy war, Menschen abzubilden, die in meinem Leben eine wichtige Rolle spielen«, erkläre ich. Dabei merke ich, dass Mama total gerührt ist, aber natürlich geht sie darüber hinweg.

»Und wer ist das?« Mama und Hase stehen vor der letzten fertigen Kachel. Mama rückt die Brille höher auf die Nase. »Irgendwie kommt sie mir bekannt vor.«

»Das sollte sie auch.« Ich greife in meine Handtasche, die auf dem Tresen liegt. «Du erinnerst dich an … Tessa Martin?«

Mama lacht auf und nimmt die Figur von meiner flachen Hand. »Die hast du noch? Tessa Martin!« Ihr Blick geht in die Ferne.

Die Tessa-Martin-Kachel war auch für mich eine große Überraschung, eine Idee von Tim und Mascha.

Mama lächelt immer noch und scheint tief in Gedanken versunken. *Ja,* denke ich. *Dir geht es mit Papa wie mir mit Jonathan.* Die Väter der eigenen Kinder wird man genauso wenig los wie die ersten Erinnerungen an Weihnachten. Sie gehören einfach zum Leben, egal, ob sie gut oder schlecht sind.

Tim klärt Mamas ratlosen Hasen geradezu väterlich auf. »Das ist Tessa Martin. Sie ist Agentin.«

Der Hase, der laut Mama Buchhalter war, ist wirklich nett. Er lächelt verständnisvoll, sieht meinem Sohn ernst in die Augen und fragt: »Was macht Tessa Martin denn?«

Tim zieht ihn vertraulich zu sich herunter und flüstert: »Das ist ein Geheimnis. Aber ich denke, sie löst Fälle für Mama.«

Mama Ingrid reißt sich mit einer für sie so typischen, energischen Kopfbewegung aus den ihr wahrscheinlich zu gefühlsduseligen Erinnerungen. Sie sieht sich noch einmal um – und dann mich an. Die Stunde der Wahrheit ist gekommen. »Also, Gabriele …«

Oh-oh!

»… ich muss wirklich sagen: Der Imbiss sieht großartig aus! Dürfen Barbara und ich auch einmal zum Essen kommen?«

Mit einem erstaunlicherweise nicht hörbaren Krachen fällt mir ein riesiger Stein vom Herzen. Ich drücke mein Gesicht in ihr Seidentuch, das trotz Sommerhitze ihren Hals umschmiegt. »Ihr *müsst!* Aber kommt bitte erst nächste Woche, wenn ich schon ein bisschen Routine habe!«

Das verspricht Mama, und dann bringt uns der Hase in seinem Mercedes nach Hause. Mama spuckt mir beim Abschied an unserer Haustür dreimal symbolisch über die Schulter: »Toi, toi, toi! Und brüh dir gleich noch einen Baldriantee auf, damit du morgen früh ausgeschlafen bist.«

Das ist ein guter Rat, denn ich bin so aufgeregt, dass ich sonst bestimmt kein Auge zumachen werde. Der Tee wirkt wahre Wunder: Ich habe die Tasse noch nicht ganz leer getrunken, als ich schon so schläfrig bin, dass ich mich nicht einmal mehr auf einen Streit mit Tim einlasse, sondern ihn gleich mit in mein Bett nehme.

Der große Tag ist da! Sonnig und strahlend und mit einem blitzeblauen Himmel. Um halb zwölf bin ich am Rande einer Nervenkrise. Dabei ist überhaupt nichts Schlimmes geschehen. Leider ist nämlich noch gar nichts geschehen.

Zum hundertsten Mal kontrolliere ich den Aufsteller vor dem Imbiss. Meine Bluse ist weiß und fleckenlos, über meine Hose habe ich die lange *Spuntino*-Schürze gebunden, die Servietten stapeln sich einladend auf den Tischen. Pizze und Pasta stehen in der Küche bereit, die Espressomaschine ist eingeschaltet. Aber niemand kommt! Gähnende Leere im Lokal und draußen.

Es ist schon fast zwölf. *Mittagstisch von 12 – 14 Uhr* steht auf dem Aufsteller. Aber niemand außer ein paar alten Leuten und einer Kindergruppe ist auf der Straße zu sehen. Leo steht auf der anderen Straßenseite und hält zwei Daumen hoch. Ich möchte am liebsten losheulen. Das Ganze ist jetzt schon ein Reinfall! Was für eine Schnapsidee. Ich als Chefin eines Imbisses – der Brüller. Ich sollte Rüdiger eine Karte schicken und ihm Recht geben: *Mütter sind ein Risiko!* Weise Worte.

Was soll ich jetzt tun?

Mich betrinken oder beten?

Ich verwerfe beide Ideen und hole stattdessen Tessa Martin aus meiner Tasche. »So, jetzt zeig mal, was du kannst!« Hat sie mir damals bei meiner missglückten Bewerbung für den Werkskindergarten am Ende nicht doch Glück gebracht, indem sie mich inspirierte, einen Kaffee bei Leo zu trinken? Woraufhin der mir den Job anbot?

Ich stelle Tessa Martin in das Regal neben den Ramazzotti. Wenn das nichts nützt, werde ich mir das mit dem Betrinken doch noch mal überlegen. Aber Tessa nimmt ihren Job wohl ernst, denn hinter mir macht die Türglocke plötzlich *Pling*. Christy und Mascha stehen vor mir. »Sind wir die Ersten?«

»Ja, seid ihr«, hebe ich an – und setze dann freudestrahlend ein »aber nur ganz knapp!« nach: Hinter ihnen strömen nämlich gleich fünf Gäste in den Imbiss: Annika, die am Schulterblatt in einer Agentur arbeitet, Christys Ex-Freund und Noch-Zahnarzt Peter, Hubert, dem eine kleine Autowerkstatt in der Weidenallee gehört, seine Frau Nadine und Klempner Kalle, der bei Nadine und Hubert gerade ein neues Regenfallrohr montiert. »Schön, dass ihr da seid!«, begrüße ich sie.

»Ist doch Ehrensache, dass wir eine junge Geschäftsfrau beim Schritt in die Selbstständigkeit begleiten«, tönt Peter. Während ich ihre Glückwünsche und die Bestellungen entgegennehme, macht es wieder *Pling!* Die Portugiesin aus der Änderungsschneiderei und die Friseurin vom Salon an der Ecke. »Kriegen wir schon etwas zu essen?« Hinter ihnen betreten zwei Männer in Blaumännern das Lokal. Jetzt geht es Schlag auf Schlag. Das *Spuntino* ist plötzlich knallvoll und meine Befürchtungen lösen sich im Trubel der nächsten Stunde in Nichts auf. Anscheinend hat sich jeder in der nahen und entfernteren Nachbarschaft vorgenommen, heute bei mir seine Mittagspause zu verbringen, und eine bunte Mischung aus Büromenschen und Handwerkern wechselt sich an den Stehtischen ab. Ich bin fast froh, als Mascha und Christy und die anderen wieder aufbrechen und ihre Plätze frei machen. »Wir telefonieren nachher!«, ruft Christy mir über die Köpfe der anderen Gäste zu.

»Können wir bestellen?« Ein Anzugträger schaut demonstrativ auf seine teure Armbanduhr. »Ich habe gleich ein Meeting!«

Nach einer Stunde bin ich wie aus dem Wasser gezogen – und fühle mich trotzdem glücklich und wie elektrisiert.

Um kurz vor zwei schwappt eine weitere Gästewoge in den Imbiss. Es ist so eng, dass ich kurzerhand zwei Stühle aus der Küche hole und vor den Tresen schiebe. Zwei Langhaarige, denen ich die IT-Spezialisten schon auf zehn Meter Entfernung ansehe, klemmen sich gut gelaunt dahinter und stopfen ihre Pizza in rasanter Geschwindigkeit in sich hinein. Während ich hinter dem Tresen Cappuccino im Akkord zubereite, höre ich mit einem halben Ohr ihrem Gespräch zu.

»Das ist doch schon im Tierreich so, dass die Männchen schöner sind. Denk doch nur an den Hahn und die Hühner!«, doziert der eine, auf dessen Nase unübersehbar ein Pickel prangt, und streicht seine strähnigen Haare hinter die abstehenden Ohren. Den Rest des Dialogs übertönt leider das schlurchende Geräusch der Espressomaschine. Ich muss trotzdem grinsen. Von so viel Selbstbewusstsein könnten wir Frauen uns doch wirklich eine Scheibe abschneiden: Sogar die hässlichsten Wichte halten sich für die Krönung der Schöpfung!

Pizza, Pasta, Salat, Espresso, »Kann ich bitte zahlen?« Die Zeit verfliegt in Windeseile. Mir läuft der Schweiß von der Stirn, meine weiße Bluse ist durchgeschwitzt und die Schürze zieren jede Menge bei ehrlicher Arbeit erworbene Flecken. Doch langsam kehrt Ruhe ein.

Aber als ich um kurz vor drei Uhr die Tür abschließen will, schneit noch ein Paar herein, das ich als Gäste aus dem *Da Leo* kenne. Er ist Fotograf und betreibt ein Atelier im Gewerbehof um die Ecke, sie als arbeitet als Grafikerin in einer Werbeagentur. »Bekommen wir noch etwas zu essen?«

Nachdem ich ihnen ihre Pasta gebracht habe – es sind tatsächlich die letzten Portionen, die ich anbieten kann! –, fange ich an aufzuräumen. Während ich die Tische abwische, die Geschirrspülmaschine fülle und die Zeitungen in den Zeitungsständer sortiere, planen die beiden ihr Wochenende.

Sie: »Schatz, wollen wir am Samstag nicht mal wieder richtig nett kochen?«

Er: »Ja, wir haben doch noch den richtig guten Wein von meinen Eltern von Weihnachten.«

Sie: »Da machen wir es uns richtig gemütlich.«

Ein bisschen melancholisch werde ich schon, als ich ihnen zuhöre. Wieso ist bei Pärchen eigentlich immer alles *richtig?* Gehört *richtig* wie ein Geschmacksverstärker vor jedes Wort in einer Beziehung? So wie man Obst und Gemüse immer in einem Atemzug spricht – Obstundgemüse –, wobei es kaum jemanden gibt, der beides gleichzeitig isst? Richtig nett, richtig gemütlich, richtig gesund. Ich sehe meine Gäste, dieses richtige Pärchen, schon richtig entspannt zusammensitzen, den richtig guten Wein trinken und das richtig nette Essen verzehren … Kein Wunder, dass ich mich als Single völlig falsch fühle!

Als die beiden endlich zahlen, ist es schon kurz vor vier. Die Frau lächelt mir zu. »Ich wünsche Ihnen einen richtig schönen Feierabend!«

Natürlich. Richtig schön!

Aufatmend schließe ich hinter ihnen ab. *Geschafft!* Eigentlich ist mir nach einem Luftsprung, aber ich bin einfach zu fertig. *Richtig* fertig!

Jemand drückt gegen die Tür und klopft dann gegen das Fenster. Noch mehr Gäste? Ich rufe, ohne mich umzudrehen:

»Tut mir Leid, wir haben für heute geschlossen!« Aber das Klopfen geht weiter. Ich drehe mich um – und sehe Leo und Anna. Schnell öffne ich und falle den beiden um den Hals. »Es lief super! Fast dreißig Essen und ich weiß nicht, wie viele Espressi!«

Leo grinst stolz. »Ich wusste, dass das klappt!«

»Keine Pizza verbrannt? Keine Pasta aufgeweicht?« Anna will streng klingen, doch ihr Lächeln verrät sie.

Ich schüttele den Kopf. »Alles prima! Ich könnte die ganze Welt umarmen!« Ich lade Anna und Leo zu einem Espresso ein, und während ich die Getränke zubereite, versuche ich, mir diesen Augenblick zwischen Glückseligkeit und Müdigkeit ganz besonders deutlich einzuprägen. Ich habe es wirklich geschafft. Ganz alleine! Natürlich wird der heutige Tag auf meiner Liste mit den unvergesslichen Momenten einen Ehrenplatz bekommen!

Eine neue Arbeit ist wie ein neues Leben! Drei Wochen später kann ich mir schon kaum noch vorstellen, das *Spuntino* nicht schon immer geführt zu haben. Schon früh morgens, wenn ich aufstehe, verspüre ich ein Glücksgefühl, das wie ein kleines Männchen in mir auf und ab springt. Ich weiß nicht wieso, aber ich habe bei Glück immer die Assoziation von etwas, das auf und nieder hüpft wie ein kleines Kind, dem man einen Kirmesbesuch in Aussicht stellt. So ein Gefühl von *Au ja! Karussellfahren!*

Wenn ich später die Tür vom *Spuntino* aufschließe, habe ich manchmal Herzklopfen wie ein frisch verliebtes Mädchen. Meine Kunden sind zum Großteil wirklich nett. Der aus der Not geborene Tresenplatz avanciert zum Hit, um den sich die Leute fast streiten. Schon am dritten Tag erklären ihn zwei junge blonde Frauen zu ihrem Stammplatz. »Da können Sie gleich mal ein Schild anbringen: Hier sitzen Bine und Billa«, lacht die größere von den beiden und bestellt zwei Apfelschorlen. Als ich die Gläser vor sie hinstelle, sagt sie: »Finde ich toll, Ihren Imbiss, so etwas hat hier in der Gegend gefehlt.«

Mir fällt auf, dass ihre Freundin etwas verheult aussieht. Offensichtlich Liebeskummer, denn während ich zwei Salatteller fertig mache, versucht die Große (Billa oder Bine?) sie zu trösten: »Natürlich ist das Leben nicht fair. Süße, wenn das Leben fair wäre, lebte Frank Sinatra noch und alle Frank-Sinatra-Imitatoren wären tot!« Ich muss mir auf die Lippen beißen, um nicht laut herauszuplatzen. Der Imbissalltag versorgt mich immer wieder mit herrlichen Geschichten, die ich später kichernd Christy erzähle. Kurz: Ich glaube, ich habe mein Glück gefunden!

Selbst Mama und ihre kritische Freundin Barbara finden den Imbiss großartig. Als sie letzten Montag da waren, haben sie die ganze Zeit wie junge Mädchen mit zwei lustigen Bauarbeitern geflirtet. Mama war ganz aufgerüscht und hat sogar übersehen, dass ich ihre Pizza etwas zu lange im Ofen gelassen hatte.

Da ich die Arbeit gut im Griff habe, stabilisiert sich auch mein Tagesablauf. Morgens bringe ich Tim zum Hort, dann erledige ich, was nicht warten kann, oder gönne mir manchmal sogar den Luxus, mich noch mal eine Stunde hinzulegen. Um elf bin ich im *Spuntino*, das ich um halb zwölf öffne. Spätestens um vier Uhr mache ich den Imbiss dicht – und muss mich nicht hetzen, um Tim rechtzeitig abholen zu können. Außerdem arbeite ich nur noch an drei Abenden im *Da Leo*: Mittwoch, Freitag und Sonntag. An diesen Tagen betreuen reihum Mama, Mascha und Christy meinen Sohn. Was würde ich ohne die drei machen? Was früher die Großfamilie war, ist heute ein Netz von Freundinnen.

Nur eins können mir die drei natürlich auch nicht abnehmen: die Suche nach einem Aushilfsvater für Tim. Ja, ich habe das nicht vergessen. Nein, ich komme nicht dazu, mich darum zu kümmern. Björn sehe ich gelegentlich auf einen Kaffee – aber er trainiert die Kinder ja und wird nicht selbst spielen. Patrick ist wieder auf Tournee, kommt als Fußballer aber sowieso nicht in Frage. Schon eher als Liebhaber für mich. Oder? Ich bin zu beschäftigt, um mir darüber Gedanken zu machen. Bleibt Robin. Den müsste ich dringend anrufen. Nein, den will ich sogar anrufen. Später vielleicht … Morgen aber sicher.

Als ich am letzten Mittwoch im Juni nach der Arbeit nach Hause radeln will, hält mich Leo zurück: »Cara, ich weiß, dass du morgen nicht arbeitest, aber könntest du doch einspringen? Anna hat ihrer Schwägerin versprochen, die Hochzeit ihrer Tochter vorzubereiten, und bei denen brennt die Luft, weil die Hochzeitsfeier Freitag stattfindet.«

Ich unterdrücke ein Gähnen: »Puh, da muss ich mich jetzt erst für einen Babysitter für Tim umsehen, so außer der Reihe.«

Leo versucht, mir das Einspringen schmackhaft zu machen: »Du, das ist eine geschlossene Gesellschaft. Das Tanzstudio *Chacha* aus der Margaretenstraße, das kennt du doch?«

»Natürlich, einige der Tanzlehrerinnen und -lehrer sind Stammgäste im *Spuntino.*«

»Die feiern fünfjähriges Jubiläum. Sie wollen wirklich nur zum Essen kommen. Von sechs bis neun Uhr, so ist unsere Verabredung. Danach will die gesamte Belegschaft zum Tanzen auf den Kiez.«

»Das würde ich auch gern mal wieder tun«, sage ich.

»Was?«

»Na, tanzen.«

Leo lächelt. »Vielleicht findet sich ja unter den Tanzmäusen ein heißer Tänzer für dich?«

Ich winke ab. »Mit einem Tanzlehrer zu tanzen ist nicht

dasselbe wie mit einem Mann, der einfach gerne tanzt. Aber Männer, die tanzen, muss man doch mit der Lupe suchen.« Ich tanze sehr gerne. Wie wahrscheinlich neunundneunzig Prozent aller Frauen. Leider bin ich bis jetzt immer an Männer geraten, die nicht tanzen – was sie wiederum wohl mit neunundneunzig Prozent aller Männer gemeinsam haben. In meiner Vor-Tim-Zeit bin ich gerne Salsa tanzen gegangen. Wann habe ich das zuletzt gemacht? 1879? Allerdings brauche ich im Moment einen Babysitter dringender als einen Eintänzer. So ändern sich die Zeiten.

»Also gut«, sage ich Leo zu. »Wenn es wirklich nicht später als halb zehn wird, kann ich vielleicht meine Mutter überreden, noch einmal auf Tim aufzupassen.«

»Cara, du bist wunderbar. Dafür hast du einen Wunsch frei!«

»Dein Wort in Gottes Ohr«, lache ich und suche schleunigst das Weite, bevor Leo auf noch mehr arbeitsintensive Ideen kommen kann.

Als ich mich gerade auf mein Fahrrad schwinge, klingelt mein Handy. Es ist Robin. »Ich hatte schon Angst, dass du meine Nummer verloren hast«, albere ich und schiebe mein Rad die Straße hinunter, damit ich weiter mit ihm telefonieren kann.

Robin lacht. »Höre ich da gekränkte Eitelkeit heraus? Du hättest ja auch mal anrufen können.«

»Stimmt. Ich hatte nur einfach keinen Kopf dazu.« Dann platze ich heraus: »Bei mir hat sich nämlich einiges getan!« Natürlich will er jetzt wissen, was los ist, und ich will gerade loslegen, als ich plötzlich eine Idee habe: Ich möchte, dass Robin mich als Chefin des *Spuntinos* erlebt. »Das werde ich dir in aller Ruhe erzählen«, gebe ich mich geheimnisvoll. »Hast du Lust, nächste Woche mit mir Mittag zu essen?«

»Wann? Dann frage ich meinen Vater, ob er so lange im Laden bleibt.«

»Wie wäre es mit nächstem Mittwoch?«

»Abgemacht. Und wo?«

Ich spiele weiter die Mysteriöse. »Das sage ich dir noch.« Mir fällt ein, dass er noch gar nicht verraten hat, weswegen er mich anruft. »Wolltest du eigentlich etwas Bestimmtes oder nur mal Hallo sagen?«

»Eigentlich beides. Ich habe mir morgen Nachmittag frei genommen und will mit Lasse ins Freibad. Habt ihr Lust mitzukommen?«

»Lust schon. Aber ich arbeite bis kurz nach neun Uhr.«

»Ach, schade. Lasse hat sich schon darauf gefreut, Tim wieder zu sehen. Hm … wie wäre es, wenn ich deinen Sohn ohne dich mitnehme?«

Ich überlege kurz. Tim mag Robin und Lasse, und mit den beiden im Schwimmbad hat er bestimmt mehr Spaß als bei Mama. »Du müsstest Tim aber vom Hort abholen …«

»Kein Problem. Wo ist das?«

Ich nenne ihm die Adresse und den Namen der Betreuerin.

»Dann sag du doch im Hort Bescheid, dass ich Tim abhole, wir gehen ins Schwimmbad und später bleibt er bei uns, bis du fertig bist. Dann liefere ich ihn bei dir ab. Na, wie hört sich das an?«

Ich fühle, wie mir ein Stein vom Herzen fällt. »Das hört sich großartig an! Vor allem, weil ich meine Mutter nicht wieder bitten muss, den Notnagel zu spielen.«

Robin lacht. »Jella, ich bin gerne dein Notnagel. Für alleinerziehende Eltern sind Notnägel manchmal das Wichtigste auf der Welt, oder?«

Als ich nach Hause radele, fällt mir auf, dass ich pfeife.

Am nächsten Morgen ist Tim begeistert von der Aussicht, mit Lasse und Robin schwimmen zu gehen. »Super! Darf ich meine Taucherbrille mitnehmen?« Ich packe seine Schwimmsachen in den Rucksack für den Kindergarten. »Pass aber darauf auf. Auch auf deine neue Badehose. Okay?«

Tim wirft mir einen nachsichtigen Blick zu, der eigentlich Eltern vorbehalten sein sollte. »Ja, Mama.« Ich muss mir ein Lachen verkneifen.

Das Essen für die Tänzer ist wirklich fast pünktlich zu Ende. Während wir das Restaurant aufräumen, fragt Leo: »Was macht eigentlich mein Amico Patrick?«

Das habe ich mich nämlich auch schon gefragt. Seit fast zehn Tagen habe ich nichts mehr von ihm gehört, außer einer kurzen SMS:

Rügen ist schön, aber einsam. Das Engagement ist anstrengend, aber die Arbeit mit den Kollegen macht Spaß.

»Nanu«, wundert sich Leo. »Ist die Amore schon abgekühlt?« Jetzt werde ich zu allem Überfluss noch rot.

»Nein, nein … das heißt, ich würde noch nicht von Liebe sprechen«, murmele ich und verabschiede mich eilig.

Vor der Tür stelle ich mein Handy an, und prompt meldet sich meine Mailbox. Es ist aber nicht Patrick, sondern Robin. »Hallo, Jella, mach dir keinen Stress.« Er klingt ziemlich vergnügt. »Wir kehren noch beim Pommeskönig in der Hoheluftchaussee ein.«

Pommeskönig? Ich merke, wie ich ohne es eigentlich zu wollen die Stirn runzle. Wieso schleppt er die Kinder so spät noch zum Frittenessen? Ich versuche, ihn auf seinem Handy zu erreichen, aber nur die Mailbox meldet sich. Also fahre ich nach Hause und warte.

Bis halb elf bin ich nur besorgt.

Aber dann werde ich wütend.

Ich hinterlasse nach einer besorgten (»Geht's euch gut?«)

eine ziemlich wütende Nachricht (»Robin, warum ruft du mich nicht an?«) und tigere mit dem Handy im Anschlag zwischen Küche und Fenster zur Straße hin und her. Aber weder von Robin noch von den Kindern ist etwas zu sehen. Erst um kurz nach elf biegt Robins roter Ford um die Ecke und parkt vor dem Haus.

Ich laufe hinunter. »Mensch, wo wart ihr denn?«, empfange ich Tim, den Robin aus dem Auto hebt. Die Nacht ist schwülwarm und es ist überraschend windig. Robin lacht mich arglos an.

»Sorry, ist ein bisschen später geworden. Puh, was für ein Tag.« Er sieht in den Nachthimmel, an dem graue Wolke jagen, und wischt sich die Stirn ab: »Sieht aus, als ob wir noch ein Gewitter kriegen. Na, kein Wunder, bei der Luftfeuchtigkeit.«

Im Moment interessieren mich seine meteorologischen Ausführungen nicht die Bohne. »Du hast Nerven, Robin! Weißt du eigentlich, wie spät es ist?« Weder Robin noch Tim scheinen sich bewusst zu sein, welche Sorgen ich mir gemacht habe. Also sage ich es ihnen. »Wisst ihr eigentlich, welche Sorgen ich mir gemacht habe?« Tim sieht mich erschrocken an. Robin legt seine Hand beruhigend auf seine Schulter.

»Aber was sollte denn schon geschehen?«

Oh, wie ich diesen *Mädel-nun-entspann-dich-mal*-Ton hasse! Wenn dieser Ton angeschlagen wird, hat man als Frau keine Chance. Alles, was man dann sagt, wird von den Männern durchgewinkt. Nach dem Motto: Hysterikerinnen muss man ins Leere laufen lassen. Dabei bin ich nicht hysterisch, nur besorgt. Besorgt sein kann man als Frau nicht einfach abstellen. Das ist wie frieren! Auf die Idee, sich zu entschuldigen, kommt keiner. Also beiße ich die Zähne zusammen und greife nach Tims Rucksack. Ich bin müde und sauer und will ins Bett. Aber die Kinder haben ganz andere Pläne.

»Kann Lasse bei uns schlafen?«, fängt Tim an zu betteln.

Ich fasse mir an den Kopf. »Nein, Timmie. Das dauert doch Stunden, bis ihr euch in den Schlaf gekichert habt! Und ich habe morgen einen anstrengenden Tag.«

»Den hast du doch immer«, mault Tim.

»Die Regel lautet: Übernachtungsgäste nur am Wochenende«, erinnere ich ihn. Als Antwort rollt er mit den Augen. Mir fällt auf, dass sein Arm rot leuchtet. »Was ist das denn?«

»Ach, nur ein bisschen Sonnenbrand. Ich hab vergessen, mich einzucremen.«

Robin mischt sich ein. »Ich muss morgen erst später arbeiten. Mein Vater übernimmt den Laden. Tim kann auch bei uns übernachten.«

Jetzt fällt er mir auch noch in den Rücken? Das wird ja immer besser! Ich spüre, wie Müdigkeit und Ärger sich zu einem unguten Gefühl mischen. »Das ist aber gegen die Regeln«, wiederhole ich stumpf.

»Ach, die Regeln!« Robin wischt schon wieder mit dem fiesen *Mädel-nun-entspann-dich-mal*-Ton meine Einwände weg. »Es ist so schönes Wetter. Wann haben wir in Hamburg schon mal so einen Bilderbuchsommer? Wer weiß, wie lange das anhält? Lass die Kinder doch noch etwas spielen. Wir trinken ein Glas und genießen den lauen Abend. Na?«

Jetzt reicht es mir! Ich packe Tims Rucksack und seine Hand.

»Nein, danke. Tim muss jetzt ins Bett und ich auch.«

Mein verräterischer Sohn reißt sich los und rennt mit Lasse die Treppe rauf. »Hey, Jungs!« Vergeblich schreie ich hinter ihnen her.

»Tim sollte das hier nicht vergessen«, sagt Robin und hebt aus dem Wagen einen Käfig heraus.

»Was ist *das* denn?«

»Das ist Eddie!«, stellt Robin vor. Im Käfig kratzt sich ein grauschwarzes, unglaublich hässliches vierbeiniges Tier sein räudiges Fell.

»Eine Ratte!«

Robin nickt. »Genau. Lasse hat das Vieh aus der Schule mitgebracht, weil es dort seine Bleibe im Biologieraum aus irgendwelchen Gründen verloren hat. Allerdings ist mein Vater allergisch gegen Tierfell. Da hat Tim gesagt, ihr könnt ihn nehmen. Du hast doch keine Allergie, oder?«

Was für ein Abend! Jetzt kriege ich auch noch eine Ratte angedreht. »Ich *will* keine Ratte.«

Robin hört gar nicht zu. »Komm, ich trage dir die Sachen hoch.«

Oben in der Wohnung stellt er den Rattenkäfig in Tims Zimmer.

Währenddessen kippe ich im Badezimmer die Schwimmsachen auf den Fußboden vor die Waschmaschine. Tims Badehose fehlt. Ich durchwühle den Handtuch-Klamottenhaufen. »Tim!«

Er kommt angaloppiert. »Ja?«

»Wo ist deine Badehose?«

»Im Rucksack.«

»Nein, das ist sie nicht. Ist sie vielleicht bei Lasses Sachen?«

Aber die Badehose bleibt auch nach Untersuchung von Lasses und Robins Schwimmsachen unauffindbar. Genervt schmettere ich die Waschmaschine zu und gehe in die Küche, wo es sich Robin gemütlich gemacht hat. Auf dem Tisch steht eine Rotweinflasche, die er offensichtlich mitgebracht hat. »Magst du ein Glas?«, fragt er mich.

»Nein, danke«, blaffe ich zurück. »Kann ich vielleicht endlich mal erfahren, warum ihr so spät dran seid?«

Robin findet meinen Korkenzieher im Besteckkorb und macht sich daran, die Flasche zu öffnen. »Komm, ein Glas trinkst du bestimmt mit.« Was übersetzt natürlich nichts anderes heißt als: *Nun entspann dich mal!*

»Spreche ich eigentlich chinesisch?«, zicke ich los. »Nein, ich möchte keinen Wein. Ich möchte auch nicht den lauen Abend genießen. Ich will, dass Tim jetzt ins Bett geht. Und ich will wissen, warum ihr erst so spät hier auftaucht!« Meine Stimme klingt in meinen eigenen Ohren schrill, aber wenn mein Temperament mit mir durchgeht, gibt's kein Halten mehr. Wahrscheinlich hat Mama doch Recht: *Gabriele war schon als Kind eigensinnig.*

Robin mustert mich nachdenklich und macht ein etwas verlegenes Gesicht. »Ach, das ist eine lange Geschichte. Alles fing damit an, dass ich viel später aus dem Geschäft losgekommen bin als geplant. So konnte ich die Jungs nicht abholen. Das hat mein Vater gemacht. Der Arme musste zu Lasses Schule und danach samt Rattenkäfig zu Tims Hort.«

»Dein Vater hat Tim abgeholt?« Ich bin, gelinde gesagt, überrascht. »Und die im Hort haben *meinen* Sohn einfach so *deinem* Vater mitgegeben?«

Robin zuckt mit den Schultern. »Ja.«

»Wieso haben die mich nicht angerufen? Das gibt morgen aber ein Gespräch!«

Robin hebt die Hände. »Jella, beruhige dich doch. Die Erzieherin, die Tims Gruppe betreut, kennt meinen Vater.«

»Frau Hinze kennt deinen Vater?«

»Ja, Frau Hinze ist eine Kundin von uns. Warum regst du dich auf? Es hat doch alles geklappt.« *Entspann dich doch, entspann dich doch …* »Und dann?«

»Dann ist mein Vater mit den Jungs nach Hause. Eigentlich wollten wir ja gleich schwimmen gehen, aber ich hatte noch so eine langwierige Geschichte mit einer Krankenkasse zu besprechen und musste noch auf einen Vertragsabschluss mit meinem Nachbarn anstoßen. Da haben die Jungs halt so lange Fernsehen geguckt, bis ich kam. Der Sekt hat bei mir ganz schön geknallt und ich musste erst mal einen Kaffee trinken, um wieder runterzukommen. Danach …«

»Dein Vater hat die Jungen stundenlang Fernsehen gucken lassen? Bei dem schönen Wetter?«

»Na, in der Mittagshitze nach draußen, das wäre doch wohl auch nicht in deinem Sinne gewesen, oder?«, verteidigt sich Robin. »Auf jeden Fall sind wir erst am späten Nachmittag ins Schwimmbad gekommen und danach haben die Jungs tierisch Hunger gehabt. Sie hatten ja den ganzen Tag quasi nur Schokolade gefuttert, weil mein Vater vergessen hat, fürs Mittagessen einzukaufen.«

Mir gefällt überhaupt nicht, was ich da höre, und ich sage aufgebracht: »Lass mich das mal kurz rekapitulieren, Robin. Wir verabreden, dass du Tim vom Hort abholst, was ich sehr nett von dir finde. Aber du schaffst es nicht. Stattdessen holt ihn dein Vater ab, den weder Tim noch ich besonders gut kennen und der Tim dann mit Zucker voll stopft, bis dein Alkoholpegel wieder gesunken ist. Danach setzt du mein Kind ungeschützt der Sonne aus, verschlampst eine sauteure Badehose, fütterst fettige Kalorienbomben zu, lieferst ihn zu nachtschlafender Zeit wieder ab, und zu allem Überfluss drückst du mir auch noch eine Ratte aufs Auge!«

Robin grinst mich unbehaglich an. »Tja, so, wie du es jetzt zusammenfasst, hört es sich wirklich nicht besonders gelungen an.«

»Was für eine Sorte Vater bist du eigentlich?«

Robins Lächeln verschwindet mit einem Schlag. Er schlägt die Beine übereinander und verschränkt die Arme vor der Brust. »In deinen Augen wohl ein ziemlich schlechter, was?«

»Schon mal was von Verantwortungsbewusstsein gehört?«

»Allerdings. Und deinem Sohn ist heute kein Haar gekrümmt worden, oder? Lass doch bitte die Kirche im Dorf, Jella.«

»Kein Wunder, dass deine Ex-Frau dir die Hölle heiß macht. Die kann ja wohl keine ruhige Minute verleben, wenn Lasse bei dir ist.« Ich weiß, dass ich damit zu weit gehe, aber ich bin so wütend. Wütend und vor allem enttäuscht. Gibt es denn wirklich auf dieser Welt keinen Mann, der mal etwas richtig machen kann? »Wieso ist für Männer immer alles wichtiger als ihre Familie? Dir ist die Arbeit auch wichtiger als dein Kind.«

»Das stimmt nicht!«

»Ach ja?«

»Du hörst dich schon an wie Katrin!«

»Wundert dich das? Mensch, Robin, als ich dich kennen lernte, dachte ich, ich hätte endlich mal einen Mann getroffen, an dem sich Tim orientieren kann.«

Robin sieht mich verwundert an. »Wie meinst du das? Was hat Tim damit zu tun?«

Ich merke, dass der Höhepunkt meiner Wut verraucht ist, atme tief durch und ziehe mir einen Stuhl neben seinen. »Mir ist irgendwann aufgefallen, wie wenig Männer es in meinem und dadurch auch in Tims Leben gibt. Wie soll ein Junge aber lernen, ein Mann zu werden?«

»Das wird er schon ganz von allein.«

»Das glaube ich eben nicht. Kinder brauchen Vorbilder. In diesem Fall: Jungen brauchen Männer, die ihnen vorleben, Männer zu sein. Wie sollen Jungs sonst beispielsweise lernen, gute Väter zu werden?«

»Ach, und dann hast du angefangen, einen Vater zu suchen?« Robins Stimme klingt spitz und ziemlich aggressiv.

»Nein, nein … Nicht so direkt. Ich habe einfach bei Männern, die ich kennen gelernt habe, auch die Vater-Qualitäten beachtet.«

Robin verschränkt die Hände hinter dem Kopf. »Und wie genau hast du das gemacht? Gibt es da eine Formel, die man auf

Männer anwenden kann? Oder einen Test und je nach Ergebnis hebst du oder senkst du den Daumen?«

Woms! Das sitzt. Niemals, niemals, niemals darf ich Robin etwas über meine VQ-Formel verraten. Plötzlich komme ich mir lächerlich vor. Ich senke den Kopf. Robin kümmert sich nicht um mich und redet weiter.

»War das dein Plan, als du zu mir in den Laden gekommen bist? Einen frei laufenden Mann kennen zu lernen, den du dann in dein Väterprogramm für Tim einspannen kannst? Erst war alles in Butter, ich habe mich als guter Papi erwiesen, als vertrauenswürdiges Männervorbild für deinen Sohn. Aber dann kam dieser Tag. Und jetzt habe ich versagt?« Er steht auf, wobei er seinen Stuhl fast umwirft. »Das ist echt das Letzte!«

Irgendwie läuft da etwas ganz furchtbar falsch. Ich sehe ihn erschrocken an. »Wieso?«

»Du suchst keinen Vater für deinen Sohn, Jella, du suchst ein perfektes Kindermädchen! Mit medizinischer Grundausbildung, einem Diplom in Ernährungswissenschaft und Pädagogik-Ausbildung! Das gibt es aber nicht einfach so, zwischen Elbpicknick und Milchkaffee auf freiwilliger Elternbasis.« Robin macht eine wegwerfende Handbewegung, bei der ich mich erbärmlich fühle. Er stopft den Korken in den Hals der Weinflasche zurück, stellt sie hart auf den Tisch und dreht sich zu mir um. Er sieht nicht mehr wütend aus, sondern vor allem traurig. »Ich bin vielleicht kein Bilderbuchvater. Aber ich bin ein Vater! Väter sind Menschen. Menschen mit Gefühlen, mit Stärken und Schwächen. Väter machen Fehler, na und? Mütter auch! Wir alle machen Fehler. Es kommt nur darauf an, dass wir sie mit Liebe machen. Tim und Lasse hatten heute einen schönen Tag – und sie sind vielleicht nicht perfekt, aber liebevoll von meinem Vater und mir betreut worden.« Er verstummt und sieht mich an.

Ich fühle, wie mir Tränen in die Augen steigen, und ich

weiß, dass ich einen großen Fehler gemacht habe. Aber was soll ich jetzt tun? Ich bin wie gelähmt.

Robin sieht mich immer noch an. Er macht einen Schritt auf mich zu, hebt die Hände und lässt sie dann wieder fallen. »Weißt du, was das Schlimmste ist, Jella?« Er sieht mir direkt ins Gesicht. »Du hast geglaubt, Tim damit zu helfen. Aber du hast nicht daran gedacht, dass Tim eigene Gefühle hat. Wir haben heute beim Schwimmen über so einiges gesprochen, die Jungs und ich. Er ist ziemlich froh mit dir und eurem Leben, dein kleiner Tim. Er glaubt nur, dass *du* einen Mann brauchst, um wirklich glücklich zu sein.«

Draußen zuckt ein Blitz.

»Das hat Tim gesagt?«

Robin nickt. Ich will ihn so vieles fragen und versuchen, zu erklären, warum ich mich so aufgeregt habe, aber er schneidet mir mit einer erneuten Handbewegung das Wort ab. Leises Donnergrollen dringt in die Küche, aber Robin scheint es nicht zu hören. Er ruft mit einer Stimme, die keinen Widerspruch duldet, laut: »Lasse, wir müssen los!«

Die Kinder sind im Handumdrehen in der Küche. Sie spüren, dass etwas zwischen uns vorgefallen ist, und machen keinerlei Sperenzchen, sondern sehen mit großen, ängstlichen Augen von einem zum anderen.

»Mama, hast du den Donner gehört?«, fragt Tim.

»Papa, kriegen wir ein Gewitter?«, fragt Lasse.

Aber Robin und ich antworten nicht. »Bis bald«, sage ich und sehe Robin bittend an. Der drückt mir nüchtern die Hand.

»Ich melde mich, wenn ich mal wieder Zeit habe. Momentan ertrinke ich in Arbeit.«

»Und unsere Verabredung zum Mittagessen?«

Robin ignoriert meine Bemerkung und wendet sich ab. Er nimmt Lasse an die Hand und wuschelt Tim durch die Haare. »Mach's gut, Sportsfreund.«

Tim lächelt ihn unsicher an. »Bis bald, Robin.«

Halt, denke ich, während Robin und Lasse die Treppe hinuntergehen. *Da geht etwas ganz furchtbar schief!* Ich weiß plötzlich, dass ich von nun an bei jedem Kinobesuch an den polnischen Dokumentarfilm denken werde und keine Landkarte mehr betrachten kann, ohne Robins Gesicht vor mir zu sehen. Klassische Musik wird von nun an immer die Erinnerung an unseren Konzertbesuch in der Laeizshalle hervorrufen. Mein Herz fühlt sich zentnerschwer in meiner Brust an. Ich darf nicht zulassen, dass er so einfach aus meinem Leben geht! Doch in weniger als einer Minute sind Robin und Lasse verschwunden. Draußen wetterleuchtet es wieder.

»Mama?« Das ist Tim. »Bist du traurig?«

Ich lasse mich auf einen Küchenstuhl fallen und nehme ihn auf den Schoß. »Ja, Tim. Ich bin sehr traurig.« Und dann heule ich los. Eltern dürfen eigentlich nicht vor ihren Kindern weinen. Kinder versetzt es in Angst und Schrecken, wenn die geliebte Mutter weint. Aber soll ich zu Tim sagen: *Schätzchen, Mami muss jetzt mal ein bisschen heulen. Geh doch solange Lego spielen?* Allerdings hat mein Sohn mich ja schon so manches Mal heulen sehen. Er drückt sich ganz eng an mich und fragt, während er meine Locken streichelt: »Mama, was ist denn? Hast du Streit mit Robin?«

Ich schluchze noch mehr. »Ja, ich habe Robin, glaube ich, ein bisschen wehgetan.«

Tim rückt erschrocken von mir ab. »Dann bist du aber ganz schön dumm, Mama. Robin ist nämlich so nett.«

Ich grabe ein Papiertaschentuch aus meiner Hosentasche und putze mir die Nase: »Netter als Björn?«

Tim denkt kurz nach. Dann sagt er: »Björn ist auch nett. Aber strenger. Robin ist lieb.« Als er das sagt, ist es mit meiner Fassung wieder vorbei und ich heule wieder los.

»Mama, ist schon gut.«

Irgendwann höre ich auf zu schniefen und putze mir die Nase. Tim steigt von meinem Schoß. »Ist jetzt alles wieder gut?« Ich muss lachen, wie er da so übermüdet und tapfer vor mir steht. Vielleicht ist es doch nicht so schlimm, wenn ein kleiner Junge seine Mutter ab und an heulen sieht. Dann ist er nicht so entsetzt, wenn die Frauen in seinem Leben später mal weinen. Tränen gehören nun mal zum Leben dazu wie das Lachen.

»Komm, mein Kleiner, wir machen es uns jetzt in meinem Bett gemütlich.« In meinem augenblicklichen Gemütszustand habe ich heute nichts gegen nächtliches Kinderkuscheln einzuwenden. Es wird tröstlich sein, mich an ihn zu schmiegen und den Streit mit Robin zu vergessen. Aber Tim sagt: »Lasse schläft auch nicht mehr bei seiner Mutter.« So ein kleiner harmloser Satz. Aber ich fühle mich, als hätte ich einen Schlag in die Magengrube bekommen. Tim entgeht das nicht nicht.

»Mama, bist du wieder traurig?«

Ich lächle tapfer und trage ihn in sein Zimmer. »So ein Quatsch, ich bin nur müde.« Ich helfe ihm, den Schlafanzug anzuziehen, und gebe ihm einen Kuss, als er in seinem Bett liegt. »Gute Nacht, mein Süßer!« In der Tür stehend drücke ich auf den Lichtschalter.

»Du, Mama?«

»Was ist denn noch?«

Tims Stimme klingt kläglich. »Kannst du die Ratte mitnehmen? Ich habe Angst vor ihr.«

Also wuchte ich den miefenden Käfig in die Küche auf die Fensterbank. Dort beäuge ich den abgeschabten Ratterich misstrauisch. Irgendwo habe ich einmal gelesen, dass Ratten in anderen Kulturen als Glücksbringer verehrt werden. »Eddie, mein Alter. Für heute hast du eine hoffnungsvolle Freundschaft und einen Scheißtag auf dem Gewissen«, sage ich zu dem sich unablässig kratzenden Tier. Die Ratte linst mich listig an, während draußen der Himmel von sich immer weiter entfernenden Blitzen erleuchtet wird.

Der nächste Tag zieht sich scheinbar unendlich in die Länge. Die Hitze und Schwüle ist unerträglich geworden, und die ganze Stadt hofft auf ein erlösendes Gewitter. Doch stattdessen hüllt sich der Himmel in grauviolette Wolken, die die Sonne nicht durchlassen. Robin hat sich natürlich nicht bei mir gemeldet, und mir fehlt nach dem letzten Abend der Mut, ihn anzurufen.

Heute habe ich im *Spuntino* eine Pizza schwarz gebacken und mir beim Milchaufschäumen die Hand verbrannt. Wenigstens bin ich Eddie, den Rattenmann, schnell losgeworden. Den haben am Morgen Mama und ein mir bis dato unbekannter Hase namens Willy abgeholt.

»Hase züchtet doch Ratten!«, hat Mama vermeldet, als ich ihr am Telefon von Tims Eroberung erzählte.

»Welcher Hase?«

Mama hat ihr klassisches *Ts-ts-ts* gemacht. »Du hörst aber auch nie zu. Willy aus meiner Doppelkopf-Runde!« Ich wusste gar nicht, dass Mama Doppelkopf spielt! Aber ich habe natürlich begeistert zugestimmt, als sie vorschlug, das »arme Tier« sofort zu holen. Tatsächlich luden dann eine Stunde später Mama und ein korpulenter Glatzkopf, dem man sein rattiges Hobby gar nicht ansah, den Käfig in Mamas Twingo. Mama schlug vor, Tim könne bei ihr übernachten. »Morgen ist Samstag. Wie wäre es, wenn ich ihn heute abhole und morgen früh, bevor ich ihn wieder bei dir abliefere, gehen wir in den Zoo. Dann könntest du mal wieder ausgehen. Vielleicht mit einem deiner Galane?« Der Ratten-Hase griente anzüglich und streichelte Eddie durch das Gitter.

Es geht auf Mitternacht zu. Das *Da Leo* ist fast leer. Ich sitze an Leos Küchentisch und proste mir mit einem eisgekühlten Prosecco zu. Spontane Aktionen sind nichts mehr für Mütter, deren Leben von einem minutiös ausgeklügelten Zeit- und Kinderbetreuungsplan diktiert wird. Freitagabend einfach mal losziehen? Für derartige Späße hat mich keiner meiner Freunde mehr auf dem Zettel. Diese Art Freizeitvergnügen planen die mit anderen. »Sehr witzig, Mama. Zeit auszugehen. Mit wem denn?«

»Cara, führst du Selbstgespräche?«, ruft Leo vom Herd, wo er sauber macht. Die letzten Gäste sitzen beim Digestif. Der Prosecco macht mir die Wangen heiß und den Kopf luftig, und ich fühle, wie mich das Selbstmitleid packt. Kein Mensch liebt mich! Robin streitet mit mir, Björn hat Teich und Familie, Mascha Michael und Marius, Christy ihren Carlo, Tim übernachtet bei Mama und selbst Eddie, die Ratte, hat bei Willy ein neues Heim gefunden. Nur ich bin ganz allein. Das Beste wird sein, erst ein Glas Wein zu trinken und mich dann zum Heulen ins Bett zu verkriechen.

»Hallo? Leo!«

Moment … die Stimme kenne ich. Das ist …! Ich springe auf, rase um die Ecke in das Restaurant und lande in den Armen des völlig überraschten Patrick.

»Hallo, meine Schöne! Buona sera!«

Er zieht mich an sich und küsst mich.

Die halbe Nacht sitzen wir bei Leo, trinken Wein und reden. Ich erzähle vom Imbiss, dessen Nachtbeleuchtung wir vom Restaurant aus sehen können. Er erzählt von Rügen und dem phantastischen amerikanischen Sänger. »Vielleicht gründen wir ein Duo.« Er spielt mit meinen Fingern, und wie immer jagen seine Berührungen kleine Stromstöße unter meine Haut. Patrick sieht wunderschön aus. Die Sonne von Rügen hat seine Haut tief braun getönt.

»Amici, ich muss jetzt dichtmachen.« Leo stellt drei Gläser mit Grappa vor uns hin. Wir stoßen an.

Ich sage: »Auf das Leben!«

»Auf die Liebe!«, kontert Patrick.

»Auf die Wahrheit!«, kommt es von Leo.

»Erst die Liebe, dann die Wahrheit«, toastet Patrick.

Wir stoßen an und trinken. Nach einer herzlichen Verabschiedung von Leo zieht mich Patrick auf die stille Straße und küsst mich.

»Warum hast du mir nicht gesagt, dass du an diesem Wochenende wieder da bist?«, frage ich leicht vorwurfsvoll, als wir wieder zu Atem kommen.

Er verschränkte seine Finger mit meinen. »Ich habe ganz überraschend morgen früh einen Termin, und morgen Nacht spiele ich schon wieder auf Rügen. Ich dachte, es lohnt sich nicht.« Er gähnt verstohlen. »Entschuldige, aber die ständige Nachtarbeit und jetzt die Fahrt, ich bin ganz schön müde.«

Ich nicke ihm zu und versuche, einen Schluckauf in den Griff zu bekommen. »Ich bin ganz schön beschwipst.« Wieder küsst er mich.

»Ich auch«, lächelt er mich an. »Wenn das keine perfekte Kombination ist.«

»Wie oft hast du diese Worte wohl schon gesagt?«

»Ach, viel zu oft.« Er zieht ein schelmisches Gesicht.

Jella, ich bin gern dein Notnagel.

Wieso fällt mir ausgerechnet jetzt Robin ein? Irritiert schiebe ich den Gedanken weg. Patrick jedenfalls hat mir keine Versprechungen gemacht, die er nicht einhält. Er legt seine Arme um meine Taille und vergräbt sein Gesicht in meinen Haaren.

»Du riechst so gut«, sagt er. »Ich werde jetzt die Prinzessin auf meinem weißen Pferd entführen und ins Bett bringen.« Wir kichern, und Patrick hält ein Taxi an, weil er auch zu viel getrunken hat.

Patrick wohnt in einem auf sympathische Weise unordentlichen Loft in Altona. Das Schönste darin ist natürlich sein schwarzer Konzertflügel. Aber wegen der Nachbarn will er nicht für mich spielen. Wir stöbern in seinem Kühlschrank und finden eine letzte Flasche Weißwein. Patrick nimmt Flasche und Gläser mit zum Bett, das direkt zwischen Hantelbank und verspiegeltem Schlafzimmerschrank steht.

Moment. Zwischen was?

»Man muss schließlich in Form bleiben«, kommentiert Patrick meine erstaunte Frage nach dem Trainingsgerät. Dann sitzen wir beide auf dem Bettrand und trinken Wein. Patrick leert sein Glas, legt den Kopf in den Nacken und stöhnt. »Ich bin so verspannt von der Autofahrerei.« Er zieht mich an sich und gibt mir einen nach Weißwein schmeckenden Kuss. »Komm, lass uns ins Bett gehen.« Er fängt an, sich das Hemd aufzuknöpfen. Ich folge seinem Beispiel, stelle mich vor das Bett und öffne die Verschlüsse meiner Pumps. Da ist er auch schon hinter mir und zieht mir das Kleid über den Kopf. Wir landen nackt auf dem Bett und versuchen beschwipst und einander fremd im Dunkel unsere Münder zu treffen. Er nimmt mich in die Arme, schiebt sich auf mich, ich öffne zaghaft meine Beine, spüre seine Lippen an meinem linken Ohr …

… und dann plötzlich nichts mehr. Nur, dass Patrick schwer und schwerer wird. Und gleichmäßiges, tiefes Atmen direkt in meinen Gehörgang.

Das gibt's doch nicht!

Der ist auf mir eingeschlafen!

Ich versuche, ihn von mir herunterzuwerfen. »Patrick?« Als Antwort bekomme ich nur ein grummelndes Schnarchen. Ich rutsche und ruckele, und irgendwann sinkt er wirklich auf die andere Seite. Sein Arm liegt aber weiterhin direkt auf meinem Bauch und sein Atem pustet tief und ruhig in meinen Nacken.

Ich weiß nicht, ob ich enttäuscht oder erleichtert sein soll.

Durch das geöffnete Fenster dringt die Nachtluft in das stille Zimmer und ich merke, wie sich eine bleierne Müdigkeit in mir ausdehnt. Vielleicht sollte ich doch noch nach Hause fahren? Aber es ist schon so spät und ich habe so viel getrunken … das ist das Letzte, was ich denke, bevor ich wegdöse.

Das Erste, was ich am nächsten Morgen höre, ist ein erbarmungsloses *Rrrrrrrrrring!*, das in meinen Ohren dröhnt und sich nicht gut mit den Kopfschmerzen verträgt, die mich an den Wein von gestern Abend erinnern. »Patrick, dein Wecker!« Ich lege mir ein Kissen auf die Ohren. *Rrrrrring!* »Patrick?«

»Hng?«

»Dein Wecker!« Ich nehme das Kissen von den Ohren und schüttele Patrick. Aber der wehrt sich regelrecht.

»Inknwe.«

»Wie? Wach auf! Es läutet schon wieder!«

Endlich eine Antwort aus dem Deckenwust neben mir. »Ich habe keinen Wecker.«

Rrrrrring!

»Was ist das dann?«

Patrick schlägt die Augen auf. Von Prinz Charming der gestrigen Nacht ist nicht viel übrig geblieben, denke ich ernüchtert. Seine Haare hängen wirr ins Gesicht, unter den Augen liegen tiefe Schatten, sein stoppliger Bart zeigt graue Spitzen und in den Mundwinkeln ist etwas Spucke getrocknet. *Rrring!*

»Verdammt, das ist an der Tür!« Patrick schält sich aus dem Bettzeug und eilt, wie Gott ihn geschaffen hat, zur Wohnungstür. »Wahrscheinlich der Postbote!«

Es ist nicht der Postbote.

Es sind eine Frau und ein kleines Mädchen.

Und beide stehen wenige Sekunden später vor dem Doppelbett.

»Das sind Veronika und Leonie, meine Tochter … das ist Jella«, stellt Patrick förmlich vor. Erst mal sagt keiner ein Wort. Das kleine Mädchen hat Patricks intensive Augen und sein hübsches Gesicht, leider jedoch die dünnen, dunkelblonden Schnittlauchlocken der Mutter. Veronika, eine mollige Frau Mitte dreißig in Jeans und T-Shirt, steht steif neben ihrer Tochter. Patrick räuspert sich. Er hat einen Bademantel vom Haken gerissen und sich übergeworfen. Mir wird plötzlich bewusst, dass ich unter der Bettdecke splitterfasernackt bin. Unauffällig sehe ich mich im Raum nach meinen Klamotten um. Na, bravo! Da hängt mein Kleid – über einen Lampenschirm geworfen. Und mein Slip? So viel ich mich auch umgucke, ich kann ihn nirgendwo entdecken. Meine Pumps liegen direkt vor dem Fenster, vor dem sich bedrohlich dunkle Gewitterwolken ballen. Wenn die Frau und das Kind mich nur nicht die ganze Zeit so anstarren würden!

»Also, was beschert mir das Vergnügen eures Besuches?«, bricht Patrick endlich das peinliche Schweigen.

Veronika starrt Patrick mit hochgezogenen Augenbrauen an. Ihr angewiderter Blick erinnert mich an eine Frau mit Spinnenphobie, die ich einmal im Fernsehen gesehen habe. Nach einer Hypnosebehandlung hat sie mit Todesverachtung eine haarige Tarantel über ihre Hand krabbeln lassen.

»Du wirst doch nicht den Geburtstag deiner Tochter vergessen haben? Und dass du versprochen hast, mit uns heute in den Hansapark zu fahren? Stimmt's, Patrick?« Ihr Tonfall ist verletzend, und plötzlich will ich nur noch weg.

Ich springe auf, schlinge mir die Bettdecke um den Körper und hopse so durch das Zimmer, um mein Kleid von der Lampe zu zupfen. Ich ziehe es hastig über und schlüpfe in meine Pumps. Natürlich lassen sich die Druckknöpfe an den Fußriemen nicht schließen! Das Telefon klingelt, und selbst das klingt gespenstisch hohl. Bereits nach dem ersten Läuten springt der Anrufbeantworter an. Dann erfüllt eine rauchige Stimme mit eindeutig amerikanischem Akzent den Raum.

»Patrick, Dahhhhhhhling«, gurrt die Stimme. »This is Gloria. Ich vermisse dick viele Male. Warum du gehen nicht an die kleine Handtelefone? Mein Bett in unser sussen Hotel war die ganze Nacht viel zu breit fur mich. Komm ganz schnell back to me, Sweetheart. I miss you – nicht nur an die Piano.«

Bei den letzten Worten gelingt es meinen zitternden Fingern endlich den Druckknopf am rechten Fuß zu schließen. Den linken Schuh kriege ich einfach nicht zu. Dann eben nicht. Ich behalte den Schuh in der Hand und richte mich schwer atmend auf. *Ich bin gerne dein Notnagel.* Jetzt weiß ich, warum mir gestern Nacht Robin eingefallen ist. Weil ich genau das für Patrick war: ein Notnagel. Allerdings nicht von der schönen Sorte, sondern von der unangenehmsten. Er wollte gar nicht mich sehen, sondern nur noch einen Absacker bei Leo trinken, um dann mit leidenschaftlichen Gedanken an seine »suße Gloria« neben die Hantelbank zu sinken. Aber dann bin ich aufgetaucht und er hat einfach ausprobiert, ob er bei mir landen könnte. Beschwipst und unglücklich wie ich war, hat er bei mir offene Türen eingerannt. Oder, um im Bild zu bleiben: Ich habe ihm die Landebahn bestens ausgeleuchtet. *Bah!* Mir wird schlecht. Hinter meiner Stirn pocht es, mein Magen krampft sich zusammen und ich fühle mich verschwitzt und dreckig.

Patrick, Veronika und das kleine Mädchen stehen immer noch wie erstarrt im Raum und sehen mir zu. Auf einem Schuh humpele ich zum Ausgang. Ohne einen von ihnen eines Blickes zu würdigen, reiße ich die Tür auf und lasse sie dann krachend wieder hinter mir zufallen. Im Treppenhaus ziehe ich den Pumps wieder vom Fuß und renne barfuß die Treppen hinunter und über den Hof. In den dunklen Wolken zuckt ein Blitz, ein heftiger Windstoß treibt eine Plastiktüte an den Mülltonnen vorbei. Über mir ertönt plötzlich ein hohes: »Juhu!«

Ich drehe mich um und sehe das kleine Mädchen Leonie am offenen Fenster von Patricks Wohnung stehen. »Ist das deins?«

Sie hält mit spitzen Fingern etwas Weißes hoch. Als sie es fallen lässt, erkenne ich – meinen Slip! Er fällt in den Hof. Als ich hinrenne, zerreißt ein knallender Donner die Luft. Als habe jemand dabei auf einen Knopf gedrückt, fängt es an, mit großen Tropfen klatschend zu regnen. Ich reiße den Slip an mich und stolpere im Regen barfuß davon, ohne die Hoftüre hinter mir zu schließen.

13. Kapitel

Funbad Nauquatica
Wassertemperatur: 28° – Lufttemperatur: 30°
Bademeisterin: in Flirtlaune
Anzahl scharfer Mütter: 0

Die Männer wirkten alle etwas müde. Sie lagen nebeneinander auf den weißen Liegen und starrten in den eintönigen Regen, der den Sommergarten des Schwimmbads unter Wasser setzte. Mehr aus Routine als aus Interesse fragte Björn: »Patrick, alter Casanova! Was macht deine berühmte Kellnerin?«

Patrick winkte ab. »Bedient jetzt wohl lieber andere Herren. Beim letzten Rendezvous hat sie leider mitbekommen, dass ich auf Rügen mit der Sängerin ... na, sagen wir ... angebandelt habe.«

»Ach, nee!«, rief Björn. »Ich bin ganz Ohr!«

Patrick zündete sich eine Zigarette an. »Eigentlich gibt es nicht viel zu erzählen. Ich war auf Rügen eben ein bisschen einsam. Ihr kennt das ja. Viel Arbeit und dauernd von halb nackten Touristinnen umgeben.«

Björn schnitt eine Grimasse. »Wie gut ich das kenne! Halb nackte Touristinnen werden auch mein Untergang sein.« Robin gähnte verstohlen und blickte angestrengt nach draußen in den Regen.

Patrick fuhr ungerührt fort: »Gloria, die Sängerin, ist schön, sehr musikalisch und verdammt sexy. Eins hat dann zum anderen geführt.« Er sang: »*One thing leads to another.*«

»Und die Kellnerin?«

»Ich bin für einen Tag nach Hamburg gefahren, um Leonies

Geburtstag zu feiern. Am Abend davor bin ich meiner Kellnerin in die offenen Arme gelaufen. Wir haben die Nacht miteinander verbracht – aber dann hat Gloria am nächsten Morgen angerufen und mir lauthals den Anrufbeantworter voll geturtelt. Während wir noch im Bett lagen. Ein schönes Desaster.« Patrick nahm einen tiefen Zug.

Björn lächelte gutmütig. »Gib doch zu, dass dir die Rolle vom Hahn im Korb gut gefällt.«

»Es gibt Schlimmeres.«

Robin stand auf. »Könnt ihr eigentlich nichts anders tun, als über Frauen zu reden? Es gibt doch Wichtigeres. Mir geht das ziemlich auf die Nerven. Ich seh mal nach den Kindern.« Er verschwand hinter den künstlichen Palmen Richtung Rutsche.

Die beiden anderen sahen ihm erstaunt nach. »Was hat der denn?«, fragte Patrick schließlich.

»Wahrscheinlich hat ihn seine kesse Biene abblitzen lassen. Du weißt schon, Miss Lackleder. Für mich sieht das nach Liebeskummer aus. Was sagt der Experte?«

Patrick nickte bedächtig. »Kann schon sein. Robin nimmt so was mehr mit als mich. Obwohl mir das mit der Kellnerin schon Leid tut. Jetzt werde ich niemals herausfinden, ob uns noch mehr als hemmungsloser Sex verbindet.« Er betonte die letzten Worte auf spaßige Weise wie der Sprecher eines reißerischen Kinotrailers. »Und bei dir? Schließlich habe ich mal wieder die Hosen heruntergelassen.«

Björn streckte sich. »Ach, Patrick, ich bin und bleibe ein glücklich verheirateter Mann. Verena ist die Frau für mich, meine große Liebe. Und meine Bekanntschaft aus dem Kinderhort? Das ist eine große Freundschaft und eine kleine Liebe.«

Die Bademeisterin mit den niedlichen blonden Locken kam vorbeigeschlendert und grüßte überraschend freundlich. »Na, so ganz ohne Kinder?«

Bevor Björn etwas sagen konnte, antwortete Patrick: »Wir sind ja nicht nur Väter.«

Die Blondine blieb stehen und legte den Kopf schief. »Ach, nee?«

Patrick richtete sich auf und fuhr mit der Hand durch seine Haare. »Nein, wir sind manchmal einfach nur Männer.« Die Bademeisterin sah ihn mit erwachendem Interesse an.

Björn stand auf. »Ich seh mal, was der Rest macht.« Er guckte etwas geniert. »Man sieht sich.« Er deutete einen Gruß an und verschwand.

Patrick musterte die Bademeisterin, die immer noch am Fuß seiner Liege stand. »Glauben Sie an das Schicksal?«

Sie runzelte die Stirn. »Wie meinen Sie das?«

Patrick schlug seine Beine übereinander. »Nun, es muss doch etwas bedeuten, dass wir uns dauernd begegnen, meinen Sie nicht?«

14. Kapitel

No sunshine, no moonlight
No stardust, no sign of romance
We don't stand a chance
I always dreamed I'd find the perfect lover
But he turned out to be like every other man.
Barbra Streisand

Im Französischunterricht in der Schule haben wir einmal ein Gedicht gelesen. *Il pleut dans mon cœur/Comme il pleut sur la ville.* Auf Französisch klingt das schon so traurig, als würde ein Mops den Mond anheulen, oder? *Il plö dong mong kör/komm il plö sür la wie.* Auf Deutsch: *Es weint in meinem Herzen/Wie es auf die Stadt regnet.* Das klingt schon weniger elegisch, oder? Aber so fühle ich mich im Moment auch überhaupt nicht. Seit meinem Streit mit Robin weint es in meinem Herzen, so wie es aus großen, grauen Wolken auf Hamburg niederströmt.

Eigentlich regnet es erst seit dem Debakel mit Patrick, aber das ist nicht der Grund für die Schlechtwetterlage in mir drin. Wie würde Christy sagen: *Nur ein weiterer Frosch auf dem Weg.* Aber der Streit mit Robin macht mich auf eine Weise traurig, mit der ich nicht gerechnet habe. Genauso wenig wie mit dem Dauerregen, der den Juli ertränkt. Es gießt in Strömen. Es pladdert vom Himmel, als hätte da oben jemand einen Hahn aufgedreht und vergessen, ihn wieder zu schließen. Die Straßensiele laufen über, die Wiesen in den Parks verwandeln sich in Schlammbahnen, die zusammengeklappten Sonnenschirme der Straßencafés stehen wie Vogelscheuchen neben den Tischen und den hochgestellten Stühlen. Die wenigen mutigen Eisverkäufer, die dem Regen trotzen, holen sich bestimmt einen Schnupfen. In ganz Hamburg gibt es keine Kindergummistiefel oder Regenhosen mehr zu kaufen, und so muss ich am Dienstagmorgen bis an den Stadtrand fahren, um Tim regentauglich einzukleiden. Kinder wachsen immer nachts. Oder bin ich die einzige Mutter, die morgens davon überrascht wird, dass die Gummistiefel, die gestern noch passten, heute zu klein sind?

Tag für Tag sehe ich in das nasse Dunkel vor dem Imbiss und traue mich nicht, bei Robin anzurufen. Patrick dagegen will ich gar nicht sprechen. Der soll sich erst mal ausschlafen!

Der Regen, der Tag und Nacht auf die Dächer fällt, macht auch in der zweiten Juliwoche keinerlei Anstalten, sich zu verziehen. Als ob die Regenwolken über der Stadt festgenagelt sind.

Zwei Wochen nach dem Streit mit Robin tauchen Mascha und Christy im Imbiss auf, als die letzten Mittagsgäste den *Spuntino* verlassen. Sie schütteln die Feuchtigkeit aus den Haaren und von den Schirmen und bauen sich vor dem Tresen auf. »Wir müssen mit dir reden«, beginnt Mascha.

»Was ist los?«, frage ich die beiden erstaunt. »Vielleicht erst mal einen Latte macchiato?«

Wenig später sitzen wir an einem der Tische. Mascha sieht mich streng an. »Wir sind ziemlich sauer auf dich, Jella.«

Christy nickt bestätigend: »Allerdings!«

Ich falle aus allen Wolken. »Wieso?«

»Sind wir deine Freundinnen oder nicht?«, fragt Christy eindringlich.

»Natürlich seid ihr meine Freundinnen. Was habe ich denn angestellt?«

Mascha und Christy werfen sich einen verständnisvollen Blick zu. »Das ist es ja«, sagt Mascha. »Du hast nichts angestellt. Im Gegenteil, du verkriechst dich. Du sprichst nicht mit uns.«

Christy ergänzt: »Du kapselst dich ab. Ziehst uns nicht ins Vertrauen. Bist grüblerisch und einsilbig.«

Mascha klopft mit der Faust auf den Tisch. »Jella, was ist los? Christy und ich sehen doch, dass dich etwas umtreibt. Du bist unglücklich.«

Freundinnen können die Pest sein! Ich will nicht mit ihnen reden. Nicht über Robin. Ich versuche ein Ablenkungsmanöver: »Mir geht einfach der Regen auf die Nerven.«

»Der Regen. Ach so.« Mascha grinst Christy an. »Jella geht der Regen auf die Nerven. Denk mal.«

Christy schlägt sich mit der flachen Hand gegen die Stirn. »Klar! Der Regen ist schuld, dass mit dir seit Tagen kein vernünftiges Gespräch außer *Hallo* und *Tschüs* möglich ist!«

Mascha nickt. »Christy, du Dummerchen. Du weißt doch, welche verheerenden Folgen Dauerregen auf das soziale Leben der modernen Großstädterin hat. Sie verkriecht sich …«

»Sie kapselt sich ab und spricht nicht mehr mit ihren Freundinnen.«

»Sie macht alles mit sich ab. Und was ist schuld daran?« Mascha und Christy sehen sich an wie Schauspielerinnen in einer Sitcom vor der Schlusspointe. Gemeinsam rufen sie: »Der Regen!« Dann sagt Mascha: »Für wie blöd hältst du uns eigentlich?«

Ich bin gerührt, aber auch unsicher. Wie soll ich mit ihnen etwas besprechen, das mir selbst nicht klar ist? Ich rühre nachdenklich in meinem Glas. Ich habe noch einen Trumpf im Ärmel – ich werfe ihnen Patrick zum Fraß vor. Vielleicht schlucken sie ihn und lassen mich dann erst einmal in Ruhe. Ich räuspere mich etwas dramatisch und sage dann. »Okay, ich habe mit Patrick eine Nacht verbracht.«

»Bingo!« Mascha und Christy geben sich High Five. »Ich

wusste doch, dass ein Mann dahinter steckt«, triumphiert Christy. »Glücklicherweise ist es dein Musikus. Wir hatten die Befürchtung, dass der gute alte Jonathan wieder aufgetaucht ist.«

»Der?« Ich winke ab. »Nein, Patrick hat mich in sein Loft entführt.«

Christy und Mascha sehen mich erwartungsvoll an. »Aber?«

Ich zucke mit den Achseln und bekenne: »Das ging ganz schön daneben. Wir sind zwar in seinem Bett gelandet, aber Patrick war so müde, dass er eingeschlafen ist.«

»Er ist ... was?« Christy ist perplex. »Und was hast du dann gemacht?«

Jetzt ist mir die Sache doch etwas peinlich, aber gegen die Drillbohrermethode meiner Freundinnen ist ein Polizeiverhör Kinderkino. Also rücke ich lieber gleich damit heraus: »Ich bin auch eingeschlafen.«

»Da habt ihr aber ein paar Stationen übersprungen. Zusammen einschlafen statt Sex dürfen eigentlich nur alte Ehepaare.« Mascha seufzt theatralisch. »Glaub mir, da bin ich Expertin!«

»Also, ich finde das irgendwie süß«, sagt Christy. »Mister Lover-Lover und die schlafende Schönheit ... Aber wieso hat dich das so mitgenommen? War die Matratze so schrecklich?«

»Das war ja erst der Anfang. Am nächsten Morgen standen plötzlich seine Tochter und deren Mutter vor dem Bett.«

»Wow!«

»Patrick hatte vergessen, dass er mit ihnen für einen Ausflug verabredet war. Die Kleine hatte Geburtstag.«

Mascha nickt düster. »Männer! Jahreszahlen merken sie sich nur in Verbindung mit Titelgewinnen ihres Fußballvereins!«

Jetzt erzähle ich ihnen alles. Mit einigem Abstand klingt mein Abenteuer eigentlich recht lustig. Spätestens bei Glorias

Anruf und der Klage, das Bett in ihrem *sussen* Hotel sei zu breit, kichern die beiden. Bei der Schilderung meines segelnden Slips sind sie sogar so unfein, hemmungslos zu kreischen.

»Seht euch mal an – dann wisst ihr, warum ich meiner zarten Seele nicht zugemutet habe, euch von meinen erotischen Tiefschlägen zu erzählen!«

Mascha wischt sich eine Lachträne aus dem Augenwinkel. »Ich dachte, es lag am Regen?«

Christy beschreibt mit dem Zeigefinger eine trudelnde Abwärtsbewegung. »Jetzt weiß ich endlich, was die Leute wirklich sehen, wenn sie behaupten, UFOs gesichtet zu haben. Unterhosen! Überall auf der ganzen Welt!«

Mascha ist wieder ernst. Sie sieht mich forschend an. »Sag mal, und deswegen lässt du seit Tagen den Kopf hängen?« Ich wusste, dass sie sich nicht so schnell hinters Licht führen lässt. Eigensinnig versuche ich, noch einmal das Thema Patrick aufzuwärmen. »Das mit dem Einschlafen, klar, das war nicht gerade schmeichelhaft. Und die Sache mit der Ex und seiner Tochter natürlich unglaublich peinlich. Ich frage mich aber, warum er mich überhaupt angelogen hat. Ich meine, wir waren ja nicht offiziell zusammen.«

Christy zeigt mir einen Vogel. »Das ist doch sonnenklar: Wenn er dir von der lieben Gloria erzählt hätte, wären seine Hoffnungen auf einen One-Night-Stand mir dir wohl ziemlich gering gewesen.«

»Genau. Du kennst das doch.« Mascha hebt mahnend den Zeigefinger. »Frauen brauchen einen Grund für Sex, Männer nur einen Ort.«

»Dass er vor Müdigkeit zusammenbrechen würde und am nächsten Morgen vor dem Bett ein Mutter-Kind-Treffen stattfindet, hatte er zur Tatzeit ja nicht in der Planung«, ergänzt Christy.

Mascha leert bedächtig ihr Glas. »Gut, Jella. Erst der Regen, dann ein müder Möchtegern-Casanova. Und jetzt – die Wahrheit.«

Ich habe keine Chance zu entkommen und gucke angestrengt in den Regen. Mascha und Christy warten schweigend. So ein Mist, jetzt steigen mir schon wieder Tränen in die Augen. Ich schlucke und schlucke.

Christy nimmt meine Hand. »Jella, komm, raus damit. Danach geht es dir besser. Bestimmt.« Aber ich kann immer nur schlucken und bekomme keinen Ton heraus. Meine Finger sind eiskalt und ich spüre, wie ich leicht zittere.

Mascha schüttelt den Kopf und steht auf. Sie geht hinter den Tresen, nimmt die Flasche Ramazzotti aus dem Regal und gießt mir in Glas ein. »Hier, trink das.« Sie hat ihren Krankenschwesterton angenommen. Gehorsam schlucke ich den Likör. Sofort wird mir wärmer. Aus meinen Augen stehlen sich zwei Tränen und laufen die Wangen hinunter.

»Na, also«, kommentiert Mascha. »Und jetzt raus damit.«

Das ist gar nicht so einfach. »Eigentlich ist gar nichts«, fange ich an. Und dann gibt es plötzlich kein Halten mehr. »Ich habe mich schrecklich mit Robin gestritten und fühle mich deswegen furchtbar. Jetzt ruft er mich nicht mehr an, und ich kann nie wieder ins Kino gehen, ohne an polnische Dokumentarfilmer zu denken ...« Ich heule laut los.

Meine Freundinnen sehen sich ratlos an. »Moment, Moment, nicht so schnell!«, ruft Mascha. »Wer ist Robin? Der Optiker?«

Christys Gesicht ist ein einziges Fragezeichen. »Welcher Optiker?«

»Der ihr die neue Sonnenbrille verkauft hat.« Christy ist immer noch nicht im Bilde. Mascha unterstreicht ihre Worte mit lebhaften Gesten. »Na, der mit der Höchstwertung in ihrer komischen Vater-Formel!«

Christys Brauen verschwinden fast unter ihrem Haaransatz. »Höchstwertung? Überall drei Punkte? Er spielt Fußball, liebt Kinder und ist supersexy?«

Ich schluchze auf. »Fußball spielt er gar nicht.«

»Aber du hast ihm doch die Höchstwertung gegeben, als wir uns damals auf dem Isemarkt getroffen haben«, wundert sich Mascha.

Ich putze mir mit einer Papierserviette die Nase. »Da kannte ich ihn ja noch nicht. Ich dachte nur, wer einen Sohn hat, der spielt auch Fußball.«

»Das ist doch völlig unerheblich jetzt. Warum habt ihr euch gestritten?«

Ich knülle die Papierserviette zusammen. »Er ist mit Tim und seinem Sohn schwimmen gegangen und hat Tim viel spät zu Hause abgeliefert.«

»Na und? Das kann doch mal passieren.«

»Ja, aber er hat mich deswegen nicht angerufen. Ich hatte Angst um Tim, und dann hatte er noch einen Sonnenbrand, weil er sich nicht eingecremt hat. Robin hat die Jungs mit Fast Food voll gestopft. Und Tims neue Badehose hat er auch noch verbummelt.« Ich höre mir selber zu und muss sagen: Das klingt alles ziemlich dünn.

Christy scheint meine Gedanken zu lesen: »Aber deswegen streitet man sich doch nicht.«

Maschas Gesicht verdüstert sich. »Es sind schon wegen viel kleinerer Meinungsverschiedenheiten blutige Morde geschehen.«

Jetzt bricht es aus mir heraus. »Ich habe ihm vorgeworfen, dass er ein schlechter Vater ist. Das hat ihn sehr verletzt.«

Mascha nickt. »Zu Recht! Michael ist zwar auch mit Marius oft schwimmen gegangen – etwas anderes fällt Vätern ja nicht ein. Aber er hätte garantiert keinen Freund von Marius mitgenommen, um den Tag mit zwei Kindern zu verbringen. Eher andersherum: Michael war immer absolut pünktlich, weil er Marius möglichst schnell wieder loswerden wollte.«

So hatte ich das noch gar nicht gesehen. Ich sehe auf das Papierknäuel in meiner Hand und tue mir sehr Leid. »Ist ja auch egal. Ich finde weder einen Fußballpartner für Tim noch irgendeinen anderen Mann.«

»Ruf ihn doch einfach an und entschuldige dich«, schlägt Christy ungerührt vor. Ich starre sie durch meinen Tränenschleier entsetzt an und ziehe die Nase hoch.

»Bist du verrückt?«

»Wieso denn nicht.«

Ich nehme mir eine neue Papierserviette und schnäuze mich geräuschvoll. »Das geht nicht. Ich habe mich wie eine dumme Kuh benommen.«

»Etwas anderes erwarten Männer nicht von uns.«

»Was?«

Mascha zwinkert mir zu. »Na, Robin hat bestimmt schon mal erlebt, dass eine Frau ausflippt.«

»Aber ich bin nicht nur ausgeflippt, sondern hab einen Rundumschlag gemacht wie ein kanadischer Holzfäller: ihn von A bis Z richtig runtergeputzt. Ich selbst würde danach mit mir nichts mehr zu tun haben wollen.« Ich spiele mit dem leeren Ramazzottiglas.

Wir schweigen. Der Regen schlägt gegen die Fensterscheibe, draußen hasten Menschen mit gebückten Köpfen und sich unter Schirmen gegen den Wind stemmend vorbei. Eine Kindergruppe in bunten Regenmänteln bewegt sich von Pfütze zu Pfütze hopsend im Schneckentempo auf der anderen Straßenseite. Bruchstückhaft kommen Fetzen ihres Gesangs bei uns an: »Es regnet, es regnet. Die Erde wird nass.«

»Ich versteh immer noch nicht, warum du so ein Theater machst«, meldet sich Christy wieder zu Wort. »Ruf ihn an und zack. Ich meine, es geht doch nicht um eine Scheidung oder so was, stimmt's? Entschuldige dich, vertragt euch wieder.«

Mascha presst die Lippen nachdenklich zusammen. Über ihre Nase erscheinen zwei steile Falten. Langsam sagt sie: »Sag mal, Jella, kann es sein, dass du in diesen Robin verliebt bist?«

Klirr! Mir rutscht das Ramazzottiglas aus den Fingern und zerschellt auf dem Steinfußboden. Nicht, dass ich Mascha gebraucht hätte, um das herauszufinden. Aber ich habe mich nicht getraut, diesen Gedanken zuzulassen. Solange ich es mir selbst nicht eingestanden habe, so lange war dieses Gefühl wie ein Traum, unwirklich. Natürlich habe ich gespürt, dass da etwas zwischen Robin und mir ist. Etwas Vorsichtiges, Liebevolles, auch ein zartes erotisches Flackern. Auf jeden Fall etwas, das man sorgsam behandeln muss. So sind wir quasi auf Zehenspitzen umeinander herumgegangen. Kein offensiver Flirt, keine Diskussionen über Gefühle oder Lebenspläne, Vorlieben, Abneigungen, Beziehungen. Ich habe es einfach so laufen lassen, staunend, mit klopfendem Herzen und unausgesprochener Vorfreude. Vielleicht auch, weil ich hoffte, so den Schmerz zu mindern, falls irgendwann einmal klar geworden wäre, dass er meine geheimen Gefühle nicht erwidert. Dieser Teil des Planes ist komplett danebengegangen. Denn es tut trotzdem weh. Es tut weh seit dem Abend, an dem Robin mit Lasse an der Hand die Treppe hinuntergegangen ist. Es tut morgens weh, wenn ich aufwache. Mittags bei der Arbeit. Abends, bevor ich einschlafe. Und auf irgendeine verrückte Weise hat es sogar wehgetan, die Ratte Eddie wegzugeben. Weil Robin sie mir gebracht hat.

Ich vergrabe meinen Kopf in den Händen.

»Aber gerade dann sollte Jella sich bei ihm melden!«, findet Christy.

»Wozu? Ich habe doch alles kaputtgemacht. Robin hält mich jetzt für eine hysterische Ziege. Außerdem weiß ich doch gar nicht, ob er dasselbe für mich empfindet.« Ich stehe auf und hole Besen und Kehrschaufel, um die Scherben zusammenzufegen.

»Du rechnest dir bei diesem Robin überhaupt keine Chancen mehr aus?«, fragt Christy. Ich seufze und lasse die Scherben klirrend in den Abfall fallen.

»Die Hoffnung stirbt natürlich zuletzt. Aber er meldet sich nicht mehr bei mir. Das spricht doch wohl für sich.«

Christy nickt. »Klar. Keine Antwort ist auch eine Antwort.«

»Ihr findet also, dass ich mich nicht mehr bei Robin melden sollte?« Ich bin enttäuscht über diesen Rat.

Mascha nickt. »Ich bin ja ein bisschen raus aus diesem Junge-sucht-Mädchen-Spiel, aber mein Instinkt sagt: Männer wollen erobern – nicht erobert werden.«

»Was Oma noch wusste!«, empört sich Christy. »Ich habe schon manchen Mann zu seinem Glück überredet!«

»Christy, das heißt doch nicht, dass wir nicht jahrhundertealte Tricks kennen, wie wir sie dazu bringen, uns zu erobern.« Sie holt noch drei Gläser und schenkt uns allen etwas ein. »Um Robin von Jellas Vorzügen zu überzeugen, müsste sie ihn aber erst einmal wieder treffen.« Es ist ihr anzumerken, dass sie große Lust hat, einen Robin-Eroberungsplan für mich zu schmieden. Ich hebe die Hände.

»Stopp! Ich kann ja kaum in seinen Laden stolpern und ihm zurufen: Guck mal, ich bin doch ganz toll, ich werde nur hysterisch, wenn es um meinen Sohn geht!«

Mascha wiegt den Kopf. »Gar keine schlechte Idee.«

»Aber ich will das nicht. Ich will Robin nicht zu seinem Glück überreden.«

»Nein, du willst lieber eine dicke, fette Depression bekommen!«, neckt mich Christy und gibt mir einen Kuss auf die Wange.

»Kommt Zeit, kommt Rat!«, doziert Mascha wenig originell.

»Komm, wir trinken jetzt noch einen und unterbrechen dann unsere Gruppentherapie. Es ist vielleicht ganz gut, ein bisschen Ruhe ins Spiel zu bringen. Die letzten Wochen waren bei Jella und ihrem Männerharem ja ziemlich aufregend. Apropos, was macht eigentlich der Hausmann?« Sie kippt den Ramazzotti hinunter.

»Björn? Der baut einen Gartenteich.«

»Ob das bei diesem Regen vernünftig ist? Vielleicht wäre der Bau der Arche schlauer.« Christy leert genießerisch ihr Glas. »Prost, Süße! Das wird schon wieder! Du musst jetzt nur Geduld haben. Wenn er dich auch liebt, hält er es nicht aus, sich nicht bei dir zu melden.«

»Und wenn nicht?«

»Dann kannst du ihn abschreiben«, teilt sie mir herzlos mit. Sie blickt auf die Uhr. »Kinder, ich muss los.«

Ich stemme die Arme in die Hüften. »Erst holt ihr alles aus mir heraus und jetzt lasst ihr mich in meinem Elend zurück?« Mit gespielter Enttäuschung werfe ich den Kopf in den Nacken und stelle den Ramazzotti zurück ins Regal.

»Nicht ganz!« Die beiden lächeln einander verschwörerisch zu. Christy kramt in ihrer Handtasche. »Voilà!« Sie hält mir drei Eintrittskarten unter die Nase. »Wir haben Karten für die *Old Flames* am Samstag in den *Fliegenden Bauten* bekommen!« Im vergangenen Jahr hatten wir alle Auftritte der drei legendären Swingsängerinnen aus New Orleans verpasst. Ich bin begeistert: »Ich habe gar nicht mitbekommen, dass die noch mal nach Hamburg kommen wollten.«

Mascha nickt. »Du hast so einiges in letzter Zeit nicht mitbekommen. Also, wie sieht's aus? Christy hat mit deiner Mutter gesprochen, die übernimmt Tim.«

»Und danach lassen wir es auf dem Kiez noch krachen. Girls' Night Out!« Es klingt wie ein Kampfruf.

Es wird wirklich ein toller Abend. Die drei alten Ladys heizen dem Publikum ein, und irgendwann stehen Christy und ich auf den Stühlen und singen aus voller Kehle *Makin' whopee*. Hinterher bummeln wir unter einem Schirm untergehakt über die Reeperbahn. Die bunten Neonlichter der Varietés, Sexshops und Läden spiegeln sich in den Regenpfützen. In *Angie's Nightclub* ist es gesteckt voll, das Publikum gut gelaunt und der DJ legt einen mitreißenden Mix auf. Selbst Mascha tanzt, dass ihr Schweißtropfen die Oberlippe zieren. Um Mitternacht bekommt sie jedoch eine SMS von Michael: Marius hat sich übergeben und Fieber.

Christy legt die Stirn in Falten. »Holst du Michael auch nach Hause, wenn Marius krank wird?«

Mascha winkt ab. »Gerechtigkeit ist das eine. Mutter sein das andere.« Sie küsst Christy und mich. »Es war schön. Wir hören!« Dann verschwindet sie in der Menge.

Christy ist ärgerlich. »Wieso lässt sie sich von Michael eigentlich immer alles verderben? Er pfeift und Mascha kommt.« Sie will gerade weiterschimpfen, als ihre Augen sich plötzlich weiten. »Was macht Carlo denn hier?« Ein sportlicher Typ mit breitem Kreuz, schmalen Hüften und einem Surferlächeln kämpft sich winkend über die Tanzfläche an unserem Tisch. »Hey, Baby!«

»Muffin!«, seufzt Christy. Und ich frage mich: *Muffin?* Das passt gar nicht zu Christy, dass sie für einen ihrer zahlreichen Kurzzeitliebhaber einen Kosenamen erfindet. Sie stellt uns vor: »Jella – Carlo.« Wir schütteln uns die Hände. »Sag mal, hast du mich gesucht?«, forscht Christy.

Carlo nickt schuldbewusst und legt ihr den Arm um die Schulter. »Du hast mir gefehlt. Ich wusste, ihr wolltet nach dem Konzert noch zur Reeperbahn und hab mir gedacht, dass ihr hier seid.« Christy wirft mir einen entschuldigenden Blick zu. »Wollt ihr noch etwas trinken?«, fragt Carlo höflich, obwohl es ihm anzusehen ist, dass er am liebsten bei der nächsten Nummer mit Christy zum Klammerblues übergehen möchte.

Ich schüttle den Kopf. »Ich wollte sowieso langsam los.«

»Jella!« Christy guckt mich entsetzt an. »Aber nicht, weil Carlo hier aufgetaucht ist, oder?«

Damit hat sie den Nagel auf den Kopf getroffen. »Genau deswegen. Irgendwie will ich euch nicht stören.« Ich bin selbst verblüfft, dass ich das so locker aussprechen kann. Noch bevor Christy zum Widerspruch ansetzt, greift Carlo nach unseren Händen. Er zieht uns auf die Tanzfläche. »Hör mal, alleine sein kann ich mit Christy noch nachher. Jetzt feiern wir, okay?«

»Okay!«

»Dann mal los!«

Ein nett aussehender Typ mit halb langen dunklen Haaren tanzt mich einige Male an. Wir lachen uns zu, er wirkt sympathisch, aber er interessiert mich nicht, und irgendwann entschwindet er meinem Blickfeld. Zwischen zwei Liedern drängle ich mich wieder zurück an unseren Tisch, um etwas zu trinken. Die Musik ändert sich plötzlich und rollende lateinamerikanische Rhythmen erfüllen die Luft. Die Beleuchtung wird heruntergefahren und Scheinwerfer tauchen die Tanzfläche in intimes Licht. Ich schlürfe mein Getränk, komme zu Atem und beobachte, wie das Publikum auf der Tanzfläche ein anderes wird. Die locker umherhopsende Menge splittet sich: die mit Partner tanzen bleiben, die anderen strömen zu ihren Tischen. Auch Christy und Carlo gesellen sich bald zu mir. »Leider kommt Carlo kein bisschen aus Südamerika und kann auch nicht Salsa tanzen«, schreit mir Christy ins Ohr. »Eigentlich heißt er Karl-Christian!« Wir sehen den Tanzenden zu. »Beneidenswert, oder?«

Manche der Tänzer und Tänzerinnen haben es wirklich

raus. Sie schwingen die Hüften, stolzieren und tänzeln, als wären sie in Kuba geboren. Ein Paar tanzt besonders gut. So gut, dass die anderen Tänzer einen Kreis bilden und seine Figuren beklatschen. Das Licht ist schummrig, aber ich sehe trotzdem, was für eine gute Figur der dunkelhaarige Tänzer hat. Er trägt ein weißes tailliertes Hemd, das über der Brust geöffnet ist, eine enge schwarze Hose und elegante schwarze Slipper. Komisch, dass man immer von Liebe auf den ersten Blick spricht. Dabei gibt es doch auch so etwas wie Lust auf den ersten Blick. Der Tänzer da beispielsweise löst ein angenehmes Ziehen bei mir aus. Allein ihm zuzugucken ist schon erotisch. Die Frau, die er gekonnt zu gewagten Figuren führt, trägt ein schwarzes Kleid mit einem aufspringenden Rock und hochhackige Schuhe. Beim Tanzen fliegen ihre Haare. Die Musik wird heißer und das Paar wirbelt über die Tanzfläche. Es sieht aus, als ob ihre Körper in der Mitte aneinander genäht sind. Mit fast akrobatischem Geschick schleudert der Mann seine Partnerin von sich, um sie dann umso heftiger an sich zu ziehen. Immer wieder nähern sich ihre Köpfe, ihre Münder, sie verharren sekundenlang Brust an Brust, als wollten sie sich küssen. Doch jeden Moment der Innigkeit zersplittert der Rhythmus, der sie wieder zurück in die Bewegung treibt. Die Musik steigert sich, wird schneller und lauter, Scheinwerfer zucken. Der Tänzer tanzt ins Licht –

– und ich erschrecke so sehr, dass ich krachend an den Tisch stoße und die Gläser bedrohlich zum Schwanken bringe.

»Jella? Alles in Ordnung?«, fragt Christy. Ich starre sie verständnislos an. »Du bist kalkweiß! Ist dir nicht gut?«

Ich zeige auf die Tanzfläche, wo sich das Paar mittlerweile wieder unter den anderen Tanzenden bewegt. »Da!«

Christy blickt in die Richtung, in die ich deute. »Was ist denn da?«

»Ja, ich weiß nicht. Ich … äh …«, fasele ich. »Ich habe zu

viel getrunken«, bringe ich endlich heraus. »Ich muss gehen. Jetzt.«

Christy guckt mich besorgt an. »Wirklich alles in Ordnung?«

Ich nickte, schlüpfe in meine Jacke und hänge mir die Tasche um. »Tschüs! Telefonieren wir morgen?«

Christy und Carlo winken. Ich stolpere durch die Bar und auf die Straße. Mir schlägt der kalte Regen ins Gesicht, als ich die Reeperbahn hinunterlaufe. Den Schirm hat Mascha vorhin mitgenommen. Geschieht mir recht. Ich heule Rotz und Wasser. Natürlich nicht wegen des Schirms. Sondern weil mir klar wird, dass ich die größte Dummheit meines Lebens gemacht habe, als ich Robin in die Flucht geschlagen habe. Denn was ich Christy nicht gesagt habe: der wunderbare Tänzer vorhin, der mit dem offenen Hemd und den aufregenden Bewegungen – das war Robin!

Schluchzend laufe ich durch den Regen. Alle Taxen, die an mir vorbeifahren, sind besetzt. *Typisch!* Der Regen nimmt zu und der Wind fegt in Böen durch die Straßen. Ich flüchte unter das Dach einer beleuchteten Bushaltestelle und setze mich auf die Plastikbank. Kein Mensch ist auf der Straße zu sehen, es ist dunkel und kalt. Wahrscheinlich hole ich mir eine Lungenentzündung und werde morgen früh von Obdachlosen gefunden und hoch fiebernd ins Hafenkrankenhaus eingeliefert. Eine traurige Lernschwester wird sich über mich beugen und hilflos zusehen, wie ich – totenbleich und von wächserner Schönheit – von dieser schnöden Welt Abschied nehme. »Die Liebe hat ihr das Herz gebrochen«, wird sie flüstern und mir die Augen zudrücken. Unter dem Dach meiner Bushaltestelle schluchze ich tief auf. Dann fällt mir ein, dass das Hafenkrankenhaus vor Jahren geschlossen wurde und dass Tim im Falle meines Ablebens als Waise aufwachsen würde. Bei Mama auf ihrer Hasenfarm. Das kann für die gesunde Entwicklung eines Jungen nicht gut sein. Deswegen reiße ich mich zusammen und beschließe, nach Hause zu gehen und ein heißes Bad zu nehmen. Selbstmord sollte ich erst nach Verfassung eines wasserdichten Testaments machen, in dem ich festlege, wer sich um Tim kümmert.

Ich gehe im Geist meine Lieben durch, während ich in meinen nassen Schuhe nach Hause schlurfe. Eigentlich habe ich an jedem etwas auszusetzen. Maschas Erfahrungen mit ihrem eigenen Sohn sind nicht gerade ein positives Zeugnis für ihre elterlichen Fähigkeiten. Christys wechselnde Begleiter aus dem Freizeitbereich ebenfalls nicht. Björn ist zu sehr Perfektionist: ein prima Vater für Mädchen, die später Betriebswirtschaft studieren wollen oder Hauswirtschaftslehrerin werden – aber für Tim? Leo und Anna sind zu alt. Ich kann es drehen und wenden, wie ich will, eigentlich gibt es nur eine Person, der ich Tim wirklich anvertrauen würde: Robin. Weil er, entgegen meiner furchtbaren, gemeinen, schrecklichen Behauptung, ein guter Vater ist. Und weil er Tim wirklich mag. Er hat mit ihm geredet und ihm zugehört. Und Tim findet, dass Robin lieb ist.

Ich stelle mir vor, wie ein Anwalt in dunklem Anzug in Robins Laden tritt und ihm mein Testament aushändigt. Wie in einem schwarzweißen Stummfilm steht die Szene vor meinen Augen. Auf einer schwarzen Tafel erscheint der Text: *Jella starb in Gedanken an ihr Kind und Sie. Jella wollte, dass Sie sich um ihren Sohn kümmern.* Großaufnahme von Robins Gesicht. Klaviermusik in den unteren Oktaven. Aus seinen Augen quellen Tränen. Er tritt ans Fenster und blickt in den Himmel. In den Wolken erscheint mein blasses, engelsgleiches Antlitz. Wieder Nahaufnahme Robin. Schwarztafel: *Sie warf mir vor, ein schlechter Vater zu sein, doch tief in ihrem Herzen glaubte sie an mich.* Robin blickt auf das

Testament hinunter, nickt und schüttelt dem Anwalt die Hand. Beschwingte Pianoklänge. Das letzte Bild zeigt Robin von hinten zwischen Tim und Lasse auf dem Friedhof. Sie schmücken ein Kreuz, auf dem *JELLA* steht, mit Blumen. Vater und Söhne gehen dem Horizont entgegen. Ich lächle aus den Wolken. *ENDE.*

Eine schöne Idee. Aber so schnell sterbe ich dann doch nicht. Das heiße Bad rettet mich. Eingemummelt in ein dickes Badehandtuch zwinge ich mich, einen Becher ebenso heißen Hagebuttentee zu trinken. Danach verkrieche mich ins Bett und schlafe leer geheult und todunglücklich ein.

Am Sonntag bleibt der *Spuntino* geschlossen. Wäre ich nicht Mutter, würde ich den ganzen Tag im Bett liegen. Einfach die Decke über den Kopf ziehen und mich vor der Welt verstecken. In solchen Phasen sollte man das Recht auf Isolationshaft haben! Als Mama Tim um elf Uhr vorbeibringt, hocke ich immer noch im Bademantel vor meinem Nescafé und starre trübsinnig aus dem Fenster. »Na, ihr habt ja wohl schön gefeiert!« Mama umarmt mich kurz, während Tim mir seinen Gameboy mit lärmiger Computermusik unter die Nase hält. »Guck, Ingrid hat mir ein neues Spiel geschenkt.« Ich werfe einen kurzen Blick darauf.

»Mama, du sollst ihn doch nicht so verwöhnen.«

Mama klimpert mit ihren Armreifen vor meiner Nase. »Gabriele, Hase arbeitet doch in diesem Elektronikladen.« Ich bin zu deprimiert, um zu fragen, welcher Hase gemeint ist. Ist doch auch egal, ob Mama mit ihm skatet, Bungeejumping übt oder ihn aus dem Swingerclub kennt. *Puh!* Ich bin wirklich nicht gut drauf heute.

»Elektronikladen, aha«, murmle ich und bin nur froh, dass Mama in einer halben Stunde mit Barbara in der Stadt verabredet ist.

»Ich will ihr den Laden mit der Lodenmode zeigen, und danach trinken wir einen Kaffee in den Colonnaden«, erklärt sie mir. »Und was macht ihr?«

Ich zucke mit den Achseln. »Keine Ahnung! Bei dem Regen?«

Mama denkt schon wieder. »Warum geht ihr nicht mal schwimmen? In eines dieser modernen Spaßbäder?«

Tim heulte begeistert auf. »Ja, ja! Bitte, Mama, bitte!«

Ich bin völlig geschwächt. »Weißt du, was das kostet, Timmie?«

Mama nestelt an ihrer Handtasche. »Komm, das spendiere ich euch. Und wisst ihr was? Ihr nehmt meinen Twingo. Der steht vor dem Haus. Barbara und ich fahren mit der Bahn, in der City kriege ich sowieso keinen Parkplatz!« Sie drängt mir ihre Fahrzeugpapiere und den Autoschlüssel auf. »Hase bringt mich heute Abend bei dir vorbei, und dann übernehme ich den Twingo wieder!« Sie küsst Tim und mich und weg ist sie.

Die Idee ist gar nicht schlecht. Wir könnten in Christys Schwimmbad fahren und sie überraschen. Falls mich der Gram übermannt, könnte ich dort auch versuchen, ins Wasser zu gehen. Irgendein muskulöser Schwimmmeister wird mir in die blauen Chlorfluten nachspringen und mich mit Mund-zu-Mund-Beatmung zurück ins Leben holen ... Vielleicht gehe ich auch einfach nur in die Sauna und schwitze mir meinen Weltschmerz raus.

15. Kapitel

All or nothing at all
If it's love there ain't no in between
Why begin and cry for something that might have been
No, I'd rather have nothing at all
Diana Krall

Wenig später scheuche ich, bepackt mit unseren Badetaschen, Tim durch den Regen zu Mamas Auto. Ich war noch nie im *Funbad Nauquatica*, obwohl Christy mich schon oft eingeladen hat. Die Ausschilderung ist prima, ich lande ohne Probleme auf dem großen Parkplatz und finde direkt vor dem Eingang eine Lücke. Wir müssen noch nicht einmal den Schirm aufspannen, so kurz ist der Weg. Am Eingang nehme ich eine der ausliegenden Broschüren mit. Tim schmeißt in der Sammelumkleide schon seine Kleidung in einem unordentlichen Haufen auf den Boden und kramt sein Badetuch aus der Tasche, während ich mich auf die Holzbank setze und lese.

Das Funbad Nauquatica *ist ein familienorientiertes ganzjährig geöffnetes Freizeitbad. Den Besuchern steht ein Bad mit Außen- und Innenbecken zur Verfügung. Im sportlichen Angebot: Sprungturm (5 Meter), Schlangen-Rutsche (80 Meter), Nichtschwimmerbecken mit Kinderparadies (Kinderbetreuung).*

Tim wühlt in der Tasche. »Wo ist meine Taucherbrille?«

»Keine Ahnung, guck mal in der Seitentasche.« Ich lese weiter:

Entspannungssuchenden bieten sich im Saunabreich Solebecken, finnische und Dampfsauna, zahlreiche Solarien und Whirlpools. In unserer Tropical Bar *im Innenbereich genießen Sie nationale und internationale kulinarische Spezialitäten zu fairen Preisen.*

»Mama, guck mal!« Tim wedelt mit seiner Badehose vor meinem Gesicht auf und ab. Der Badehose, die Robin im Freibad verschlampt hat! Ich gucke baff auf die Hose.

»Wo kommt die denn her?«

Tim ist ganz selig: »Die war in der Taucherbrille. Lustig, nicht?«

Zum Totlachen, denke ich. »Ja, sehr schön. Magst du das Kinderparadies ausprobieren?«

»Muss ich?«

»Nein, natürlich nicht. Aber es ist langweilig für dich, wenn ich in die Sauna gehe. Das ist nämlich noch zu heiß für dich. Hier, guck mal.« Ich halte ihm das Heft hin.

»Super! Eine Schlangenrutsche!« Tim ist Feuer und Flamme. Wir einigen uns darauf, dass er ins Kinderparadies geht, während ich sauniere. Danach wollen wir gemeinsam die Rutsche ausprobieren.

Eine Stunde später flaniere ich nach drei Saunagängen und einem schweißtreibenden Besuch des finnischen Dampfbads im Bademantel durch das *Nauquatica*. Im Kinderparadies kann ich meinen Sohn nicht entdecken. »Tim?«, fragt die freundliche Betreuerin im weißen T-Shirt und sieht in ihrer Liste nach.

»Er hat hier angegeben, dass er schon schwimmen kann und das Seepferdchen hat.«

»Das stimmt.«

»Dann ist ja alles in Ordnung. Die Schwimmer durften mit meinem Kollegen auf die Schlangenrutsche. Tim hatte hier gleich Anschluss, es waren Kinder da, die er kannte.« Sie zeigt auf die große Uhr. »Die sind gerade erst rüber in die große Halle. Entweder Sie holen ihn selbst oder Sie kommen in einer halben Stunde wieder her. Dann sind die Kinder bestimmt wieder da.« Das klingt gut, denn nach den wunderbaren Saunagängen möchte ich mich jetzt eigentlich noch ein bisschen weiter verwöhnen. Ein Latte machiato wäre jetzt genau das Richtige. Und wenn möglich in guter Gesellschaft! »Können Sie mir sagen, wo ich Christy Möhring finde? Ich bin eine Freundin.«

Die Betreuerin schaut auf einem Dienstplan nach. »Die hat heute frei.«

Ich wusste ja schon immer: Christy ist schlau, die schlägt sich nicht eine Nacht um die Ohren und landet dann unausgeschlafen beim Job. »Ach, schade. Sagen Sie, wo kann ich hier einen Kaffee trinken?«

Die Betreuerin zeigt nach links. »Geradeaus am Saunabereich vorbei und dann in die nächste Etage. Immer den Wegweisern zur *Tropical Bar* folgen.«

Ich mache mich auf den Weg. Auf der Treppe riecht es schon köstlich nach Kaffee, der sich angenehm vom leicht chlorigen Duft in der unteren Etage abhebt. Stimmengewirr dringt an mein Ohr.

In der *Tropical Bar* herrscht Hochbetrieb, fast alle Tische sind besetzt. Nur im Raucherbereich gibt es noch Plätze. Ich kaufe am Tresen einen großen Milchkaffee und steuere zielbewusst zum einzigen Fensterplatz. Ich merke, wie das Gespräch am vorletzten Tisch schlagartig verstummt, als ich an ihm vorbeigehe. Ein blitzschneller Seitenblick sagt mir warum: Dort sitzen drei Männer. Schon als Mädchen lernt jede Frau, dass Männer in Gruppen mit einem zuverlässigen schweigenden Kollektivglotzen alles bedenken, was weiblich ist und sich bewegt, ungeachtet von Alter, Größe, Schönheit. Das ist ein

Reflex. Mama hat mir eingeschärft: *Männer in Gruppen muss man mit derselben Vorsicht behandeln wie frei laufende Hunde. Kein Blickkontakt und schnell vorbei.* Also schaue ich noch konzentrierter in meine Tasse. Ich habe aber ein merkwürdiges Gefühl, so als würde das Schweigen an dem Tisch Volumen annehmen und meinen Weg versperren. Also blicke ich hoch, sehe genauer hin und –

– mich trifft fast der Schlag!

Dort sitzen, in Bademantel und Latschen vor drei Kaffeebechern: Björn! Patrick!! Und Robin!!!

Überraschung.

Angst.

Freude.

Verlegenheit.

Herzschmerz und Atemnot.

Ich schnappe nach Luft. Leider kann ich mich nicht einfach umdrehen und verschwinden, denn die drei haben mich natürlich auch gesehen und starren mich an wie eine Erscheinung.

Was machen die drei hier?

Kennen die sich? Sind die etwa befreundet?

Weiß Robin von meiner Nacht mit Patrick? Wenn ja, hat der Angeber sicher nur Lügen erzählt!

Eine Nanosekunde schießt die Idee durch mein Hirn, dass die drei irgendeine blöde Männerwette abgeschlossen haben: *Wer kriegt Jella als Erster ins Bett?* Nein! Patrick funktioniert vielleicht so, aber Robin und Björn niemals.

Oder?

Ich könnte jetzt meinen Kummer in meiner Küche pflegen, mit Tim *Benjamin-Blümchen*-Kassetten hören und Tee trinken. Stattdessen stehe ich mit von der Sauna geweiteten Poren, waidwundem Herz und flatternden Nerven in der Bar eines Spaßbades herum! Ich schließe für einen Moment die Augen, und plötzlich bin ich weit weg.

Tessa Martin rettet die Welt

Tessa Martin trug den gelben Trainingsanzug, in dem Uma Thurman in Kill Bill *ein Massaker in einem asiatischen Gasthaus anrichtete. Sie hatte nicht damit gerechnet, dass sich ihr drei der meistgesuchten Männer der Welt ausgerechnet hier in den Weg stellen würden. Da hatte sie die Hälfte ihres Agentinnendaseins darauf verwendet, Lord Hugh und Bingharabat Majenschrøder das Handwerk zu legen. Die andere Hälfte war für die Suche nach dem Großen Gatsby draufgegangen. Und jetzt liefen ihr die drei über den Weg. Gleichzeitig! Tessa konnte sich nicht erlauben, über das Warum dieses Zusammentreffens zu grübeln. Wie im klassischen Western standen sie einander auf dieser verlassenen Waldlichtung irgendwo im Niemandsland mit gezückten Pistolen gegenüber. Tessas Hirn raste. In dieser Situation konnte es keinen Sieger geben. Ohne ihre Waffe zu senken, drückte sie mit dem linken Oberarm blitzschnell auf einen verborgenen Knopf unter ihrem roten Mantel. Ein winziger Motor katapultierte sie in die dichten Baumkronen. Unter ihr fielen Schüsse. Dann war alles still. Und zum ersten Mal in vielen, vielen Jahren wusste Tessa Martin, die kleinste Geheimagentin der Welt, nicht, wie es weitergehen sollte.*

Björn fasst sich als Erster. Er springt auf und begrüßt mich. »Hey, Jella, das ist ja eine Überraschung!«

Ich nicke und quetsche ein »Das kannst du wohl sagen« heraus.

Björn macht eine weit ausholende Handbewegung. »Darf ich dir meine Freunde vorstellen?«

Vielleicht tun wir einfach alle so, als ob wir einander nicht kennen? Doch bevor Björn etwas sagen kann, meldet sich natürlich Patrick. »Nicht nötig, Björn. Jella und ich kennen uns.« Er lächelt mir charmant zu. »Hallo, meine Schöne! Lange nicht gesehen.«

»Hallo, Jella!« Wie ein schwaches Echo mischt sich Robins Stimme in Patricks Gedröhne.

»Hallo, Robin.« Ich lächle ihn an, aber er wendet schon den Blick wieder ab.

Björn grinst über das ganze Gesicht. »Na, das ist ja doll! Ihr kennt euch?« Er zieht mich so schwungvoll an den Tisch, dass ich mich schlecht wehren kann, ohne meinen Kaffee über den Tisch zu gießen. So sitze ich nun zwischen Björn und Patrick und starre in Robins abweisendes Gesicht.

Ich bin so durcheinander, dass ich mir erst mal an meinem heißen Kaffee den Mund verbrenne. Björn fragt harmlos und interessiert. »Na, nun erzählt mal. Woher kennt ihr euch?« Erklärend fügt er hinzu: »Jellas Sohn geht mit Nele in denselben Hort.«

Diese Erläuterung löst bei Patrick ein meckerndes Lachen aus. »Ach! Dann ist Jella …« Er schweigt und zieht die Augenbrauen anzüglich hoch: »Also, Jella ist die Frau aus dem Kindergarten, von der du erzählt hast?« Es entgeht mir nicht, dass Patrick das *die* besonders betont und Robin mich schnell von der Seite ansieht.

»Ja, doch. Das ist Jella. Und woher kennt ihr euch?« Dann ein Nicken rüber zu Robin: »Und ihr?«

Robin sagt ganz schnell: »Jella ist Kundin bei mir.« Dabei sieht er extra an mir vorbei. Björn nickt langsam und macht ein Gesicht, als hätte er endlich verstanden, wie man Dreisatz rechnet. Ein großes *Ach so!* steht auf seinem Gesicht. »Und du, Patrick? Wie kommt's, dass du meine … pardon, unsere Jella kennst?«

Wieso reden die eigentlich über mich, als ob ich nicht da

wäre? Entschlossen mische ich mich in das Gespräch ein. Möglichst unverfänglich sage ich: »Patrick ist Stammgast in dem Restaurant, in dem ich kellnere.« Nach diesem so harmlosen Satz herrscht allerdings ein Schweigen, als hätte ich gerade einen Bankraub gestanden.

Björn sieht wieder so aus, als müsste er eine komplizierte Matheaufgabe lösen und fragt, als sei ich die Expertin, die er bei der Hunderttausend-Euro-Frage zu Rate ziehen darf: »Sag mal, Jella, hast du einen roten Mantel?«

Wieso habe ich die ganze Zeit das Gefühl, im falschen Film zu sitzen? »Ja, wieso?«

Robin sieht mich an. Das heißt, er fixiert einen Punkt zwischen meinen Augenbrauen, und ich kann fast hören, wie er denkt. Schließlich sagt er, quasi meine Stirn ansprechend: »Du bist Patricks Kellnerin?«

Ich verstehe kein Wort. »Wieso Patricks Kellnerin?«

Die Männer sehen einander verlegen an und schweigen wieder wie auf Verabredung. Weil mir nichts Besseres einfällt, verbrenne ich mir noch einmal den Mund an meinem Kaffee. Die anderen schweigen weiter. Patrick spielt mit seinen Zigaretten und Robin rührt in seinem Becher, als wolle er ein Loch in dessen Boden fräsen.

»Na, das ist ja wirklich eine Überraschung!«, sagt Björn endlich. Es klingt ziemlich lahm, und keiner erwidert etwas darauf. Ich versenke mich wieder in meinen Kaffee. Eigentlich hat Björn Recht: Dass ich drei Männer kenne, die miteinander befreundet sind, ohne dass ich es weiß, ist wirklich ein irrer Zufall. Einer von den Zufällen, die man auf Partys erzählt. Auf Partys nicken dann alle, irgendjemand sagt, dass die Welt ein Dorf ist, ein anderer erzählt die Geschichte, wie er an der Chinesischen Mauer einen Kollegen mit dessen Vater getroffen hat und es sich herausgestellt hat, dass die Väter sich kennen. Was für ein Zufall. Das ist der Augenblick, wo alle ein wenig in sich hineinsinnen, und dann schließt einer das Gespräch mit den Worten ab: »Zufall? Ich glaube nicht an Zufälle.« Ich übrigens auch nicht. Aber welches Schicksal auch immer dieses Treffen an diesem verregneten Samstag herbeigeführt hat – es kann mich nicht besonders gern haben.

Patrick zündet sich süffisant grinsend eine Zigarette an. »Wer hätte gedacht, Jella, dass du nicht nur mir den Kopf verdrehst?« Manchmal habe ich das ungute Gefühl, dass Gewalt in Ausnahmefällen doch eine Lösung ist! Jetzt zum Beispiel würde ich Patrick am liebsten vom Stuhl schubsen. Ich werfe ihm einen Tessa-Martin-Blick zu und beschwöre ihn stumm: *Halt die Klappe!* Björn hustet und sagt unangenehm berührt: »Was heißt hier Kopf verdrehen. Wir sind befreundet, nicht wahr, Jella?«

Ich nicke. »Klar!« Und setzte meine stumme Beschwörung von Patrick fort. Ich will auf keinen Fall, dass Robin und Björn von der verdammten Nacht erfahren!

In Robins Gesicht arbeitet es noch immer. »Sag mal, Patrick, wenn Jella die Kellnerin ist, von der du uns erzählt hast …« Der Rest verliert sich in einem Gruppengelächter, das gnädigerweise am Tisch nebenan ausbricht. Ich lanciere hastig ein Ablenkungsmanöver.

»Ganz schön laut hier. Ist ja auch ganz viel los. Seid ihr schon mal hier gewesen?«

»Klar, wir treffen uns hier jedes Wochenende«, antwortet Björn. *Juhu,* denke ich erleichtert. Jetzt machen wir noch ein bisschen Smalltalk über das Schwimmbad, ich trinke meinen Kaffee aus und verabschiede mich dann. In dem Bemühen, das Gespräch am Laufen zu halten, plappere ich: »Mensch, Patrick, ich dachte, dass du wieder auf Rügen wärst.«

Komischerweise greift Robin das Thema auf. »Ja, Patrick, wie läuft es eigentlich auf Rügen? Wie geht es deiner Sängerin, der liebreizenden Gwendolyn?«

»Gloria«, korrigiert Patrick ihn – und sieht dann etwas unsicher zu mir herüber. Ich weiche seinem Blick aus und setze eine *Keine-Vertraulichkeiten*-Miene auf.

Björn versucht noch einmal, die Komik in der Situation zu sehen. »Wenn ich mir vorstelle, dass wir immer von derselben Frau gesprochen haben!« Aber auch mit dieser Bemerkung kommt kein Gespräch in Gang. Zumal ich mich lieber nicht frage, was die drei Männer sich wohl alles über mich erzählt haben!

Immer wieder suche ich Robins Blick, aber der starrt stur vor sich hin. Irgendwie beschleicht mich das Gefühl, dass wir alle um einen Tisch sitzen, auf dem sich jede Menge Dynamit stapelt. Ausgerechnet mein guter, lieber Björn steckt die Lunte an. Seine Kopfrechnungen sind nämlich mittlerweile aufgegangen. Er gibt mir einen kameradschaftlichen Stups. »Aber ein bisschen enttäuscht bin ich doch, dass du ausgerechnet mit Patrick, einem stadtbekannten Casanova, flirtest.«

Bevor ich etwas sagen kann, gibt Patrick in einem selbstgefälligen Tonfall an: »Na, es war schon ein bisschen mehr als flirten.« Ich möchte ihm am liebsten vors Schienenbein treten. Erst macht er einen auf Schlaftablette und jetzt will er noch die Hengstprämie abräumen?

Robin lacht gekünstelt auf und sagt in meine Richtung: »Dass du auf jemanden wie Patrick reinfällst!«

Das tut weh. So weh. Noch mehr weh, als ich es mir je vorgestellt habe. Das ist so ungerecht und unfair.

Patrick gibt sich empört. »Was soll das heißen: auf jemanden wie mich?«

»Na, du bist doch ein notorischer Schürzenjäger. Heute Bibi, morgen Tina, Gloria oder Gwendolyn, jede, die nicht schnell genug auf den Baum kommt.«

Die Stimmung am Tisch wird aggressiv. Patrick macht ein

mokantes Gesicht. »Nur kein Neid, du alter Spießer.« Die beiden sehen einander abschätzend an.

»He, he, macht mal halblang«, mischt sich Björn ein.

Robin stößt seinen Stuhl zurück und steht auf. Er bedenkt mich mit einem rätselhaften Blick. »Ich hatte nur gedacht, Jella, dass du einen besseren Geschmack hast.« Er richtet sich kerzengerade auf, nickt Björn zu und übersieht Patrick. »Meine Herren, auf Wiedersehen! Ich brauch dringend frische Luft.« Und dann geht er ohne ein weiteres Wort aus der Bar. Sogar sein Handtuch lässt er liegen.

Björn kratzt sich am Kinn. »Mannomannomann. Ihr macht Sachen.«

Patrick drückt seine halb angerauchte Zigarette mit so entschiedenen Bewegungen aus, als drehe er eine Schraube ein. »Tja, Björn, du kennst die Frauen eben nicht.«

Ich fauche ihn an: »Spinnst du? Was soll das denn?«

»Wer von uns dreien bedeutet dir denn nun wirklich etwas?«, spielt sich Patrick als verfolgte Unschuld auf. Wahrscheinlich, um seine wenig rühmliche Rolle an jenem Morgen zu vertuschen. Das ist doch die lupenreine Projektion! Für einen Moment überlege ich, ob Patrick eigentlich Gloria mit mir oder mich mit Gloria betrogen hat. Auf jeden Fall soll ich in seiner Variante der Wahrheit den männermordenden Vamp geben, der die Herzen der Kerle geknickt hat. Ich kann es nicht fassen! Aber Patrick gefällt sich tatsächlich in der Rolle des enttäuschten Liebhabers und sagt vorwurfsvoll: »Du hast uns allen Hoffnungen gemacht und alle drei ausgenutzt!«

Am Rande eines hysterischen Lachkrampfs werde ich ganz ruhig. Gefährlich ruhig. Manchmal bleibt einer Frau eben nichts anderes übrig, als die Zicke in sich herauszulassen. Ich atme tief durch und sage dann mit betont mitfühlendem Timbre: »Ich weiß, mein armer Liebling. Für dich ist es besonders hart.« Patrick guckt mich verdutzt an und Björn kratzt sich schon wieder ratlos am Kopf.

»Häh?«

Ich nicke leidgeprüft und lächle Patrick aufmunternd zu. »Ich kenne deine Gefühle für mich. Und ich kenne deine Probleme.«

»Was soll das? Worauf willst du hinaus?«

Ich ignoriere Patrick und wende mich mit vertraulichem Unterton an Björn: »Wir sind doch unter uns, da können wir offen sprechen, oder?« Ich tue so, als gäbe ich mir einen Ruck. Ich muss jetzt einfach fies sein. »Weißt du, Björn, du hältst Patrick für das Paradebeispiel eines potenten Mannes, aber traurige Tatsache ist …«, ich mache eine Abwärtsbewegung mit dem Daumen, »… dass unser lieber Patrick sexuell erhebliche Probleme hat.« Ich breche ab, als ob mir die Stimme versagt. Patrick glotzt mich sprachlos an. Björn ist die ganze Sache sichtlich unangenehm. Ich seufze tief auf und schenke dem wie vom Donner gerührten Patrick mein bestes *Tapfere-kleine-Frau-Lächeln*: »Glaub mir, du Armer, es gibt Mittel, mit denen man dir helfen kann.«

»Was soll das, Jella? Was redest du da für einen Blödsinn?«

Wieder lächle ich tapfer. »Patrick, heutzutage gibt es so viele Möglichkeiten. Du musst hier nicht den starken Mann markieren.«

Björn, der den Verlauf des Gespräches verwirrt, aber mit Anteilnahme verfolgt hat, schaltet sich ein. »Jella hat Recht, Patrick. Das kommt in den besten Familien vor.«

Patrick stiert uns an, als wären wir beide Aliens, und zischt: »Ihr spinnt doch! Ich hatte noch nie Probleme im Bett. Jella ist ja nur sauer, weil …« Er bedenkt mich mit einem wilden Blick. »Ach!« Er macht eine abwehrende Bewegung, bei der er fast den Aschenbecher vom Tisch fegt, und springt auf. Dann gürtet er nur den Bademantel enger und verlässt die Bar mit hoch erhobenem Kopf.

Björn sieht ihm nach. »Da war's nur noch einer. Mensch, Jella, was hast du denn da angestellt?« Ich zucke mit den Achseln und fühle mich plötzlich ganz leer und kraftlos. Björn überdenkt die ganze Sache gründlich. Schließlich sagt er: »Du, Jella … also … ich weiß nicht, ob dir das so bewusst ist, aber … der Robin ist wirklich ziemlich in dich verliebt, wenn ich das richtig verstanden habe. Jedenfalls war er das, als er noch nicht wusste, dass du mit Patrick …« Er macht unbehaglich eine Pause und druckst wieder herum. Aber dann sagt er doch: »Was hast du dir eigentlich dabei gedacht, als du mich das erste Mal zum Milchkaffee abgeschleppt hast? Ich meine … hättest du mich auch wie Patrick verführt und dann kalt abblitzen lassen?«

Jetzt also auch noch Björn? Das ist zu viel! Ich vergesse meine Müdigkeit, richte mich auf und fahre ihn an: »Habt ihr eigentlich alle drei einen Knall? Zwischen Patrick und mir ist nichts gelaufen außer ein paar beschwipsten Küssen. Der war nach seinen Auftritten in Rügen und dem Rumgemache mit der lieben Gloria völlig müde und ist eingeschlafen, bevor er aktiv werden konnte!« Ich spüre, wie mir wieder die Tränen in die Augen schießen, und mache eine Pause.

Björn zuckt erschrocken zusammen. Er legt mir begütigend die Hand auf den Arm. »Sorry, Jella, das habe ich nicht gewusst. Es tut mir Leid.«

Aber ich schüttele seine Hand ab, springe auf und sage heulend: »Und selbst, wenn es mehr gewesen wäre – was geht dich das an? Was geht dich mein Leben überhaupt an?«

Ich renne aus der Bar, die Treppe hinunter und in die Frauenumkleide, die wie durch ein Wunder leer ist. Dort sinke ich auf die Bank und mache mich darauf gefasst, eine ganze Packung Papiertaschentücher voll zu heulen.

Doch stattdessen sitze ich einfach nur da.

Starre an die Schranktür mir gegenüber.

Und muss, fast schon gegen meinen Willen, plötzlich grinsen.

Das gibt's doch alles gar nicht!

Schon merkwürdig, dass keiner der drei geahnt hat, das die beiden anderen mich auch kennen. Okay, ich weiß, dass Männer an Kneipentischen gern stundenlang und einträchtig schweigen und dass kommentierendes Gegrunze bei der Übertragung eines Länderspiels schon als gutes Gespräch gilt – aber dass keiner jemals meinen Namen erwähnt hat? Wahnsinn. Stattdessen haben sie wahrscheinlich mit Umschreibungen wie »die Frau aus dem Kinderhort« oder »die Kellnerin« rumgeschwiemelt. Für Björn war ich wohl die heiße Mutti, die nicht dem Witwen-Klischee mit Birkenstocks und Männer hassender Bitterkeit entsprach. Patrick hat mich mit Sicherheit als leicht verdaulichen Abendspaß mit ähnlicher Interessenlage für erotische Abenteuer ohne Verpflichtung vorgestellt. Und Robin? Der ist jetzt offensichtlich entsetzt darüber, dass ich mit Patrick eine Nacht verbracht habe, muss aber bei den anderen von meinem roten Mantel geschwärmt haben, der ja auch nicht für ein Kind von Traurigkeit spricht.

»Ich bin für jeden eine andere gewesen«, sage ich zu mir selbst. Doch bevor ich ein fast schon fröhliches *I'm every woman* anstimmen kann, wird mir auch die Kehrseite der Medaille bewusst: *Für jeden eine andere – allerdings in keinem Fall die Richtige!* Plötzlich fällt mir auf, dass schon seit einiger Zeit eine Lautsprecherdurchsage wiederholt wird. Was sagen die da …?

»Tim Kanzler möchte aus dem Kinderparadies abgeholt werden. Tim Kanzler möchte aus dem Kinderparadies abgeholt werden.«

Wie lange läuft das schon? Ich rase los. Auf dem Weg höre ich Tims Stimme über Lautsprecher: *»Mama? Bitte hol mich doch ab. Ich hab Hunger, und die anderen sind alle weg. Mama?«*

Im Kinderparadies steht Tim an der Tür. Er hat tapfer seine Tränen zurückgehalten, bis er mich sieht. Dann gehen die Schleusen auf. »Mama! Wo warst du denn?« Er läuft mir entgegen und heult laut los. Ich drücke ihn an mich und heule fast mit: »Entschuldige, Liebling. Ich bin ja jetzt da.«

Tim drückt sein tränenfeuchtes Gesicht an meins. »Ich dachte schon, dass du mich vergessen hast!«

Ich küsse ihn halb tot. »Ich werde dich nie, nie, nie vergessen!«

Wenig später sind wir bereits auf dem Rückweg. Glücklicherweise begegnen wir weder Björn noch Patrick oder Robin. Auch auf dem Parkplatz sind ihre Autos nicht zu sehen. Tim erzählt, dass er Jule, Nele und Lasse getroffen hat. »Die kannten sich alle – und mich! Da war noch ein anderes Mädchen, Leonie, die geht fast jede Woche mit den anderen schwimmen.«

»Das ist die Tochter von Patrick«, erkläre ich.

»Kennen wir den?«

»Nicht besonders gut.« Ich räuspere mich. »Hast du Lasses Vater gesehen?«

»Robin?«

»Hm.«

»Ja, und Björn auch.«

»Waren sie nett zu dir?«

»Wer?«

»Na, Robin und Björn.«

Tim versteht die Frage nicht. »Ja, klar. Robin hat nach dem Fußballspiel nächste Woche gefragt, und Björn hat gesagt, dass ich sehr gut bin.« Er grinst stolz. »Ich hab gesagt, dass mein Papa und ich alle vom Platz fegen werden.«

16. Kapitel

Help me if you can, I'm feeling down
And I do appreciate you being 'round,
Help me get my feet back on the ground.
Won't you please, please help me?
The Beatles

Am Dienstag stehe ich in der Küche vor dem Abreißkalender. Obwohl ich Tim gerade erst zum Hort gebracht habe, sind es schon über fünfundzwanzig Grad und die Sonne brennt bereits heiß vom wolkenlosen Himmel. In der Nacht von Sonntag auf Montag hat der Regen endlich aufgehört. Seitdem scheint es, als wäre der Sommer nie fort gewesen: strahlender Sonnenschein, blitzblauer Himmel, duftende Parkbäume und Rasenflächen von einem derart brillanten Grün, dass jeder englische Gärtner neidisch werden könnte. Tim freut das, er hatte in den vergangenen Tagen große Angst, dass das Fußballspiel im wahrsten Sinne des Wortes ins Wasser fallen würde. Was mir aus gegebenem Anlass mehr als recht wäre. Aber das Glück ist so wankelmütig wie das Wetter. Jetzt, wo ich den Regen gut brauchen könnte, verzieht er sich.

Was ich nach der Fahrt zum Hort und einem verdrucksten »Hallo« mit Björn jetzt am dringendsten brauche, ist ein starker Kaffee. Mit dem stehe ich wenig später vor dem Kalender neben dem Kühlschrank. Die bemalte Pappe ist ein Geschenk von Tim aus den frühen Kindergartentagen und zeigt einen lachenden Schneemann vor einer Winterlandschaft. Dass aus dem Schnee Sonnenblumen wachsen, gefällt mir besonders. Vor dem Bauch des Schneemannes hängt ein Abreißkalender, und verlässlich erinnert mich Tim seit zwei Jahren in der Weihnachtszeit daran, Abreißblätter für das neue Jahr zu besorgen. Weihnachten, wie lange das schon her ist … Gedankenvoll reiße ich das Blatt ab. Heute ist Dienstag, der 21. Juli. Noch vier Tage bis zum Vater-&-Sohn-Fußballspiel.

Nachdem ich mich bei Christy und Mascha am Sonntagabend in meiner Küche über das Treffen mit Robin, Björn und Patrick ausgeheult habe, hat Mascha gnadenlos zusammengefasst: »Mit Björn wirst du vielleicht befreundet bleiben – wenn ihn seine Kumpels lassen. Männerfreundschaften sind unvorhersehbar. Patrick kannst du vergessen, diesen Tiefschlag verzeiht er dir nie. Genauso wenig wie Robin deinen One-Night-Stand verstehen wird.« Christy hat genickt und mir noch eine weitere wenig tröstliche Erkenntnis mitgegeben: »Du hast bei deiner Formel die große Unbekannte vergessen, das X.«

»Wofür soll das X denn stehen?«

»Für die Chemie zwischen dir und dem Kandidaten. Fußballtauglich, kinderlieb und sexy reicht nicht – der fragliche Mann muss dir ganz gefallen und Tim muss ihn mögen. Also hättest du eigentlich eine Rechnung mit zwei Unbekannten machen müssen.«

Ich lebe mich durch die Woche wie unter einer Glocke, erledige alles wie ein ferngesteuerter Zombie auf Schienen. Morgens stehe ich auf, mache Tim fertig, fahre ihn den Kindergarten. Danach räume ich die Wohnung auf, fahre zum Imbiss, arbeite, hole Tim nachmittags wieder ab und beschäftige mich mit ihm, bis Schlafenszeit ist. Dazwischen kaufe ich ein, bügle, mache sauber. Dabei beschwöre ich mich dauernd: *nicht nachdenken.* Nach der Arbeit im Imbiss tun mir die Kieferknochen richtig weh vom Zähnezusammenbeißen und falschen Lächeln. Meine Kunden merken natürlich nichts. Tim leider schon. Er bringt mir am Mittwochabend, als ich mit einer Weißweinschorle am offenen Küchenfenster sitze, Tessa Martin. Er hat schon seinen Schlafanzug an und riecht gemütlich sauber nach Badeschaum und Bodylotion. »Hier!« Er stellt Tessa vor mich auf die Fensterbank und krabbelt mir auf den Schoß.

»Was soll ich damit?«, frage ich ihn und puste in seinen Nacken.

»Die soll machen, dass du wieder lachst.«

»Na, aber ich lache doch!« Ich fange an ihn durchzukitzeln. Tim quiekt und windet sich hin und her, um meinen Händen zu entkommen.

»Hör auf, Mama!« Ich lasse von ihm ab. Er dreht sich um und guckt mich ernst an. »Aber nur mit dem Mund.«

Ich verstehe nicht. »Was nur mit dem Mund?«

Tim lehnt sich an mich. »Du lachst nur mit dem Mund. Deine Augen sind traurig.«

Mama hat einmal zu mir gesagt: *Kinder merken alles. Du brauchst gar nicht zu versuchen, etwas vor ihnen zu verbergen.* Daran denke ich jetzt, während ich Tim fest umarme. »Ja, Timmie, manchmal ist man eben traurig.«

Tim spielt mit Tessa Martin. Er lässt sie auf der Fensterbank von links nach rechts laufen und aus meinem Weinglas trinken. »Mir gefällt besser, wenn du lachst.« Dann kann er ein Gähnen nicht mehr unterdrücken.

»Mir auch. Komm, ich bring dich jetzt ins Bett. Es ist schon spät.« Ich halte ihn fest, während ich aufstehe, drehe ich mich mit ihm auf dem Arm um … und sein baumelnder linker Fuß stupst Tessa Martin an. Mit Schwung segelt die kleine Figur aus dem Fenster.

»Mama, deine Agentin ist rausgeflogen!« Tim strampelt sich los. Ich setze ihn ab und wir gucken beide hinunter in den Hof. »Kannst du sie sehen?« Tim reckt sich gefährlich weit nach draußen. Ich halte ihn fest und beuge mich neben ihm aus dem Fenster. Unten ist alles dunkel. Von den Büschen steigt ein erdiger, leicht modriger Duft auf. »Sollen wir runtergehen und sie suchen?« Tim ist mit einem Mal wieder ganz munter. Aber ich schüttle den Kopf.

»Im Dunkeln finden wir sie sowieso nicht. Wir können morgen nach ihr suchen.« Noch während ich es sage, habe ich ein schlechtes Gewissen. Ich will meine treueste Verbündete einfach so da unten liegen lassen? Aber vielleicht ist es richtig so. Vielleicht muss ich endlich begreifen, dass mir weder eine kleine Figur noch eine dubiose Formel helfen können, mein Leben in den Griff zu bekommen?

Am nächsten Morgen hält mich Björn nach unserem verlegenen »Hallo« an. Er zieht aus der Brusttasche seines Hemdes einen Zettel. »Jella, hier steht auf meiner Mannschaftsaufstellung immer noch Tim plus Vater. Mit wem wird Tim denn nun spielen? Er setzt ja fest darauf, dass dieser … wie heißt er noch? Jonathan? Dass der kommt.«

Ich mache ein schuldbewusstes Gesicht. Ich habe mich bis jetzt davor gedrückt, meinem Sohn die Wahrheit zu sagen. Björn aber antworte ich: »Es ist unwahrscheinlich, dass Jonathan auftaucht. Das Letzte, was ich von ihm gehört habe, war, dass er nach Holland gefahren ist.«

»Was macht er eigentlich?«

Ich grinse ironisch. »Alles und nichts. Dies und das. Vor allem wohl gut aussehen, charmant sein, Frauenherzen bezaubern.«

»Ist er ein Heiratsschwindler?«

»Das ist eigentlich keine schlechte Umschreibung für Jonathan. Bis zum Heiraten kommt er glücklicherweise nicht. Aber er findet immer Frauen, die sich ihn verlieben und ihm ein angenehmes Leben ermöglichen.«

»Und das hat er bei dir gefunden? So zwischen kaputtem Staubsauger und Küchenchaos?«

Ich werfe ihm einen schnellen Blick zu. Klingt da nicht der alte Björn durch? Tatsächlich grinst er mich wieder ganz frech an. Ich fühle, wie mir ein Stein vom Herzen fällt, und drohe ihm spielerisch mit dem ausgestreckten Zeigefinger. »Du meinst wohl, in meinem gemütlichen Zuhause mit meiner unkonventionellen Lebensführung!« Wir lachen beide. Das fühlt sich gut an! »Jonathan kann sehr bescheiden sein«, fahre ich fort. »Für ihn bedeutet ein angenehmes Leben nicht unbedingt eine Yacht in Nizza oder eine Villa auf Marbella. Alte, reiche Society-Schnepfen sind nichts für ihn.«

»Mag ja sein, Jella … aber als Vater ist er auf jeden Fall ein Versager. Er hat weder Tim noch dessen Fußballspiel wirklich in der Planung, stimmt's?«

Ich nicke. »Sieht so aus. Muss Tim seine Meldung zurückziehen, wenn wir keinen Erwachsenen finden?«

Björn schüttelt den Kopf. »Keine Angst, unser kleiner Stürmer wird antreten. Er ist wirklich gut. Mach dir da keine Sorgen. Sein Opa hat keine Zeit?«

»Sein Opa lebt in Hessen. In einem buddhistischen Kloster«, erinnere ich ihn.

»Kommt der Freund deiner Mutter in Frage?«

»Welcher?«

Björn lacht laut. »Lebenslustige Frauen liegen bei euch in der Familie, was?«

Ich bin verunsichert. Ist das eine Anspielung auf Patrick? Aber Björn lacht so offen, dass ich einfach mitlachen muss. »Ja, aber Mama hat mehr Erfolg als ich.«

Er kratzt sich am Kopf. »Puh, das tut gut, wieder mit dir zu lachen.« Wir lächeln uns froh an, und ich sage ohne lange nachzudenken: »Sag mal, Björn, wollen wir nicht einfach alles, was zwischen mir und Robin und Patrick gelaufen ist, vergessen … oder besser: was da *nicht* gelaufen ist?«

Björn wird rot. Er wirkt auf einmal ziemlich verlegen. Habe

ich etwas Falsches gesagt? Nervös versuche ich, in seiner Miene zu lesen. Er steckt umständlich den Zettel zurück in seine Brusttasche.

»Dass ihr Frauen auch immer alles aussprechen müsst«, brummt er dann. »Verena ist auch so. Immer alles vorzerren und in Worte packen. Grauenhaft! Mich geht doch gar nix an, was du mit Robin oder mit Patrick gemacht hast. Oder was du nicht mit Patrick oder mit Robin …«

Erleichtert falle ihm ins Wort. »Also, wollen wir?«

»Mensch, das wollte ich doch sowieso. Wenn du nicht wieder davon angefangen hättest …« Wir können gar nicht aufhören, uns anzugrinsen. Ich tippe auf seine Brusttasche.

»Wie machen wir das denn nun mit Tim?«

»Der neue Praktikant vom Kindergarten könnte das übernehmen. Der springt überall ein, wo es nötig ist. Ich glaube, er hat eine Liste angelegt, wo sich Alleinerziehende eintragen können.«

Oha, der Praktikant als Witwentröster. Zu den Bedürftigen will ich aber nicht gehören! »Nee, lass mal. Mir wird da schon noch etwas einfallen. Zur Not spiele ich selbst mit.«

»Wenn alle Stricke reißen, könnten wir da wirklich eine Ausnahme machen. Wäre ja auch irgendwie ein Statement.« Mit einem Nicken beendet er das Thema, zieht seinen Palmpilot aus der Tasche und kontrolliert seine Termine. »Du, brauchst du Gartenstühle oder sonst was für den Garten? Ich fahre zum Euro-Markt, die haben Gartenwoche.«

Ich muss lachen. »Hallo? Ich habe doch noch nicht einmal einen Balkon!«

»Klar, das weiß ich doch. Aber selbst ohne Garten ist doch nicht gegen eine preiswerte Gießkanne einzuwenden, oder?« Er kneift die Augen zusammen. »Außerdem kann ich mir nicht jede Kleinigkeit aus deinem Leben merken. Tut sich ja auch immer viel bei dir …«

Zuerst erschrecke ich – aber dann wird mir klar, dass der Seitenhieb nicht böse gemeint war. »Na, wenn das so ist …« Ich boxe Björn spielerisch gegen die Schulter. »Dann wird es Zeit, dass ich dich auf den neusten Stand bringe. Was meinst du – wird sich in deinem perfekt organisierten Tagesablauf noch Zeit für einen Kaffee mit mir finden?« Ich deute auf den Palmpilot. Zu meiner Überraschung steckt ihn Björn einfach in die Tasche.

»Ganz egal, wie viele Termine ich habe – für dich werde ich mir immer Zeit nehmen können!«

Uff!

Arm in Arm gehen wir vom Hof und ich seufze tief auf. Es ist schön, wieder mit Björn befreundet zu sein.

Robin vermisse ich natürlich am meisten. Immer wieder bin ich kurz davor, ihn anzurufen, und male mir genau aus, was ich sagen werde. *Du hast Recht gehabt: Väter müssen nicht perfekt sein. Wichtig ist, dass sie ihre Kinder lieben. Du hast auch Recht gehabt, dass ich nach einer Vaterfigur für Tim wie nach einem makellosem Angestellten gesucht habe. Nach dem Streit mit dir war ich sehr unglücklich, und dann bin ich mit Patrick losgezogen. Der Klassiker: Wir waren beide betrunken. Ich war traurig, er war müde. Aber ich liebe dich.* In meiner Vorstellung unterbricht mich Robin an dieser Stelle und sagt: *Und ich liebe dich, Jella.*

Natürlich traue ich mich nicht, ihn wirklich anzurufen. Stattdessen fahre ich an seinem Laden vorbei. Am Dienstag ist nur sein Vater dort, und ich radle schnell weiter. Am Mittwoch meine ich, Robin durch die Schaufensterscheibe zu sehen, aber er bemerkt mich nicht. Am Donnerstag trage ich deswegen trotz der Julihitze den roten Mantel. Ja, da steht er … er schaut auf die Straße hinaus … gleich muss er mich sehen … Vor Schreck falle ich fast vom Fahrrad, schieße mit quietschenden Reifen haarscharf an einem Lastwagen vorbei, kann einen panischen Schrei gerade noch unterdrücken und komme ein paar Meter weiter endlich zum Stehen. Ich werfe einen vorsichtigen Blick zum Optikergeschäft – aber Robin ist dort in ein Kundengespräch vertieft.

Mit klopfendem Herzen lungere noch ein bisschen auf der anderen Straßenseite herum und fahre schließlich wieder nach Hause.

Am Freitag vor dem Spiel liegt eine bunte Postkarte im Briefkasten. Sie ist von Jonathan.

»Siehst du!«, triumphiert Tim und dreht die Karte um, auf der eine riesige Wasserschildkröte durch glasklares Wasser schwimmt. »Wann kommt er denn? Wo ist er jetzt? Nun, lies doch schon vor, Mama!« Ich nehme die Karte und überfliege den Text. »Lies vor! Lies vor!«, quengelt Tim.

Ich lese: »Hi Buddy! Viele Grüße aus Borneo!«

»Wo ist das?« Tim zieht mich in sein Zimmer vor die Weltkarte.

»Wo ist Broneo?«

»Borneo«, korrigiere ich ihn und sehe ratlos auf die Weltkarte. Wo ist diese verflixte Insel?

»Warte mal, das muss irgendwo hier bei Malaysia liegen ...« Nördlich von Australien werde ich fündig. »Hier! Diese große Insel ist Borneo.«

»Wo ist Hamburg?«

Ich zeige es ihm. Tims Augen messen den Abstand zwischen den beiden Punkten. »Ist das sehr weit?«

»Sehr weit.«

»Lies weiter vor. Da steht bestimmt, wann wir ihn abholen sollen.«

Ich seufze und lese: »Hier herrscht tropisches Klima. Ich habe nette Leute kennen gelernt, die ich bei einer Reise durch den Regenwald begleite. Vielleicht entdecken wir noch einen Dinosaurier! Morgen sind wir im Mulu-Nationalpark, wo es Millionen Fledermäuse geben soll. Alles Liebe von Jonathan.« *Nette Leute kennen gelernt* heißt natürlich: eine Frau, die mit ihm eine erfahrene, charmante und sexuell aktive Begleitung angeheuert hat.

Tim schnappt sich die Karte und zeigt auf den Text. »Da steht noch etwas.«

Ich schüttle den Kopf. »Ich habe dir alles vorgelesen. Das hier ist sein Name und dort steht *Alles Liebe.*«

Tim zieht eine Schnute und schmeißt die Karte auf den Boden. »Aber Papa wollte doch kommen!« Er tritt gegen die Tür. »Er hat es versprochen!«

Er tut mir so Leid. In diesen Moment hasse ich Jonathan doch wieder. Warum muss er Tim so wehtun? Aber wie kann ich ihn trösten? Ich nehme meinen Sohn bei der Hand. »Komm her, Tim, wir setzen uns mal an den Tisch und besprechen das.« In der Küche hole ich ein paar Schokoladenkekse aus dem Versteck im Küchenschrank und gieße ihm ein Glas Apfelschorle ein. So sitzen wir am Tisch und ich versuche, ihn zu trösten, ohne auf seinem Vater herumzuhacken. Also fange ich ganz ruhig an. »Ich kann verstehen, dass du traurig bist.«

Tim mampft seine Kekse und nuschelt zwischen zwei Bissen: »Er hat es versprochen!«

»Das stimmt nicht, Tim. Er hat nichts versprochen.«

»Doch!«

Ich schüttle wieder den Kopf. »Nein, Tim, er hat es nicht versprochen. Und eigentlich ist das ja auch egal. Er kann nicht kommen und damit müssen wir leben.«

Tim tritt gegen das Tischbein. »Ich will aber, dass Papa kommt.«

Ich versuche es noch einmal mit einer tröstenden Bemerkung: »Vielleicht kommt er ja das nächste Mal.« Aber Tim ist nicht auf Versöhnung eingestellt.

»Ich will, dass er jetzt kommt. Ich will mit ihm Fußball spielen!« Jetzt fängt er richtig an zu plärren und tritt dabei weiter gegen das Tischbein. Ich weiß, dass es jetzt keinen Sinn mehr hat, mit ihm ruhig über alles zu sprechen. Er will jetzt wütend sein. Er will mich provozieren. Von wem er das wohl hat? Ich stehe auf. Vielleicht hilft es ihm ja, wenn er seine Enttäuschung in Bewegung umsetzt? Vielleicht beruhigt er sich, wenn er sich ausgetobt hat. »Nimm doch deinen Ball und gehe runter in den Hof.«

Tim guckt trotzig zu mir hoch. Er denkt einen Moment über mein Angebot nach, dann stopft er sich den letzten Schokokeks in den Mund und holt den Ball aus seinem Zimmer. Ich höre das Krachen der Tür und kurze Zeit später das monotone Geräusch des Balles, der gegen eine Mauer geprellt wird. Als ich aus dem Fenster gucke, sehe ich, wie er wütend immer wieder kickt.

Während ich Bügelwäsche aus dem Trockner lade, denke ich an das Fußballspiel am nächsten Tag. Wenn ich nun doch Papa in seinem Kloster in Hessen aktiviere? Aber ich verwerfe den Gedanken schnell wieder. Papa trägt eine knallgelbe Kutte und betreibt nur Sportarten, die wie die Nummer 14 auf einer chinesischen Speisekarte klingen. Einen Bruder habe ich auch nicht. Die einzigen männlichen Wesen in meinem Leben, die mir einfallen, kommen nicht in Frage: der Praktikant (aus bekannten Gründen), Leo (untrainiert) und … hm … ach ja, der Biofleischer. Aber mit dem habe ich noch nie mehr als drei, vier Worte gewechselt.

Im letzten Moment reiße ich das Bügeleisen hoch. Zu spät! Vor lauter Grübelei habe ich einen braunen Fleck in meine Lieblingsbluse gebrannt.

Eine halbe Stunde später poltert Tim die Haustreppe herauf. »Mama? Ich habe Durst!«

Froh, wenigstens dieses Problem lösen zu können, gieße ich ihm ein großes Glas Apfelschorle ein. »Langsam trinken!« Tim leert das Glas mit großen Schlucken. Dann setzt er sich auf die Fensterbank. Den Ball behält er dabei zwischen seinen Knien.

»Du, Mama?«

Ich nehme mir eine weitere Bluse vor. »Hm?«

»Weißt du was?«

»Nein. Was denn?«

Tim trommelt mit seinen Fingern auf dem Fußball. Doch er sagt nichts. Ich warte. Als ich mit der Bluse fast fertig bin, sagt Tim ganz leise: »Papa kommt nicht, oder?« An seinen Wimpern hängen dicke Tränen. Ich stelle das Bügeleisen aus, ziehe mir einen Stuhl vor die Fensterbank und nehme ihn auf den Schoß. Der Ball fällt ihm aus den Händen und rollt in die Ecke. Ich spüre, wie sein kleiner Körper vor unterdrücktem Schluchzen bebt.

»Nein. Ich denke nicht, dass er kommt.«

Tim fängt an zu heulen. »Ich will das aber! Können wir ihn nicht anrufen? Er soll kommen. Wo ich doch so toll Fußball spielen kann. Das sagt Björn auch immer.«

Ich drücke ihn noch fester an mich. Wenn ich ihn doch trösten könnte! Stumm verfluche ich Jonathan und all die anderen Männer, die meinem Sohn kein Vater sein können oder wollen. Der Kummer des kleinen Kerls bricht mir das Herz.

»Ach, mein Liebling. Ich habe gar keine Telefonnummer von Papa, und Borneo ist ja auch viel zu weit weg.« Tim ist untröstlich. Er reißt sich plötzlich los, springt von meinem Schoß und rennt zur Tür. »Wenn Papa nicht kommt, dann gehe ich morgen überhaupt nicht zu diesem blöden Fußballspiel. Und ich spiele auch nicht mehr Fußball.« Er sieht den Ball und kickt ihn mit voller Wucht gegen den Küchenschrank. »Nie wieder!« Dann dreht er sich um und läuft laut heulend in sein Zimmer. Er wirft die Tür so heftig hinter sich zu, dass die Gläser im Küchenregal leise klirren und etwas Putz von der Korridordecke rieselt.

Der Samstagmorgen bricht strahlend und warm an. Tim, der sich in den Schlaf geheult hatte, trägt eine Miene wie sieben Wochen Regenwetter zur Schau. Er will sich nicht anziehen und schmiert stattdessen den Küchentisch mit Nutella voll. Irgendwann gebe ich auf, ihn zu ermahnen.

Um kurz vor zehn packe ich eine Tasche mit seinem Fußballtrikot und Schuhen sowie eine Kühltasche mit Apfelschorle und Obst. Tim beobachtet mich aus den Augenwinkeln, macht aber keinerlei Anstalten, sich anzuziehen. Das Telefon klingelt. »Gabriele, guten Morgen!« Mama hat mir gerade noch gefehlt! »Kind, ich wollte wissen, ob ich dich abholen soll und wir gemeinsam zum Kindergarten fahren?«

»Das ist aber lieb, Mama, dass du an Tims Fußballspiel gedacht hast.«

»Na, hör mal! Mein einziger Enkel hat sein erstes offizielles Spiel! Da darf ich doch nicht fehlen!«

Ich bin verwirrt. »Was heißt das, sein erstes offizielles Spiel?«

»Kind, du weißt wohl gar nicht, wie begabt dein Sohn ist?«, antwortet Mama. »Hase ist doch aktiver Fußballer. Der findet, Tim ist ein absolutes Talent. Er sollte später auf jeden Fall in einen Verein.«

»Welcher Hase?«

Mama lacht perlend auf: »Na, Walter!«

»War der nicht Buchhalter?«

»Ja, Kind, aber doch nicht die ganze Zeit. Er hat als Kind schon im Verein gespielt, hatte aber zu wenig Ehrgeiz, um sich in der A-Jugend, oder wie das heißt, durchzusetzen. Er spielt heute noch regelmäßig.«

»Einer deiner Hasen spielt Fußball …«, wiederhole ich blöd. Jetzt bin ich platt. Wenn ich das vor ein paar Monaten schon gewusst hätte, wäre mir einiges erspart geblieben!

»Aber ja doch. In der Gruppe *Fit ab 65*. Er ist immer noch recht laufstark.« Es klingt, als würde sie von einem Turnierpferd sprechen.

»Was du für Ausdrücke kennst, Mama … A-Jugend, laufstark …« Mama lässt sich nicht ablenken: »Wer spielt denn nun heute mit Tim? Du hättest meinen Hasen ruhig mal drauf ansprechen können.«

»Mama! Ich hatte keine Ahnung, dass dein Hase … also, dass Walter Fußball spielt!«

»Weil du eben nie richtig zuhörst! Aber lassen wir das. Wer mit Tim spielt, wolltest du mir noch sagen. Denn wenn alle Stricke reißen, könnte Hase …«

»Lass dich überraschen!«, bremse ich sie aus.

»Wie du meinst, Gabriele. Du warst ja als Kind schon immer eigensinnig. Also, soll ich dich nun abholen oder nicht?«

»Das ist lieb, aber wir kommen mit dem Fahrrad. Bis gleich!«

Kaum habe ich aufgelegt, klingelt das Telefon schon wieder.

»Hallo, Süße!« Mascha wünscht mir Glück. Sie kann heute nicht dabei sein, weil sie ein Wochenendseminar gebucht hat. Um was es geht, will sie weder Christy noch mir verraten. »Erst wenn ich weiß, ob es das ist, was ich will.« Das ist alles, was wir aus ihr herausbekommen haben. »Kommt Christy zum Spiel?«, will Mascha wissen.

»Nein, sie muss für eine kranke Kollegin einspringen.« Ich höre, dass jemand bei mir in der Leitung anklopft. »Du, da ruft jemand an.« Das geht ja zu wie im Taubenschlag!

»Tschüs und viel Glück!«

Ich lege auf, um gleich wieder den Hörer aufzunehmen. Es

ist Leo. »Cara, Anna und ich wollten wissen, ob wir euch mitnehmen sollen?« Tim hat natürlich auch die beiden zum Fußballspiel eingeladen, als er noch dachte, dort mit seinem Vater antreten zu können. Mir wird ganz warm ums Herz. Erst Mama und nun Leo! Es gibt doch ganz schön viele Menschen, die sich um uns kümmern. Um denselben Fehler nicht zweimal zu machen, frage ich: »Leo, hättest du gerne mit Tim bei dem Vater-&-Sohn-Fußballspiel mitgemacht?«

Leo ist verdutzt. »Wie bitte?«

»Du warst also nicht der Toplibero in deinem kleinen sizilianischen Dorf und bist traurig, dass Tim dich nicht gefragt hat, ob du mit ihm spielst?«

»Cara, hast du schon Kaffee getrunken? Ich glaube, du bist noch nicht wach und träumst! Ich habe nie Fußball gespielt.«

Wir verabreden uns am Eingang zum Sportplatz hinter dem Hort. Danach renne ich in die Küche, wo Tim immer noch Nutella auf den Tisch schmiert. »Hör jetzt bitte mit dieser Ferkelei auf und mach dich fertig. Wir müssen gleich los.« Er unterbricht seine Tätigkeit wirklich, allerdings nur, um die braune Creme von seinen Fingern zu lecken. »Ich hole jetzt meine Sportsachen. Ich kann doch mit dir spielen«, versuche ich, ihn aufzumuntern. »Ich habe früher Volleyball in der Schulmannschaft gespielt!«

»Das will ich aber nicht!« Er rutscht vom Stuhl hinunter und steht nutellaverschmiert und mit in den Knien baumelnder Pyjamahose vor mir. »Das ist doof! Ich bin der einzige Junge, bei dem kein Vater mitkommt!«

Ich sehe meinen Sohn an und gehe im Kopf die Möglichkeiten durch, die ich habe. Die Taktik, ihn liebevoll zu überreden, fällt aus Zeitgründen aus. Also bleibt nur Rumschreien oder gnadenlose Wahrheit. Da am Samstag die meisten Nachbarn zu Hause sind, lasse ich die Rumschreierei weg und erkläre meinem Sohn streng: »Ich weiß, dass das doof ist. Ich mach das auch nicht, weil ich so scharf darauf bin. Aber ich kann dir nun mal keinen Fußballpapa basteln. Glaub mir, ich habe es versucht, aber es geht einfach nicht. Bleibt nur die Möglichkeit, dass wir zu Hause bleiben. Ingrid und Leo und Anna werden natürlich sehr enttäuscht sein …« Ich räuspere mich und platziere den letzten Trumpf. »… und Björn natürlich auch.«

Tim zuckt zusammen. Damit hat er nicht gerechnet. »Nein! Nicht Björn anrufen!« Er wischt sich den Mund mit einem Pyjamazipfel ab. »Ich will lieber Fußball spielen.«

»Zur Not auch mit mir?«

»Ja.«

17. Kapitel

For nobody else gave me a thrill –
With all your faults, I love you still
It had to be you, wonderful you
It had to be you.
Frank Sinatra

Auf dem Sportplatz hinter dem Hort geht es schon hoch her, als ich das Fahrrad am Zaun festschließe. Auf dem Spielfeld laufen sich Väter und Söhne warm. Am Spielfeldrand stehen Mütter und Verwandte und jede Menge Kinder. Ich entdecke Björn. »Tim, da sind Björn und die Mädchen. Lauf doch schon mal vor, ich komm gleich nach.« Mein Sohn imitiert einen startenden Rennwagen und düst los. Ich hebe die Sporttasche aus dem Fahrradkorb.

»Cara! Hier sind wir!« Während Anna in einer Kühlbox kramt, hat es sich Leo bereits unter einem mitgebrachten *Lo-Spuntino-Da-Leo*-Sonnenschirm in einem Campingstuhl bequem gemacht und winkt mir zu. Ich schultere die Tasche und schlendere zu ihnen hinüber. Anna fällt mir um den Hals. Sie zeigt auf das Spielfeld, wo Tim mit Nele und Jule herumrennt, und sagt gerührt: »Unser Piccolo! Ein Attacante!«

Leo übersetzt: »Ein Stürmer!« Er klopft auf den leeren Campingstuhl neben sich. »Anna, komm, setz dich. Du machst mich ganz nervös.« Aber kaum hat sich Anna gesetzt, springt er selbst auf und geht mit großen Schritten auf und ab. »Wann fangen sie denn endlich an? Diese Warterei macht mich noch wahnsinnig!«

Anna sieht erstaunt an mir herunter. »Jella, willst du mitspielen?« Tatsächlich sehe ich in Shorts, T-Shirt, weißen Kniestrümpfen und Joggingschuhen ganz danach aus.

»Wenn nicht noch ein Wunder geschieht, ja!«

Anna ist sichtbar verblüfft, aber Leo rettet die Situation. »Wenn ich das gewusst hätte, hätte ich euch Trikots mit *DaLeo*-Aufdrucken machen lassen. Cara, warum erzählst du mir nie etwas?«

Ich lache und umarme beide. »Wir sehen uns nachher noch!« Ich muss jetzt unbedingt mit Björn reden und bahne mir einen Weg durch die Menge. Es werden Würstchen gegrillt und Kuchen verkauft, fröhliche Kinder laufen durch die Gegend, die Eltern versuchen lautstark, sich beim Schildern der Qualitäten ihrer Sprösslinge gegenseitig zu übertreffen. Björn steht am Spielfeldrand und observiert mit der Miene eines Feldherrn das Gelände. Ganz in Schwarz und mit Trillerpfeife am Band sieht er richtig offiziell aus.

»Alles klar?«, begrüße ich ihn.

Björn quittiert meinen Aufzug mit einem anerkennenden Nicken. »Du willst also spielen?«

»Sieht ganz so aus. Väter fallen eben nicht vom Himmel.«

Björn zwinkert mir aufbauend zu. »Auch im Himmel gibt's manchmal Verspätungen.«

»Wie meinst du das?«

Björn wischt meine Frage mit einer schnellen Bewegung weg. »Pass auf, ich erklär dir mal meine Strategie. Mir fehlt noch der Sturm, den sollte Tim mit seinem Partner übernehmen. Ansonsten habe ich die Mannschaft klassisch aufgestellt. Der lange Lulatsch da hinten ist der Torwart. Ein bisschen lahm, wenn's bei flachen Bällen ums Runtertauchen geht, aber er wird's schon schaffen. Davor steht eine Dreierabwehr, dann das Mittelfeld. Hab ich was vergessen? Ach ja, den Vorstopper.« Er zeigt auf einen rotgesichtigen Mann und senkt seine Stimme: »Der ist fußballerisch eher eine Pfeife. Der kleine Moppel da hinten ist sein Sohn – und unser rechter Verteidiger.«

»Das ist doch mein Fleischer!«, bringe ich erschüttert heraus. »Ich wusste gar nicht, dass der Kinder hat.«

»Sein Sohn war damals in Jules Gruppe. Wie gesagt: Der Alte ist total hüftsteif, aber als Brecher genau der Richtige, um da hinten aufzuräumen.«

Ich bin ehrlich beeindruckt. »Wow! Das klingt ja richtig professionell.« Mir fällt ein Junge auf, der mit einem Affenzahn an uns vorbeirennt und dabei virtuos einen Ball vor sich her bewegt. Der Ball scheint geradezu mit seiner Fußspitze verwachsen zu sein. »Und wer ist das? Der ist ja großartig.«

Björn schaut mich genervt an. »Jella, das ist der Rechtsaußen der gegnerischen Mannschaft.«

»Oh.«

Björn nickt. »Gegen den müsst ihr beide durchstarten.«

»Wir beide?«

»Na, du und Tim.«

»Ach so, na klar.« Für einen Moment habe ich doch tatsächlich verdrängt, dass ich gleich aufs Spielfeld gehe. Ich gucke zu Tim rüber, der mit den anderen Kindern tobt, und frage dann nervös: »Bin ich wirklich die einzige Mutter, die mitspielt?«

»Ja. Aber ich habe das mit der Hortleitung geklärt. Die machen eine Ausnahme.«

»Meinst du, dass ich Tim blamieren werde?«

»Wenn du dich nicht als verkappte Brasilianerin entpuppst … ja.« Er lacht, als er meinen entsetzten Gesichtsausdruck sieht. »Na, war das etwas zu viel Ehrlichkeit? Jetzt hör mal auf, dich aufzuregen. Tim hat nämlich schon längst einen Partner. Guck mal da hinten.«

»Was? Wo? Wer?« Ich falle aus allen Wolken.

»Da!«

Endlich sehe ich Tim. Und seinen Partner.

Ich kippe fast um, weil mir schwindlig wird. Ich gucke noch mal hin und mein Herz rast, als ob ich einen Sprint hinter mir hätte. »Aber das ist ja«, ich kann es nicht fassen. »Das ist ja …«

Björn gibt mir einen Schubs. »Du hörst dich an wie eine alte Schallplatte mit Sprung.«

»Robin!« Verzückt verfolge ich die beiden, die sich immer noch einen Ball zukicken. Richtig flüssig sieht das aus. »Ich dachte, Robin hasst Fußball.«

»Na, für Gefühle wie Hass hebt sich Robin bestimmt wichtigere Sachen auf.«

»Aber … ich verstehe das alles nicht.«

»Die beiden sind ein echt gutes Team. Robin ist zwar noch etwas untrainiert, aber er kann den Ball gut halten, damit sein Sturmpartner sich freilaufen kann. Außerdem hat er ein gutes Auge, um Tim mit einem cleveren Zuspiel auf engem Raum in Szene zu setzen.«

Ich versuche, meine Gedanken zu sortieren. »Aber wie kommt Robin denn hierher?«

»Na, weil ich ihn mitgebracht habe. Vorhin, als du noch dahinten am Sonnenschirm mit den Leuten geredet hast, hat er Tim gefragt, ob er mit ihm spielen will. Dein Sohn hat ja gesagt, und Robin sich ordnungsgemäß angemeldet.« Er mustert mich. »Alles ist gut, Jella.«

Ich blicke wieder zu Tim rüber, der jetzt mit Robin ein paar Sprints macht, und winke ihm zu. Mein Sohn lässt den Ball nicht eine Sekunde aus den Augen und macht ein hoch konzentriertes Gesicht. »Tim!«

Er guckt kurz hoch und schreit quer über den Platz: »Ich spiele mit Robin!«

»Super!«

Robin sieht jetzt ebenfalls zu mir herüber. Unsere Blicke kreuzen sich. Vorsichtig hebe ich die Hand. Er winkt zurück … und lacht mir zu! Dann schießt Tim ihm den Ball vor die Füße.

Robin macht eine entschuldigende Geste und winkt noch einmal, bevor er sich wieder auf das Spiel konzentriert.

Ich sehe den beiden zu, und plötzlich springt ein immer stärker werdendes Gefühl in mir auf und ab wie ein Flummi. Mein Herz rast und ich könnte die ganze Welt umarmen. »Jipieeh!« Ich mache einen Luftsprung und frage Björn aufgeregt: »Wieso hat Robin mir davon nichts erzählt?«

»Das musst du ihn schon selbst fragen. Ich weiß nur, dass Robin seit ein paar Wochen in meiner Freizeitmannschaft mitkickt und irgendwie das Gespräch auf das heutige Spiel kam. Da habe ich ihm gesagt, dass Tim noch ohne Partner ist.« Ich falle ihm um den Hals, was er verlegen abwehrt.

»Juhu! Gabriele!« Mama rettet ihn.

»Gabriele?«, fragt Björn, lässt meine Hände los und tritt grinsend zur Seite. »Ich muss dann mal rüber. Wir sehen uns nachher!«

Mama ist jetzt herangekommen. »Huhu!« Sie betrachtet meinen Aufzug. »Sehr sportlich, Kind. Wer spielt denn nun mit Tim?«

»Robin. Da drüben, siehst du?«

Mama nimmt ihn in Augenschein. »Der Musiker?«

»Nein, er ist …«

»Der Hausmann?«

»Das ist Björn, der Schiedsrichter. Robin ist Optiker.«

»Optiker? Was für ein Optiker? Kind, bei dir blickt man wirklich nicht mehr durch. Das habe ich auf der Herfahrt schon zu Hase gesagt.« Sie beobachtet Robin. »Und wie ist er so?«

»Der beste Sohn, den man sich wünschen kann«, sagt eine Stimme hinter uns. Ich fahre herum und stehe Robins Vater Harald und Lasse gegenüber. Herr Spätling stellt sich vor und gibt Mama einen Handkuss. »Robins erstes Fußballspiel wollte ich mir nicht entgehen lassen – und dabei konnte ich noch gar nicht ahnen, was für interessante Gäste es hier geben würde.« Mama errötet, lächelt geschmeichelt und verwickelt Herrn Spätling so rasend schnell in ein Gespräch, das ich plötzlich wie ein Zaungast in der Gegend herumstehe. »Komm«, sage ich zu Lasse, der mich dankbar ansieht, »gehen wir zu Anna und Leo, das sind meine Chefs, und die haben bestimmt Cola oder Saft in der Kühlbox.«

Wir gehen zu den beiden. Auf dem Weg bemerke ich eine hübsche Frau, die sich angeregt mit Anna unterhält. »Wer ist denn das?«, sage ich mehr zu mir selbst – und bin ziemlich erstaunt, als Lasse sofort antwortet.

»Das ist doch Verena«, sagt er, »die Mutter von Jule und Nele.« Er sieht mich fragend an. »Wieso weißt du das denn nicht? Papa hat gesagt, du kennst alle Leute!«

Ich merke, wie ich rot werde. »Und was hat dein Vater dir sonst noch so erzählt?«

Kurz vor Abpfiff bin ich fast heiser. Aber es hat sich gelohnt! Nach einem ersten Tor, das sich Tims Mannschaft relativ schnell eingefangen hat, verwandelt Tim in der zweiten Halbzeit einen Pass von Robin zum Ausgleich. Mein Sohn, der Torschütze! Ich platze fast vor Stolz. Nachdem das Tor gefallen ist, tanzen Anna und Leo mit Harald Spätling, Walter-Hase und Mama einen Sirtaki, während Verena, Lasse, Jule, Nele und ich johlen, als ginge es um den Weltmeistertitel.

Irgendwann zieht Verena mich kurz beiseite: »Findest du nicht auch, dass Björn mit kurzen Haaren gut aussieht?« Sie guckt ihren Mann, der pfeifend über den Platz rennt, so verliebt an, als sei sie fünfzehn und Björn ihre erste große Liebe. »Weißt du«, erklärt sie mir, »das ist vielleicht das Geheimnis einer guten Ehe: dass man sich für den anderen immer wieder interessant macht. Als Björn mit kurzen Haaren nach Hause kam, habe ich mich glatt noch einmal in ihn verliebt. Und er ist da ganz allein drauf gekommen! Toll, nicht? Andere Frauen müssen auf ihre Männer wie auf kranke Gäule einreden, damit die sich mal neue Schuhe kaufen.«

Ich erwidere ihr Lächeln. »Das ist wirklich super!«

»Weißt du, womit er mich gestern Abend überrascht hat?« Verena strahlt: »Er hat sich einen Halbtagsjob gesucht. Einen, der seinen Tagesablauf mit den Mädchen nicht beeinträchtigt.«

»Was macht er denn?«

»Er arbeitet halbtags beim Gartencenter und berät Leute, die sich einen Gartenteich anlegen wollen. Das hat er nämlich bei uns so toll gemacht, dass die ihn gefragt haben, ob er nicht Lust hätte, für sie zu arbeiten. Gartenteiche! Nach all den Jahren überrascht Björn mich immer noch!« Sie lächelte verträumt.

Ich beiße mir auf die Lippen. Die neue Frisur, der Gartenteich ... vielleicht sollte ich Eheberaterin werden? Lautes Geschrei lenkt meine Aufmerksamkeit wieder auf das Spielfeld. Der dicke Metzgersohn wälzt sich auf dem Boden. Ein Foul? »Das war eine Schwalbe!«, brülle ich, so gut es eben noch geht, und habe großen Spaß daran, mit meinem Halbwissen die Fußballexpertin geben zu können. »Die versuchen doch nur, einen Freistoß zu bekommen!«

Björn scheint das ähnlich zu sehen, er lässt weiterspielen. Das Ergebnis bleibt unverändert. »Das läuft alles auf ein Unentschieden raus«, stellte ich zufrieden fest.

Verena zwirbelt die Spitze ihres Pferdeschwanzes nervös um ihren Zeigefinger. »Warte ab. Das Spiel ist erst bei Abpfiff zu Ende. Das sind noch drei Minuten.«

Und tatsächlich: in der vorletzten Minute läuft sich der Junge, der mir vor dem Spiel aufgefallen ist, frei – und kickt den Ball an dem langen Lulatsch vorbei in die rechte Ecke. Das Spiel endet 1: 2.

»Oje …« Ich stelle mich auf einen heulenden Tim ein, der gleich zeternd bei mir auftauchen wird. Und dann erlebe ich die nächste große Überraschung des Tages: Tim macht lachend mit seinen Mitspielern und den Gegnern einen Siegeslauf. »Bist du gar nicht traurig?«, frage ich ihn, als er schließlich nass geschwitzt und staubbedeckt bei mir ankommt.

»Ach, Mama!« Tim sieht mich streng an: »Björn sagt immer: So ist Fußball. Mal gewinnt man, mal verliert man. Es kommt immer darauf an, wie man verliert.« Er zieht sich ein Sweatshirt über, und ich habe das befremdliche Gefühle, als sei er schon wieder ein Stück gewachsen. Hinter Tim kommt Robin langsam auf mich zu, und in mir kämpfen die widersprüchlichsten Gefühle und Impulse. Soll ich ihn umarmen? Ihm förmlich die Hand schütteln? Soll ich mich zurückhalten und abwarten? Ihm um den Hals fallen? Weil ich mich für gar nichts entscheiden kann, stehe ich nur stumm da mache dann das, was ich in solchen Situationen ja am besten kann – ich sage: »Öh.«

Robin drückt Tim die Schulter. »Dein Ausgleichstor war super.«

Tim strahlt. »Spielst du jetzt immer bei uns?«

Robin nickt. »Unser Gegner hat uns schon zur Revanche in zwei Wochen eingeladen. Da bin ich dabei, wenn du magst.«

Tim strahlt noch mehr. Dann kommt ihm ein Gedanke. »Wird Lasse eifersüchtig, wenn du mit mir Fußball spielst?«

Robin lacht. »Also, erstens kann er gerne mitspielen, wenn er mag. Aber ich glaube, der geht viel lieber mit seinem Opa segeln. Am besten fragst du ihn gleich. Er ist da hinten beim Würstchengrill.«

Tim guckt mich fragend an. Ich nicke ihm zu. »Na, lauf schon.« Er will los, aber dann bleibt er doch wieder stehen. Er steckt die Hand in seine Sporthose und fummelt etwas aus der kleinen Tasche am Bund heraus. »Guck mal, Mama!«

Es ist …

… Tessa Martin! Tim gibt sie mir. »Die hab ich im Hof in den Büschen gefunden. Ich habe sie eingesteckt, als Glücksbringer!« Er sieht Tessa kritisch an und teilt ihr mit: »Du hättest dir ein bisschen mehr Mühe geben können.« Dann drückt er mir die Figur in die Hand: »Ich glaube, Mama, die hilft bei Mädchen besser.«

Ich nehme ihn noch mal in die Arme. »Da hast du wohl Recht, mein Großer. Und nun lauf!«

Dann sind Robin und ich endlich alleine. So alleine, wie man auf einem Kindergartenfest sein kann: Mama, Walter und Harald Spätling prosten sich zwei Meter von uns entfernt unter Leos Sonnenschirm mit Prosecco zu, und rund zweihundert gut gelaunte Eltern und Kinder toben um uns herum. Robin steht vor mir. Ich könnte ihn stundenlang anschauen: Er ist verdreckt und verschwitzt und einfach wunderschön. Keiner von uns sagt ein Wort. Wir stehen nur da und sehen uns an, und ich spüre, wie dieses warme Gefühl in meiner Brust immer größer und größer wird. Wir lächeln und gucken, und dann streckt Robin seine Hand aus, und ich lege meine hinein.

»Warum hast du mich nicht angerufen?«, platzt es aus mir heraus.

Robin blickt erst auf den Boden, dann in mein Gesicht: »Ich hab mich nach meinem Abgang im Schwimmbad ziemlich geschämt. Was für ein Auftritt.« Ganz bekümmert sieht er aus.

»Mit dem Entschuldigen muss ich anfangen!«

Er hebt den Kopf. »Ach ja?«

Ich hole Luft. »Weil ich mich total dumm benommen habe. Du weißt schon, unser Streit in der Küche.«

Robin nickt. »Ach, das. Aber ich bin nicht wegen deiner Zickigkeit zornig geworden, sondern weil du etwas gesagt hast, das mich wirklich getroffen hat.«

»Dass du kein guter Vater bist?«

Robin schüttelt den Kopf. »Nein, dass Söhne ohne Vater nicht lernen, wie man eigentlich Vater ist.«

»Was ist daran so besonders schlimm?«

»Es hat mir klar gemacht, dass ich genau das mache, was ich meinem Vater vorwerfe. Der war auch immer im Geschäft. Katrin hat darüber geklagt, und dass du dann auch fandest, dass mir das Geschäft wichtiger ist als die Familie – das war zu viel.«

Ich lege meine Hand auf seinen Arm. »Du machts dir wenigstens Gedanken darüber. Und dein Vater auf seine Weise auch. Sonst würde er nicht so viel Zeit mit Lasse verbringen. Und wohl auch kaum heute hier aufkreuzen.« Ich zeige hinüber zum Sonnenschirm, wo Mama und Harald Spätling immer noch miteinander plaudern. Von Walter ist keine Spur zu sehen. Mama wirft gerade ihren Kopf zurück und lässt ihr Lachen perlen. Man könnte meinen, sie wollte ihn verführen. Typisch Mama! Aber das kann sie sich eigentlich abschminken – denn kurz vor dem Spiel hat sie noch leichtfertig angeboten, Tim nachher mit zu sich nach Hause zu nehmen, damit – wie sie sich ausdrückte – ich sturmfreie Bude habe.

Robin streichelt meine Hand. »Du kennst doch den alten Spruch: Vater werden ist nicht schwer, Vater sein dagegen sehr? Da ist was dran. Ich gerate als Vater jedenfalls ganz schön schnell ins Schwimmen.«

»Ja, jedes Wochenende mit deinen Kollegen.«

Robin lacht los. »Der ist gut, Jella. Vielleicht sollten wir das zu unserem Clubnamen machen: *Schwimmende Väter.*«

»Und auf eure Handtücher sticken lassen.«

Jetzt lachen wir beide.

»Und was das Schwimmen als Vater angeht …« Ich räuspere mich. »Weißt du … das Gefühl kenne ich. Also, als Mutter.

Und deswegen meine ich … dass wir vielleicht …« Ich merke, wie sich ein verdruckstes *Öh* in meiner Kehle bildet. Aber ich weiß auch, dass es diesmal wichtig ist, genau das zu sagen, was ich sagen will. Sagen *muss*. Also: »Dass wir uns in Zukunft gegenseitig helfen, die besten Eltern zu sein, die sich Tim und Lasse wünschen können.«

»Das ist eine hervorragende Idee.« Robin sieht mich an, so unendlich sanft und warm, so liebevoll. Er kommt näher. Ich schließe die Augen, und … Da ertönt laut eine vertraute Stimme: »Ciao, Bella!« Irritiert öffne ich die Augen und starre erst auf Patricks blütenweißes Hemd, dann in seine dicht bewimperten Augen. Trotz der Hitze trägt er einen eleganten Anzug, und an einer Hand zieht er seine widerstrebende Tochter mit sich. »Ist das Spiel schon vorbei?«

Robin und ich rücken etwas voneinander ab, halten uns aber weiter an den Händen.

»Allerdings«, sagt Robin. »Und jetzt störst du die Versöhnung des Jahres.« Er löst seine Hand aus meiner, legt den Arm um meine Schulter und zieht mich an sich.

Patrick stöhnt auf. »Wie romantisch!« Er droht mir spielerisch. »Eigentlich habe ich ja noch ein Hühnchen mit dir zu rupfen! Du kannst deine Krallen ganz schön ausfahren, Jella.«

Ich strecke die Hand aus. »Sorry, Patrick. Ich war einfach nur so wütend auf dich. Wollen wir uns vertragen?« Er gibt den Nonchalanten, der schon ganz andere Schlachten überlebt hat, hebt die Schultern, lässt sie wieder fallen, stößt einen theatralischen Seufzer aus und schlägt dann ein. Dabei schnalzt er erst mit der Zunge und wirft mir dann einen Luftkuss zu.

Robin stößt leicht gereizt etwas Luft aus und sagt in gespieltem Ernst: »Na, na!« Ich wusste gar nicht, was für ein überwältigendes Gefühl es sein kann, wenn jemand deutlich macht, dass ich zu ihm – und nur zu ihm – gehöre.

Patrick wendet sich wieder an mich. »Björn ist ja so harmoniesüchtig. Der hat keine Ruhe gegeben, bis unser kleiner Schwimmverein alle Frauenprobleme durchdiskutiert hatte!« Wie auf ein Stichwort steht Björn plötzlich bei uns. Er umarmt Patrick herzlich und zupft Leonie am Zöpfchen. »Hallo, Leonie. Jule und Nele haben dich schon vermisst. Mensch, Patrick, alter Schwerenöter! Wo wart ihr denn?«

»Das Übliche. Gloria und ich hatten Stress, weil ich eine Tänzerin von einer kasachischen Balletttruppe kennen gelernt habe, die in Hamburg gastiert. Die Nacht war ziemlich … temperamentvoll. Darüber habe ich völlig verschwitzt, dass ich mit Leonie zu eurem Fußballspiel wollte. Veronika hat sie mir allerdings auch erst im letzten Moment gebracht. Typisch!«

Während Patrick redet, fixiert mich Leonie unverwandt. Dann sagt sie plötzlich: »Verlierst du oft deine Unterwäsche?«

Ich zucke zusammen. Verlegen blicke ich Robin an. Der aber lacht nach einem kurzen Blickwechsel mit Björn und Patrick prustend los.

»Ihr habt also wirklich *alles* besprochen?« Bevor einer mir antworten kann, hebe ich abwehrend die Hände. »Nein, ich will's gar nicht wissen. Das soll besser auf ewig ein Geheimnis von euch schwimmenden Väter bleiben!«

»Kann es eigentlich sein, dass dein irrer roter Mantel in Mode kommt?«, fragt Robin mit einem breiten Grinsen, als wir eine Stunde später das Kindergartenfest verlassen. »Vor ein paar Tagen fuhr eine Fahrradfahrerin in so einem Teil an meinem Laden vorbei. Oder sollte es möglich sein, dass …«

Ich beiße mir verlegen auf die Lippen »Ja, das war ich. Ich wollte dich sehen, habe mich dann aber nicht getraut, in den Laden zu kommen. Ich … ich wusste nicht, was du sagen würdest.«

»Das weiß ich auch nicht«, sagt Robin. Er tritt auf mich zu, und sein Gesicht ist ganz nah vor meinem. »Aber ich weiß, was ich jetzt tun möchte. Das, was ich mir wünsche, seit du mir in deinem roten Mantel zum ersten Mal begegnet bist.«

Ich rieche seinen Minzatem, spüre die Wärme seiner Haut und schließe die Augen.

Epilog

Life is too short to play silly games
I've promised myself I won't do that again.
It's got to be perfect
It's got to be worth it.
Fairground Attraction

Es ist früher Nachmittag, die Septembersonne scheint warm. Noch sind die Stehtische vor dem Imbiss jeden Mittag belegt, obwohl im Wind bereits ein wenig Vorgeschmack auf den Herbst liegt. Einige Nächte waren bereits so kühl, dass Robin die Bekanntschaft mit meinen Wadenwärmern gemacht hat – übrigens ohne blöde Witze über meine Eiswaden zu machen.

Für halb vier haben sich Christy und Mascha angesagt. Das heißt, eigentlich hat Mascha uns beide zu diesem Termin bestellt. Ich mache die Spülmaschine fertig und stelle drei Gläser bereit. Dabei bewundere ich wieder einmal die Bordüre, die Mascha und Christy gemalt haben. Die letzten drei Kacheln sind immer noch leer, aber ich weiß schon, wer hier bald verewigt werden soll: Robin natürlich, Björn und auch Patrick. Schließlich gehören sie alle drei zu meinem Leben. So oder so.

Um Viertel nach drei sehe ich, wie Christy ihr Fahrrad an der Laterne auf der gegenüberliegenden Straßenseite anschließt. »Du bist zu früh!«, begrüße ich sie, während wir uns umarmen.

»Ich wollte dich allein sprechen.«

»Ist was passiert?«

Christy nickt. »Also, ich hab da eine kleine Dummheit gemacht. Bitte sei jetzt nicht sauer!«

Ihr Ton lässt mich alarmiert von der Espressomaschine hoch schauen. »Ist was mit Tim?«

Christy, die am Abend vorher den Babysitter gespielt hat, schüttelt den Kopf. »Nein, ganz und gar nicht. Es geht um … Patrick.«

»Patrick?« Natürlich haben die beiden sich inzwischen kennen gelernt, bei einem großen Abendessen, dass Robin und ich kurz nach dem Fußballspiel für unsere Freunde gegeben haben. Dabei stellte sich heraus, dass Christy die drei schwimmenden Väter genauso lange kennt wie ich – und dass sie Patrick seit ihrer ersten Begegnung ziemlich sexy fand. Allerdings war sie damals noch mit Carlo zusammen. Der ist seit ein paar Wochen abgeschrieben. *Keinen Appetit mehr auf Muffins,* habe ich Christy damals geneckt. Und sie hat nur geantwortet: *Nee, lass mal. Von dem sind nur noch Krümel übrig.*

»Wir sind uns gestern Abend auf dem Kiez in die Arme gelaufen. Wir haben stundenlang geredet und getrunken und …«

»… und seid bei ihm gelandet?« Das kommt mir doch alles sehr bekannt vor.

»Nein, natürlich nicht! Ich wusste ja nicht, ob du etwas dagegen haben würdest …«

Ich muss lachen. »Vielleicht ist dir entgangen, dass ich nicht mit Patrick, sondern mit Robin zusammen bin?« Ich schiebe ihr einen Latte macchiato hin. »Tu, was du nicht lassen kannst. Aber dein Herz solltest du nicht an ihn hängen.«

»Ganz sicher nicht.« Christy schüttet sich Zucker in den Kaffee. »Da müsste schon ein ganz anderer kommen … Aber dieser Patrick, der reizt mich irgendwie.« Ich weiß genau, was sie meint, obwohl ich heute nicht mehr verstehe, was ich damals an ihm so spannend gefunden habe. *Vielleicht,* denke ich, *wären die beiden gar kein schlechtes Paar. Zwei Windhunde.*

»Wirtschaft! Drei Gläser Prosecco!« Mascha tritt in den Imbiss. »Ich habe einen Parkplatz direkt vor der Tür bekommen, das müssen wir feiern!« Sie sieht uns prüfend an. »Was heckt ihr beide denn da aus?«

Christy wirft ihr einen unschuldigen Blick zu. »Nichts!«

Mascha ist gar nicht an ihrer Antwort interessiert. Sie will selbst etwas loswerden. Ungeduldig rutscht sie auf dem Barhocker hin und her, bis ich drei Gläser auf den Tisch gestellt habe. Sie prostet uns zu. »Auf mein neues Leben!«

»Was?« Christy und ich sehen sie erwartungsvoll an.

»Erst anstoßen!«, fordert Mascha, und so erheben wir die Gläser. »Auf Maschas neues Leben!« Wir trinken.

Mascha setzt ihr Glas ab. »Große Neuigkeiten, meine Lieben! Ich habe mich von Michael getrennt!«

Mit offenen Mündern starren Christy und ich sie an.

Mascha lacht schallend. »Ihr seht aus wie Hühner, wenn's donnert!« Unsere Erstarrung löst sich, und einen Moment reden wir alle durcheinander.

»Warum trennst du dich von Michael? Hat er eine andere?«

»Hast du jemanden kennen gelernt?«

»Was ist mit Marius?«

Mascha streicht sich die Haare aus der Stirn. »Wartet, ich erzähle euch die ganze Geschichte.« Sie leert ihr Proseccoglas. »Zwischen Michael und mir hat schon eine Zeit lang nicht mehr viel gestimmt. Michael ist jedoch viel zu phlegmatisch, um irgendetwas zu ändern. Und ich … ich war es auch. Aber als ich ihn vor einiger Zeit auf unsere Situation angesprochen habe, war er richtig erleichtert. Das war an dem Abend, als wir im Konzert bei den *Old Flames* waren, erinnert ihr euch?«

»Marius ist krank geworden, und du musstest nach Hause«, sagt Christy.

»Genau. Er hatte sich nur den Magen verdorben, und erst habe ich mich furchtbar geärgert, dass mein Herr Gemahl mich sofort abkommandiert hat. Aber so haben Michael und ich seit langer Zeit endlich wieder ein paar Stunden gemeinsam verbracht. Uns ist klar geworden, dass wir Marius beide lieben und mit einigen Abstrichen gerne Eltern sind.« Ihr treten ein paar Tränen in die Augen, aber sie redet weiter. »Hach, ich bin ganz gerührt. Aber nicht traurig! Ich meine, Michael ist kein perfekter Vater, aber ich kann mir keinen anderen Mann vorstellen, mit dem ich lieber ein Kind gehabt hätte.« Sie hat ihre Fassung wieder gewonnen. »Wir haben die ganze Nacht geredet. Es war schmerzhaft und traurig, aber auch erleichternd und befreiend. Und irgendwann konnten wir es in zwei einfache Sätze zusammenfassen: Als Liebespaar haben wir zwar versagt – als Eltern sind wir optimierungsbedürftig, aber willig.«

Ich bemühe mich, die Nachricht zu verdauen. Mascha überrascht mich immer wieder. »Und wie geht es jetzt weiter?«

»Wir werden erst einmal weiter in der Wohnung zusammenleben, die ist ja groß genug.«

»Ob das gut geht?«

Mascha nickt mir zu. »Du darfst nicht vergessen, dass Michael und ich kein Liebespaar mehr sind. Schon lange nicht mehr. Wir sind uns wahnsinnig vertraut, kennen und schätzen einander zutiefst.«

»Aber ist genau das nicht Liebe?«, wundert sich Christy.

»Ja … und nein. Natürlich liebe ich Michael. Aber ich bin nicht verliebt in ihn. Da gibt es eine tiefe, warme Zuneigung, aber keine leidenschaftliche Liebe. Außerdem wirft keiner dem anderen Versagen vor. Wir haben keine offenen Rechnungen. Michael trennt sich nicht von mir oder ich mich von ihm. Wir organisieren unser Zusammenleben nur neu.«

»Wie sieht das praktisch aus?«

»Michael und ich bekommen wie in einer WG eigene Zimmer, dafür werden wir das Esszimmer aufgeben. Die Küche ist groß genug. Keiner von uns möchte im alten Schlafzimmer wohnen, deswegen bekommt es Marius.«

»Aber wir haben gerade sein Zimmer renoviert!«, stöhne ich.

»Genau!« Mascha lacht. »In das ziehe ich jetzt.«

»Und wenn einer von euch sich neu verliebt?«

Mascha zuckt die Achseln. »Damit beschäftigen wir uns, wenn es soweit ist. Marius ist übrigens ganz zufrieden mit der Entwicklung. Jedenfalls, soweit man das sagen kann.« Sie lächelt verschmitzt. »Am meisten freut er sich über das größere Zimmer.«

Ich fülle die Gläser erneut. »Das klingt gut. Aber ist es das auch?«

Mascha lacht. »Ich weiß, dass du mit Robin noch auf Wolke sieben schwebst, und ich wünsche euch, dass das anhält. Bei Michael und mir hat es nicht geklappt.« Sie streicht sich eine Strähne aus dem Gesicht. »Ist es nicht merkwürdig, dass man immer sagt: *Wir bleiben Freunde?* Ich war in meiner Ehe mit Michael niemals befreundet. Aber jetzt könnte ich es werden. Es muss eigentlich heißen: *Wir werden Freunde.*« Ein Lächeln flackert über ihr Gesicht. »Es gibt noch etwas! Ich habe einen Job in einer Praxis für Mal- und Ausdruckstherapie.«

»Das klingt sehr gesund! Kann man Broccoli dazu essen?«

Mascha kneift Christy scherzend in den Arm. »Werd nicht frech! Das ist ganz seriös.« Sie zeigt auf die Bordüre an der Wand. »Ich hab ja immer schon viel und gern gemalt. Erinnert ihr euch an die Wochenendseminare, die ich gemacht habe? Die waren alle über Mal- und Gestalttherapien. Dabei habe ich eine unglaublich nette Psychotherapeutin getroffen, in deren Praxis ich stundenweise arbeiten kann.«

Ich bin so stolz auf Mascha! Christy und ich lassen sie hochleben.

»Hallo! Darf ich mitfeiern?« Wir fahren herum. Patrick

steht in der Tür. Er trägt einen eleganten Sommeranzug mit einem strahlend weißen Hemd, das den leichten Bronzeton seiner Haut reizvoll betont. Sein strahlendes Lächeln könnte glatt Eiswürfel schmelzen.

»Natürlich! Die Flasche ist noch halb voll!«, lade ich Patrick ein, der erst Mascha, dann Christy mit dezenten Wangenküsschen begrüßt. Christy wird knallrot, was Mascha mit einem amüsierten Blick in meine Richtung kommentiert.

Ich stelle ein volles Glas vor ihn hin. Patrick erhebt es und schaut in die Runde: »Auf was habt ihr eben angestoßen?« Mascha schüttelt unmerklich den Kopf. Verständlich, sie kennt Patrick kaum und möchte ihre Lebensgeschichte nicht vor ihm ausbreiten. Auch Christy versteht das sofort. »Ach, auf das Leben und die Liebe!«, sagt sie und lächelt mich anzüglich an. »Jella ist ja quasi noch in den Flitterwochen.«

In mir flammt Widerspruchsgeist auf. »Höchstens im übertragenen Sinne!«

Patricks Augenbrauen wandern nach oben. »Eigentlich schade. So eine richtig schöne Hochzeit im Freundeskreis wäre doch mal was anderes.«

Mir rutscht fast die Flasche aus der Hand, die ich noch immer festhalte. »Richtig schöne Hochzeit? Was ist denn in dich gefahren?« Ausgerechnet Patrick! »Machst du dir Sorgen, weil du noch keinen Heiratsantrag bekommen hast?«

»Nö, gar nicht.« Patrick winkt ab. »Ich dachte nur so. Ich spiele wahnsinnig gern auf Hochzeiten. Immer eine schöne Stimmung, gutes Essen, schöne Gäste …«

»Vor allem weibliche!«, kommentiere ich trocken, greife zu meinem Glas und sage: »Also auf die Liebe und das Leben! Und darauf, dass Robin und ich weder planen zusammenzuziehen noch zu heiraten!«

Mascha nickt mir zu: »Auf euer Happyend, Jella!«

Patrick seufzt tief. Er zwinkert erst mir zu und schenkt dann

Christy einen tiefen Blick: »Das Happyend, meine Damen, das Happyend ist immer nur die halbe Wahrheit!« Nach dieser philosophischen Äußerung herrscht ein paar Sekunden Schweigen. Aber dann erheben alle doch die Gläser und stoßen an.

»Auf das Happyend!«

»Auf die halben Wahrheiten!«

»Ich möchte nicht drängeln«, lässt sich Patrick schon wieder vernehmen und rutscht vom Stuhl. »Aber wir wollten doch noch weiter, nicht wahr, Christy?«

»Ach, das ist ja … interessant! Wo soll's denn hingehen?«, fragt Mascha.

Christy wird schon wieder rot. »Kennst du die chinesische Bar im Schanzenviertel?«, sagt sie schnell und schiebt Patrick in Richtung Tür. Hinter seinem Rücken macht sie uns ein eindeutiges Zeichen: *Ich rufe euch an!* Mascha und ich antworten mit einem Nicken, das nichts anderes bedeutet als: *Auf jeden Fall!*

»Christy und Patrick?« Mascha lacht und fängt an, den Tisch abzuräumen. »Für mich wird es auch Zeit.«

Mir schießt etwas durch den Kopf. »Warte mal!« In der Küche hole ich Tessa Martin aus meiner Umhängetasche. Einen Moment halte ich sie in der Hand und betrachte ihr pfiffiges Mäusegesicht, ihre Eieruhrfigur im roten Mantel, den kecken Pferdeschwanz. Ich lächle Tessa zu: »Und? Bist du bereit für einen neuen Auftrag?« Ich bin mir sicher, dass ich ein unternehmungslustiges Blitzen in ihren Knopfaugen sehe.

Einen Moment später stelle ich Tessa vor Mascha auf den Tisch. »Das ist doch dein Glücksbringer«, wundert die sich.

»Das ist Tessa Martin, die kleinste Agentin der Welt. Eine Expertin fürs Mutmachen und für Existenzgründung«, erinnere ich sie. Mascha lächelt und hebt Tessa hoch. Die Art, wie sie sie betrachtet, zeigt mir, dass ich das Richtige getan habe.

»Vielen Dank!«, sagt sie und umarmt mich. Sie steckt Tessa in ihre Handtasche, und bevor sie in ihr Auto einsteigt, macht sie das Victory-Zeichen.

Ich sehe ihr hinterher. Tessa zu verschenken fühlt sich richtig an – aber ich werde sie trotzdem vermissen. Mir kommt dieser schreckliche Montag Anfang Januar in den Sinn, als ich heulend im Waschmaschinenwasser saß und sich Tessa spitz in meinen Hintern bohrte. Alles, was ich mir damals vorgenommen habe, hat sich erfüllt: Tim hat einen Fußballvater, der zweimal die Woche mit ihm kickt, ich habe einen neuen Job, der mich jeden Tag mit Stolz und Freude erfüllt – und obendrauf auch noch Robin. Meinen geliebten Robin. Den Mann, mit dem ich mich durch dieses komplizierte, wunderbare Leben wurschteln will. Ich kann mein Leben mit Hilfe meiner Familie und Freundinnen meistern. Aber ich will in diesen grauen Morgenstunden, wenn ich mich vor Lebensmittelskandalen und Grippeepidemien schlaflos fürchte, nicht neben meinen Freundinnen oder meiner *Mutter* (!) liegen. Sondern neben Robin. Er hält für jede meiner Ängste irgendeine Statistik bereit. Mit ihm steht zwischen den Schreckensmeldungen und mir jemand, der behauptet, notfalls einen Tunnel in den nächsten Bioladen zu graben, um mich und Tim vor kontaminierten Gen-Frikadellen zu retten. Und der gleich danach die Sportseite aufschlägt und mir erklärt, dass eine Welt, in der der FC Bayern auch einmal verliert, noch nicht untergeht. Mehr als wurschteln, das habe ich erkannt, kriegt man nicht hin. Aber mit den richtigen Menschen ist Wurschteln eine großartige Sache!

Auf der Suche nach einer heruntergefallenen Tomatenscheibe stecke ich unter der Spüle, als mein Handy bimmelt. Ich stoße mir gehörig den Kopf, weil ich so schnell aufstehe. Mit schmerzendem Schädel nehme ich das Gespräch an.

»Gabriele! Kind, ich habe eine Überraschung für dich!«

Das scheint heute jeder zu haben, denke ich gut gelaunt und pflücke mir die gesuchte Tomatenscheibe von der Schuhsohle. »Wie wunderbar.«

»Das ist es auch. Gabriele!« Mama klingt wirklich beglückt … und das Kieksen in ihrer Stimme erinnert mich irgendwie an ihre alljährliche Weihnachtshochstimmung. Das ist bedrohlich. »Du wirst lachen!«

Ist schon mal jemandem aufgefallen, dass man nie lacht, wenn irgendjemand sagt *Du wirst lachen*? Ich erwarte das Schlimmste.

»Gabriele«, verkündet Mama, nachdem sie ihren Frohsinn endlich telefontauglich gebändigt hat. »Ich werde heiraten!«

Ich lehne meinen Kopf gegen die Einbauschränke in der Küche und lasse das Handy sinken. Autos fahren vorbei, Menschen gehen plaudernd die Straße entlang, irgendwo plärrt ein Kind. Offensichtlich bin ich also nicht unerwartet in ein skurriles Paralleluniversum katapultiert worden. Ich hebe das Handy wieder an mein Ohr. »Mama, ich glaube, da war gerade ein Funkloch. Ich habe doch tatsächlich verstanden, dass du gesagt hast: Ich werde heiraten!«

Mama ist indigniert. »Was redest du da von Funkloch? Ich *werde* heiraten.«

Mama will … was?

»Es wird ein rauschendes Fest«, zwitschert Mama. »In Venedig!«

Langsam finde ich meine Sprache wieder. »Und wen wirst du denn heiraten?«

»Na, Hase!«

Klar, das hätte ich mir auch denken können. Hasenhochzeit in Venedig!

»Freust du dich denn gar nicht?« Mama ist enttäuscht. Ich reiße mich zusammen.

»Nein … also, doch, ja, natürlich. Ich freue mich wahnsinnig. Wer ist denn nun der Glückliche?«

»Dass du mir aber auch nie zuhörst, Kind. Hase!«

»*Welcher* Hase, Mama?«

Mamas Antwort kommt blitzschnell. »Na, Hase Spätling!«

Ich sinke in die Knie und lehne mich gegen den Kühlschrank. »Du heiratest Robins Vater?«

»Du hast's erfasst! Ist das nicht aufregend? Und du wirst mir bei der Organisation helfen!«

Ich lasse mich sanft auf meinen Hintern fallen. Und dann sitze ich die nächsten zwanzig Minuten in der Küche vom *Spuntino* auf dem Boden und schmiede mit Mama Pläne für ihre Hochzeit.

Nach dem Telefonat schnappe ich mir den Besen und fege den Imbiss aus. Danach wische ich noch einmal durch. Ich liebe diese zwanzig Minuten am Ende meines Arbeitstages, sie sind so schön beruhigend: Als ob ich mit dem Staub und Dreck auch in meinen Gedanken sauber mache, in denen heute ein ganz besonderes Durcheinander zu herrschen scheint.

Wir alle machen Pläne – und dann kommt es anders. Wir denken, dass wir alles wissen, und lernen doch immer noch dazu. Es ist ein merkwürdiges Leben, das wir führen. In einer Welt, die immer kleiner wird, weil von überallher Fernsehbilder von Katastrophen direkt in unser Wohnzimmer geliefert werden, und die gleichzeitig doch so unermesslich groß und rätselhaft bleibt. Manchmal vergessen wir darüber, dass diese Welt aber auch voller Schönheit ist. Wir müssen sie nur suchen – und festhalten. Für mich sind das Tim und Robin, Mama und meine Freundinnen, Björn, Leo, Anna, mein Laden und auch meine Kunden. Mein Leben. Mein manchmal chaotisches, aber wunderschönes Leben. *Ich bin glücklich,* denke ich, und bin immer noch ein wenig überrascht. So ganz habe ich mich noch nicht daran gewöhnt. Denn es fühlt sich nicht nur an wie ein kurzes, flüchtiges Prickeln. Sondern wie ein gleichmäßiger, verlässlicher Herzschlag, dessen Rhythmus mich durch den Tag trägt. *Das Happyend ist nur die halbe Wahrheit,* hat Patrick gesagt. Das mag für ihn stimmen. Vielleicht stimmt es für uns alle. Aber manchmal reichen halbe Wahrheiten für ein ganzes Leben.

Ich öffne die Tür und stelle mich in das warme Licht der Nachmittagssonne, das auf die Schwelle fällt. Während ich für einen Moment die Augen schließe, atme ich tief durch. Mir fällt Mama wieder ein. Soll ich Robin im Laden anrufen und ihm von der Hasenhochzeit erzählen? Aber ich verwerfe den Gedanken wieder. Nein, das hat Zeit bis heute Abend. Da sind wir zum Nudelnessen bei mir verabredet. Robin hat Tim versprochen, mit ihm gemeinsam Schokoladenpudding als Nachtisch zu kochen. Beim Gedanken an Robin und Tim spüre ich, wie mir innen ganz warm wird. Als ob die Spätsommersonne direkt in mich hineinscheint und den letzten schattigen Winkel in mir mit Helligkeit füllt.

So viel Glück!

Und das an einem Montag.